D0832407

Le feu et la glace

———————

Le secret de Kendra

JULIE COHEN

Le feu et la glace

*éditions*Harlequin

Titre original : DELICIOUS

Traduction française de AGNÈS JAUBERT

HARLEQUIN®
est une marque déposée par le Groupe Harlequin

PASSIONS®
est une marque déposée par Harlequin S.A.

Photos de couverture
Couple : © TOMEK SIKORA / ZEFA / CORBIS
Gouttes : © MASTERFILE / ROYALTY FREE

Si vous achetez ce livre privé de tout ou partie de sa couverture, nous vous signalons qu'il est en vente irrégulière. Il est considéré comme « invendu » et l'éditeur comme l'auteur n'ont reçu aucun paiement pour ce livre « détérioré ».

Toute représentation ou reproduction, par quelque procédé que ce soit, constituerait une contrefaçon sanctionnée par les articles 425 et suivants du Code pénal.

© 2006, Julie Cohen. © 2007, Harlequin S.A.
83/85 boulevard Vincent Auriol 75646 PARIS CEDEX 13.
Service Lectrices — Tél. : 01 45 82 47 47
ISBN 978-2-2800-8474-1

- 1 -

Elisabeth tendit l'oreille et, la main sur la poignée de la porte, s'arrêta devant la salle où avaient lieu les cours de cuisine.

Pourquoi un tel silence ?

Elle jeta un coup d'œil à sa montre : 10 h 13, le troisième cours de la matinée aurait dû battre son plein. Lorsqu'elle était passée devant cette même classe pendant son heure de pause, la semaine dernière, il y régnait un chahut indescriptible.

Ce calme ne lui disait rien qui vaille. Elle aurait mille fois préféré des cris. Si, en théorie, une classe silencieuse était une bonne chose, dans la pratique, cela signifiait que les élèves étaient absorbés dans une occupation qui n'avait sans doute rien à voir avec la cuisine.

— Pourvu qu'ils n'aient pas mis le feu, murmura-t-elle, en proie à une inquiétude croissante.

Elle glissa sous son bras la liasse de bulletins que Tasha Cutter, le professeur chargé des cours de cuisine, devait signer, se pencha en avant et écouta.

Le murmure des enfants, des toussotements. Une chaise que l'on reculait. Et soudain, un petit gloussement de poulet.

Un gloussement de poulet ?

Décidément, tout cela lui semblait de plus en plus bizarre. Avec précaution, elle ouvrit la porte.

La pièce était silencieuse. Une trentaine d'élèves dont la moyenne d'âge s'élevait à douze ans étaient assis en rond, les yeux fixés sur le centre de la pièce. Certains d'entre eux avaient la bouche ouverte. Elle perçut un nouveau gloussement.

Debout, au centre du cercle, se tenait un homme qui lui tournait le dos. Grand et brun, il portait une chemise bleu roi qui épousait sa large carrure.

Qui était ce type ? Une chose était sûre, ce n'était pas Tasha !

Un étranger, dans une salle de cours sans professeur, qui faisait des bruits de poulet ? Pourtant, aussi étrange que soit cet homme, les enfants paraissaient tout à fait dociles en sa présence.

Immobile, il se tenait debout, les bras tendus devant lui, comme s'il s'apprêtait à diriger un orchestre. Toujours sur le seuil, elle voyait le dos de ses mains puissantes et musclées, aux ongles impeccables, des mains qui, même en l'air, désœuvrées, semblaient adroites.

Elisabeth aurait voulu les toucher.

Cette pensée la prit tellement par surprise qu'elle se sentit vaciller et dut s'appuyer contre la poignée de la porte qui s'entrouvrit d'un nouveau centimètre, ses gonds grinçant. Et alors, ce fut le chaos.

Avec un cri perçant, un éclair de plumes blanches vola sur le parquet, au milieu des jambes des enfants. Dans un tollé général, les élèves sursautèrent dans un fracas de chaises qui se renversaient.

— Il est là.

— Attention à cette bête !

— Ici, attrape !

Jimmy Peto se lança d'un pupitre, les bras écartés, pour saisir sa proie à plumes. Une chose blanche, à bec, se mit à battre des ailes avec frénésie, avant de s'enfuir devant elle, droit sur les chaussures bien cirées d'Elisabeth. Une patte lui griffa la partie dénudée du pied, et le volatile disparut.

Un poulet !

L'oiseau était allé trouver refuge sous l'un des éléments de la cuisine, immédiatement encerclé par six enfants qui, à grand renfort de mains et de cuillères de bois, essayaient maintenant de l'en faire sortir. Avec un gloussement de panique, le poulet se défendit à coups de bec.

Il fallait qu'elle intervienne, sinon quelqu'un allait finir par se crever un œil ! Elle entra dans la pièce, ouvrit la bouche et prit une profonde inspiration.

— Venez ici, tout de suite !

Ce n'était pas elle qui avait parlé, mais une grosse voix masculine à la diction parfaite. Les élèves rassemblés autour du poulet, obéissant au ton autoritaire, reculèrent et l'oiseau se remit à glousser.

— Les enfants, ordonna Elisabeth, tout le monde à sa place !

— Qui êtes-vous ?

L'homme, maintenant en face d'elle, la dévisageait. Il était grand, très grand même, si l'on considérait qu'Elisabeth mesurait un mètre soixante-seize et avait rarement à lever la tête pour regarder quelqu'un. Il avait les yeux gris, une fossette au menton, et dégageait une odeur de vétiver.

Prise d'une attirance fulgurante, elle sentit son cœur faire un bond dans sa poitrine, la laissant le souffle coupé. Elle avait l'impression de connaître cet homme, mais d'où ? La bouche desséchée, elle déglutit. Son monde n'était soudain plus qu'incohérence.

— C'est Mlle Read, expliqua le petit Jimmy Peto qui avait renoncé à courir après le poulet et se tenait à côté d'Elisabeth. Elle enseigne l'anglais.

Les lèvres de l'homme esquissèrent un sourire et ses yeux gris se mirent à pétiller.

— Ravi de vous rencontrer, mademoiselle Read qui enseigne l'anglais. Si vous voulez retourner à votre Shakespeare, je contrôle la situation.

Elisabeth déglutit de nouveau. Non ! Elle n'était pas censée ressentir ce genre d'émotions. Elle était dans cette salle de classe, le cœur serré, la respiration haletante, les jambes en coton, et elle avait l'impression d'avoir couru le marathon.

Elle secoua la tête. « Souviens-toi où tu es, se dit-elle. A l'école. Dans ton monde. Ici, tout a du sens. »

Quoi qu'il arrive, elle ne devait pas se laisser aller à un tel émoi, et surtout pas à cause de cet homme.

— Vous avez trente enfants dans une pièce remplie d'appareils dangereux, et un poulet en liberté, répliqua Elisabeth. Ce n'est pas ce que j'appelle contrôler la situation, monsieur… ?

— MacAllister, mademoiselle, lui indiqua Jimmy.

— Monsieur MacAllister.

Ce nom lui était inconnu. Cet individu ne faisait pas partie des professeurs de la Slater School.

A parler ainsi, à remettre les choses en place, à réorganiser son monde, elle se sentait déjà beaucoup mieux.

— Vous devriez peut-être aller récupérer votre poulet, suggéra-t-elle alors.

Ses yeux croisèrent de nouveau le regard gris en un défi silencieux. Il haussa les sourcils et sa bouche esquissa une moue pleine d'humour.

— Entendu, concéda-t-il.

Et, l'enveloppant d'un regard toujours aussi malicieux, il lui décocha un sourire éblouissant.

Elisabeth sentit une boule se nouer au creux de son ventre. Ce sourire aveuglant, radieux, magnifique, transformait ce visage masculin, illuminait la pièce. Elisabeth en oublia tout : les enfants, le poulet, la salle de classe… jusqu'à son propre nom.

D'une démarche souple, il combla la distance entre l'endroit où il se trouvait et le meuble sous lequel s'était caché le poulet.

— Viens ici, MacNugget, murmura-t-il en attrapant l'animal dans ses bras.

En quelques secondes, le volatile se retrouva enfermé dans un panier en plastique que l'homme déposa sur l'un des plans de travail. Avec un clin d'œil à l'intention de la jeune femme, il referma la porte du caisson.

Elle le reconnaissait maintenant : bien sûr, cet homme ne lui était pas inconnu, et il n'était pas professeur remplaçant.

— Angus MacAllister ? hasarda-t-elle.

— Mais oui ! s'exclama Jimmy. C'est le chef qui passe à la télévision, mademoiselle. Ma mère le regarde tous les mardis soir. Ma grand-mère aussi.

Angus MacAllister ! Chef vedette à la télévision, cuisinier de réputation internationale, auteur de livres de recettes, propriétaire de l'un des restaurants les plus chers et les plus cotés de Londres. Plusieurs fois, elle avait regardé son émission et avait vaguement remarqué qu'il était séduisant, mais comme l'étaient tous ceux qui passaient à la télévision.

Il était différent en chair et en os. Il avait l'air plus… réel. Et mille fois plus sexy. Allons, elle devait se calmer. Elle respira profondément. Pour tout résultat, le parfum de vétiver de son after-shave s'infiltra dans ses narines, ce qui fut loin d'arranger les choses.

— Que faites-vous à Slater School ? Et pourquoi avez-vous un poulet avec vous ?

Les élèves avaient tous regagné leurs places et, nota-t-elle du coin de l'œil, ils les dévisageaient, muets d'attention. Evidemment… A présent que le poulet avait disparu dans sa boîte, la dispute entre les deux adultes était d'un intérêt immense !

— Jusqu'à ce que vous fassiez peur à MacNugget, lui expliqua-t-il d'une voix légèrement sarcastique, il me servait à expliquer à la classe d'où venait leur petit déjeuner.

Elle ne put s'empêcher de penser que parmi tous les enfants présents dans cette pièce, peu avaient dû avoir un œuf au petit déjeuner. Elle aurait même juré que la plupart d'entre eux arrivaient le matin à l'école le ventre vide, le déjeuner à la cantine étant leur seul vrai repas de la journée…

Elle reporta son attention sur le chef aux yeux gris clair, qui lui souriait de toutes ses belles dents blanches et régulières. Elle serra les poings. Oui, il était magnifique, et tout en lui s'attendait à ce qu'elle lui sourie en retour, mais elle n'allait pas le laisser faire la loi dans son école !

— Les enfants, répéta-t-elle d'une voix ferme, retournez à vos places !

Les élèves regagnèrent leurs chaises à contrecœur et se mirent à bavarder entre eux. Angus MacAllister resta où il était, son sourire inimitable aux lèvres, l'enveloppant de ce regard qu'il devait penser irrésistible : une célébrité de la télévision ne s'attendait-elle pas à ce que toutes les femmes se pâment à ses pieds ?

Et pour être honnête, elle devait bien admettre que c'était exactement ce qu'elle aurait voulu faire. Ce type d'homme, grand, à la classe folle, un peu insolent et plein d'assurance, la faisait craquer. Sans compter qu'elle adorait cet accent britannique raffiné.

Mais elle ne pouvait pas se laisser aller, quels que soient les frissons qui la traversaient rien qu'à le regarder. Car alors, elle serait allée droit au chaos, droit vers l'imprévisible, les risques et le danger. Or, toute sa vie avait été une leçon qui lui avait appris à contenir ses premières impulsions. Et celle qui la poussait à toucher cet homme était la plus violente qu'elle ait jamais connue.

Elle croisa les bras sur sa poitrine pour tenter de dissimuler son trouble.

— Je n'ai pas fait peur à votre poulet, déclara Elisabeth à Angus MacAllister, couvrant le brouhaha des voix. Et, de toute façon, vous ne devriez pas apporter ce genre d'animal dans une école, c'est bien trop effrayant pour un volatile.

— Oui, mais vous devez admettre que les enfants s'amusent, ajouta-t-il.

Elle redressa les épaules.

— C'est juste. Bon, je suppose que cet exercice a une quelconque valeur éducative…

— S'amuser ne suffit pas, n'est-ce pas mademoiselle Read ? Vous avez besoin d'un but pédagogique en toute chose ? Quelque chose que l'on peut tester, évaluer ?

Elle s'efforça de garder son calme malgré l'ironie de ses propos. Et depuis quand un chef était-il un expert en éducation ?

— D'après vous, nous devrions peut-être ajouter

« la chasse au poulet » au programme de l'éducation nationale, c'est bien cela ?

Il partit d'un éclat de rire et elle dut détourner le regard. Malgré elle, elle se sentait fondre. Elle baissa les yeux lesquels, encore une fois, se posèrent sur les mains d'Angus MacAllister.

Elle réprima un frisson. Que lui arrivait-il donc ? La simple vue de ces mains avait fait naître dans son esprit des images fiévreuses. Elle ne voulait pas simplement le toucher. Elle voulait qu'il la touche, sentir l'une de ses mains se poser sur sa hanche, ses doigts frôler le creux de ses reins. Qu'il glisse l'autre sous son chemisier, caresse la peau de son ventre et s'empare de l'un de ses seins…

C'était dingue. Ou bien les imprévisibles gènes familiaux commençaient à se manifester l'année de ses vingt-six ans, ou bien elle était en train de perdre la tête. Primo, elle ne connaissait pas cet homme. Secundo, elle n'avait même jamais essayé aucune de ses recettes. Tertio, elle se trouvait dans une classe pleine d'enfants…

Il était grand temps de se ressaisir.

— Tasha Cutter vous a-t-elle demandé de parler à ses élèves ? s'enquit-elle d'une voix qu'elle voulait aussi neutre et professionnelle que possible. Rencontrer quelqu'un qui a si bien réussi est une grande chance pour les enfants. A propos, où est leur professeur ? ajouta-t-elle d'un ton glacial, avec un sourire crispé.

— J'ai arrangé cette visite moi-même. Et Tasha est juste sortie un moment. Je lui ai promis de surveiller les enfants jusqu'à ce qu'elle revienne. Bien sûr, je ne m'attendais pas à votre arrivée et à la panique que vous avez semée, conclut-il, le regard espiègle.

— Je n'ai pas…

S'apercevant qu'il n'avait dit cela que pour la provoquer, elle s'interrompit.

— Bien, je vais aller chercher Tasha et je vous laisserai reprendre avec elle. Ravie de vous avoir rencontré, monsieur MacAllister.

— Moi aussi, mademoiselle Read. Si j'ai besoin d'un cours d'anglais, soyez assurée que je m'adresserai à vous, reprit-il, la main tendue vers elle.

Son petit sourire en coin, ses yeux fixés sur son visage, lui confirmèrent ce qu'elle soupçonnait : il se fichait d'elle. Sans doute parce qu'elle se comportait en stéréotype de la maîtresse d'école coincée. Sans doute parce qu'il avait détecté son accent canadien. Ou alors, peut-être parce qu'il était en train de flirter avec elle. A cette pensée, elle se sentit s'empourprer de la tête aux pieds.

Allons, se morigéna-t-elle, ce n'était qu'une poignée de main, ça n'avait rien de sexuel. D'un geste qu'elle voulait assuré, elle lui tendit la main. Sa paume était large, chaude, merveilleuse, et bien qu'Elisabeth se tînt très droite, une expression détachée au visage, elle se sentit succomber. Que n'aurait-elle donné pour sentir ces mains voguer sur sa peau…

Encore plus troublée, elle releva les yeux, et le surprit en train de la couver d'un regard furtif et appréciateur. Elle ne s'était donc pas trompée, il était bien en train de flirter avec elle ! Cette certitude lui rendit quelque peu ses esprits. Que croyait-il donc ? Ils avaient beau être dans une pièce pleine d'enfants, il croyait toujours pouvoir obtenir ce qu'il voulait. Eh bien elle allait lui montrer qu'il n'en était rien.

Elle retira sa main, adressa un léger signe de tête à Angus MacAllister et quitta la pièce.

Tout en se félicitant d'avoir réussi à sortir avant d'oublier tout à fait où elle était, qui elle était, et ce qu'elle mourait d'envie qu'il lui fasse…

Au moment où Elisabeth passait le portail de l'école, une décapotable couleur argent s'arrêta dans un crissement de pneus.

— Je t'emmène faire un tour en voiture, lui annonça Joanna Graham, la responsable des classes de la sixième au bac. Toi et moi, il faut qu'on ait une petite conversation.

Elle attrapa une pile de cahiers sur le siège du passager et les balança à l'arrière.

Elisabeth monta en voiture, attacha sa ceinture et tenta de lutter contre le sentiment de panique insidieux qui allait de pair avec le fait d'être installée dans le siège passager de la voiture de Joanna.

Lorsque Elisabeth était arrivée à Londres, elle avait constaté que la plupart des gens n'avaient pas besoin de conduire dans la capitale. C'était cher, dangereux et stressant. Mais son amie Joanna, elle, semblait considérer la conduite comme un sport extrême.

— De quoi devons-nous parler ? demanda Elisabeth.

— Entre autres, de ça, répondit Joanna en lui lançant un dépliant sur les genoux.

Elle redémarra sans prendre la peine de jeter le moindre coup d'œil dans le rétroviseur.

Elisabeth regarda le dépliant qu'elle tenait dans la main et se mit à lire à voix haute :

— « Rencontres sur Internet. Vu à la télévision. Rencontrer des personnes *compatables* du sexe opposé est-il un problème ? Laissez notre logiciel de rencontres ultra-performant découvrir pour vous le partenaire idéal. Succès garanti. » Une cliente satisfaite écrit : « J'ai rencontré l'homme de ma vie. Je me marie dans deux semaines. »

— Tu vois, ça a l'air génial, non ? Technologie de pointe et tout le reste.

Joanna détourna les yeux de la route pour sourire à Elisabeth et reprit :

— Tu pourrais être mariée dans quinze jours.

— Ils ont fait une faute d'orthographe à « compatible », fit remarquer l'intéressée.

— Et alors ? Tu les engages pour leur service de rencontres, pas pour leur vérificateur d'orthographe ! On n'a pas besoin de savoir épeler quand on veut trouver l'âme sœur !

— Si mes élèves me donnaient cette excuse, je leur ferais écrire le mot cinquante fois au tableau ! répliqua Elisabeth.

— Non. Tu te contenterais de rire et tu leur montrerais un moyen de mémoriser la façon dont l'épeler. C'est pour cela que tu es un bon professeur et que je te confie mes élèves à problèmes.

— Si tu essayes de me flatter pour que je te suive dans tes plans à la noix, tu te trompes ! Et puis d'abord, où est-ce que tu es allée pêcher une idée pareille ?

Joanna lâcha le volant pour déballer une barre chocolatée et la tendit à Elisabeth.

— Tu en veux ?

Elisabeth secoua la tête.

— Le dépliant est arrivé dans ma boîte aux lettres avec d'autres prospectus, reprit Joanna. Un seul coup d'œil et j'ai compris que c'était pour toi.

Elisabeth ne croyait pas aux sites de rencontres sur Internet. Pas plus qu'aux âmes sœurs, d'ailleurs. Ce qu'elle enseignait à ses élèves correspondait à sa philosophie profonde : chacun contrôle sa vie, dont le cours dépend de nos choix et de nos erreurs.

Et cela n'avait rien à voir avec les ordinateurs, la chance, le karma. Ses parents, par exemple, qui croyaient au karma, avaient vraiment une drôle de vie : ils habitaient au cœur de la forêt canadienne, s'habillaient de chanvre, mangeaient des lentilles, et dansaient nus au clair de lune. La sécurité, l'avenir, leur étaient deux notions tout à fait étrangères.

— Ce n'est pas pour moi, répéta Elisabeth.

Joanna posa sa main sur celle de son amie. Elle avait, pour une fois, l'air grave.

— Elisabeth, pour moi, tu es une amie très chère et une collègue fantastique. Et voir que tu vis comme une bonne sœur me tue. Tu as besoin de te détendre, de rencontrer de nouvelles têtes, de t'amuser.

— Mais je m'amuse ! Je passe mon temps à ça. Tu aurais dû voir mes élèves de seconde jouer la *Charge de la Brigade légère* aujourd'hui. Ils m'ont fait mourir de rire !

— Je veux dire, en dehors de l'école.

Elle réfléchit un instant, avant de répondre :

— Et l'autre soir, quand nous avons bu des margaritas en regardant *Moulin-Rouge* toutes les deux ?

— Je veux dire, t'amuser avec un homme.

S'amuser avec un homme ? Bien sûr ! Elle s'était bien amusée avec Robin, se rappela-t-elle avec un brin d'amertume. D'ailleurs, il n'attendait pas plus de leur relation, alors qu'elle s'en était fait tout un film… Quelle idiote elle avait été ! Voilà ce que l'on gagnait à se montrer trop romantique.

— Une relation implique plus que de juste s'amuser, expliqua-t-elle. Elle implique de la décence, des engagements, des projets partagés et des valeurs.

Quoique, se quereller au sujet d'un poulet avec Angus MacAllister ce matin avait été plutôt amusant, enfin pendant les deux secondes où elle n'avait pas eu envie de lui sauter à la gorge pour l'étriper.

Elle s'empressa de chasser cette idée de ses pensées.

— D'accord, je sais que Robin était un crétin, je comprends que « chat échaudé craint l'eau froide », déclara Joanna. Mais le monde regorge d'autres hommes. Combien de rendez-vous as-tu eus cette année ?

— Quatre.

— Quatre, répéta Joanna. Et je parie qu'il s'agissait de quatre types de rêve, sexy, qui t'ont fait l'amour et ont comblé tes fantasmes les plus fous ?

— Je suis sortie dîner avec Tim, l'informaticien, commença Elisabeth en comptant sur ses doigts. Puis je suis allée prendre un café avec Mile, l'avocat d'affaires. J'ai vu un opéra avec Richard, le conservateur de musée et il y a deux mois je suis allée au Globe avec… Je ne me rappelle pas son nom, en fait, conclut-elle en fronçant les sourcils.

— Mais je parie que tu te souviens de la pièce !

— *Roméo et Juliette*. C'était merveilleux.

Jo renifla avec dédain :

— Tu es allée voir la pièce la plus romantique du monde avec un homme dont tu ne te rappelles même pas le prénom ? Tes choix de petits amis semblent laisser beaucoup à désirer, si tu veux mon avis.

Elisabeth regardait les noms des rues et les vitrines de magasins défiler.

— Tous étaient très gentils : stables. Intelligents. Responsables.

— Et tu n'en as jamais revu un. Je déteste te contredire, Liz, mais tu ne cherches pas quelqu'un de décent et de responsable. Si c'était le cas, tu aurais revu l'un de ces quatre hommes.

Joanna enfourna le reste de la barre au chocolat et accéléra pour passer au rouge à un carrefour.

— Tu as besoin de quelqu'un d'autre. Un homme avec du peps.

— Je ne pense pas que peps soit le mot.

Et voilà ce qui lui faisait peur. Même avec Robin, même avec un homme qui avait fait vibrer son cœur et son corps, celui qui lui avait fait oublier son bon sens et toutes les valeurs qu'elle chérissait, elle ne s'était jamais sentie aussi subjuguée, aussi transportée qu'elle l'avait été au cours des quelques minutes qu'elle avait passées avec Angus MacAllistair…

— Je ne m'inscrirai pas sur un site de rencontres sur Internet, déclara-t-elle avec fermeté.

Joanna haussa les épaules.

— Très bien. Tu ne sais pas ce que tu perds. Et si tu passais une annonce ?

— Non.

— Bon, et si tu participais à une soirée de speed dating ? Ils en organisent au pub en bas de chez moi.

— Il n'en est pas question !

— Et si je te présentais mon cousin ? Si nous n'étions pas parents, je ne dirais pas non, pour ma part.

Elisabeth laissa échapper un soupir.

— Jo, est-il possible que la quantité astronomique de sucre que tu consommes puisse t'avoir rendue complètement dingue ?

Jo était en train de s'engager dans un rond-point en coupant la priorité à un taxi qui dut faire une embardée pour l'éviter.

— Je suis juste en train de m'occuper de ton avenir. Quelqu'un doit le faire. Ecoute, si mon cousin ne te plaît pas, je connais un autre type avec lequel je travaillais qui lui, à mon avis, te plairait.

— Arrête ! protesta Elisabeth.

Mais maintenant, elle riait. Jo vivait à fond sa vie de célibataire insouciante, qui en profitait au maximum : voiture de sport, vêtements magnifiques. Elle semblait changer d'amant chaque semaine. Et, tant que son amie était heureuse, Elisabeth l'admirait. Mais ce n'était pas une vie pour elle.

Son amusement tourna court lorsque, soudain, elle fut projetée contre la portière dans un tournant.

— Es-tu en train d'essayer de me punir ? demanda-t-elle.

— Cette voiture prend les virages comme si elle était sur des rails, c'est génial. Ecoute-moi, je voudrais te demander un service.

— Quoi ? fit Elisabeth d'un ton las.

— Cela concerne la classe de seconde. Cela risque de te prendre un peu de temps, mais je pense que c'est très important.

Bien que Joanna fût plus petite en taille que la plupart de ses élèves, elle se faisait respecter de tous. Elisabeth se demandait parfois quelle serait la réaction de certains d'entre eux s'ils apprenaient quelle fêtarde elle faisait dans la vie privée. Mais Jo prenait bien soin de garder vies professionnelle et privée bien séparées.

Même si Jo était jeune pour un poste à responsabilités comme celui-ci, elle le méritait car elle portait un intérêt sincère à tous les élèves dont elle était responsable, et mettait tout en œuvre pour s'assurer qu'ils réussissent.

— De quoi s'agit-il ? répéta Elisabeth, intriguée, cette fois.

Elle savait que quand il s'agissait de quelque chose concernant l'école, Jo ne se trompait jamais.

— J'ai besoin que tu travailles avec Angus MacAllister. Tu sais, le chef qui passe à la télévision.

- 2 -

Ce fut comme si un coup de tonnerre venait de frapper Elisabeth.

— Tu as bien dit Angus MacAllister ?

— Oui. Tu as entendu parler de lui, n'est-ce pas ? C'est un chef extraordinaire. J'ai essayé sa recette de gâteau moka-triple chocolat : incroyable !

— Tu veux que je travaille avec lui ?

— C'est formidable, non ? Je savais que cela te ferait plaisir. Ce n'est pas tous les jours que nous avons une célébrité à l'école, non ?

— Mais, demanda Elisabeth d'une voix tremblante, pourquoi moi ?

— Tu veux dire, hormis le fait que je veux te confier cette mission pleine de glamour parce que tu es mon amie ?

— Oui. A part ça.

Joanna ralentit. Geste qui indiquait à quel point elle était sérieuse.

— Tu es le seul de mes professeurs qui, je pense, peut réussir. Je te fais confiance. Tu es toujours prête à tout essayer pour aider un élève. Et si ça marche, les deux élèves auxquels je pense pourraient voir leur vie métamorphosée.

Cette Joanna était un vrai fléau ! Elle savait exactement comment la prendre et toucher son point sensible, qui n'était autre que sa fierté personnelle.

— Quels élèves ?

— Jennifer Keeling et Danny Williams.

Ah ! Voilà donc où son amie voulait en venir. Jennifer, adolescente d'une timidité maladive, comptait parmi ses élèves. Quant à Danny, tout le monde à Slater School le connaissait. Il cherchait toujours à attirer l'attention et était sur le point d'être renvoyé de l'école sans aucune autre qualification que ses menus larcins et ses exploits d'intimidation sur les autres élèves. Ces deux enfants à problèmes représentaient deux exemples extrêmes de troubles du comportement.

— Que se passe-t-il avec Jennifer et Danny ? demanda Elisabeth, qui ne pouvait plus faire taire sa curiosité.

— Je me fais du souci pour eux. Jennifer a besoin de quelque chose qui la valorise à ses yeux. Je ne pense pas qu'elle soit beaucoup aidée chez elle. Danny, quant à lui, a besoin de s'intéresser à une activité dans laquelle il peut réussir et arriver à un résultat concret. Ainsi, il saura vers quelle profession s'orienter après l'école. Et, aussi incroyable que cela puisse paraître, ils sont doués dans le même domaine : la cuisine.

— Vraiment ?

Cela ne correspondait pas à l'impression qu'Elisabeth avait de l'un ou de l'autre !

— Oui, Tasha me l'a dit et je les ai observés pendant un cours. Je n'en revenais pas de leur concentration. Ils ont vraiment du talent.

— Danny Williams ? Prendre des cours de cuisine ? Tu plaisantes, là ?

— C'était le seul cours auquel il a encore été admis après avoir été renvoyé du département d'études de commerce.

Elisabeth réfléchit un moment. Elles étaient bloquées dans un bouchon, ce qui lui laissait un peu de répit.

— Et quel est le rapport avec Angus MacAllister ?

— Tu ne vas pas me croire. Lorsque j'ai entendu parler des compétences de ces deux élèves, je les ai inscrits au concours de cuisine pour enfants. C'est une compétition prestigieuse avec, pour premier prix, l'admission dans la meilleure école de cuisine d'Angleterre. Peux-tu imaginer ce que participer à un tel concours, sans parler de le gagner, ferait pour l'estime de soi de Jennifer ? Et pour l'orientation de Danny ?

Elisabeth pouvait l'imaginer. Avec un peu de chance, elle pouvait transformer la vie de ces enfants.

— Et Angus MacAllister ? répéta-t-elle.

— Son attachée de presse a contacté notre école, et nous a dit que MacAllister s'était porté volontaire pour aider des jeunes à préparer ce concours. Je n'en ai pas encore parlé aux enfants, parce que ce n'est pas finalisé, mais il semble s'intéresser à notre école.

Il aime l'emplacement et le fait que nous présentons deux élèves plutôt qu'un.

— Il fait cela pour la publicité, n'est-ce pas ? Cela lui donne l'image d'un homme de cœur, qui adore les enfants.

— On se fiche de pourquoi il le fait !

— Pas moi, riposta Elisabeth.

Joanna lui jeta un regard pénétrant.

— Oh là ! On dirait que tu as déjà quelque chose contre ce type. Tu ne le connais même pas !

Elisabeth sentit tous ses muscles se raidir. Impossible d'avouer qu'elle avait rencontré Angus cet après-midi même ! Il lui aurait fallu admettre l'incroyable attirance qu'elle avait ressentie à son égard.

— Je suis juste inquiète pour nos élèves, c'est tout, déclara-t-elle d'une voix qu'elle voulait détachée. Devenir le centre d'attraction des médias est le pire qui puisse arriver à Danny et Jennifer.

Et passer plus de temps en compagnie d'Angus MacAllister était le pire qui puisse lui arriver à elle.

— Je sais bien, répondit son amie, et c'est justement pour ça que je voudrais que tu m'aides dans ce projet, s'il se concrétise. J'ai besoin de la présence de quelqu'un de confiance avec Angus et les enfants, pour m'assurer qu'ils tirent le maximum de bénéfice de cet arrangement.

— Pourquoi pas Tasha ? Je ne connais rien en cuisine.

— Oui, et c'est pour ça que tu es si maigre, fit

valoir Joanna avec un reniflement dédaigneux. Tu ne manges rien.

A peine le feu fut-il passé au vert qu'elle passa la première et démarra en trombe.

— Officiellement, c'est parce que Tasha doit s'occuper de sa mère malade et qu'elle ne peut se permettre de consacrer trop de temps à aider les enfants, reprit-elle. Mais, entre toi et moi, c'est parce qu'elle ne sait pas très bien les discipliner. Elle a déjà grand-peine à tenir Danny et n'obtient pas beaucoup de résultats lorsqu'elle parle avec Jenny. Alors si elle ne peut même pas contrôler deux adolescents, comment veux-tu qu'elle tienne à l'œil un homme adulte qui arrive avec son propre programme ?

Joanna s'interrompit, un petit sourire moqueur aux lèvres.

— En fait, reprit-elle, elle ne ferait sans doute que ça, garder un œil sur lui. A dire vrai, j'ai moi-même eu le plus grand mal à en détacher les yeux…

— Tu l'as rencontré ?

— Oh oui. Il est très séduisant.

Elisabeth sentit une sensation étrange dans la poitrine, comme une brûlure, mais elle s'efforça de l'ignorer.

— Je l'ai vu une fois. Je ne l'ai pas trouvé si exceptionnel.

— Oh, détrompe-toi ! répliqua Joanna. C'est un charmeur. Si j'étais naïve, je croirais presque que je l'intéresse.

Aussitôt, le sentiment bizarre que ressentait Elisabeth augmenta. C'était, aussi incroyable et stupide que cela puisse paraître, de la jalousie. Elle essaya de la refouler. Comment pouvait-elle être jalouse d'un homme qui lui était antipathique, juste parce qu'il s'intéressait à son amie ? C'était tordu, pour toutes les raisons possibles et imaginables.

— Que veux-tu dire, si tu étais naïve ?

Jo se mit à rire.

— Contrairement à toi, j'aime parfois sortir un peu de Shakespeare et lire des magazines people. Or, Angus MacAllister s'y affiche chaque semaine en compagnie d'une femme différente ! Pour cet homme, flirter est aussi aisé que de préparer un soufflet.

Elisabeth se souvint des yeux d'Angus sur elle, la jaugeant comme si elle avait été un cageot de tomates fraîches et bien mûres. Une vague de chaleur la submergea et, à l'inverse de la jalousie, elle fut incapable de la contenir.

Bravo ! Dire que depuis des années elle s'obligeait à réprimer le moindre trouble, et avec quel succès ! Si le simple nom d'Angus MacAllister la mettait dans un tel état, quelles autres émotions allait-il éveiller en elle si elle finissait par travailler avec lui ?

Elle s'éclaircit la voix.

— Si je comprends bien, tu veux que je protège Jennifer et Danny d'un homme superficiel qui n'est intéressé que par ce qu'il peut gagner à les prendre sous son aile ?

Joanna battit des paupières.

— Ce n'est pas ce que j'ai dit. J'ai dit que je voulais que tu t'assures que les enfants tirent le maximum de bénéfices de cette expérience. Et cela veut dire aider Angus autant qu'aider Jennifer et Danny. Il n'est pas facile de s'entendre avec ces deux-là. Et je ne suis pas sûre qu'ils s'entendent tous les deux non plus.

Après avoir pris le virage dans un nouveau crissement de pneus, elle arrêta sa voiture devant l'immeuble d'Elisabeth, et se tourna vers elle.

— Tu es la plus qualifiée pour ce travail, Elisabeth. Tu as bonne réputation avec les enfants. J'ai interrogé Danny au sujet de ses professeurs. Il dit que si la plupart d'entre eux le détestent, toi, en revanche, tu t'es toujours montrée juste envers lui. Et tu as fait de gros progrès avec Jennifer. Elle t'aime beaucoup.

— C'est réciproque, répondit Elisabeth, se rappelant le sourire timide de la fillette un jour où elle la félicitait pour un devoir.

Un sourire dont le souvenir, longtemps, l'avait enchantée.

— Je sais que cela signifie faire des heures supplémentaires, reprit Jo. Et la cuisine n'est pas vraiment ton activité favorite. Mais je sais aussi que ces enfants comptent pour toi. Grâce à toi, cette opération pourrait être un véritable succès.

« Ces enfants comptent pour toi. »

Elisabeth resserra les doigts sur sa jupe. Oui, ils comptaient. Ses élèves étaient sans doute la seule chose qui lui restait à chérir.

Elle avait un accès limité à leur vie, ne pouvait les aimer autant qu'elle l'aurait voulu. Son influence n'était pas aussi grande qu'elle l'aurait souhaitée. Parfois, elle pouvait aider ; d'autres fois, impuissante, elle devait les regarder faire les mauvais choix, victimes de circonstances de leur vie auxquelles elle ne pouvait rien.

Rien de plus frustrant, de plus déchirant, de plus merveilleux, pour un professeur, que de prendre l'avenir de ses élèves à cœur. C'était d'ailleurs, et tout particulièrement au cours de ces deux dernières années, les seules émotions qu'elle s'était autorisées, les seules qu'elle pouvait encore éprouver.

Ses élèves comptaient assez pour lui permettre de faire face à n'importe quel démon de l'enfer, à commencer par un chef qui chassait le poulet.

— D'accord, concéda-t-elle. J'accepte.

Angus se cala confortablement dans une chaise de son café italien préféré, Luciano, se préparant à déguster le délicieux *espresso* posé devant lui sur la table.

Il avala une gorgée. Quel délice pour ses papilles ! Il était au paradis ! D'autant que dix longues heures s'étaient écoulées depuis son dernier café, préparé à la machine rutilante de son restaurant, qu'il avait avalé à 6 heures ce matin.

Installé dans la salle à manger déserte de Magnum, le restaurant dont il était propriétaire, il l'avait bu seul, tout en parcourant des notes concernant quelques modifications du menu. Il voulait en discuter avec son chef assistant, Henry, avant les préparatifs du déjeuner.

Mais ils n'avaient pas eu l'occasion de s'entretenir.

Henry, à son arrivée, lui avait appris que la commande de langoustines, qu'ils attendaient en tout début de matinée, était bloquée sur la M 25 en raison d'un accident, et que deux de leurs commis étaient alités avec la grippe. Résultat, après avoir passé deux heures au téléphone, Angus avait traversé Londres à l'heure de pointe et était revenu à Magnum, le coffre de sa Jaguar rempli de langoustines dans des cubes de glace. Henry et lui s'étaient alors mis aux fourneaux en vue du déjeuner.

Une fois le service terminé, à peine s'était-il assis dans son bureau devant un bol de bouillabaisse que son téléphone avait sonné. C'était Christine, son attachée de presse.

— Il faut que je te parle au sujet de l'école de cuisine pour enfants, avait-elle commencé sans autre préambule.

— Je vais bien, merci Christine, et toi ? avait-il répondu en jetant un regard d'envie à la langoustine qui flottait dans son bol de soupe au safran.

Si sa Jaguar devait sentir la langoustine pour les jours à venir, il lui semblait juste d'en manger au moins une avant qu'elle soit froide. Mais Christine avait ce ton de voix qui signifiait qu'elle s'apprêtait à lui dire quelque chose pour son bien. Il avait donc renoncé à plonger sa cuillère dans le bol. Du moins pour l'instant.

— Très bien. Ecoute. J'ai négocié avec les trois écoles que tu as visitées. St Teresa a très envie de travailler avec nous et accepte les caméras de télévision, mais l'école est à l'autre bout de Londres. Gladstone School est d'accord pour les caméras aussi, mais les élèves ont déjà eu des cours de cuisine. Slater School est fréquentée par le genre de jeunes que nous cherchons, ceux qui auraient besoin d'aide. Mais ils se montrent hésitants. Pour eux, filmer le concours et utiliser le nom de l'école ne pose pas de problème, mais ils refusent que le nom des étudiants devienne public et ils veulent attendre de voir comment ça se passe avant d'accepter des caméras de télévision dans l'école. L'autre condition serait que les cours ne se fassent qu'en présence d'un professeur et que tu n'aies aucun contact avec les élèves sans être supervisé.

— Ils pensent sans doute que je pourrais avoir un mauvais ascendant sur la jeunesse influençable du pays ? avait-il émis avec un petit rire. C'est toi qui es à blâmer pour cela, Christine, avec toutes ces histoires impliquant des femmes que tu racontes à la presse sur mon compte !

Mais aujourd'hui, à l'évidence, ses taquineries laissaient Christine de marbre. Elle avait enchaîné, imperturbable :

— Slater School offre donc le meilleur choix en matière d'élèves. De plus, c'est la plus accessible pour toi. Mais, d'un point de vue publicitaire, ce n'est pas le mieux.

Angus avait laissé échapper un soupir exaspéré.

— Bon, écoute, mieux vaut tout annuler. Je n'ai jamais voulu enseigner dans une école de toute façon. Après tout, mes années de scolarité ont été les plus malheureuses de ma vie. Pourquoi aurais-je envie d'y retourner ?

— Pour augmenter ta cote de popularité, par exemple… Les gens adorent les célébrités compatissantes.

Il avait émis un grognement de dédain.

— Je suis chef, Christine, pas boy-scout ! Je fais des choses épouvantables avec des animaux et des couteaux tous les jours. Je suis un gentil garçon, mais je n'ai pas de temps à perdre avec la compassion pour des inconnus. J'ai déjà à peine le temps de me nourrir moi-même, avait-il ajouté en remuant sa cuillère dans sa soupe qui refroidissait.

— Tu veux être célèbre, non ?

Qu'aurait-il pu répondre à ça ? Comment lui expliquer ? Oui, il voulait exceller dans sa discipline, que l'on sourie rien qu'à son nom. Oui, il voulait entrer dans une pièce et être reconnu, il voulait voir les visages s'éclairer à sa vue, susciter l'affection. Mais il ne s'agissait pas là d'une simple envie de gloire, non. C'était juste que seule la célébrité pouvait l'aider à se rapprocher de ce qu'il recherchait. Remplir ce vide en lui, un vide que, aussi loin que remontaient ses souvenirs, il ne pouvait combler.

— Penses-tu vraiment que ce soit une bonne idée ? avait-il demandé, éludant cette question piège.

— Mais oui, Angus ! Le marché est inondé de chefs. Même si tu es, et de loin, le plus beau, tu as besoin de plus pour te faire sortir du lot. Or, aujourd'hui, le caritatif, venir en aide aux enfants défavorisés, c'est très en vogue !

A ces mots, il avait dû faire un effort pour ravaler son orgueil. A entendre son attachée de presse, son talent de cuisinier semblait très secondaire…

Et puis après tout ? Ce n'était pas comme s'il se servait de son apparence et de ses compétences dans un but promotionnel, de toute façon. Un peu de publicité en plus ne pouvait pas lui faire de mal. Cela lui permettrait de développer son restaurant, de poursuivre sa carrière.

Mais pourquoi une école ? Le seul endroit qui, c'était garanti, allait l'exaspérer.

— D'accord, avait-il fini par déclarer en reprenant son ton d'homme d'affaires. Mais si Slater School nous fait autant de difficultés, ils se passeront de nous ! Est-ce qu'on sait au moins qui est le professeur avec lequel ils veulent que je travaille ?

— Une certaine Elisabeth Read, avait répondu Christine. Elle n'enseigne même pas la cuisine, elle est professeur d'anglais.

Angus avait laissé retomber sa cuillère et s'était redressé sur sa chaise.

Elisabeth Read ? Le professeur d'anglais avec l'accent américain ? Celle qui, la veille, avait semé la panique dans sa démonstration avec MacNugget ?

Mlle Read, autoritaire, collet monté, Mlle Read dont la posture irréprochable mettait en valeur ses seins moulés dans un haut bien ajusté… Qui portait ses cheveux bruns et brillants relevés dans la nuque, dévoilant le plus élégant des cous… Dont le menton délicat pointait en signe de défi, dont les yeux sombres lançaient des éclairs et dont les lèvres couleur corail semblaient attendre un baiser.

Mlle Read, outrée… et si sexy ?

— J'opte pour Slater School, s'était-il alors entendu annoncer.

— Mais les débouchés en matière de publicité ne sont pas…

— Ils sont amplement suffisants, l'avait-il coupée. Arrange-moi un entretien avec Mlle Read cet après-midi au Luciano.

Et voilà comment, trois heures plus tard, il se retrouvait au Luciano, à attendre Mlle Read.

Angus avala une nouvelle gorgée de ce café divin et se remémora le parfum de la jeune femme : une fragrance exotique et chaleureuse, un mélange d'orange, de cannelle. Et ses cheveux sentaient le caramel. Si seulement il avait pu faire de ce parfum une saveur, il mangerait tout le temps ! D'ailleurs, il avait bien d'autres idées en tête au sujet de la ravissante Elisabeth Read…

Ce qui lui plaisait aussi en elle, c'était la compétence et l'assurance qu'elle dégageait. Ni le poulet affolé, ni les élèves qui couraient partout armés de cuillères de bois n'étaient parvenus à lui faire perdre son flegme. Elle avait répondu à ses taquineries avec une dignité très polie.

Une seule chose avait semblé la perturber, c'était le contact de sa main tendue. Ses joues s'étaient colorées de rose : seule indication lui prouvant qu'elle avait ressenti la même attirance que lui.

Il finit son express et fit signe au serveur de lui en apporter un autre. Tout en portant la tasse à ses lèvres, il ne peut s'empêcher de s'en vouloir. Dans quelle histoire était-il encore allé se fourrer ? D'accord, elle était ravissante, mais de là à accepter de donner des cours pour lesquels il n'avait aucun intérêt, alors que son emploi du temps était déjà surchargé ?

Et puis, il n'était pas prof. S'il avait formé des chefs dans sa cuisine, il avait toujours eu affaire à des professionnels qui aboyaient « oui, chef ! », à chacun de ses ordres. Dans son émission télévisée, il enseignait des recettes aux téléspectateurs. La différence ne devait pas être très grande, mais dans ce cas ses élèves ne pouvaient pas répondre, mettre la pagaille. Son expérience de la veille lui avait vite fait comprendre qu'à la seconde même où vous tourniez le dos, ces gamins sortaient les armes et coinçaient un pauvre animal tremblant de peur dans un coin.

Il eut un petit sourire amer. Ce n'était pas si différent de l'époque où lui-même était à l'école, en fait. Il se souvenait avoir été ce pauvre animal tremblant. Seul, apeuré, vulnérable, sans même une cage sûre dans laquelle chercher refuge.

Il hocha la tête. Que lui arrivait-il ? Cinq secondes dans ce projet et des souvenirs enfouis en lui depuis des années remontaient à la surface. Et tout ça parce qu'il avait rencontré une femme qui lui plaisait…

De toute façon, tenta-t-il de se reprendre, il n'avait pas de temps pour les femmes. Oui, il en connaissait beaucoup, belles, intelligentes, qui avaient de l'esprit.

Il allait avec elles au restaurant, à des premières, à des fêtes, pour ne pas s'y montrer seul. Sans compter que se montrer en compagnie d'une personne jolie et intéressante était loin d'être désagréable.

Les tabloïds ne se gênaient pas pour laisser entendre qu'il couchait avec toutes. Il préférait en rire, même s'il avait parfois envie de se présenter à leurs bureaux et de leur donner une copie de son emploi du temps : les trente-huit heures par jour passées entre Magnum et le studio de télévision, les heures passées à la maison à écrire, à planifier ses menus, les nuits blanches passées à travailler, pour, au petit matin, se raser, se changer et partir au restaurant.

A quel moment, exactement, était-il censé vivre les folles étreintes qu'on lui attribuait ? En cinq minutes, dans un placard ?

Or, pour Angus, le sexe était plus qu'une histoire de cinq minutes. Il l'abordait avec le même épicurisme que la nourriture, le vin. Il devait être apprécié à loisir, être une fête pour chaque sens, il méritait des efforts, de prendre son temps. Pour le sexe, vous aviez besoin des bons ingrédients. Et de toute l'adresse et l'attention que vous pouviez lui consacrer.

Et, sans qu'il puisse s'expliquer comment cette idée lui était venue en tête, il se surprit à songer que Mlle Elisabeth Read devait être un ingrédient parfait...

Angus s'adossa à sa chaise, allongea les jambes et croisa les mains derrière sa nuque. Qui aurait pensé qu'il pourrait un jour en pincer pour un professeur ?

Il se mit à rire doucement, imaginant Mlle Read se pencher vers lui, son chemisier largement échancré découvrant la naissance de ses seins magnifiques, l'air sévère. Elle se passait la langue sur ses lèvres.

« Vous n'avez pas été sage, MacAllister. Je dois vous voir après le cours. »

— Avez-vous besoin d'un autre café pour vous réveiller ? fit soudain une voix dans son dos, interrompant le fil de ses réflexions.

Il ouvrit les yeux pour voir le strict professeur se matérialiser. Elisabeth Read se tenait devant lui, en chair et en os, le dévisageant d'un air qui était loin d'être aussi avenant que dans son fantasme.

Elle était vêtue d'un haut chocolat, d'un pantalon en lin caramel, et des pendants turquoise ornaient ses oreilles. Ses cheveux raides tombaient sur ses épaules. Ses yeux, de la même couleur que son pull, l'enveloppaient d'un regard résigné.

Il se leva et lui tendit la main :

— Elisabeth, je suis content de vous revoir.

Une fraction de seconde, il anticipa le plaisir de la toucher, puis sa main s'empara de celle de la jeune femme. Sa peau était douce et veloutée, sa poignée de main ferme. Elle portait en bague une pierre de lune non taillée. Le bout de ses doigts était frais, mais sa paume était chaude. Cette main était-elle comme sa propriétaire ? Sous son apparence froide, était-elle chaleureuse, accueillante, passionnée ? Un brasier sous la glace ?

— Merci d'avoir accepté cet entretien, monsieur MacAllister.

Elle se dégagea de son étreinte. Il eut beau sonder son regard brun, guettant la même lueur de désir que la fois précédente, aujourd'hui, elle dissimulait mieux.

— Appelez-moi Angus, la pria-t-il en lui avançant une chaise. Que voulez-vous boire ?

— Juste un café filtre, merci, répondit-elle après un instant de réflexion. Avec du lait.

Il ne put s'empêcher de sourire. Si elle était obligée de réfléchir avant de faire une commande d'une telle banalité, cela signifiait que ce n'était pas vraiment ce qu'elle voulait.

— Luciano, un cappuccino, *per favore*, appela Angus.

L'homme âgé qui se tenait derrière le bar commença à s'affairer.

— Alors ? dit-il en s'asseyant en face d'Elisabeth. Je n'ai pas amené MacNugget aujourd'hui. De quoi pensez-vous que nous devrions discuter ?

Le front de la jeune femme se plissa encore.

— Merci, mais je n'ai pas demandé un cappuccino.

— Boire un filtre chez Luciano revient presque à demander une bande dessinée à la librairie du Louvre ! fit-il remarquer. Une bande dessinée, c'est bien, mais vous ratez la Joconde. Croyez-moi, vous voulez un cappuccino.

Elle se leva.

— Je vais juste changer ma commande, si vous voulez bien m'excuser.

Elle passa à côté de lui. Angus se leva et lui toucha le bras. Cette fois, il la sentit sursauter : elle était aussi affectée que lui par ce contact.

— Elisabeth, chuchota-t-il, la sentant tout près de lui. Les express de Luciano ont un goût de velours. Pour ses cappuccinos, il ajoute de la mousse de lait chaud qu'il saupoudre de chocolat : ils ont un goût de baiser doux et sucré.

Il leva les yeux vers elle. Elle était figée sur place, ses yeux aux pupilles élargies, écarquillés, aussi sombres, aussi riches que l'express auquel il faisait allusion.

Elle sentait le caramel et l'orange. Il savait que ses lèvres auraient meilleur goût que tous les cappuccinos de la terre. C'était tout simplement fou. Malgré la foule qui se pressait dans le café, c'était comme si tout à coup, ils étaient seuls au monde. Son corps gracieux était immobile, à quelques centimètres du sien, son visage levé vers lui…

Angus ne se souvenait pas de la dernière fois où une femme lui avait fait une telle impression. Le simple contact de son bras, son parfum, la chaleur de son corps, le mot « baiser » dans sa bouche, et il sentait le désir monter en lui. S'il était en général plutôt réceptif au charme féminin, une simple caresse ne suffisait pas.

C'était fantastique !

— Allons Elisabeth, murmura-t-il. Faites-moi confiance.

Ses paroles suffirent à rompre le charme. Elle battit des paupières et se dégagea de sa prise.

— Si vous voulez bien m'excuser, dit-elle d'une voix un peu haletante, si sourde que, s'il n'avait pas prêté l'oreille, il ne l'aurait pas entendue.

Angus la regarda se diriger vers le bar. Droite comme un I, elle avançait avec un imperceptible déhanchement.

Cette femme têtue comme une mule, qui faisait preuve d'un sang-froid inouï, lui plaisait terriblement.

Ce qui, bien entendu, ne semblait pas être réciproque.

Mais il n'était pas inquiet. Il savait se faire aimer des gens. Un enfant abandonné à six ans dans une pension apprenait vite à travailler sa popularité.

Une attitude qu'il avait perfectionnée dans chaque pension hors de prix dans laquelle il était passé jusqu'à l'âge de seize ans, dans chaque cuisine animée dans laquelle il avait appris son métier. Travailler dur à ce pour quoi vous êtes doué et se faire aimer des gens : c'était la seule façon de survivre.

Elle revint avec un café filtre et un cappuccino qu'elle posa devant lui.

— Etant donné que vous l'avez commandé, j'ai supposé que le boire vous ferait plaisir.

Angus renversa la tête en arrière et se mit à rire.

— Bravo, mademoiselle Read. J'aime bien qu'une femme me remette à ma place.

Il leva le cappuccino mousseux comme pour porter un toast :

— Au lait écrémé.

Les lèvres de la jeune femme esquissèrent un sourire. Pas un grand sourire franc mais, pour Angus, c'était un prix, la première victoire, toute petite.

— Vous êtes canadienne ? demanda-t-il, pensant qu'il était temps de risquer une question personnelle.

— Mes parents sont naturalisés canadiens. J'ai été élevée au Canada. J'ai la nationalité britannique maintenant.

C'était dit avec une fermeté qui indiquait que le sujet était clos.

— Et je vous en prie, épargnez-moi les commentaires sur quelqu'un du Canada qui enseigne l'anglais.

— Jamais je n'oserais, se défendit-il.

A l'évidence, les défenses d'Elisabeth Read étaient bien huilées. Pourquoi diable avait-elle choisi de travailler avec lui ?

Il but une gorgée de cappuccino. Il était aussi bon que ce qu'il lui avait promis. Il vit le regard de la jeune femme se poser sur ses lèvres ourlées de mousse blanche. Puis sa propre bouche, ravissante, se serra et elle baissa les yeux vers son propre café. Comme si elle était attirée par lui, tout en étant bien déterminée à l'ignorer. Comme si, aussi, elle aurait soudain tout donné pour tremper ses lèvres dans son cappuccino, mais qu'elle serait morte plutôt que l'avouer. C'était vraiment étrange…

— Ainsi, nous allons travailler ensemble ? avança-t-il. Etes-vous intéressée par la cuisine ?

— Non. Je suis intéressée par les enfants. Joanna

Graham m'a demandé mon assistance, parce que nous voulons que ce concours profite autant à Jennifer et à Danny qu'à vous-même.

Avec un sourire, il se cala dans sa chaise.

— Je vois. Vous ne me faites pas confiance avec les enfants.

— Je suis sûre que vous êtes un grand professionnel, monsieur MacAllister. Mais ces enfants ont des besoins particuliers que nous devons prendre en considération, et je ne suis pas sûre que votre campagne de publicité les prenne en compte.

Et vos besoins, Elisabeth ? eut-il aussitôt envie de lui demander.

— Je vous en prie, se contenta-t-il de dire, appelez-moi Angus.

— Angus, bien. Puis-je vous parler en toute confidentialité, en admettant que ce que je vais vous dire ne sera répété ni à votre attachée de presse ni à la presse ?

— Bien entendu.

Elle posa son coude sur la table et se pencha vers lui. Ses bras étaient longs et minces et il voyait les attaches délicates de ses poignets. Il aimait cette partie du corps de la femme, si fragile, si souple, l'endroit où battait le pouls, aussi sensuel que la douce cavité sous les oreilles ou que la peau soyeuse d'un ventre bombé.

Le corps d'Elisabeth devait regorger d'endroits secrets et voluptueux qu'il n'avait même jamais imaginés chez une femme auparavant.

— Jennifer et Danny sont tous les deux des enfants vulnérables qui ont des problèmes à l'école. Nous voulons qu'ils participent à ce concours pour leur donner confiance en eux, un peu d'espoir dans l'avenir. Mais ils vont tous les deux être difficiles, et ce pour des raisons différentes. Jennifer est une adolescente très renfermée. Quant à Danny, dès que l'on fait preuve d'autorité à son égard, il devient agressif.

A parler ainsi des enfants, la femme froide et pleine de sang-froid qu'elle était un instant auparavant avait disparu. Ses mouvements étaient plus détendus, plus intenses et elle ponctuait ses paroles de ses mains.

Elle tenait vraiment à ces enfants, songea-t-il, de manière passionnelle.

— Tous les tests montrent que Jennifer est une fille intelligente, reprit-elle. Mais elle est si timide qu'il lui est impossible de réussir à l'école. J'ai péniblement obtenu qu'elle me dise deux phrases en deux ans. Elle ne semble pas avoir d'amis. Danny, en revanche, en a des tas et ce sont tous des enfants à problèmes. Comme il est mauvais élève, il est devenu la cible des bravaches quand il est arrivé. Alors il a rejoint leur bande. Il ne marche dans aucune matière.

Elle avala une gorgée de café et reprit :

— Si nous voulons réussir dans cette mission, ils vont tous les deux avoir besoin d'être encadrés avec le plus grand soin. Mais Joanna Graham et moi sommes d'accord pour penser que ce concours peut changer leur vie.

Angus oublia son café. Il comprenait maintenant

pourquoi cette femme l'attirait. Ce n'était pas juste sa beauté, sa volonté, sa grâce de danseuse. C'était cette passion qui bouillonnait sous son détachement apparent. Une passion qui, pour le moment, était axée sur le bonheur de ses étudiants.

Il connaissait beaucoup de gens pour lesquels seuls comptaient la cuisine, la célébrité. Il y avait long-temps qu'il n'avait pas rencontré une personne que le sort d'autrui faisait vibrer. C'était même peut-être la première fois.

Cette ferveur, il le savait, pouvait s'appliquer à d'autres situations… Des situations dans lesquelles il pouvait d'ailleurs parfaitement s'imaginer.

Angus MacAllister la dévisageait.

Il l'avait déjà regardée, il avait flirté avec elle. Mais maintenant il la mangeait des yeux.

Elle, qui à l'instant même était si à l'aise, se sentit soudain aussi troublée que tout à l'heure, lorsqu'il l'avait effleurée. Impuissante face à son désir, elle avait eu du mal à respirer.

Elle dut se faire violence pour essayer de retrouver le fil de ses pensées. Elle avait évoqué les enfants. Pourquoi la regardait-il ainsi quand elle était simple-ment en train de parler d'élèves qu'il ne connaissait même pas ? Ce n'était pas comme si ce qu'elle disait pouvait compter pour lui !

— Excusez-moi, ne seriez-vous pas Angus MacAllister ?

L'interruption rompit le charme et Elisabeth leva les yeux pour voir une femme d'une cinquantaine d'années qui, un peu nerveuse, souriait à Angus.

— Oui, en effet, répondit-il en se levant et en lui tendant la main.

— Je suis une de vos plus grandes admiratrices.

— Merci, répondit-il avec un sourire d'une parfaite sincérité, malgré le fait qu'à la seconde précédente il accordait toute son attention à Elisabeth. C'est très aimable à vous, cela me touche beaucoup.

Elisabeth l'observa charmer son interlocutrice, bavarder avec elle, accepter ses compliments avec une grâce aimable. Ainsi voilà donc à quoi devait ressembler la célébrité : être obligé de supporter les irruptions dans votre vie privée et feindre d'adorer ça.

Cela dit, il était fort possible qu'il adorât ça, songea-t-elle. Pour sa part, elle ne pouvait imaginer pire. Elle avait grandi dans une communauté hippie et avait appris à protéger son intimité, son espace personnel, à chérir les moments où elle pouvait choisir avec qui partager ses pensées.

Bien sûr, elle comprenait le besoin de se créer un personnage public. C'était ce que l'on faisait en tant que professeur, après tout. Mais juste le temps d'un cours. Si vous deviez adopter cette attitude en permanence, comment diable pouviez-vous savoir qui vous étiez vraiment ? Comment pouviez-vous vous sentir en sécurité dans votre propre vie, si vous dévoiliez votre intimité à tous ?

La personne publique prenait peut-être le pas sur

vous. Du reste, elle n'aurait pas été surprise d'apprendre que Robin, son ex, maintenant comédien célèbre, se comportait ainsi.

Angus serra de nouveau la main de son admiratrice qui retourna à sa table. Il reprit sa place.

— Désolé, ce sont les contraintes de la profession.

Il s'était excusé le plus naturellement du monde.

— C'est l'une des choses dont je voulais vous parler, reprit-elle. Jennifer et Danny sont bien assez vulnérables comme ça, pour ne pas devenir le point de mire de la presse. Nous ne permettrons pas l'utilisation de leurs noms ou de leurs photos à des fins publicitaires sans la permission de leurs parents et de l'école. Et cette permission peut très bien ne jamais être accordée. Si vous parlez de ce que vous faites à la presse, vous devrez respecter leur anonymat.

Angus fronça les sourcils.

— Cela va de soi.

Pour la première fois depuis qu'elle l'avait rencontré, la voix de son interlocuteur trahissait une émotion différente de sa joyeuse assurance habituelle. Il avait presque l'air en colère. Cela devait être un choc pour lui de l'entendre poser ses conditions, quand il venait de se faire aduler par une inconnue.

— J'ai accepté les conditions de l'école, je les respecterai.

— Bien, dit Elisabeth, avant de se lever. Je sais que vous êtes un homme très occupé, je vais donc vous laisser retourner à votre travail. Je suis contente que nous ayons eu cette conversation et que nous nous comprenions.

Il avait perçu son manque de sincérité, elle en aurait juré. Autant qu'elle avait perçu le sien dans sa conversation avec sa fan. Angus MacAllister et elle venaient de deux mondes différents. Ils ne s'étaient jamais compris et ne se comprendraient jamais.

- 3 -

Les paumes moites, les genoux tremblants, l'estomac noué, Elisabeth se dirigea vers l'accueil où l'attendait Angus, qui venait donner sa première leçon à Jennifer et à Danny.

Pourquoi un tel trouble ? C'était idiot. Elle avait traversé les moments clés de sa vie sans trembler : son bac, son entretien pour une bourse à Cambridge, son déménagement en Angleterre seule à dix-huit ans, son premier face-à-face avec une classe. En général, elle était du genre à garder la tête froide, les idées bien claires.

Mais son cœur, le traître, battait la chamade !

Une petite voix lui soufflait, insidieuse : « Tu étais exactement dans le même état lors de ton premier rendez-vous avec Robin, il y a presque trois ans. Et tu le sais très bien. »

Elisabeth l'ignora et s'essuya les mains sur la jupe qui lui faisait une silhouette de rêve. Oh, bien sûr, elle ne l'avait pas choisie pour Angus ! Pas plus que, depuis leur rendez-vous chez Luciano, la veille, elle

51

n'avait pensé à lui, à le revoir. Ni que, la nuit dernière, elle ne s'était retournée dans son lit, se demandant comment elle réagirait si, comme par miracle, comme une réponse à ses rêves, Angus surgissait dans sa chambre et s'allongeait à côté d'elle : son corps long et ferme contre le sien, sa voix, basse et profonde. Et ses mains…

Mais non, bien sûr, rien de tout cela n'était venu lui effleurer l'esprit !

Avait-elle été aussi obsédée par Robin ? Depuis qu'ils s'étaient séparés, elle faisait son possible pour oublier l'horrible fin de leur histoire. Mais la vérité était que Robin n'avait sans doute jamais occupé ses pensées à ce point. C'était bien alarmant.

Elle trouva Angus en train de bavarder avec la réceptionniste qui, à l'évidence, était tombée sous le charme du beau chef.

Pourquoi cela l'étonnait-il encore ? se demanda-t-elle. A la façon dont il se comportait, il s'attendait à l'adoration de toutes. Les mains toujours moites, elle fit un pas en avant.

— Elisabeth !

A peine était-elle entrée dans la pièce qu'Angus se précipita vers elle, la dominant de sa haute taille. Submergée par l'émotion, elle se sentit presque prise de vertige : ses mains autour des siennes, ses yeux gris, son odeur, la chaleur qui irradiait de sa personne.

— Je suis contente de vous voir, Angus, se contenta-t-elle de dire.

« Contente », le mot était faible ! Elle était à la fois aux anges et terrorisée.

— J'en suis ravi, Elisabeth.

Son nom roula comme une caresse sur ses lèvres.

— Où sont les enfants ? J'ai hâte de les voir.

Allons ! Qui croyait-il berner ? Il avait surtout hâte de lancer son opération publicitaire.

— Ils vont arriver dans la salle des cours de cuisine, précisa-t-elle d'un ton affable tandis qu'elle remplissait les formulaires, avant de lui tendre son badge visiteur.

Il la fixa au revers de sa veste. Il était vêtu de façon plus décontractée que lors que leurs deux dernières rencontres : un jean délavé, un T-shirt à l'effigie de l'équipe de football d'Angleterre, des tennis et une veste de cuir vieilli. Un sac à dos noir complétait sa tenue.

Après avoir salué l'hôtesse, ils quittèrent la réception.

— Je suis désolée, j'ai dû vous faire attendre un peu.

— Non, je venais d'arriver, la rassura-t-il. Comment s'est passée votre journée ?

« Vous n'avez pas quitté mes pensées », répondit-elle en son for intérieur.

— Bien, merci. Avez-vous réfléchi à ce que je vous ai dit au sujet de Jennifer et Danny ?

— Je n'ai pensé qu'à ça, répondit-il d'un ton joyeux. C'est un challenge magnifique. Ce n'est pas une situation banale pour moi, vous savez !

Elle lui lança un regard de côté. Il avait réussi à séduire l'hôtesse en deux secondes et, maintenant, elle en était sûre, il lançait l'« opération charme » sur elle, feignant l'enthousiasme pour ce projet, quand il s'en fichait comme de sa première chemise. Pourtant, il avait une expression ouverte, aucune pointe de sarcasme dans sa voix.

— Pour les enfants non plus, indiqua-t-elle, en ouvrant la porte de la salle de classe avec précaution.

Ils n'étaient pas encore arrivés, tant mieux ! Cela allait lui donner le temps de mettre quelques détails au point : il était important, dès le départ, de rassurer Jennifer et d'éviter tout débordement de la part de Danny. Les enfants et les adolescents aimaient les limites bien définies, les règles. Elle était bien placée pour le savoir, elle que ses parents avaient élevée avec une telle liberté !

Mais surtout, ces quelques minutes lui permettraient peut-être de trouver le moyen d'apaiser ses sens surchauffés…

— Alors, commença-t-elle, pour en revenir à notre conversation d'hier, je pense qu'une bonne idée serait de…

— Pourquoi êtes-vous en colère après moi, Elisabeth ? l'interrompit-il.

Elle était en train de se diriger vers le centre de la classe afin de mettre une certaine distance entre Angus et elle. Mais, en entendant ces mots, elle pila.

De sa part, elle se serait attendue à une phrase vide et

futile dont les « people » étaient friands. Certainement pas à cette question inopinée.

— Je ne suis pas en colère, finit-elle par répondre.

Aussitôt ces mots prononcés, elle sut qu'elle mentait. Elle était folle de rage. Qui diable pensait-il être pour faire irruption dans son monde et laisser libre cours à ses envies ? Quand elle ne le pouvait pas ? Quand elle était obligée de se créer des limites, de sans cesse contrôler ses sentiments, de faire son possible pour ne pas sombrer ?

Angus posa son sac à dos sur le comptoir auquel il s'adossa, manifestement très à l'aise. Il l'enveloppa de son regard gris, pénétrant, et répliqua :

— Si. J'ai l'impression que vous mourez d'envie de me coller un coup de poing dans la figure. Qu'ai-je fait pour vous contrarier ?

Elle refoula sa colère. Il avait raison, il n'avait rien fait. Et si, pour sa part, il lui était impossible de se laisser aller à ses propres inclinations, il n'en était pas responsable. C'était la vie, tout simplement. Elle avait des désirs saugrenus qui, lorsqu'on connaissait son passé, s'expliquaient. Il lui suffisait de les gérer.

— Vous n'avez rien fait, répondit-elle. C'est ce que vous êtes.

— Et en quoi ma personnalité vous irrite-t-elle tant ? Vous venez de me rencontrer, Elisabeth. Vous n'appréciez pas les chefs ? Ou alors, vous n'aimez pas les éleveurs de poulets ? Il vaudrait mieux me le dire avant que nous commencions à travailler ensemble, je pourrais peut-être vous faire changer d'avis, suggéra-t-il en s'avançant d'un pas.

Seigneur ! Pour une idée stupide ! Elle avait espéré pouvoir ignorer la façon dont son corps réagissait en présence d'Angus, elle avait bêtement cru qu'il la laisserait jouer son rôle de professeur et qu'elle pourrait se montrer froide, distante. Et maintenant, il se tenait devant elle, le regard franc, le visage ouvert, amical, et il voulait gagner son estime, rien que ça !

— Cela n'a aucune importance, lança-t-elle.

Elle se détourna, feignant d'inspecter la pièce et sentit, sans le voir, qu'il s'était approché : sa peau était parcourue de petites décharges électriques. Il se tenait juste derrière elle. Assez près pour pouvoir la toucher.

— Si, c'est important, répliqua-t-il d'une voix rauque, amplifiant encore la sensation de picotements sur sa peau. Parce que…

Un petit coup timide à la porte. Elisabeth, à la fois soulagée et dépitée, reconnu la silhouette de Jennifer se dessinant derrière la vitre opaque.

— Je vais ouvrir, annonça-t-elle.

Mais, en deux enjambées, Angus la devança.

Une adolescente aux cheveux raides se tenait dans l'embrasure, les yeux baissés.

— Jennifer, je suppose, dit Angus d'une voix chaleureuse. J'ai beaucoup entendu parler de toi, Jennifer, et je suis très content de te rencontrer. Je suis Angus.

Il lui tendit la main et l'adolescente eut un geste de recul. Il s'effaça alors pour la laisser passer. Elle jeta un regard furtif à Elisabeth, avant de baisser les yeux sur ses chaussures. Posant ses livres sur un banc, elle resta immobile, une main agrippée à l'autre.

Une petite fille apeurée, se dit Elisabeth, pleine de compassion. Elle savait par Joanna que l'adolescente n'avait plus de père et que sa mère n'était pas souvent à la maison. Par conséquent, Jennifer s'élevait presque toute seule. Une situation à laquelle Elisabeth pouvait aisément s'identifier.

— Bonjour Jennifer, dit-elle d'une voix douce, en s'avançant. Je suis si fière que tu aies été choisie pour participer au concours. Ça va être formidable d'apprendre avec un vrai chef, non ?

Pour toute réponse, l'adolescente eut un petit signe de tête qui pouvait passer pour une approbation.

Danny surgit alors. Il sentait le tabac à plein nez. Il attendit sur le seuil, les mains enfoncées dans les poches de son pantalon, la cravate de son uniforme dénouée.

— Combien de temps ça va prendre ? questionna-t-il. J'ai des trucs à faire.

Dans ce grand corps d'adolescent avachi, sa voix semblait étonnamment jeune. Après avoir pris acte de la présence d'Elisabeth, ses yeux se posèrent sur Angus et une expression indéfinissable se peignit sur son visage : était-il hostile, anxieux ? Difficile à dire.

— Eh bien, Dan, je suis content que tu sois là, le salua Angus.

Quelque chose avait changé dans sa voix. C'était cette pointe d'accent écossais, cette intonation qui le rendait beaucoup moins intimidant, comprit-elle tout à coup.

D'un regard, Danny engloba le jean d'Angus, ses baskets et son T-shirt de football. De fait, songea-t-elle, le chef était loin de ressembler à un professeur. Avait-il choisi ces vêtements exprès pour mettre les enfants plus à l'aise ?

— Super ! Puisque tout le monde est là, nous pouvons commencer, déclara Angus en se frottant les mains avec enthousiasme.

D'un mouvement précis, il attrapa son sac à dos, y prit une nappe noire roulée en boule, qu'il étala sur une table au centre de la pièce.

— Allons ! lança-t-il à la ronde. Je ne vais pas vous mordre !

Elle aurait juré que cette remarque lui était destinée. Il fallait vraiment qu'elle arrête de faire une fixation sur cet homme ! se réprimanda-t-elle, avant de remarquer que Jennifer et Danny la regardaient, attendant son signal.

Pas étonnant. Elle était l'élément familier dans ce scénario et, malgré leur méfiance à son égard, elle leur inspirait tout de même plus confiance que cet inconnu qu'était Angus. Un peu à contrecœur, elle se dirigea vers la table de travail d'Angus, suivie par les élèves.

Une fois qu'ils furent tous face à lui, Angus se présenta :

— Je m'appelle Angus MacAllister, mais dans cette pièce vous devez m'appeler chef, entendu ?

Jennifer répondit de son habituel hochement de tête, Danny haussa les épaules.

Elisabeth croisa le regard d'Angus et ce qu'il lui avait dit avant l'arrivée des enfants lui revint à la mémoire : il espérait la faire changer d'avis à son sujet, souhaitait gagner son estime. Quelque chose en elle voulait garder le silence, le mettre au défi d'essayer de lui tirer une réponse, mais elle était là pour le bien des enfants et, pour que cela marche, elle devait faire de son mieux pour coopérer.

Elle prononça donc le mot qu'il attendait depuis leur toute première rencontre.

— Oui chef, fit-elle, docile, d'un air un peu narquois.

Après lui avoir décoché l'un de ses fameux sourires éblouissants, il reprit à l'intention des adolescents :

— Avez-vous déjà regardé mon émission télévisée ?

Nouveau signe de tête, nouveau haussement d'épaules.

— Pardon ? fit Angus.

— Oui, chef, marmonnèrent-ils en chœur, gênés.

— Excellent. Vous a-t-elle plu ?

— Oui, chef, acquiescèrent-ils sans difficulté apparente, cette fois.

— Formidable ! Merci.

Il les regarda pour s'assurer qu'il avait bien toute leur attention et son expression se fit soudain sérieuse.

— Je tiens à être très clair sur un point, déclara-t-il. Pour devenir un bon chef, il ne suffit pas de s'amuser comme dans cette émission télévisée. Il faut travailler très dur.

Angus s'appuya à la table, le visage à la hauteur de celui des enfants, et sa voix s'adoucit :

— J'étais plus jeune que vous quand j'ai démarré dans ce métier. Il m'a fallu des années pour arriver où je suis aujourd'hui. J'ai travaillé dix-huit heures d'affilée dans des cuisines qui ressemblaient à des zones sinistrées. J'ai sué sang et eau et j'ai dû emprunter beaucoup d'argent pour me faire un nom. Et ce n'est pas pour autant que, une fois célèbre, j'ai ralenti le rythme.

Il les regarda comme pour s'assurer que ses paroles s'imprégnaient bien en eux. Malgré leur air un peu étonné, Jennifer et Danny semblaient très concentrés.

— Voulez-vous devenir des chefs ?

En posant cette question, Angus regarda Danny droit dans les yeux. Ce dernier, pris au dépourvu, bégaya :

— Oui… chef.

— Oui chef, murmura Jennifer à son tour, lorsque Angus dirigea son regard vers elle.

— C'est un bon début. Quels que soient les problèmes que vous pouvez avoir chez vous ou à l'école, dès que vous passerez cette porte, ils seront oubliés. Je ne vais pas vous juger sur ce qui a pu vous arriver par le passé, je m'en contrefiche.

Ses paroles s'adressaient toujours aux enfants, mais maintenant il regardait Elisabeth droit dans les yeux et elle comprit ce que Jennifer et Danny venaient d'éprouver sous le joug de son regard : subjugués par l'attention dont il les enveloppait, par l'intensité qu'il dégageait, ils ne pouvaient que répondre ce qu'il voulait entendre.

Si ce n'est que, chez Elisabeth, une violente poussée d'un désir purement physique vint s'ajouter à ce trouble. Il faisait référence à leur conversation de tout à l'heure, lorsqu'il lui avait demandé la raison de son ressentiment à son égard, quand elle n'avait aucune raison de lui en vouloir. Elle déglutit, effrayée par sa propre réaction.

— Pour moi, reprit-il enfin en détournant les yeux de la jeune femme, tout ce qui compte est de savoir si vous cuisinez bien. C'est tout. Je vais vous juger sur votre intérêt pour le résultat, pour la gastronomie. Regardez.

Il tendit les mains devant lui, paumes ouvertes, les doigts écartés.

Une fraction de seconde, Elisabeth ne comprit pas où il voulait en venir. Il avait des mains magnifiques. Fortes, capables, de longs doigts, des pouces un peu recourbés. Les mains les plus extraordinaires qu'elle ait jamais vues, les seules qui aient jamais fait réagir son corps, avant même qu'elles l'aient effleuré.

Pourquoi diable voulait-il que les enfants les regardent ?

Mais soudain, elle comprit, et retint un petit cri de surprise. Ses mains étaient couvertes de cicatrices, des pouces aux poignets. D'un geste lent, il les retourna et elle vit que l'autre côté et ses avant-bras étaient pareillement marqués.

— Si vous devenez chef cuisinier, attendez-vous à avoir les mêmes mains, expliqua Angus. Vous allez vous couper, vous brûler, mais vous serez fiers de chacune de vos blessures : chacune d'entre elles attestera de vos progrès.

Elisabeth était incapable de détacher les yeux des blessures d'Angus. Elle aussi avait des cicatrices, à cela près que les siennes étaient invisibles.

— Je me suis brûlé des centaines de fois, se vanta Danny, en montrant sa propre main. Celle-ci vient du gril.

— Et qu'est-ce que cela t'a enseigné ? questionna Angus.

— Ne pas faire de sandwich au bacon quand on est soûl, répondit Danny, provoquant, avec un sourire plein de suffisance.

« Vas-y, réprimande-moi pour avoir pris une cuite alors que je suis mineur », semblait-il dire.

Mais Angus se contenta de rétorquer :

— Bonne leçon !

Il commença alors à déballer ses torchons.

— J'ai appris très vite que, pour éviter de me blesser, je devais prendre soin de ça, déclara-t-il en découvrant une batterie de couteaux rutilants et colorés. Jennifer, peux-tu aller me chercher un oignon et une planche à découper, s'il te plaît ?

La timide adolescente s'exécuta et posa les objets devant Angus. Avec un sourire de remerciement, il tira un couteau du lot et, d'un mouvement si rapide qu'Elisabeth eut à peine le temps de s'en apercevoir, il trancha un oignon en deux et, sans arrêter de parler, l'éplucha et le coupa en demi-lunes.

Ses mains de magicien semblaient trancher les bulbes sans aucun effort.

— Vous ne pleurez pas, constata Elisabeth.

— Cela pour deux raisons. D'abord, il s'agit d'un couteau très aiguisé, ensuite, il m'en faut beaucoup pour me faire pleurer.

Voilà au moins une chose qu'ils avaient en commun, songea Elisabeth. Elle non plus n'avait pas la larme facile, du moins plus aujourd'hui.

Il tendit alors le couteau à Danny et en donna un autre à Jennifer. Enfin, l'œil pétillant, il en sortit un quatrième, énorme, pour Elisabeth qui, hésitante, le regarda : une image du film *Psychose* lui traversa l'esprit.

— Je n'ai pas besoin d'apprendre, protesta-t-elle.

— Ah non ? fit-il de sa voix rauque, comme une caresse veloutée sur la peau, qui la fit presque défaillir. Je croyais qu'un bon professeur ne laissait jamais passer une occasion d'apprendre quelque chose de nouveau.

Elle n'avait plus le choix. Cet homme était passé maître en l'art de la manipulation, tout comme en celui de la cuisine.

Il sortit alors un énorme sac de légumes du réfrigérateur et, avant même qu'elle s'en soit aperçue, elle était en train de couper une carotte en lamelles, sans pouvoir s'empêcher d'admirer sa pédagogie.

Danny et Jennifer, très concentrés, semblaient suivre ses instructions à la lettre. Angus les félicitait, leur donnait des tuyaux. Avec Jennifer, il faisait preuve de douceur et avec Danny avait recours à l'humour. Et les deux adolescents apprenaient.

Tout comme elle, du reste.

Angus MacAllister ne tirait pas sa popularité du simple fait d'être un chef talentueux, beau et célèbre. C'était avant tout un charmeur. Il se mettait en quatre pour faire attention aux autres, deviner leurs goûts. Et il avait un don pour paraître parfaitement sincère, comme si ce qu'il était en train de faire et son interlocuteur comptaient vraiment pour lui.

Une attitude qui, sans nul doute, lui avait été bénéfique au fil des années passées à se battre pour atteindre le sommet. Sans parler de ses nombreuses conquêtes féminines…, ne put-elle s'empêcher de songer.

De ce côté-là, au moins, elle pouvait être tranquille : Angus MacAllister ne flirtait pas avec elle parce qu'elle l'intéressait, mais parce que c'était, pour lui, une façon naturelle d'agir, une seconde nature.

Enfin, elle pouvait au moins arrêter de se faire du souci pour les enfants : quelles que soient les motivations d'Angus, Jennifer et Dany apprenaient au contact du chef.

— Si vous faisiez travailler la lame plutôt que votre bras, ce serait plus facile, murmura la voix d'Angus dans son oreille.

Il n'était qu'à un souffle d'elle. Elle faillit lâcher l'ustensile.

— Vous ne devriez pas arriver sans bruit derrière quelqu'un qui tient un couteau à la main, rétorqua-t-elle en lui jetant un regard par-dessus l'épaule, sentant le manche glisser dans sa paume moite.

— J'essaye juste de vous aider. Là, laissez-moi vous montrer.

Il s'approcha encore et l'enlaça par-derrière, ses mains maintenant sur la sienne. Elle sentit son souffle tiède dans son oreille et un frisson lui parcourut le dos. Alors, il guida sa main d'une poigne à la fois ferme et douce.

Ses bras l'entouraient. Elle sentait son corps derrière elle, chaud, grand, plein de force contenue. Sa peau dégageait une odeur sensuelle, qu'accentuait encore son after-shave aux notes de vétiver.

— Nous n'avons pas pu finir notre conversation, tout à l'heure, lui murmura-t-il. Et si nous allions prendre un autre café après ça ? Je vous offre le lait écrémé.

Elle ne voyait pas son visage. Elle voyait juste ses poignets, ses mains ravagées, si compétentes. Elles couvraient les siennes et contrôlaient tous ses mouvements.

Elle jeta un coup d'œil aux enfants. Danny était en train de chercher quelque chose dans un réfrigérateur et Jennifer travaillait sur une pomme dont elle tira une parfaite spirale de peau rouge. Dieu merci, ils ne remarquaient rien.

— Non, merci, répondit-elle.

— Vous voyez ? Voilà exactement ce dont nous devons parler. Vous persistez à jouer le professeur plein de dignité avec moi. Je sais que cela cache beaucoup plus.

— Et qu'est-ce qui vous fait penser ça ? demanda-t-elle d'une voix égale.

Elle sentit son souffle sur son cou comme une caresse, un nouveau frisson la traversa et elle sentit ses seins se tendre, leurs pointes se durcir sous son chemisier fin.

— A cause de la façon dont je me sens quand je suis avec vous.

Mais qu'il aille donc au diable avec son baratin ! C'était un flatteur, un champion de la drague, elle le savait. Ses paroles étaient vides de tout sens.

Pourtant, cela n'empêcha pas son cœur de faire un bond dans sa poitrine et, le souffle court, elle se sentit fondre. Pourquoi avait-elle l'impression qu'il était sincère ?

— Arrêtez ! le tança-t-elle. Vous ne savez rien de moi.

— Justement, je veux y remédier. Prenons un café, dînons, comme vous préférez. Je veux apprendre à vous connaître.

Elle regarda ses mains sur les siennes. Leur tempo était fascinant, sensuel.

— Monsieur MacAllister, nous avons des enfants dans cette pièce. Je ne pense pas que cette conversation soit appropriée, répliqua-t-elle en tortillant les épaules, comme si elle cherchait à se débarrasser de lui.

Il retira ses mains et il recula d'un pas. C'était tout à fait ce qu'elle voulait. Pourtant, que n'aurait-elle pas donné pour rester ainsi, au creux de ses bras…

— Je suis d'accord, approuva-t-il d'une voix égale. Je vous propose donc de venir prendre un verre quelque part une fois le cours terminé. Si vous refusez, je vais continuer à vous tanner jusqu'à ce que vous disiez oui. Vous feriez donc aussi bien d'éviter de nous faire perdre notre temps.

Elisabeth jeta un nouveau regard à la ronde. Jennifer et Danny étaient concentrés sur leurs plans de travail. Même s'ils les avaient vus, ils n'en auraient sans doute rien pensé. De l'extérieur, la façon d'agir d'Angus pouvait passer pour un flirt sans conséquence. Jamais les adolescents ne pourraient s'apercevoir de la torture à laquelle Angus la soumettait, du désir qu'il attisait en elle.

Mais elle savait qu'Angus, lui, n'était pas dupe. Elle le voyait à son sourire, à l'invitation muette dans son regard. Elle sentait ses joues en feu, ses membres en coton et, lorsqu'elle baissa les yeux, elle remarqua que son haut léger était tendu par les pointes durcies de ses seins.

Pourquoi n'avait-elle pas enfilé un pull ce matin ? Ou une cotte de mailles, à tout prendre ?

— Vous ne voulez pas ? insista Angus.

Elle croisa les bras sur sa poitrine.

— Il ne s'agit pas de vouloir ou pas. Je ne viendrai pas. Merci pour l'invitation.

Il lui décocha un lent sourire, plein d'assurance.

— Si, Elisabeth. C'est tout à fait une question de vouloir.

Quelle impudence ! Elisabeth attrapa une autre carotte et, d'un coup sec, la trancha en deux.

— Non, chef ! lui asséna-t-elle.

— Je comprends, répondit Angus avec un rictus. « Inutile de la poursuivre dans cette humeur farouche. »

Elisabeth, ébahie, battit des paupières. Il venait de lui citer un vers du *Songe d'une nuit d'été* de Shakespeare !

— Vous finirez par accepter, reprit-il d'un air radieux, avant de reporter son attention sur ses élèves.

- 4 -

— *Le Songe d'une nuit d'été* traite essentiellement des problèmes de l'amour, était en train d'expliquer Elisabeth, assise sur son bureau, face à sa classe de sixième.

Elle savait que, pour la plupart de ses élèves, c'était la première fois de leur vie qu'ils entendaient parler de Shakespeare.

— Oui, répliqua Jimmy Peto avec une grimace. Dans l'ensemble, l'amour, ça craint ! Le foot, c'est bien plus intéressant !

La classe partit d'un éclat de rire et, dans un joyeux brouhaha, les enfants commencèrent à ranger leurs affaires tandis qu'Elisabeth ramassait les copies. Il valait mieux finir le cours sur une note positive, et elle-même avait bien besoin de ces deux minutes de répit avant que la cloche n'annonce la fin des cours, et qu'elle doive se rendre dans la classe de cuisine. Car on était vendredi, et Jennifer et Danny s'apprêtaient à prendre leur sixième leçon avec Angus.

Les cours d'Angus se suivaient et se ressemblaient :

il apprenait la cuisine à tous, y compris à Elisabeth, et elle avait fini par apprendre à faire les sauces béarnaise et hollandaise, à monter une mayonnaise. Elle pouvait désormais confectionner un gâteau ou préparer un rouleau de printemps. Pourtant, les enfants étaient meilleurs qu'elle. Ils avaient un flair naturel, un instinct, qui leur permettait d'allier les saveurs avec succès.

Elisabeth s'en réjouissait, même si chacun de ces cours représentait pour elle une véritable épreuve. Car, égal à lui-même, Angus ne manquait jamais une occasion de flirter avec elle. Et aucun cours ne finissait sans qu'il ne l'invite de nouveau à venir boire un café.

Elle avait pensé qu'à la longue il finirait par se lasser, ou qu'elle allait s'habituer à lui et que le frisson d'excitation qui la traversait au début de chaque leçon disparaîtrait.

Elle s'était fait des illusions.

Chaque fois qu'elle le voyait, son corps était comme secoué par une décharge électrique et, quand il était dans la pièce, l'air semblait crépiter. Le mercredi et le vendredi soir, elle rentrait chez elle avec des maux de tête à force d'avoir fait taire ses pensées indisciplinées et presque ankylosée d'avoir contrôlé ses moindres gestes. Ces trois dernières semaines lui semblaient avoir été une longue et tortueuse session de préliminaires… qui ne mèneraient jamais à rien, car elle n'avait nulle intention de céder à Angus.

La cloche retentit et la classe se dispersa avec

allégresse : le week-end commençait. Elle aurait dû se rendre immédiatement dans la salle des cours de cuisine, car Jennifer et Danny ne traînaient jamais et, maintenant qu'Angus connaissait le chemin de l'école, ils le trouvaient souvent en train d'installer l'équipement lorsqu'ils arrivaient. Mais elle allait prendre son temps. Elle n'avait aucune envie de se retrouver en tête à tête avec lui avant l'arrivée de ses élèves. Si jamais il la frôlait de nouveau, s'il posait ses mains sur elle, s'il l'attirait contre lui… Elle en avait tellement envie qu'elle ne pouvait se permettre de prendre le risque.

La tête de Joanna apparut dans l'entrebâillement de la porte.

— Tu as une minute, ou il faut que tu te précipites retrouver ce chef sublime ? demanda son amie.

— J'ai une minute.

Jo entra, se laissa tomber sur une chaise et sortit de sa poche une barre chocolatée.

— J'ai de bonnes nouvelles. Danny n'a pas été arrêté depuis trois semaines. Depuis qu'il a commencé les cours de cuisine.

D'étonnement, Elisabeth se laissa tomber sur sa propre chaise.

— C'est super ! s'exclama-t-elle.

— Comme tu dis ! Ça marche, non ? Angus et toi faites du bon travail.

Nuance, songea Elisabeth : *Angus* faisait du bon travail. Les règles qu'il avait instaurées dans cette cuisine avaient, à l'évidence, des répercussions sur la vie de ses élèves.

— Eh oui, aussi incroyable que cela puisse paraître ! constata-t-elle en secouant la tête.

Jo acquiesça d'un signe.

— Bon, mais ce n'est pas de ça que je voulais te parler. Il se trouve que je connais un type qui rêve de sortir avec toi, un Gallois. Tu verras, il a un accent délicieux. En plus, il est champion de danse de salon, il pourrait t'apprendre le tango.

Et, pour illustrer ses paroles, elle mit la barre chocolatée entre ses dents à la façon d'une rose, leva les bras et fredonna quelques notes de musique argentine.

Elisabeth mit de l'ordre sur son bureau et poussa de côté les copies qu'elle devait corriger.

— Un danseur de tango gallois ? C'est tentant, mais non merci Jo.

Ecourtant son petit numéro, son amie sortit la barre chocolatée de son emballage.

— Si tu dis non à toutes mes suggestions, j'espère au moins que tu te rinces un peu l'œil avec cet adonis d'Angus MacAllister ! A-t-il proposé de cuisiner pour toi, en privé ?

— Oui.

— Génial ! Quand devez-vous vous voir ?

— Ce n'est pas au programme. Je lui ai dit non.

Joanna s'arrêta de manger et posa le reste de sa barre sur un bureau.

— Tu lui as dit non ? Tu as perdu la tête ? Cet homme a trois étoiles au Michelin, et il est absolument superbe ! Comment peut-on ne pas lui dire oui tout de suite ?

— Eh bien, j'ai dit non, dit Elisabeth, sans pouvoir s'empêcher de rire devant l'expression choquée de Jo.

— A quoi d'autre as-tu dit non ?

— Un café. Un verre. Un vernissage. Un week-end à la campagne. Une première de film. Une représentation de *Hamlet* à Stratford, énuméra son amie sur ses doigts.

Jo émit un petit sifflement.

— Tout ça ! Et rien ne te tentait ?

— Je ne suis pas en train de dire que rien ne me tentait. Ce n'est pas ce que je veux, c'est tout.

— Liz, cet homme est riche, célèbre, sexy, célibataire et il aide les enfants. Il veut t'inviter pour que tu t'amuses, ce que tu mérites. Alors vas-y, laisse-le te flatter, te cuisiner des petits plats, te distraire !

— Je ne veux pas me distraire, répliqua Elisabeth. Je veux de la sécurité. Je veux quelqu'un qui me dise qu'il sera toujours là pour moi. Je veux des enfants…

En prononçant ces mots, elle sentit soudain des larmes lui brûler les paupières.

Oh non ! Elle s'était pourtant promis de ne plus y penser ! Jo s'avança vers son bureau.

— Elisabeth, il s'agit du bé… ?

— Je ne veux pas en parler, répondit Elisabeth d'une voix plus ferme. C'est fini. Je cherche un homme avec lequel je puisse avoir une relation stable, pas un homme pour me distraire.

— En d'autres mots, tu veux te marier ? dit Jo. Toi qui a été élevée par des farfelus de parents hippies, tu veux une vie normale et bourgeoise ?

Elisabeth, la gorge moins serrée, se sentait déjà mieux.

— On dirait que pour toi c'est le comble de l'ennui ! rétorqua-t-elle. Mais tu n'imagines pas à quel point j'ai eu envie que mes parents soient mariés, comme tous les autres parents, qu'ils soient officiellement liés, que quelque chose les retienne de se séparer !

— Mais enfin Elisabeth, tes parents sont toujours ensemble, non ?

— Oui. Mais je ne me suis jamais sentie en sécurité. On ne m'a imposé aucune limite, aucune règle, rien pour me rassurer. Je ne veux pas que…

Elle s'interrompit. Elle avait failli dire « mes enfants ».

— Je ne veux pas vivre comme ça, enchaîna-t-elle.

Jo la regardait avec attention.

— Ce n'est pas bon pour toi de tout refouler, Elisabeth. Tu as eu une mauvaise expérience, il y a longtemps. On peut se sentir triste parfois et en parler à ses amis. J'essaye de t'aider à être heureuse.

Sous le regard scrutateur de Jo, Elisabeth se sentit encore plus accablée. Jo était une bonne amie qui ferait tout pour l'épauler mais, en toute honnêteté, elle n'avait pas besoin d'aide. Elle contrôlait ses émotions.

La preuve, elle arrivait même à contenir ses larmes.

— Tout va bien, la rassura-t-elle. Je n'ai pas besoin d'en parler. J'essayais juste de t'expliquer pourquoi je ne veux pas sortir avec Angus MacAllister. A propos, je devrais l'avoir rejoint depuis dix minutes. Je file.

Elle serra Jo dans ses bras et déposa un rapide baiser sur sa joue.

— Merci pour ta sollicitude et pour ta gentillesse. Tu es une vraie amie. Tu as raison de dire que je ne t'apprécie pas autant que je le devrais.

Jo reprit sa barre chocolatée.

— Eh bien, il n'est jamais trop tard.

— C'est vrai.

Elle s'arrêta sur le seuil de la porte et lui lança un regard par-dessus l'épaule. Malgré le chocolat, son amie semblait toujours contrariée.

— Que dirais-tu de donner mon numéro de téléphone au danseur de tango gallois ?

Le visage de Jo s'éclaira d'un coup.

— Super !

Elisabeth sourit, heureuse de pouvoir se racheter un peu pour tout ce qu'elle ne confiait pas à son amie.

Elle avait grandi dans une atmosphère familiale merveilleusement bon enfant : les nombreux inconnus chevelus, en sandales, qui faisaient escale chez ses parents, étaient tous des frères. Et si tout allait pour le mieux dans le meilleur des mondes, aucun problème n'était jamais résolu.

Un « frère » en difficulté arrivait et, pendant des jours, il dormait sur le canapé, prenait ses repas avec la famille, s'adonnait aux rites les plus saugrenus, comme d'enlacer les arbres du jardin, buvait le vin fait maison et n'arrêtait pas de parler : de la fille qui l'avait quitté, du job qu'il avait perdu, du propriétaire qui l'avait chassé parce qu'il n'avait pas payé le loyer ! Bon sang, n'habitions-nous pas dans un pays libre ? Et la course à l'armement, et la couche d'ozone. Et ses parents de renchérir.

Les discussions duraient si tard dans la nuit qu'Elisabeth essayait de trouver le sommeil en lisant, en vain. Elle entendait leurs voix à travers les murs fins. Parfois, elle écoutait la conversation qui pouvait être intéressante. D'autres fois, elle aurait voulu ne pas les entendre évoquer leurs doutes, leurs peurs, leur relation. Elle était leur fille, ils auraient dû savoir apaiser ses craintes, imposer des limites.

Un enfant devait être protégé de certains sujets.

Au matin, ses parents lui demandaient de faire ses bagages, et l'on se mettait en route pour Manitoba pour démarrer une plantation de cannabis, ou pour Vancouver pour participer à un rallye pour la paix. Qu'importe la destination, c'était toujours trop loin de ses tout nouveaux amis, des professeurs qu'elle commençait à aimer. Loin de tout ce qui était sa vie, hormis ses livres qu'elle transportait partout avec elle dans une valise spéciale.

Son père et sa mère n'avaient pas été de mauvais parents. Mais ils n'auraient sans doute jamais dû avoir d'enfant.

*
* *

Arrivée devant la porte de la salle de cuisine, Elisabeth secoua la tête. Le passé était le passé et il était inutile d'en parler ou d'y penser. Pour le moment, elle avait deux adolescents et un chef à gérer.

Quelle serait la proposition d'Angus aujourd'hui ? Elle avait hâte de le savoir, se dit-elle en ouvrant la porte de la classe. Elle pila net : devant elle, une tempête de neige faisait rage.

Des flocons tourbillonnaient dans les airs. Une fine poussière blanche recouvrait les surfaces de travail et s'était amoncelée sur le sol. Danny et Angus avaient tous les deux les cheveux blancs, des têtes de fantômes, leurs visages poudrés éclairés d'un grand sourire.

Angus était en train d'envoyer une cuillère de poudre blanche au visage de Danny.

— Vous faites une bataille de farine ? demanda-t-elle, ébahie.

Les deux hommes se figèrent. Une expression de culpabilité sur le visage, ils ressemblaient à des bons-hommes de neige dépenaillés.

— Danny, tu sais pourtant que tu ne dois pas te comporter ainsi. Mlle Graham était en train de me dire que tu n'avais pas fait de bêtises depuis bientôt trois semaines et je venais te féliciter. Et voilà ce que je trouve ?

Danny se dandina, soulevant de petits nuages de farine.

— C'est Angus qui a commencé.

Elisabeth se tourna vers Angus :

— Et vous ? Est-ce le genre de chose que vous faites

dans une cuisine professionnelle ? Qu'êtes-vous en train d'apprendre à ces enfants ?

Angus baissait la tête de plus en plus bas, comme s'il se sentait terriblement honteux. Mais au bout d'un instant, elle remarqua que ses épaules tremblaient.

— Vous vous fichez de moi ? demanda-t-elle.

Il éclata de rire et se plia en deux, obligé de se retenir au comptoir. Danny gloussait.

— Ce n'est pas drôle ! s'exclama-t-elle. Cela va prendre des heures pour nettoyer.

Elle entendit Jennifer étouffer un petit rire. La traîtresse ! Pourtant, Elisabeth eut du mal à se retenir de sourire. Angus avait lui-même l'air d'un enfant, un petit coquin qui aurait été pris sur le fait et qui savait que, cette fois, son charme ne le tirerait pas d'affaire.

— Vous devriez voir votre tête, haleta-t-il.

Elle posa la main sur sa bouche pour dissimuler son sourire.

— Moi, au moins, je ne ressemble pas à Gaspard le fantôme, parvint-elle à dire avant de se ruer hors de la pièce.

Elle referma la porte derrière elle et s'appuya contre le mur du couloir. Elle riait tellement qu'elle en pleurait. Mais elle devait essayer de faire le moins de bruit possible, Angus et les enfants ne devaient surtout pas l'entendre à travers la porte vitrée.

Elle s'essuya les yeux, reprit son souffle et, après s'être ressaisie, elle rentra dans la salle. Danny et Angus, à genoux, étaient en train de ramasser la farine pour la mettre dans les corbeilles à papier.

— Vous voyez, nous faisons du bon travail, mademoiselle.

— C'est bien ! approuva-t-elle en rejoignant Jennifer. Ces garçons sont ridicules, n'est-ce pas ?

Jennifer approuva. Pourquoi diable Angus avait-il démarré une bataille de farine ? Ce n'était pas vraiment la méthode qu'elle aurait choisie pour tisser des liens avec ses élèves, mais cela semblait marcher. Confortablement installés sur le plancher à côté d'elle, elle les entendait parler.

A Danny qui venait de déclarer qu'il détestait l'école, Angus répondit que lui aussi. Et qu'il avait des mauvais souvenirs dans chacune des pensions où il était passé. Notamment Emington. Emington ? s'étonna-t-elle en son for intérieur en l'observant à la dérobée. Pas étonnant qu'il ait autant d'assurance ! C'était l'une des écoles les plus prestigieuses du pays. Cela expliquait son accent si distingué lorsqu'il le voulait.

Comme s'il avait senti ses yeux posés sur lui, Angus la regarda.

— Et vous, mademoiselle Read ? Je suis sûr que vous avez adoré l'école. Je parie que vous êtes née avec une craie dans la main !

— Oui, j'aimais bien l'école, admit-elle, encore une fois prise au dépourvu par l'intensité de son regard gris. Vous savez, c'était, c'était…

— On sait ce qu'on attend de nous à l'école, lui chuchota Jennifer.

Elle se tourna vers l'adolescente.

— Voilà, c'est ça, exactement, approuva Elisabeth.

Recevoir des directives et obéir a quelque chose de très sécurisant.

Jennifer hocha la tête en rougissant.

A quoi pouvait bien ressembler la vie de l'adolescente chez elle, si l'école, où elle était terrifiée, était l'endroit où elle se sentait le plus en sécurité ? Elisabeth avait soudain envie de la prendre dans ses bras.

Elle n'avait jamais été aussi anxieuse que Jennifer. Pourtant, elle avait toujours eu peur de voir tout ce qu'elle aimait éclater et se disperser aux quatre vents, aussi fragile que les feuilles d'automne aux arbres.

— Qu'as-tu là ? demanda-t-elle en voyant une petite boîte à côté de l'espace de travail de Jennifer.

Jennifer s'essuya les mains et ouvrit la boîte avec respect. A l'intérieur se trouvaient deux pâtisseries.

— Angus me les a apportées.

— Jennifer est gourmande, comme moi, fit la voix rocailleuse d'Angus, aussi tentante qu'un dessert.

Il surgit à côté d'elles et examina le gâteau qu'était en train de confectionner Jennifer.

— Parfait ! constata-t-il.

Jennifer devint cramoisie et, un sourire timide aux lèvres, baissa les yeux vers son rouleau à pâtisserie.

Ainsi, Angus l'avait embobinée, elle aussi ?

— J'aimerais bien voir comment vous faites une pâte à tarte, mademoiselle Read, dit Angus en prenant le bol de travail d'Elisabeth et en roulant le beurre et la farine qu'il contenait entre ses doigts de magicien. Tout se fait par le toucher. Je suppose que vous avez du talent, fit-il en lui rendant le bol et en soutenant son regard juste quelques secondes de trop.

S'efforçant d'ignorer le sourire un peu trop coquin qui naissait sur les lèvres d'Angus, Elisabeth commença à pétrir sa pâte.

— Danny, Jennifer, pouvez-vous aller chercher les poires que j'ai laissées dans la voiture ? demanda-t-il en lançant ses clés à Danny. La Jaguar rouge.

Danny le regarda, les yeux exorbités et, une fraction de seconde après, il avait quitté la pièce, suivi par Jennifer.

Elisabeth essuya le beurre et la farine de ses mains et les posa sur ses hanches. C'était la première fois depuis trois semaines qu'elle se retrouvait en tête à tête avec Angus MacAllister.

— Je suis désolée, dit-elle.

Angus leva un sourcil étonné.

— Pourquoi ?

— Vous faites un excellent travail avec ces enfants. Je suis désolée d'avoir pu douter de vous.

Il lui fit un petit salut en signe de remerciement.

— Des félicitations, des vraies, de Mlle Read-qui-enseigne-l'anglais ? Merci, mais avant de les accepter, je vais peut-être attendre de savoir si ma voiture est toujours entière !

— Danny a besoin qu'on lui fasse confiance et Jennifer de se sentir appréciée, reprit-elle, sérieuse. La différence en trois semaines est saisissante.

— Et de quoi Elisabeth a-t-elle besoin ?

Il se pencha vers elle, son sourire aussi sexy qu'à

l'accoutumée, malgré son visage encore tout maculé de farine.

— De rien. Et je vais dire non à toutes vos suggestions. Donc vous feriez aussi bien de renoncer, l'avertit-elle en revenant à son saladier de pâte à tarte.

— Ah, mais le défi compte pour moitié dans le jeu ! Jusqu'à ce que vous disiez oui, bien sûr, et là nous pourrons enfin nous amuser tous les deux.

— Dites-moi, monsieur MacAllister, c'est en pension que vous avez appris à flirter ? demanda-t-elle d'une voix sarcastique. Parce que les femmes adultes, en général, ne se laissent pas séduire par des phrases aussi bateau !

— Il n'y avait pas de filles à la pension, exception faite des femmes des professeurs, répondit-il sans se départir de son sourire. Une raison de plus pour laquelle je haïssais cet endroit.

— Je suis étonnée de voir que vous avez décidé de passer votre temps libre dans une école si vous détestiez autant la vôtre, constata-t-elle en roulant la pâte en boule et en la posant sur le comptoir carrelé.

— Je n'ai pas choisi, c'est mon attachée de presse qui me l'a suggéré, dit-il en cassant des carrés de chocolat dans une casserole. Mais pour être honnête, je suis très content d'avoir accepté : je n'aurais jamais pensé qu'enseigner puisse être aussi… amusant.

Grands dieux ! Cet homme avait le don de rendre suggestive la plus innocente des phrases ! C'était donc exactement ce qu'elle soupçonnait : il n'était là que pour se faire de la publicité. Angus MacAllister ne s'était pas soudain découvert le besoin impérieux de venir en aide à son prochain. Et pourtant… Quelles que soient ses motivations, il aidait Jennifer et Danny.

— Amusant comme faire une bataille de farine, par exemple ? demanda-t-elle, ironique.

— Allons, Mlle Read-qui-enseigne-l'anglais, ça vous a amusée aussi, sinon pourquoi auriez-vous quitté la pièce pour aller rire derrière la porte ?

Nom d'un chien ! Il n'avait rien perdu de son manège.

— Parce que vous m'avez assigné le rôle du méchant flic, répliqua-t-elle. Si vous êtes le farceur, le rebelle, je dois me montrer stricte. C'est ce que les enfants attendent de moi. Si nous faisions disparaître toutes les règles, ils ne sauraient plus comment se comporter.

— En somme, ajouta-t-il avec un petit sourire, vous êtes en train d'admettre qu'on fait un vrai travail d'équipe ?

— Oui, concéda-t-elle.

Angus prit une fraise dans une assiette, l'enfonça dans le chocolat et la lui tendit.

— Allons, rendez-moi plutôt service et goûtez ça.

Le fruit rouge, enrobé de chocolat, se trouvait maintenant devant sa bouche.

Elle regarda son visage. Malgré sa voix restée légère, son expression était très sérieuse, hormis la petite lueur de malice qui dansait dans ses yeux gris. Il était sexy, dangereux et il était drôle.

Et il ne voulait pas qu'elle goûte le chocolat, elle le

savait. Il voulait qu'elle goûte à ses lèvres. Et malgré elle, elle en avait l'eau à la bouche.

Ça n'engageait à rien, voulut-elle se convaincre. Les enfants allaient revenir dans une minute et ce serait comme si rien n'était jamais arrivé. Et puis elle en avait tellement, tellement envie…

Elle se pencha vers lui, ouvrit la bouche et effleura le bout de la fraise de sa langue. Angus étouffa un soupir.

Le chocolat était chaud, onctueux, mais ce n'était pas vraiment ce qu'elle voulait. Elisabeth se pencha encore un peu et grignota le fruit. L'extrémité des doigts d'Angus frôla ses lèvres.

Elle sentit une explosion de saveurs dans la bouche. L'âme juteuse de l'été recouverte d'un chocolat aussi sucré que la tentation : du plaisir brut. Paupières closes, elle savoura le fruit, consciente du regard d'Angus. Elle savait qu'il voulait lui donner du plaisir. Elle savait que cela faisait partie de son jeu de séduction. C'était sensuel, osé, elle pouvait imaginer sa langue jouant avec la sienne, ses mains sur sa peau, leurs deux corps soudés l'un à l'autre.

Lorsqu'elle rouvrit les yeux, la fraise disparue, Angus la dévisageait toujours d'un regard intense, les paupières alourdies : s'ils faisaient un jour l'amour, il aurait la même expression, elle l'aurait juré.

— Vous avez du chocolat sur la bouche, murmura-t-il en passant son pouce sur sa lèvre inférieure.

Sa peau était plus chaude que le chocolat. Il frôla sa lèvre et lorsqu'il eut fini, elle passa sa langue là où il l'avait caressée. La sensation qui l'assaillit était bien plus qu'un goût, tellement plus délicieuse que le plus divin des mets… Frémissante, elle le vit porter son pouce à sa propre bouche et lécher la dernière trace de chocolat. Alors, malgré elle, elle laissa échapper un gémissement. D'une seconde à l'autre, il allait l'embrasser. Ils venaient de franchir une barrière. Inutile désormais de prétendre qu'elle ne voulait pas de lui.

Un moment, ils restèrent là, leurs visages à un souffle l'un de l'autre, les yeux dans les yeux, un peu haletants. Elle sentait les battements de son cœur résonner à ses oreilles.

— Moi aussi, je veux goûter, dit Angus en saisissant le poignet d'Elisabeth.

Avant qu'elle puisse réagir, il la guida vers le bol et plongea les doigts d'Elisabeth dans le chocolat chaud. Puis il les lécha, sensuel, langoureux. Elisabeth sentit une vague de chaleur la submerger.

Lorsque Angus relâcha sa main, il l'attira contre lui, plaquant son corps contre le sien, leurs visages si proches qu'elle sentait son haleine comme un baiser sur sa peau.

— Ce soir, dit-il, sa voix basse et rauque, qui vibra dans tout son corps. Je veux te ramener à la maison et te goûter partout.

Il se pencha vers elle et frôla son oreille de ses lèvres.

— Dis oui, Elisabeth.

Un frisson la traversa, tandis que l'odeur de vétiver de son after-shave s'insinuait dans ses narines. C'était exactement ce qu'elle voulait. Toucher Angus, faire l'expérience de son corps ferme, de la texture de sa peau. Elle ouvrait la bouche pour dire « oui », lorsqu'elle fut coupée dans son élan par un bruit de porte. Angus se dégagea doucement d'elle et, lorsque Danny s'engouffra dans la pièce, Jennifer sur les talons, il était en train de remuer le chocolat avec une cuillère.

— Trop belle, la Jag ! s'écria l'adolescent en lançant un sac sur le comptoir et se ruant pour rendre ses clés à Angus.

— Hé Danny ! Attends, il faut traiter ces fruits avec respect, protesta Angus tout en ramassant le sac de fruits.

Il entreprit alors d'expliquer à un Danny assagi la notion de respect de la nourriture, tandis qu'Elisabeth revenait à sa pâtisserie. Allons, il fallait se ressaisir, songea-t-elle, sentant les battements affolés de son cœur dans sa poitrine. Pourtant, à cette minute précise, elle aurait tout donné pour sentir ses paumes, affairées à pétrir la pâte à tarte, voguer sur la peau d'Angus…

Un peu distraite, elle écouta Jennifer lui prodiguer des conseils, trop consciente de la présence du chef à l'autre bout de la pièce. Il était en apparence absorbé par l'adolescent rebelle qu'il avait su apprivoiser. Pourtant, elle sentait la tension du désir brûlant qui couvait entre eux subsister.

Une fois les tartes prêtes, ils les enfournèrent. Angus croisa le regard de la jeune femme et, troublée, elle s'empressa de détourner les yeux. Que lui arrivait-il ? Elle n'allait quand même pas céder aux avances de ce séducteur né, même s'il éveillait en elle des sensations qu'elle croyait enfouies à jamais…

L'air innocent, il s'approcha d'elle, un torchon à la main.

— Vous avez réfléchi à ce que vous voudriez faire ce soir, mademoiselle Read ? demanda-t-il d'une voix sourde. Je dois dire que ces hors-d'œuvre m'ont mis en appétit… Je viens vous prendre à 18 heures ?

Allons, il était grand temps de retomber sur terre. Quoi qu'il arrive, il n'était pas question de craquer pour un homme aussi sexy, qui ne pouvait que la faire souffrir. Avait-elle oublié sa promesse de ne plus succomber à la tentation ?

— Non merci, riposta-t-elle d'un ton déterminé.

- 5 -

— Je veux que vous fermiez les yeux, déclara Angus, juché sur une table, et que vous vous souveniez de ce que vous avez mangé de meilleur dans votre vie.

Il observa le visage de ses trois interlocuteurs. Celui de Danny, les sourcils froncés par l'intensité de sa réflexion, celui de Jennifer un peu pincé, celui d'Elisabeth, ravissant, à son habitude.

Quelle exquise vision !

Il le savait parce que même s'il ne voyait Elisabeth que deux jours par semaine, depuis un mois, il avait son visage gravé dans l'esprit vingt-quatre heures sur vingt-quatre. Qu'il soit en train de travailler au restaurant, de rouler dans les rues de Londres ou, surtout, allongé dans son lit la nuit.

Depuis le jour où il avait découvert qu'il pouvait cuisiner, rien, jamais, ne l'avait ainsi obsédé. C'était la première fois, depuis l'adolescence, qu'il se sentait aussi troublé.

Cette femme avait beau faire de son mieux pour dissimuler ses attraits, elle n'en demeurait pas moins incroyablement sexy. Lorsque les adolescents n'étaient pas dans les parages, il flirtait outrageusement avec elle, et pas une fois elle n'avait répondu à ses avances. Mais il lui suffisait de la voir rejeter ses cheveux en arrière, de regarder ses hanches onduler, la ligne ferme de ses lèvres, la lueur de défi dans ses yeux, pour sentir l'excitation le gagner.

Angus posa les yeux sur son visage aux paupières fermées et les laissa glisser sur les sourcils délicats, le nez droit et fin, la peau veloutée, et il surprit l'ombre d'un sourire sur ses traits. Serait-elle en train de penser à la fraise enrobée de chocolat qu'il lui avait fait déguster vendredi dernier ? Il se souvint de l'instant où la langue de la jeune femme avait frôlé ses lèvres couvertes de chocolat : jamais aucune femme ne lui avait inspiré un tel désir.

Inutile cependant de se faire des illusions : il savait qu'elle n'y ferait aucune référence. Son professionnalisme irréprochable dans une salle de classe était comparable à celui dont il faisait preuve dans une cuisine.

— Bien, vous pouvez ouvrir les yeux maintenant, déclara-t-il, coupant court à ses réflexions. Danny, tu commences.

— Quand j'avais dix ans, j'avais un copain, Azhar, annonça l'adolescent. Un jour, il m'a invité chez lui et sa mère avait cuisiné un curry. Un délice ! Je n'ai jamais rien mangé d'aussi bon.

— Je connais Azhar, remarqua Elisabeth. Je ne savais pas que vous étiez copains.

— On a un peu arrêté de l'être quand je suis venu à l'école ici, expliqua Danny, mal à l'aise.

Angus sourit. Ce n'était pas le curry qu'aimait Danny. Non, son plat préféré avait le goût de l'innocence, de l'époque où il était enfant, où ses amis venaient de tous les horizons. D'une époque où il avait encore le droit de s'émerveiller. Il croisa le regard d'Elisabeth et y lut qu'elle comprenait la même chose. Un étrange sentiment l'envahit. C'était la première fois de sa vie qu'il partageait une telle connivence avec une femme.

— Et toi, Jennifer ? demanda-t-il en se penchant vers elle pour pouvoir l'entendre.

— Un bouillon de poulet. Avec des nouilles. Avant sa mort, ma mère le faisait spécialement pour moi. C'était sa spécialité.

— Ça devait être délicieux, approuva Elisabeth avec douceur.

Quelle délicatesse ! nota Angus pour lui-même. A la place d'Elisabeth, il n'aurait pas su dire à Jennifer avec autant de tact combien il comprenait à quel point sa mère devait lui manquer.

Il avait dû travailler dur pour gagner la confiance des deux adolescents. Il avait dû réfléchir à ce qu'il allait dire, se mettre dans leur peau, imaginer leurs réactions. Avant de les rencontrer, il avait même mis au point une stratégie en se basant sur des informations fournies par Elisabeth.

Cette dernière, en revanche, semblait savoir exactement comment les faire sortir de leur coquille, comme si, pour elle, cela coulait de source. Elle avait ce don inné de ceux avec lesquels, quoi qu'il arrive, on reste soi-même. Il se savait charmeur, elle était l'empathie même.

Si elle n'avait pas été là, il aurait sans doute déboulé dans cette pièce pour y donner ses cours de cuisine et, à peine ressorti, aurait tout oublié. Mais grâce à elle, il avait pris le temps d'apprendre à connaître Danny et Jennifer. Il s'était interrogé sur la meilleure façon de les aider. Et cela lui faisait du bien. C'était comme si, en lui communiquant un peu de sa passion, elle avait comblé certains vides qu'il ressentait depuis si longtemps.

Seigneur ! Comme elle lui plaisait. Et puis, il aimait l'homme qu'il devenait en sa présence...

— A vous, Elisabeth, lui enjoignit-il alors.

— Les cookies à la farine d'avoine, répondit-elle, l'air si surpris par ses propres mots qu'il ne put retenir un sourire.

— Qui vous les faisait ? demanda-t-il.

La tête un peu penchée de côté, elle se souvint.

— Mlle Wood, une dame qui vivait au bout de notre rue lorsque nous habitions Calgary. J'avais environ douze ans lorsque, un jour, elle m'a surprise en train de voler ses lilas.

— Mademoiselle ! s'exclama Danny, feignant d'être outré.

Avec un petit sourire, Elisabeth haussa les épaules.

— Vous savez, mes parents et moi n'avions aucune notion de propriété.

— J'espère que vous avez eu honte ! remarqua Angus d'un air grave.

C'était la première fois qu'elle parlait ainsi d'elle-même. Lui ferait-elle enfin un peu confiance ? Il en doutait : c'était sans doute sa façon de mettre les élèves à l'aise. Qu'importe ! Tant qu'il avait la chance d'apprendre à la connaître un peu, il s'en fichait.

— J'étais très gênée, admit-elle. Alors, Mlle Wood m'a dit qu'elle me donnerait des lilas une fois que nous aurions pris le thé ensemble, mais qu'avant le thé elle commençait toujours par lire un peu de Shakespeare. Elle était anglaise, professeur de littérature à la retraite et c'était la première fois de ma vie que je voyais autant de livres chez quelqu'un.

— Et elle vous a offert des cookies à la farine d'avoine, devina Angus. Et elle vous a donné le goût des livres, et de l'Angleterre, c'est ça ?

— Entre autres. Mlle Wood, ses cookies et son Shakespeare sont à l'origine de ma vocation. Nous avons eu le temps de lire toutes les comédies et la moitié des tragédies. Et puis, un jour, hélas, j'ai quitté Calgary pour, encore une fois, suivre mes parents.

Le sourire d'Elisabeth s'évanouit et, l'air soudain attristé, elle jeta un coup d'œil à sa montre.

Songeur, Angus la regarda : tout comme Danny et Jennifer, les souvenirs d'Elisabeth tournaient autour de tout ce qu'elle avait perdu. Allons ! Que diable lui arrivait-il ? Et quand, exactement, avait-il cessé de s'intéresser à la jeune femme d'un point de vue purement sexuel pour s'attacher à sa vibrante personnalité ?

— Allons-nous cuisiner aujourd'hui ? demanda alors Elisabeth, visiblement désireuse de changer de sujet.

— Oui, mais je voudrais d'abord que Danny et Jennifer commencent à préparer les menus qu'ils vont présenter au concours.

— Cool ! s'exclama Danny en sautant de sa chaise. On y va !

— Du calme, mon vieux, lui enjoignit Angus. Ce dont nous parlons est important. La cuisine n'est pas juste une affaire de technique et d'ingrédients. La nourriture, c'est le souvenir. L'expérience. L'émotion. Par conséquent, pour créer un menu, vous devez capter l'émotion juste, donner un peu de vous-même.

— Vous voulez que je cuisine un curry ? demanda Danny, d'un air intrigué.

— Je veux que tu cuisines un plat qui te tient à cœur, précisa Angus.

— Mais je ne suis même pas indien.

— Cela n'a aucune importance. Si tu te concentres sur ce que tu fais, les gens apprécieront, quel que soit le plat. Mais le concret te parlera plus que de simples paroles. Par conséquent, j'ai réservé une table au Chanteclair pour vendredi soir, conclut-il en regardant Elisabeth droit dans les yeux.

— Au Chanteclair ? répéta-t-elle. N'est-ce pas l'un des restaurants les plus chers de Londres ?

— C'est aussi l'un des meilleurs. Le chef, Damien Virata, est un ami.

— Mais Danny et Jennifer…

— … n'auront rien à payer. Pas plus que vous. Vous êtes mes invités.

— Mais…

— Je peux me le permettre, si c'est ce que vous voulez savoir.

— Non, c'est juste que…

— J'en ai discuté avec Joanna Graham, enchaîna-t-il sans lui laisser le temps de finir. Elle est d'accord pour dire que cela ne peut qu'enrichir l'expérience de Danny et de Jennifer. Elle a déjà obtenu la permission de leurs parents. A condition, bien sûr, que vous veniez aussi.

Elisabeth semblait abasourdie. Elle secoua la tête, mais ce n'était pas en signe de refus.

— Monsieur MacAllister, je crois que vous êtes l'homme le plus têtu que j'ai jamais rencontré, finit-elle par déclarer.

— Eh bien merci, mademoiselle Read, répliqua-t-il.

— Joanna, vas-tu ralentir, s'il te plaît ? implora Elisabeth. Nous avons des enfants dans la voiture.

— Des *adolescents*. Et les adolescents adorent la vitesse. N'est-ce pas, les jeunes ?

— Oui, mademoiselle, répondit Danny depuis l'arrière de la décapotable dans laquelle Jennifer et lui étaient entassés.

Jo tendit la main vers la radio, mais Elisabeth fut plus rapide. Elle régla la musique dans les haut-parleurs du fond et haussa le volume. Jo sourit : son amie avait visiblement envie d'une petite conversation privée.

— Je pensais que tu avais hâte d'arriver, vu celui qui vous reçoit, lança-t-elle alors, narquoise.

— J'ai refusé une bonne demi-douzaine d'invitations à dîner d'Angus MacAllister le mois dernier, répliqua Elisabeth. Qu'est-ce qui te fait croire que j'ai hâte de le voir ce soir ?

— Ta robe, tes talons, ton collier. Ton rouge à lèvres. Tu es magnifique ! conclut Jo en prenant un virage à vive allure.

Tout à la joie de la perspective de cette soirée, Elisabeth avait opté pour une petite robe noire, très courte, et des sandales à talons aiguilles. Mais si Joanna espérait le lui faire admettre…

— C'est un restaurant chic, rétorqua-t-elle pour essayer de donner le change.

— S'il t'invite chez lui après le dîner, je m'occuperai des enfants, ne t'en fais pas, chuchota Jo.

— Je te l'ai déjà dit : Angus MacAllister est l'opposé de ce qu'il me faut.

— Crois-moi, je dis la même chose du chocolat. Elisabeth, ma chérie, je ne suis pas née de la dernière pluie, reprit-elle en s'arrêtant à un feu rouge. Je sais que, ce soir, tu as autant envie de foncer que moi.

— Faux !

Le feu passa au vert et, dans un crissement de pneus, la voiture démarra. Elisabeth se retrouva projetée dans son siège. A l'arrière, Jennifer poussa un petit cri.

— Tu aimes ? demanda Joanna qui allait de plus

en plus vite. Ton cœur bat la chamade ? Tu te sens enfin vivre ?

— Oh oui ! répondit Elisabeth dans un éclat de rire.

— Je le savais, annonça son amie d'un air réjoui.

— Bon ! Je vais t'avouer mon plus grand secret : j'ai hâte de passer la soirée avec Angus MacAllister.

— J'en étais sûre ! s'exclama Jo, triomphante.

— Mais il n'arrivera rien. Les enfants seront avec nous tout le temps.

— A ta place, je ne compterais pas trop là-dessus. Angus MacAllister me semble être un homme prêt à tout pour obtenir ce qu'il veut. Nous y sommes les enfants ! annonça-t-elle alors en se garant devant le restaurant.

Elisabeth descendit de voiture et sentit sa robe remonter sur ses jambes que vint caresser une douce brise. Ce soir, elle n'avait pas l'impression d'être Mlle Elisabeth Read, professeur d'anglais célibataire. Elle était une femme attirante qui s'apprêtait à dîner avec un homme sexy. Le cœur battant à coups redoublés, elle repensa à ce que venait de dire Jo.

Quoique… même si Angus MacAllister était du genre résolu, cette soirée s'annonçait sans danger. Elle pouvait se détendre, en profiter, il ne se passerait rien.

N'était-ce pas pourtant ce qu'elle s'était dit lorsque Angus et elle s'étaient retrouvés en tête à tête, dans la salle des cours de cuisine ? Or, il s'était passé quelque chose, c'était une évidence.

D'un geste un peu nerveux, elle enroula les doigts autour du collier vert bouteille, cadeau de sa mère, qui lui avait longuement téléphoné du Canada, cet après-midi même. « Vis l'instant », lui avait rappelé Poppy, résumant ainsi toute la philosophie familiale. Mais Elisabeth connaissait le revers de cette sagesse hippie : à force de ne jamais penser au lendemain, vous succombiez à chacune de vos impulsions.

Pourtant, cette philosophie se défendait, elle le savait. Elle pouvait vous pousser à faire une pause, à profiter du moment, vous donner le courage de suivre vos inclinations.

Et puis, elle avait aimé la façon dont Angus était parvenu à la convaincre de révéler un pan de son passé, mercredi. Alors, même s'il avait un peu rusé, elle était heureuse qu'il l'ait convaincue de sortir avec lui ce soir.

— Vous croyez que c'est très chic, mademoiselle ? demanda soudain Danny à côté d'elle, une pointe d'appréhension dans la voix.

Danny, le fanfaron ! Ses élèves n'avaient sans doute jamais rien vu de mieux que le traiteur chinois de leur quartier, songea-t-elle en examinant la façade du restaurant : sobre, elle était ornée d'un coq, le Chanteclair des contes de Canterbury.

Son élève allait-il savoir se tenir ? Elle n'en était pas convaincue. Mais elle décida de lui faire confiance.

— Et si nous nous servions de la mauvaise fourchette, juste pour voir ce qui se passe ? suggéra-t-elle avec un clin d'œil à l'intention de l'adolescent.

— Chiche ?

Elle posa alors la main sur l'épaule de Jennifer et sentit à quel point la jeune fille était tendue.

— Tu vas t'asseoir à côté de moi, au cas où Danny et Angus recommenceraient à parler football. Sinon, je risque de m'endormir dans ma soupe.

Après avoir salué Joanna, tous trois grimpèrent les marches du perron. Puis, escortés par un homme vêtu d'un costume qui avait dû coûter plus cher que toute la garde-robe d'Elisabeth, ils traversèrent la grande salle claire, décorée dans de chaleureux tons or et crème. Elle distingua alors la silhouette confortablement installée à une table en coin, et ne put retenir un sourire. Angus se leva pour les accueillir. Il était vêtu d'une veste couleur chocolat, parfaitement ajustée, sur une chemise d'un blanc immaculé.

Elisabeth s'avança, incapable de détacher les yeux de ce visage masculin, le plus beau qu'elle ait jamais vu. Une mèche de cheveux bruns lui barrait le front et si, ces dernières semaines, elle avait à maintes reprises surpris une ombre de barbe sur ses joues, ce soir, il était rasé de près, ce qui mettait en valeur la ligne énergique de son menton et la fossette sur celui-ci.

Il croisa son regard de ses yeux gris et lorsqu'elle les sentit glisser sur sa robe, ses bras nus, ses jambes et sur ses sandales ridiculement sexy, le restaurant, les tables, les fleurs, les lampes élégantes, les deux adolescents : tout disparut !

Un fugace instant, le désir indicible qu'exprimait le regard d'Angus la laissa sans souffle. Et pendant ces quelques secondes, elle eut l'impression de sentir ses mains expertes voguer sur tout son corps.

— Je suis enchanté de vous voir, finit-il par déclarer avec un sourire.

Vous voir. S'adressait-il à elle en particulier ou à eux trois ? Qu'importe ! se morigéna-t-elle. Elle aussi était ravie d'être là, c'était tout ce qui comptait.

Il lui avança une chaise capitonnée. Elle y prit place et le regarda faire de même pour Jennifer, tandis qu'il faisait signe à Danny de s'asseoir à la droite d'Elisabeth. Il vérifia alors que les deux adolescents avaient chacun un verre d'eau minérale. Il semblait déborder d'énergie.

— Je vous envie beaucoup, commença-t-il. Vous vous apprêtez à vivre une expérience unique. Damien Virata est aujourd'hui le plus grand chef de Grande-Bretagne. Vous allez oublier tous vos préjugés et ne laisser parler que vos sens. Regardez, humez, ressentez et dégustez. Et surtout, ne pensez à rien.

Il s'assit alors à côté d'Elisabeth et lui tendit une flûte de champagne. Elle la prit, le frôla de ses doigts et sentit le contraste entre le verre glacé et la chaleur de sa peau.

— Merci de m'avoir autorisé à organiser ce dîner, reprit-il. Cela fait des jours que je voulais le faire.

— A votre santé ! répondit-elle en trinquant d'abord avec lui, puis avec les enfants.

Les bulles blondes lui chatouillaient la langue, son corps était enfoncé dans une chaise moelleuse et l'air était chargé d'électricité. Tous ses sens semblaient étrangement exacerbés par la proximité d'Angus. Sans avoir besoin de le toucher, elle sentait presque la texture soyeuse de son costume sous ses doigts. Et même sans voir sous la table, elle savait au picotement dans son genou droit que ce dernier n'était qu'à quelques centimètres de celui d'Angus.

— J'ai confié à Damien le soin de choisir notre menu, annonça Angus. Jennifer, tu as une bien jolie robe.

Elisabeth détacha son regard de la main d'Angus, posée sur la nappe, tout près de sa propre main, et regarda son élève qui était vêtue d'une robe bleu ciel et d'un cardigan blanc, une tenue dans laquelle elle paraissait plus âgée. Elle semblait même avoir perdu son air de biche apeurée. Au compliment d'Angus, les joues de la jeune fille s'empourprèrent.

Ainsi, Jennifer avait le béguin pour Angus ! constata Elisabeth avec un petit sourire. Qui pouvait l'en blâmer !

Ses yeux se posèrent alors sur Danny qui portait sa chemise d'uniforme et une cravate bleue.

Elisabeth imagina leur quatuor, comme si elle était étrangère à la scène : un adolescent chic, ravi de se trouver là, une toute jeune fille presque adulte, un bel homme, heureux, courtois, attentionné. Et une femme sur son trente et un, qui passait un excellent moment. Une *scène* que, quelques jours auparavant, elle n'aurait jamais crue possible.

Les plats s'enchaînèrent alors. Elle qui avait grandi nourrie de lentilles et de tisanes étranges et qui ne connaissait rien à la grande cuisine, ne put qu'apprécier cette fête des sens. L'équilibre entre les textures et les saveurs lui procura surprise après surprise. Jamais ses papilles n'avaient été séduites de manière aussi subtile.

Et, inévitablement, le reste de son corps suivit.

De la même manière qu'elle-même aurait procédé à l'analyse d'un poème, Angus, l'air réjoui, décryptait les plats pour ses élèves. Sa joie était telle qu'on aurait dit un enfant.

— Ça vous plaît ? demanda soudain une voix grave derrière elle.

Elisabeth sursauta et se retourna pour se trouver face à un homme de petite taille, trapu, aux cheveux bruns et bouclés. Il portait une tunique de chef blanche et un pantalon à carreaux.

— Damien ! s'exclama Angus qui se leva d'un bond. C'est fantastique, comme d'habitude !

Le célèbre chef leur adressa un sourire rayonnant.

— Je suis heureux de recevoir la génération qui monte. Aimeriez-vous visiter les cuisines avant le dessert ?

Ils emboîtèrent le pas au maître des lieux, et tandis qu'ils avançaient, Elisabeth sentit la main d'Angus frôler le bas de son dos, et elle se sentit aussitôt submergée par une vague de chaleur.

Lorsqu'ils entrèrent dans la cuisine du Chanteclair, elle eut un choc : l'endroit grouillait de gens qui, dans un vacarme assourdissant, s'agitaient au milieu des flammes. Etait-ce donc là qu'Angus se sentait chez lui ? Dans ce lieu bruyant et dangereux, où régnait la plus grande effervescence ?

Damien entreprit de désigner les points stratégiques de son royaume à Jennifer et Danny. Elisabeth tendit l'oreille pour capter des bribes d'explications quand, soudain, la main d'Angus se referma sur la sienne.

— Venez par ici, lui chuchota-t-il à l'oreille, en la poussant sur un côté, sans la brusquer.

Il ouvrit une porte d'acier et l'entraîna après lui. Elle aperçut des étagères chargées de produits et de boîtes en plastique et sentit un frisson glacé lui parcourir le dos. Angus referma la porte derrière eux : ils étaient dans une chambre froide.

- 6 -

— Depuis le temps que j'attendais de me retrouver seul avec vous, murmura-t-il avec un sourire irrésistible, dangereux.

Elle frotta ses bras nus et demanda, l'air sceptique :

— Dans une chambre froide ?

— Elisabeth, même dans une chambre froide, j'aurais chaud avec vous ! Vous êtes sublime. Toute la soirée, j'ai dû me faire violence pour éviter de vous toucher.

« Moi aussi », concéda Elisabeth en son for intérieur.

Il s'avança vers elle, les mains au-dessus de ses épaules dénudées. Il ne la touchait pas mais Elisabeth sentait sa chaleur irradier sous sa peau.

— Me laisserez-vous vous réchauffer ?

Elle dut se mordre les lèvres pour ne pas lui avouer qu'elle en mourait d'envie.

— Les enfants, se contenta-t-elle de répondre.

— Ils sont en de bonnes mains, rassurez-vous…

— S'il vous plaît, tenta-t-elle d'insister, sortons de cet endroit glacial, retournons auprès des autres.

— Aucune chance, mademoiselle Read. Vous m'évitez depuis le jour où vous m'avez rencontré et je veux savoir pourquoi. J'ai d'abord cru que vous étiez en colère après moi, puis j'ai compris que ce n'était pas le cas. Je pense maintenant que c'est parce que vous ne me faites pas confiance. C'est la vérité, non ?

Elle croisa les bras sur sa poitrine et demanda :

— Parce que je suis censée faire confiance à quelqu'un qui m'enferme dans une chambre froide ?

— Vous pouvez sortir quand vous voulez. Mais pourquoi vous méfiez-vous de moi ? répéta-t-il.

— Parce que vous êtes un séducteur et que vous charmez tout le monde sans même vous en rendre compte.

— Là vous vous trompez, Elisabeth. Et mon désir d'aider Jennifer et Danny est très sincère, si c'est ce qui vous inquiète. Je ne me sers ni d'eux ni de vous.

— Je suis plus inquiète du fait que depuis le jour où vous m'avez rencontrée, vous flirtez avec moi. J'ai entendu dire que vous vous comportiez ainsi avec presque toutes les femmes.

Il hocha la tête :

— C'est mon image publique que vous n'aimez pas, alors. Je comprends. Mais vous ne devriez pas croire tout ce que vous lisez dans les journaux.

— Vous n'avez donc pas une femme différente dans votre lit toutes les nuits ?

La question avait fusé avant qu'elle ait pu la retenir.

— Je connais beaucoup de femmes, je sors avec certaines d'entre elles, mais, en général, je ne couche pas avec elles. Et aucune des femmes que je vois ne me fait ressentir le quart de ce que j'éprouve quand je suis en votre compagnie.

— Mais encore ?

— Avec vous, je me sens vivant, curieux, avide… sexy…, conclut-il avec un sourire.

— Moi aussi, admit-elle dans un souffle.

Les mots lui avaient échappé. Cette fois, elle l'avait dit !

Il la dévisagea d'un regard empreint d'intensité, comme s'il avait peine à croire ce qu'il venait d'entendre. Puis son sourire s'évanouit et il posa les mains sur ses épaules. Tous deux retinrent leur souffle. Elisabeth baissa les paupières pour savourer le contact de ses paumes sur sa peau, puis les rouvrit : elle ne pouvait détacher les yeux de ses traits magnifiques.

Lentement, il fit glisser ses mains sur ses bras, suscitant en elle un délicieux frisson, et leurs doigts s'entrelacèrent. Elle aurait dû être sur la défensive, elle aurait dû s'inquiéter de ce que n'importe qui pourrait entrer et les surprendre dans cet endroit incongru, mais elle s'en moquait. Elle se sentait merveilleusement bien. Etonnamment bien. Et elle n'avait plus du tout envie de ressortir.

Enhardie, elle se leva sur la pointe des pieds et posa ses lèvres sur les siennes. Elle sentit un délicieux frisson la parcourir. Les lèvres d'Angus étaient plus chaudes qu'elle l'aurait imaginé : douces, sucrées, insistantes... Elle n'avait jamais ressenti une telle alchimie avec un homme, ce corps masculin lui semblait familier, comme si elle l'attendait depuis toujours.

Les minutes s'égrenèrent et ils restèrent ainsi, sans bouger, leurs lèvres pressées l'une contre l'autre, immobiles, se contentant de se toucher, cette première fois.

Lorsqu'ils se séparèrent, Elisabeth devina que ses yeux brillaient.

Ils venaient d'échanger un baiser innocent, empreint de romantisme. Comme le baiser du conte de fées qui réveille la princesse endormie. Et elle se sentait vibrer devant toutes les possibilités qui, soudain, s'ouvraient à elle.

— C'était... incroyable, finit-il enfin par articuler.

— Incroyable, répondit-elle en écho.

— Depuis le temps que je voulais t'embrasser, je ne m'attendais pas à ça...

— Je pensais que ce serait plus... charnel, reprit-elle après un instant d'hésitation.

— J'ai presque l'impression de devoir te déclamer un poème d'amour, maintenant, ajouta-t-il avec un petit sourire.

Elle posa ses paumes sur son torse et le caressa.

— Je crois que tu ferais mieux de m'embrasser encore.

Alors, il la saisit par les hanches, l'attira plus près de lui et, lorsqu'elle sentit son érection contre son ventre, elle comprit que le baiser qu'ils venaient d'échanger était tout sauf innocent.

Un désir fulgurant monta en elle et elle s'empara de ses lèvres avec gourmandise, se délectant de leur fermeté, de la texture satinée de sa bouche. Il laissa échapper un gémissement et la souleva pour la plaquer contre lui. Puis elle sentit les mains d'Angus glisser le long de son dos, jusqu'à ses fesses, la brûlant à travers ses vêtements.

Transportée, Elisabeth avait l'impression que chaque centimètre de ce corps vigoureux plaqué contre ses courbes féminines la brûlait, et, transportée, elle resserra son étreinte pour le sentir encore plus intimement. Il poussa un gémissement, et elle le sentit frotter son sexe raidi contre sa féminité palpitante.

Malgré la température ambiante, elle avait l'impression de se consumer. Pourtant, elle savait qu'ils allaient se faire surprendre, ce n'était qu'une question de minutes.

Le souffle saccadé, ils se détachèrent enfin l'un de l'autre.

— Là, c'était charnel, haleta-t-elle.

— La version romantique ne m'a pas déplu non plus, constata-t-il, avant de déposer un dernier baiser sur ses lèvres et de plonger son regard dans le sien.

— J'ai remarqué, fit-elle en baissant les yeux.

— Nous devrions peut-être sortir d'ici avant que les enfants aient fini leur visite, lui rappela-t-il alors avec un sourire.

Oh non ! Comment avait-elle pu oublier Danny et

Jennifer ? C'était la première fois qu'ils lui sortaient ainsi de l'esprit, constata-t-elle un peu choquée.

Angus déposa un baiser sur sa joue, puis sur sa tempe.

— Nous n'avons plus que le dessert, précisa-t-il. Cela ne sera pas long. A quelle heure ton amie vient-elle les chercher ?

Elle jeta un coup d'œil à sa montre qui indiquait 21 h 45.

— Dans un quart d'heure.

— Magnifique ! Tu rentres à la maison avec moi.

Ce n'était pas une question, mais une affirmation, qu'il ponctua de nouveaux baisers. Mais elle se figea. Que croyait-il ? Que parce qu'il était une célébrité, il lui suffisait de claquer des doigts pour avoir toutes les femmes à ses pieds ?

Devant le silence de la jeune femme, il cessa de l'embrasser et scruta son visage, une ombre d'inquiétude au fond des yeux.

— Tu vas venir, n'est-ce pas Elisabeth ? Tu me fais un peu confiance, n'est-ce pas ?

Dans sa voix rauque pointait une intonation qu'elle ne lui connaissait pas.

— Pour une nuit ? demanda-t-elle d'un ton qu'elle aurait voulu léger. Ça n'engage pas tellement à la confiance, tu ne crois pas ?

— Reste une nuit. Une semaine, implora-t-il, reprenant ses mains entre les siennes. Je veux apprendre à te connaître, de toutes les façons possibles…

Cette promesse de plaisir la fit chavirer.

— Moi aussi, avoua-t-elle dans un souffle.

Avec un soupir de soulagement, il effleura ses lèvres d'un baiser.

— Bien. Tu y vas et je te rejoins à table. Je pense qu'il vaut mieux que je reste une ou deux minutes ici pour me calmer.

Maintenant qu'elle n'était plus plaquée contre lui, le désir qu'elle lui inspirait était flagrant. Une nouvelle vague de désir la submergea. Elle déglutit et hésita. L'idée de le quitter, ne serait-ce qu'un instant, lui était soudain insupportable.

Une dernière fois, il lui caressa le dos.

— Elisabeth ?

— Mmm ? fit-elle en effaçant de son pouce une trace de rouge à lèvres sur les lèvres d'Angus.

— Tâche de me faire confiance. Au moins pour ce soir, précisa-t-il, l'air aussi sérieux et intense que lors de leur première leçon quand il leur avait montré ses mains couvertes de cicatrices.

Elle hocha la tête et ouvrit la porte de la chambre froide.

Aussitôt qu'elle fut sortie, Angus laissa échapper le soupir qu'il retenait dans un long nuage de buée et, sentant ses jambes se dérober sous lui, s'adossa contre une étagère de laitues. Ne venait-elle pas de lui dire qu'elle allait essayer de lui faire confiance ?

Or, cette femme attisait en lui un désir fulgurant, comme jamais encore il n'en avait connu. Il lui avait suffi de l'embrasser et de toucher, un bref instant, sa peau nue, pour perdre la tête.

Mais ce n'était pas tout, songea-t-il, le cœur battant à se rompre. Il éprouvait aussi un immense sentiment de soulagement. En effet, ce soir, il avait eu l'intention de la séduire tout en subtilité : rien de trop flagrant, quelques effleurements, des regards appuyés, qui passeraient inaperçus pour les deux élèves. Puis une invitation à prendre le café à la fin du dîner, une chance de parler à Elisabeth et de passer du temps en tête à tête. Mais quand elle était arrivée dans sa petite robe noire, tous ses plans s'étaient envolés en fumée : Elisabeth Read dans cette robe était une tentation trop forte pour n'importe quel homme doté de bon sens.

Dès qu'il l'avait vue, ainsi vêtue, à la fois sage et sexy, il avait compris qu'il ne pourrait se satisfaire d'une simple conversation autour d'un café. Au moment où il avait frôlé ses lèvres de son doigt, un désir intense était venu se substituer à sa simple envie de flirter. Et s'il ne l'avait pas entraînée dans cette chambre réfrigérante, il se serait consumé de frustration de ne pouvoir la toucher.

Petit à petit, Angus retrouva un souffle régulier. Il se redressa, arrangea son costume et le col de sa chemise. Que lui arrivait-il ? Depuis quand se prenait-il à demander quoi que ce soit à une femme, et surtout sa confiance ?

Il avait déjà l'admiration et le désir d'Elisabeth. A la cuisine, elle suivait ses instructions et elle faisait bonne équipe avec les enfants. Après des débuts laborieux, il était même presque sûr à présent de son amitié. En temps normal, cela aurait dû lui suffire. Pourtant, il voulait qu'elle sache tout ce qu'il ressentait. Il voulait qu'elle lui fasse confiance, pleinement, sans restriction. Et ce, même si ce n'était que pour une nuit.

Il s'essuya la bouche du revers de la main et constata qu'Elisabeth lui avait laissé un peu de rouge à lèvres en souvenir. Mais il n'en avait pas besoin pour se rappeler la douceur de ses lèvres, la manière dont elles s'ouvraient délicatement sous ses baisers, et dont elles avaient répondu à ses caresses, d'abord avec douceur, puis de toute leur passion.

La poche intérieure de sa veste se mit soudain à vibrer, et, d'un geste machinal, l'esprit encore envahi par la pensée d'Elisabeth, il prit son téléphone.

— MacAllister !

— Angus, bonne nouvelle. J'ai organisé les interviews sur ton opération de bénévolat. J'ai le *Journal*, le *Herald* et quelqu'un va venir du *New York Press* la semaine prochaine pour…

Son attachée de presse !

— Christine, la coupa-t-il, je suis occupé, dans une chambre froide, rappelle-moi demain !

Et il éteignit son portable. Interloqué, il regarda alors le gadget ultra-sophistiqué. Que venait-il de faire ? C'était la première fois de sa vie qu'il raccrochait au nez d'un interlocuteur. Ne se devait-il pas pourtant de rester constamment disponible ? Dans son métier, tout pouvait arriver : une urgence au restaurant, quelqu'un qui aurait besoin de lui, une occasion à saisir pour se faire de la publicité.

Or, ce soir, sans même réfléchir, il venait de rompre

l'habitude de toute une vie. Et tout ça à cause d'une certaine Elisabeth Read qui, désormais, comptait plus que n'importe quel coup de fil au monde.

Il rangea son téléphone dans sa poche, vérifia de nouveau que son costume n'était pas trop froissé et regarda son reflet dans la porte en acier pour s'assurer que les marques de rouge à lèvres avaient disparu. Puis il se sourit à lui-même.

S'il ne comprenait pas encore exactement ce qui lui arrivait, où tout cela allait le mener, il avait hâte de le découvrir.

Lorsqu'elle avait quitté l'intimité à la fois brûlante et glacée de la chambre froide pour le tourbillon d'activité de la cuisine remplie de bruits, de cris, de vapeur et de grésillements, Elisabeth, un peu étourdie, avait eu l'impression d'avoir changé d'univers.

Mais ce n'était pas le monde qui avait changé, c'était elle.

Elle aperçut Jennifer, Danny et Damien et se fraya un chemin à travers la pièce. Les adolescents étaient si absorbés par ce que Damien était en train de leur expliquer que, lorsqu'elle les rejoignit, ils n'eurent même pas un regard pour elle. Ils devaient à peine avoir remarqué leur absence. Quant à Damien, il ne fit pas de commentaires.

Etait-il de mèche avec Angus ? Ce dernier avait-il planifié de la coincer seule dans la chambre froide ?

Elle s'empressa d'écarter cette pensée. Elle s'était juré de lui faire confiance, se rappela-t-elle.

De plus, l'idée qu'Angus s'était mis en quatre pour trouver un moyen de la tenir dans ses bras n'était pas pour lui déplaire. Tout comme leur premier baiser, c'était terriblement romantique pour elle qui, jusqu'à aujourd'hui, n'avait connu le romantisme que dans les livres.

Elle poussa la porte de la salle à manger et eut l'impression que cette pièce s'était elle aussi transformée. C'était un autre monde : calme, feutrée, accueillante. Les bougies et les murs orange lui donnaient l'impression d'être Cendrillon dans son carrosse, en route vers une nuit magique.

Elle revint s'installer à leur table, et les enfants ne tardèrent pas à la rejoindre, plus enthousiastes que jamais.

— C'était trop génial ! s'écria Danny. Vous avez vu ce qu'ils ont fait avec la torche ? Je veux en utiliser une, je vais demander à Angus. Et vous avez vu quand le type a flambé la poêle au cognac et que ça a explosé ? Je veux faire cela au concours : boum, et on a une sauce onctueuse, vous croyez qu'ils vont me permettre, mademoiselle ? Et…

— A part les explosions, qu'as-tu trouvé d'intéressant, mon vieux ? l'interrompit Angus d'un ton amusé en s'installant sur sa chaise, frôlant le genou de la jeune femme sous la table au passage.

Il avait repris son apparence impeccable. Un frisson

traversa Elisabeth et ses seins se tendirent de désir. Elle pensait pourtant s'être un peu calmée.

Le dessert surgit alors, porté par des serveurs aussi silencieux que des fantômes.

— J'adore celui-là, leur annonça Angus d'un air réjoui devant les assiettes contenant chacune cinq ramequins remplis de glace de parfums divers. Damien sait que je suis un fou de glaces. Vous devez goûter tous les parfums.

Elisabeth eut soudain l'impression que ses mains allaient la trahir, que jamais elle ne serait capable de tenir avec grâce sa petite cuillère en argent. Elle regarda les trois autres attaquer leur dessert et vit l'expression de pur plaisir qui se peignait sur le visage d'Angus.

C'était presque la même expression que lorsque, pour la première fois, il avait touché sa peau, lorsqu'il l'avait embrassée. Elisabeth déglutit. Allait-elle jamais pouvoir le regarder manger sans y repenser ?

Elle entendit à peine Jennifer et Danny deviner les différents parfums. Angus se tourna alors vers elle et lui adressa un imperceptible clin d'œil.

— Vous devriez goûter. Nous n'avons plus que dix minutes.

Quel culot ! Elle faillit lui rétorquer : « Je n'ai pas encore accepté de rentrer chez toi avec toi. »

Mais cela n'aurait pas été vrai. Elle avait décidé de lui faire confiance, en d'autres termes, de faire confiance à ses sentiments. Elle avait accepté de rentrer avec lui.

Elle attrapa sa cuillère et goûta les cinq glaces. Mais

un parfum persistait en elle, un parfum qui n'était pas dans son assiette : le parfum d'Angus. Elle le sentait sur ses lèvres, dans l'air chargé d'électricité, dans son cœur palpitant de désir et de la crainte d'être prise sur le fait.

Soudain, elle sentit la main d'Angus caresser sa cuisse, sous la table, et elle sut qu'il allait lui être presque impossible de tenir jusqu'à la fin du repas sans trahir son trouble. Ces dix minutes lui semblèrent à la fois les plus rapides et les plus longues de sa vie. Si elle s'était sentie à fleur de peau tout au long du dîner, ses sens étaient maintenant exacerbés. Chaque seconde était chargée de sensations, d'émotions et la pensée qu'elle allait passer la nuit avec Angus ne la quittait pas.

Enfin, elle le vit jeter un coup d'œil à sa montre, et feindre la surprise avec une telle exagération qu'elle dut se retenir de rire.

— Jamais je n'aurais cru qu'il était si tard ! Les enfants, il ne faut pas faire attendre Mlle Graham.

Il se leva puis fit mine d'inspecter l'assiette d'Elisabeth.

— Pourquoi ne finissez-vous pas votre dessert Elisabeth ? Je vous appellerai un taxi.

Quel comédien ! Elle salua Jennifer avec un sourire et fit un petit signe à Danny qui sortit sans cesser de babiller.

Elle les regarda s'éloigner, puis, restée seule à table, elle sentit le doute l'envahir. Que s'apprêtait-elle à faire ? Il ne s'agissait pas là d'un rendez-vous. Il ne s'agissait pas de rencontrer un homme, d'apprendre à se connaître mieux pour voir si l'on avait envie de démarrer une relation.

Il s'agissait de rentrer avec un homme qu'elle connaissait à peine pour coucher avec lui… Quelle idiote elle faisait !

Elle se leva d'un bond et repoussa sa chaise.

— N'y pense même pas ! souffla Angus au creux de son oreille, son bras autour de ses épaules.

Elle ne l'avait pas entendu arriver. Il pressa un baiser sur sa tempe et Elisabeth s'enivra de l'odeur masculine de sa peau.

— Je ne pense pas que ce soit une bonne idée, avança-t-elle dans un murmure.

— Je pense, au contraire, que c'est une excellente idée, répliqua-t-il. Et si nous prenions un taxi pour rentrer chez moi ? Nous pourrions en discuter en chemin.

— Nous n'avons aucun besoin d'en discuter.

— Parfait ! Dans ce cas, rentrons ! déclara-t-il en ponctuant sa phrase d'un baiser sous le lobe de l'oreille, la faisant tressaillir. A moins que tu sois en train de me dire que tu n'en as plus envie.

Ses mots eurent l'effet escompté. Elle fit volte-face et le regarda droit dans les yeux :

— Toi et ta provocation !

— Quand tu joues la maîtresse d'école coincée, c'est fou ce que tu es sexy ! la taquina-t-il avec un petit rire.

— Ce n'est pas de la comédie ! Je sais que tu es

en train d'essayer de m'énerver afin que j'accepte de venir avec toi.

— C'est exactement l'idée, mademoiselle Read, fit-il d'un air jubilatoire, son regard intelligent pétillant de malice. Allez, Elisabeth, enchaîna-t-il en lui prenant la main. Allons jouer ensemble.

Jouer ? Il avait encore une fois trouvé le bon mot. Celui qui la prenait aux tripes et la remplissait d'un tel désir qu'elle avait du mal à se retenir de se jeter sur lui.

Il avait raison après tout, tout cela n'était qu'un jeu et cela faisait des années qu'elle ne s'était pas amusée. C'était sans importance, juste un petit plaisir qu'elle pouvait s'accorder.

Elle saurait garder la tête froide. Le temps d'un jeu, elle pouvait faire confiance à Angus. Après tout, on ne lui demandait pas de donner son cœur.

— Bien, concéda-t-elle. Allons-y avant que je change d'avis. Mais si tu n'as pas réussi à me convaincre avant la fin de la course en taxi, je rentre à la maison.

Puis elle sortit d'une démarche théâtrale. Après tout, dans ce petit jeu, elle aimait assez son rôle de prof sexy.

Une fois dans la rue, elle se retourna vers Angus qui la regardait, l'air fasciné.

— Seigneur, tu me rends dingue ! déclara-t-il en hélant un taxi.

Une voiture s'arrêta devant eux, il lui ouvrit la portière et elle se glissa sur la banquette. Il donna une adresse au chauffeur et s'assit près d'elle, sa cuisse pressée contre la sienne.

— Bien ! Tu connais les règles, fit-elle valoir d'une voix suave, s'écartant un peu de façon à ne pas le toucher. Tu exposes ton point de vue, j'expose le mien, jusqu'à ce que l'un de nous cède.

— Je t'ai désirée dès que je t'ai vue, commença-t-il d'une voix rauque qui se répercuta dans tout son être.

— Vous devez trouver mieux, monsieur MacAllister ! Désirer une femme n'est pas un critère suffisant pour l'avoir.

— D'accord, concéda-t-il avec un sourire, mais toi aussi tu m'as désiré dès que tu m'as vu.

— Objection. Il s'agit là de pure spéculation !

Angus secoua la tête.

— Permets-moi d'être d'un avis différent. Ce n'est pas de la spéculation. L'une des premières choses que tu m'aies dite était : monsieur MacAllister, vous devriez peut-être aller récupérer votre poulet. Je n'ai jamais entendu une invitation plus directe.

Elle pinça les lèvres pour se retenir de rire.

— C'est ton argument ?

— Non. Voici mon argument.

Il combla les quelques centimètres qui les séparaient jusqu'à ce que sa cuisse soit de nouveau contre la sienne, et passa son bras autour de ses épaules.

— Excusez-moi, monsieur MacAllister. Il s'agit là d'un exercice intellectuel, pas physique.

— Ils nous ont appris comment nous battre à l'école,

répliqua-t-il en la rapprochant de lui. De plus, entre nous, il s'agit d'une attirance à la fois physique et intellectuelle.

— Très bien, si vous allez sur ce terrain, laissez-moi vous montrer mes propres arguments ! répliqua-t-elle en s'installant sur les genoux d'Angus.

Dans la lumière changeante de la rue, elle voyait ses yeux pétiller et elle s'émerveilla de constater à quel point elle s'amusait, de la façon dont, dans ce taxi qui roulait à travers les rues encombrées de Londres, Angus et elle étaient comme seuls au monde.

— Je suis en train de faire de mon mieux pour te distraire afin de t'empêcher de trouver une riposte efficace à l'argument que je m'apprête à énoncer, annonça-t-elle.

— Excellente tactique !

Il posa la main sur son genou et caressa sa jambe, là où sa robe s'était relevée.

— Vous me rendez fou, mademoiselle Read. Le sujet de ce débat devrait être : « Cette assemblée est d'avis que lorsque vous et moi ferons l'amour, ce sera l'expérience la plus incroyable de l'univers. »

— Refusé. Vous n'avez pas encore gagné le premier round.

— Ah non ?

Il fit glisser sa main plus haut, sous l'ourlet de sa robe. Du pouce, il effleura le haut de sa cuisse, glissant irrésistiblement vers sa fine culotte de dentelles. Elisabeth ne savait pas ce qui serait le plus sexy : continuer son jeu verbal avec Angus ou céder à ses caresses. Quoique… vu qu'ils étaient toujours dans le taxi, elle ferait sans doute bien de se retenir encore un peu avant de lui arracher ses vêtements.

— Je n'ai toujours pas exposé mon argument, reprit-elle.

Angus se pencha vers elle, la main maintenant sur la dentelle, les lèvres à un souffle des siennes.

— Et quel est-il ?

— Tu es un goujat, un malotru, un séducteur incorrigible avec lequel une femme ne peut se sentir en sécurité ! s'exclama-t-elle avec un petit rire rauque.

Il frôla la dentelle qui recouvrait son sexe féminin de ses doigts et Elisabeth haleta.

Si le taxi ne s'était pas arrêté à cet instant, Dieu sait ce qu'elle aurait fait dans cette voiture, songea-t-elle tandis qu'Angus, l'air tout à fait calme et maître de lui, lui tendait la main pour l'aider à descendre, avant de donner un billet au chauffeur. Un peu étourdie, en proie à une excitation croissante, elle se retrouva dans une rue bordée de platanes le long de laquelle s'alignaient des maisons de style georgien.

— Où sommes-nous ? demanda-t-elle.

— A Notting Hill, devant chez moi. Qui a gagné le débat ?

— Tu as avancé un premier argument fallacieux, puis un second qui n'était qu'une spéculation. En plus, tu as triché. Moi aussi, je te l'accorde, mais une fois seulement, et j'ai donné deux arguments valables. J'ai donc gagné.

— Tu as peut-être gagné la joute intellectuelle, mais

j'ai gagné la physique. Oublies-tu le bras autour de tes épaules et la main sur ta jambe ?

— Sauf que nous n'avions pas parlé d'un duel physique !

Angus inclina la tête vers elle.

— D'accord, tu as gagné. Alors qu'allons-nous faire ? demanda-t-il en lui lançant un regard plein de désir, qui la fit frissonner. Veux-tu que je t'appelle un autre taxi ?

- 7 -

Angus la vit hésiter une fraction de seconde, pendant laquelle il eut l'impression que le monde se figeait autour de lui. Puis elle sourit, de ce sourire adorable qui faisait bondir son cœur de bonheur.

— Non, annonça-t-elle.

Une fois encore, Angus se sentit submergé par le soulagement.

— Qu'est-ce qui t'a décidée ? demanda-t-il en lui serrant la main. Mon incomparable talent d'orateur ?

— Non. C'est quand tu m'as dit que nous devrions jouer ensemble. J'ai besoin de m'amuser, Angus. J'ai besoin d'un peu de romantisme, d'un grain de folie. Il y a longtemps que cela ne m'est pas arrivé, expliqua-t-elle en époussetant le revers de la veste d'Angus et en lissant sa chemise d'une main.

Des gestes simples qui attisèrent encore le désir qu'elle lui inspirait. Ses yeux bruns, dans les siens, luisaient sombres et profonds à la lumière des réverbères. Il se pencha alors, l'enlaça d'un bras, passa l'autre sous ses jambes, et souleva Elisabeth dans ses bras. Comme il aimait la porter : gracile, svelte, alanguie, comme si elle était faite pour se nicher contre lui. Il voyait ses jambes interminables, sentait sa taille souple ployer sous sa main.

Il monta les marches du perron quatre à quatre et s'arrêta devant la porte d'entrée.

— Hum !

— Que se passe-t-il, MacAllister ?

— Je crois que ce geste romantique était un peu hâtif…, constata-t-il avec un sourire. Pourrais-tu attraper mes clés dans la poche gauche de mon pantalon ? J'ai les mains un peu prises. Dépêche-toi, sinon tu vas te retrouver nue sur le perron.

Elle s'exécuta avec un petit rire, et ils se retrouvèrent dans l'entrée dallée de noir et blanc.

— Dieu merci ! fit-il avec un soupir de satisfaction.

— Quoi ? demanda-t-elle, sa ravissante bouche esquissant l'ombre d'un sourire.

— Enfin seul avec toi dans un endroit sans salles de classe, sans chambre froide ! Et je peux prendre tout mon temps.

— Tu veux prendre ton temps ?

— Oh oui, et je veux en savourer chaque seconde.

— Angus, murmura-t-elle, son sourire disparu.

— Oui, chérie, qu'y a-t-il ? demanda-t-il inquiet.

— As-tu… des préservatifs ? chuchota-t-elle, rougissante.

— Oh ! s'exclama-t-il, soulagé. Bien sûr.

Mais il voyait bien que quelque chose d'autre la perturbait.

— Qu'y a-t-il ?

— Je… je n'ai pas fait l'amour depuis longtemps, murmura-t-elle avec embarras. Je ne suis pas sûre de bien me souvenir.

Il la serra dans ses bras. Elle n'était pas obligée de le lui dire, il le savait. Ça la rendait encore plus désirable à ses yeux.

— Elisabeth, tout ce que tu as à faire ce soir est de me laisser te donner du plaisir. Je veux que tu sois comblée. Me laisseras-tu faire ? Fais-moi confiance, je ne veux pas que tu aies peur.

— Alors aide-moi. J'ai besoin de toi.

Sa réponse allait au-delà de toutes ses espérances. Il s'empara de ses lèvres corail.

— Je crois que je m'apprête à vivre l'une des plus belles nuits de ma vie.

La chambre d'Angus, spacieuse et moderne, était percée de trois larges fenêtres qui ouvraient sur la nuit londonienne. Il la déposa à terre à côté du lit aux draps bordeaux et baissa les stores, avant d'allumer une lampe. La pièce était maintenant baignée d'un éclairage tamisé.

Que diable faisait-elle seule en compagnie de cet homme qui sortait avec les plus belles femmes du pays ? se demanda-t-elle soudain, comme prise de panique. Tous les week-ends, une photo de lui, en galante compagnie, paraissait dans les tabloïds. Si son propre physique ne lui donnait pas de complexes, elle savait qu'elle n'était pas non plus top model.

Elle frissonna quand il s'approcha de nouveau, puis quand, une à une, il retira les épingles retenant ses cheveux qui tombèrent en halo autour de son visage. D'une main, il les lissa et, devant son regard appréciateur, rempli d'admiration, elle sentit toutes ses appréhensions fondre. Reculant d'un pas, il laissa ses yeux glisser sur son corps, puis lui demanda de se retourner. Il lui retira son collier et déposa alors une pluie de baisers dans sa nuque. Une myriade de frissons la secoua.

— Aurais-je découvert une zone érogène, mademoiselle Read ? Je me demande où se cachent les autres.

Il baissa alors la fermeture Eclair de sa robe, ses doigts frôlèrent sa chute de reins et un frémissement la traversa.

— Je crois bien que j'en ai trouvé une autre, reprit-il avec un sourire qu'elle devina à sa voix.

Il l'embrassa dans le dos et laissa sa bouche descendre jusqu'à la naissance de ses fesses. Retenant sa respiration, elle sentit ses mains chaudes se glisser sous sa robe et se poser sur sa taille. Il embrassa la chute de ses reins et elle laissa échapper un petit gémissement.

Sans le voir, elle pouvait imaginer ses mains magnifiques, sa bouche divine qui l'embrassait, sa langue dessinant de lentes arabesques sur sa peau…

— Angus, haleta-t-elle en s'agrippant au lit pour éviter de tomber en avant.

Il remonta le long de sa colonne vertébrale et vint lui murmurer au creux de l'oreille :

— Laisse-moi te donner du plaisir.

Et avant qu'elle ait eu le temps de réagir, il fit glisser sa robe sur ses épaules. Elle vint s'étaler en corolle à ses pieds.

— Mon Dieu, Elisabeth ! s'exclama-t-il d'une voix rendue rauque par la vue de son corps simplement vêtu de lingerie noire et de sandales à talons aiguilles.

Il la retourna vers lui avec douceur et, un moment, il se contenta de rester devant elle, les mains sur sa taille, à la regarder. Elle sentait son cœur battre la chamade.

— Tu es étourdissante de beauté ! reprit-il en lui prenant la main et en y déposant les lèvres.

Puis, d'un geste tendre, il la fit s'asseoir sur le lit et s'agenouilla en face d'elle. Saisissant l'un de ses pieds avec délicatesse, il fit glisser sa sandale, tout en constatant :

— J'espère que tu ne porteras jamais ces sandales à l'école. Tu pourrais provoquer des attaques cardiaques chez les adolescents.

Après avoir retiré l'autre, il frôla la plante de son pied d'un doigt léger. Elle frissonna : même une caresse aussi douce avait un effet intense.

— Une autre zone érogène ?

— Apparemment, répondit-elle d'une voix un peu tremblante.

D'un geste lent, il laissa ses mains remonter sur la peau satinée à l'intérieur des jambes. Elle les suivait du regard. Habiles, précises, elles n'étaient plus qu'à un centimètre de sa culotte de dentelles. D'une seconde à l'autre, il allait la caresser là où son anatomie était la plus sensible. Brûlante d'impatience et de désir, elle retint sa respiration.

— S'il te plaît, l'implora-t-elle dans un souffle.

Il se pencha en avant. Elle sentit son haleine chaude sur la peau nue de son ventre, et il déposa un baiser sous son nombril, la rendant comme folle. Pour un peu, elle aurait saisi sa main et l'aurait glissée en elle, sachant que son orgasme serait immédiat.

Les doigts d'Angus remontèrent sur sa taille et il commença à effleurer son ventre, à la chatouiller. Elle poussa un cri, se renversa en arrière pour essayer de se dégager, mais il l'immobilisa sous lui. Elisabeth, essoufflée, se mit à rire.

Mettant un terme à son manège, il s'écroula à côté d'elle, son costume tout froissé, et elle le dévisagea. Les cheveux en bataille, les joues en feu, il avait le regard étincelant de désir. Il n'était pas juste sexy. Il était drôle, espiègle, intelligent et, aussi étrange que cela puisse paraître, il semblait vulnérable.

— J'aime t'entendre rire, murmura-t-il en la prenant dans ses bras pour l'embrasser.

Elle plaqua les mains sur ses épaules et noua ses jambes autour de ses reins. Elle sentait la douceur du tissu de sa veste contre sa peau, de sa chemise contre ses seins. Elle s'arc-bouta contre lui et fit glisser sa veste de ses épaules. Angus la retira et s'avança pour se retrouver allongé sur elle de toute la longueur de son corps.

Malgré l'étoffe du pantalon, elle sentit son sexe durci se presser contre elle, et elle se souleva, arquant les hanches pour mieux le sentir. Elle l'embrassa de toute sa fougue, lui mordant les lèvres, tout en laissant échapper de petits cris de plaisir. Lorsqu'il abandonna ses lèvres pour l'embrasser dans le cou et couvrir ses seins de baisers, elle haleta, aspirant l'odeur de sa peau.

— Angus, je t'en prie, le supplia-t-elle.

Elle l'entendit émettre un petit rire, et, lorsqu'il releva la tête, elle sentit la caresse de ses cheveux sur sa peau.

— Je t'ai attendue assez longtemps, mon ange. Je vais prendre tout le temps que je veux.

— Sauf que je vais me consumer si tu ne fais pas quelque chose, répondit-elle en se soulevant encore vers lui avec un regard éperdu de désir.

Il prit appui sur ses coudes, la dominant de son beau corps vigoureux.

— Souviens-toi que c'est moi qui décide du tempo. Tu as dit que tu me laisserais te donner du plaisir.

— Mais Angus, protesta-t-elle, je crois que je vais devenir folle.

— C'est exactement ce que j'attends, répondit-il en dégrafant son soutien-gorge.

Il prit ses seins entre ses mains habiles, tirant un gémissement de volupté à la jeune femme. Il happa alors l'une des pointes dans sa bouche chaude et se mit à la taquiner, à la mordiller. Avec un cri, elle enfonça ses doigts dans ses cheveux. Il se concentra alors sur l'autre sein, auquel il procura la même exquise torture.

Elle se sentit soudain comme catapultée dans une autre dimension, et, sans plus réfléchir, elle attrapa la main droite d'Angus et la glissa entre ses jambes.

— Maintenant, lui enjoignit-elle.

— Tu es habituée à te faire obéir, n'est-ce pas ? murmura-t-il sans faire un geste.

— Angus… je t'en supplie.

Sans la quitter des yeux, il s'agenouilla et glissa les doigts sous l'élastique de sa fine culotte de dentelles.

— C'est si gentiment demandé, fit-il en faisant doucement glisser la petite pièce de dentelles le long de ses jambes.

Il commença alors à caresser son sexe humide, palpitant.

Elle renversa la tête en arrière, s'abandonnant à la jouissance que lui prodiguait ses mains si habiles et tout le désir, toute la tension, toute l'émotion, qu'elle essayait de contenir depuis si longtemps montèrent en elle, tandis que le sommet approchait.

— Donne-moi un autre ordre, murmura Angus.

— Ne t'arrête pas !

Avec un cri, elle s'agrippa aux draps et ferma les yeux, tandis que la vague montante de pur plaisir déferlait en elle, la laissant secouée de spasmes. Mais il n'arrêta pas son délicieux mouvement. Sans se presser, il continua sa caresse régulière, habile, jusqu'à la porter au paroxysme d'une extase qu'elle ne croyait même pas possible. Enivrée de plaisir, elle ferma les yeux, et sentit alors sa bouche prendre le relais de ses mains. Elle ne put retenir un cri de surprise, qui se transforma bientôt en un long gémissement de plaisir. Et tout à coup, ce fut comme si un feu d'artifice éclatait, et, haletante, elle s'abandonna à ses caresses, submergée par des sensations inouïes.

Elle laissa enfin sa tête rouler sur l'oreiller, comme vidée de toute son énergie, le souffle court.

— Tu es exquise, lui chuchota-t-il en l'embrassant.

— Mon Dieu, Angus. C'était incroyable.

— Je suis d'accord.

Il déposa un tendre baiser sur sa tempe, repoussa ses cheveux humides d'une main et Elisabeth, paupières closes, savoura la sensation : elle était nue avec Angus, son corps entre ses bras. Sans rouvrir les yeux, elle leva la tête et l'embrassa.

— Je n'ai jamais rien ressenti de tel.

Elle n'avait pas besoin de le regarder pour savoir qu'il souriait.

— Et la nuit est encore longue, annonça-t-il.

— Je sais.

Les doigts entrelacés avec les siens, elle posa son autre paume sur son torse et écouta sa respiration. Depuis combien de temps n'avait-elle pas éprouvé un tel sentiment de paix ? Bien longtemps. Après tous ces soucis, après lui avoir résisté, avoir lutté contre elle-même, elle avait trouvé son havre.

Et après la tempête de plaisir dont il était à l'origine, elle n'avait plus qu'une envie : se blottir contre lui et se laisser bercer par le rythme de son cœur.

— Je veux te voir nu, murmura-t-elle. Je veux te sentir en moi. Et je veux…

Sa phrase se perdit dans un souffle, tandis que le sommeil la happait.

- 8 -

La lumière était trop vive, il faisait trop chaud.

Angus entrouvrit un œil qu'il referma aussitôt. Un rayon de soleil filtrait à travers la persienne, directement dans ses yeux.

C'était le matin. Avec précaution, il déplaça légèrement sa tête sur son oreiller. Il ne devait pas réveiller Elisabeth qui reposait contre lui, délicate et gracieuse.

Elle n'avait pas bougé depuis hier soir. Le même petit sourire en coin, ses longs cils bruns ombrant ses joues rosies par le sommeil. Ses seins étaient nichés contre son torse et l'une de ses longues jambes nues était enroulée autour de la sienne, toujours vêtue de son pantalon froissé.

Jamais il n'avait contemplé vision plus délicieuse. Il sourit. Elle s'était endormie en lui demandant de lui faire l'amour, au beau milieu de sa phrase ! Il l'avait secouée avec douceur et avait murmuré son nom. Mais elle avait sombré dans un profond sommeil. Certains hommes auraient sans doute pris cela pour une insulte.

Pour lui, en revanche, c'était un compliment. Elle était dans ses bras, aussi confiante que lorsque, nue sous son corps, elle s'abandonnait à ses caresses.

Il avait humé son parfum et, les yeux fermés, avait resserré ses bras autour d'elle, avant de s'endormir à son tour.

Et maintenant il était… Angus jeta un œil à son réveil : 9 h 30 ! Non ? Ils avaient dû dormir dix heures d'affilée. Pourtant, ils ne s'étaient pas assoupis très tard.

Angus secoua la tête. Cela faisait des années qu'il n'avait pas fait la grasse matinée : il s'était entraîné à ne dormir que six heures par nuit, au plus, ce qui ne l'empêchait pas, pendant ses heures de travail, de déborder d'énergie.

A l'évidence, tout comme lui cette nuit, Elisabeth avait besoin de sommeil.

Elle bougea et s'étira contre lui comme un chat paresseux. Dans son mouvement, le drap glissa, découvrant la pointe rosie de ses seins. Une vague de désir le submergea.

Ce n'était pas simplement de sommeil qu'ils avaient besoin ! Il posa la main sur la courbe de sa hanche et, avec un soupir de plaisir, l'attira tout contre son sexe raidi.

Elisabeth battit des paupières. Ses grands yeux étaient bruns, clairs, magnifiques.

— Bonjour, fit-elle d'une voix encore engourdie de sommeil.

L'air ébahi, elle prit alors appui sur ses coudes.

— Mon Dieu ! Me suis-je endormie au beau milieu de… ?

Il hocha la tête et les joues de la jeune femme s'empourprèrent.

— Je suis désolée, Angus. Je ne comprends pas. Je devais être fatiguée.

Combien il aimait la voir chercher ses mots ! Il déposa un baiser sur ses lèvres.

— Tout va bien, dit-il. Moi aussi, j'étais fatigué. Et j'ai aimé dormir avec toi.

Elle eut un petit sourire espiègle.

— Dormir ou coucher avec moi ?

— Les deux ! Mais ce n'est pas fini.

Le sourire de sa compagne s'élargit.

— Tant mieux ! J'aurais tellement détesté louper quelque chose dans mon sommeil.

— Elisabeth, crois-moi, si nous avions fait l'amour, tu aurais été complètement réveillée et en train de hurler mon nom.

— Quelle arrogance ! s'exclama-t-elle en commençant à déboutonner la chemise d'Angus.

Elle repoussa sa chemise de ses épaules et déposa un baiser brûlant sur son torse nu.

— Vérifie dans ton dictionnaire, professeur ! rétorqua-t-il. Ce n'est pas de l'arrogance, c'est la vérité.

Ses paumes voguaient maintenant sur le ventre d'Elisabeth.

— Je pense que tu devrais vérifier dans *ton* diction-naire, chef. Parce que la dernière fois que j'ai regardé la définition de « super étalon », elle ne disait pas « s'est endormi tout habillé ».

Comme elle était drôle ! Les taquineries de sa compagne attisaient son désir tout autant que ses mains curieuses.

— Fichus professeurs de lettres ! maugréa-t-il avec une exaspération feinte. Si tu as quelques copies à corriger ou des cours à préparer, je peux te ramener chez toi tout de suite.

— Tu crois vraiment que je vais gober ton bluff, Angus ?

— Non, je ne pense pas.

— Bien, répondit-elle avec un sourire.

Ses doigts habiles le débarrassèrent ensuite de son pantalon qu'elle fit glisser sur ses hanches. Angus l'aida en retirant son boxer.

Enfin nu avec Elisabeth ! Il voulut la prendre dans ses bras, mais, posant les mains sur ses épaules, elle le repoussa sur le dos et s'installa à califourchon sur son ventre.

Il s'emplit les yeux de sa vue : son cou de cygne, ses épaules graciles, ses seins splendides, son ventre et ses hanches légèrement bombés. Même s'il en avait déjà admiré chaque détail la veille, il ne pouvait se lasser de la vision de son corps féminin dont la douceur contrastait avec la fermeté du sien.

Elle aussi le regardait, les yeux agrandis, étincelants de passion. Avec un râle, il leva la main pour frôler ses seins, l'attirer à lui et la déguster.

La sonnerie du téléphone retentit soudain. Qui diable

cherchait à le joindre ? Son restaurant, son éditeur, la BBC ? Tous ces gens auxquels il devait sa réussite et sa célébrité…

D'une main, il retint Elisabeth pour l'empêcher de bouger, et de l'autre, arracha le fil du téléphone à côté de son lit.

— Désolé, fit-il en souriant. Où en étions-nous ?

— Là, je crois, dit-elle en resserrant ses doigts autour de son sexe dressé.

Seigneur ! Si Angus avait passé une grande partie de sa vie d'adulte à la recherche du plaisir que peuvent procurer les sensations physiques, le simple contact de cette main délicate sur sa peau les surpassait tous.

Elle le caressa, décuplant son désir. S'agrippant à elle, il l'embrassa de toute sa fougue, comme jamais il n'avait embrassé une autre femme, se délectant de la sensation de ses seins pressés contre son torse, de ses jambes enroulées autour de ses hanches.

— Où est le préservatif ? demanda-t-elle, le souffle court.

Eperdu de désir, il observa son visage alors qu'elle se plaçait sur lui et le guidait en elle, la bouche entrouverte, encore humide de son baiser.

Il savait qu'elle ressentait avec la même intensité que lui à quel point leurs deux corps s'accordaient. Sentir ses muscles étreindre son sexe était pour lui la sensation la plus excitante de sa vie : une jouissance qu'il sentit exploser et envahir tout son être lorsqu'elle commença à onduler sur lui.

— Oh Elisabeth ! Oh ma chérie ! murmura-t-il

en laissant ses mains partir en exploration sur son corps.

Son tempo langoureux s'accéléra, exacerbant le plaisir qu'elle lui procurait, comme si elle voulait lui prouver à quel point elle aimait le sentir en elle. Si elle s'était abandonnée la nuit précédente, elle était en train de reprendre le contrôle…

La passion montait, dans un ballet de plus en plus sauvage. Il la rejoignit et s'enfonça si profondément en elle qu'il eut l'impression que leurs deux corps ne faisaient plus qu'un.

Se souvenant de son orgasme pendant la nuit, de l'expression de son visage, il glissa une main entre eux pour caresser sa féminité moite. Elle renversa la tête en arrière, laissa échapper un cri et le frisson qui la parcourut le fit frémir à son tour.

Enfoui dans ce corps féminin qui oscillait en cadence avec les pulsations de son propre pouls, son parfum de cannelle sucrée dans les narines, son goût âcre sur ses lèvres, ses mains sur sa peau, il sentit la jouissance d'Elisabeth se répercuter au plus profond de son être. Alors, d'un puissant coup de reins, il s'enfonça en elle, une dernière fois, et se laissa submerger par le plaisir.

Fourbue, elle s'écroula contre lui et il la serra au creux de ses bras, si fort que leurs deux cœurs lui semblèrent battre à l'unisson. Après quelques minutes, il releva la tête, puis repoussa les cheveux du visage de la jeune femme, afin de la voir sourire.

— Tu es fantastique, déclara-t-il en la dévorant de baisers.

— C'est drôle, je m'apprêtais à dire la même chose de toi.

Elle s'allongea à son côté et il la contempla, fasciné par le mouvement de ses hanches, de sa taille souple, de ses seins. Elle s'appuya alors sur un coude et il vit la lueur de désir qui brillait toujours dans le regard dont elle l'enveloppait.

— Je crois que tu as cassé ton téléphone, déclara-t-elle.

— Aucune importance ! J'adore te regarder nue, Elisabeth.

— Eh bien moi, je n'ai jamais rencontré un homme aussi beau. Je crois même que je vais te demander de te lever et de faire quelques pas pour moi afin que je puisse mieux t'apprécier.

— Dans une minute, laisse-moi d'abord te dévorer, répondit-il en reprenant ses lèvres.

— Je crois bien que moi aussi j'ai faim, l'interrompit-elle en posant les mains sur son ventre.

— Très bien, mon ange, je vais aller préparer le petit déjeuner.

Il planta un dernier baiser sur sa joue, laissa sa main glisser sur son bras et se leva. Elisabeth, toujours allongée, le regardait d'un air satisfait, ses cheveux bruns en éventail sur l'oreiller, son splendide corps abandonné : une vision d'une beauté à couper le souffle.

Sans se presser, il se dirigea vers sa penderie. Il aimait sentir les yeux de la jeune femme sur lui.

— Tu es modeste, n'est-ce pas ? remarqua-t-elle avec un sourire taquin.

— Hé, si tu as des appâts, autant les utiliser, répliqua-t-il d'un air dégagé. J'ai été élu le cinquième homme le plus sexy de Grande-Bretagne par le mensuel *Celeb*.

— Tu aurais dû arriver premier !

— Ce qui aurait été le cas si l'on m'avait autorisé à faire les photos sans mon uniforme de chef, précisa-t-il avec un clin d'œil.

— Tu es vraiment incorrigible !

— Et c'est précisément la raison pour laquelle je te plais ! Et maintenant, voici ce que je te propose, ajouta-t-il avec un sourire charmeur : je vais mettre le café en route et chercher des œufs. Mais si tu fais couler la douche, je te rejoindrai peut-être avant de commencer à préparer le petit déjeuner...

Sans cesser de siffloter, Angus quitta la pièce, descendit l'escalier et arriva dans la cuisine qui rutilait dans le soleil du matin. Une divine odeur de café envahit bientôt la pièce. Cela faisait bien longtemps qu'il ne s'était senti aussi léger. Toujours en sifflant, il ouvrit la porte du jardin et sortit dans la lumière.

Les rayons déjà chauds du soleil matinal caressaient son jardin d'herbes aromatiques, dont les parfums mêlés vinrent lui chatouiller les narines. Les deux poulets se dirigèrent vers lui.

— Bonjour MacNugget, bonjour Kiev, les salua-t-il

avant de se glisser dans le poulailler dans lequel il trouva deux œufs encore chauds.

Magnifique ! Voilà qui augurait une journée parfaite, pensa-t-il en coupant un petit bouquet d'herbes. Il allait sortir deux mugs puis irait rejoindre Elisabeth sous la douche.

Il était si satisfait de son plan que ce ne fut qu'une fois rentré dans la cuisine qu'il remarqua la grande femme blonde avec, à la main, une tasse de son café tout frais.

— Où étais-tu passé ? questionna la nouvelle venue.

— Bonjour Christine. Je t'en prie, sers-toi un café, déclara-t-il avec un sourire à l'intention de son attachée de presse, tout en posant ses œufs sur le plan de travail.

Aïe ! Son projet de douche semblait bien compromis.

— J'ai cherché à te joindre toute la matinée, sans succès.

— C'est parce que je n'ai pas répondu au téléphone, expliqua-t-il, aimable. Comment es-tu entrée ?

— Tu m'as donné une clé pour ce reportage photo en mars, rappelle-toi. J'ai appelé Magnum où personne ne t'avait vu non plus. J'ai pensé que tu étais peut-être malade.

— Je ne me suis jamais senti aussi bien de ma vie, au contraire ! déclara-t-il en s'adossant au comptoir, les bras croisés sur son torse nu. Et toi, comment vas-tu ?

— Je suis en train de devenir folle, si tu veux tout savoir ! lâcha-t-elle avec un soupir exaspéré. Les tabloïds m'appellent toutes les cinq minutes pour obtenir une interview avec toi. J'ai un dossier de presse prêt à partir qui attend ton aval, une conférence téléphonique avec Los Angeles cet après-midi pour discuter de la diffusion de ton émission, et, tout à coup, tu deviens impossible à joindre !

— Ces gens ne prennent donc jamais leur week-end ? s'enquit Angus en regardant Christine se verser un autre café.

— Figure-toi que nous aurions pu tout régler hier soir si seulement nous nous étions parlés. Eh, ajouta-t-elle, tu m'écoutes ?

Angus écoutait, mais c'était le bruit de l'eau de la douche au premier étage qu'il entendait. Il imaginait Elisabeth sous le jet, les gouttes chaudes glissant sur son corps nu. Quel goût aurait sa peau mouillée ?

— Je t'ai organisé une interview avec le *Herald* lundi et une autre avec le *Journal*, mardi, continuait l'attachée de presse. Mais je ne suis pas contente du contrat avec la Slater School. Ils ne veulent toujours pas de caméras, pas même pour un reportage de cinq minutes. Tu peux parler du concours à la presse, mais tu n'as pas le droit de donner de détails sur les enfants. Donc, hormis filmer le concours, nous n'aurons presque pas de publicité. J'ai essayé de négocier avec le directeur mais il ne veut pas céder. Tu ferais aussi bien de laisser tomber.

— Pas question !

A son intonation, Christine lui jeta un regard pénétrant.

— Très bien ! Si tu as envie de perdre ton temps, à ta guise. Mais si tu es déterminé à ne pas abandonner, tu ferais aussi bien d'en tirer quelque chose. On pourrait au moins dévoiler l'identité des enfants à la presse, et les journalistes n'auraient plus qu'à découvrir le reste seul. Ainsi, nous aurons une meilleure couverture, tu pourras dire quelque chose de désintéressé sur le fait d'aider les jeunes, et nous pouvons prétendre que nous n'avions rien à voir dans tout cela.

Angus lui lança un regard indigné. Il n'en était pas question ! Il savait déjà qu'une exposition médiatique serait un désastre pour Jennifer qui commençait à peine à prendre un peu confiance en elle-même. Quant à Danny qui se trouvait dérouté par l'intérêt qu'on lui portait, Angus préférait ne pas imaginer sa réaction s'il passait aux informations télévisées ! Sans parler de la confiance qu'Elisabeth commençait tout juste à lui accorder.

— Non ! fit-il donc, catégorique.

Christine semblait de plus en plus surprise.

— D'accord, tu ne veux pas revenir sur ta parole, je comprends. Nous ferons juste les interviews, et la presse sera peut-être assez intelligente pour les comprendre. Ce ne sera pas la première fois.

— Non. Pas d'interviews du tout. Je ne parlerai pas à la presse tant que le concours ne sera pas terminé. Je ne veux pas non plus qu'il soit filmé. En fait, je veux rester aussi discret que possible.

Christine l'enveloppa d'un regard perplexe.

— Angus, que t'arrive-t-il ? Lorsque tu m'as engagée, tu m'as déclaré vouloir devenir le meilleur chef de ta génération. Que tu accepterais tout, tant que cela n'interférait pas avec ta cuisine.

— Eh bien, mes priorités ont changé, fit-il valoir. Je suis ravi de te voir, Christine, annonça-t-il en ouvrant un placard pour prendre une poêle, mais j'ai invité quelqu'un pour le petit déjeuner, donc…

— Où étais-tu passé ? J'avais hâte de te savonner… Oh !

La voix étonnée venait du seuil de la porte sur lequel se tenait Elisabeth, en peignoir, les cheveux mouillés, les joues empourprées.

— Je suis désolée, je croyais que…

— Elisabeth, fit Angus en se dirigeant vers elle pour la prendre par l'épaule, je te présente Christine Butler, mon attachée de presse, qui est passée un moment. Christine, je te présente Elisabeth Read.

— Ton invitée, constata Christine qui se leva pour lui serrer la main. Je suis ravie de vous rencontrer Elisabeth, et je suis désolée de vous avoir interrompus. D'ailleurs il faut que je file, à présent, mais j'espère bien vous revoir.

— Je t'accompagne, dit Angus.

— Je comprends mieux tes priorités, murmura Christine une fois sur le perron, les sourcils levés d'un air amusé. C'est le professeur, n'est-ce pas ?

— Je veux tenir la presse à l'écart, indiqua Angus.

L'attachée de presse haussa ses minces épaules.

— Evidemment ! Quoique, si elle reste dans le coin, tôt ou tard, elle aura à y faire face.

— C'est à elle de décider, pas aux médias.

Avec un sourire, Christine l'embrassa sur la joue.

— Elle a l'air charmante. Téléphone-moi si tes priorités changent encore une fois.

— Rentre chez toi et profite du week-end, Christine !

— Je n'ai pas besoin de te souhaiter la même chose, le taquina-t-elle dans un cliquetis de clés.

Après avoir pris congé de Christine, Angus regagna la cuisine. Elisabeth n'avait pas bougé.

— Je suis désolé. Je ne m'attendais pas à voir Christine aujourd'hui.

— Aucun problème, le rassura-t-elle. Bien sûr, tu as ta vie, ta carrière.

Son air détendu dissimulait cependant une certaine crispation, il le vit bien.

— Hé ! fit-il en la prenant dans ses bras et en la serrant contre lui jusqu'à ce qu'il la sente se détendre un peu. Je suis désolé que tu aies dû prendre ta douche seule.

Il glissa sa main dans son peignoir et vint la poser sur sa taille.

— Ce n'est pas plus mal, répliqua-t-elle avec un haussement d'épaules. Si tu m'avais rejointe, nous serions encore sous la douche et j'ai faim.

— Que dirais-tu de cela : nous prenons un café, je fais le petit déjeuner, je te l'apporte au lit et nous prenons une autre douche ensemble. Ensuite, je passerai quelques coups de fil pour annuler mes rendez-vous jusqu'à lundi. Je mérite un week-end sans rien faire et je veux le passer avec toi.

— Moi aussi je mérite un week-end sans rien faire, répéta-t-elle en se nichant contre lui. Je suis désolée d'avoir fait fuir ton attachée de presse. Vous aviez peut-être à discuter affaires.

Et s'il lui parlait de la conversation qu'il venait d'avoir avec Christine ? Il ne valait peut-être mieux pas. Il venait tout juste de convaincre Elisabeth que ce qui l'intéressait en priorité, c'était le bien de Jennifer et de Danny. Inutile, par conséquent, de lui rappeler que tout avait commencé par un projet visant à lui faire de la publicité.

D'autant qu'il n'y aurait pas de publicité.

— Cela n'avait pas d'importance, la rassura-t-il en scellant ses lèvres d'un baiser.

Il était étrange de penser que, en fait, il s'agissait peut-être là de sa décision la plus importante depuis longtemps.

- 9 -

Elisabeth se glissa dans son fauteuil en riant et secoua les gouttes de pluie de ses cheveux, tandis qu'Angus saluait Luciano. Ils avaient vu les nuages menaçants s'amonceler tandis que, main dans la main, ils traversaient Kensington Garden. Angus avait alors parié un cappuccino qu'ils arriveraient au café avant la pluie.

L'intérieur du restaurant n'avait pas changé : les murs sombres, les tables de marbre, l'Italien aux cheveux poivre et sel derrière son bar, à côté de la machine à café. Angus MacAllister n'avait pas changé : grand, souriant, une fossette au menton, toujours aussi séduisant !

Quant à elle, elle supposait qu'elle n'avait pas changé non plus. Bien sûr, il ne fallait pas tenir compte de son étrange accoutrement : la petite robe noire sur laquelle elle avait noué l'une des chemises d'Angus et une paire de ballerines qu'elle avait achetées à Portobello Road la veille.

Donc, songea Elisabeth, mis à part leurs tenues et le

jour de la semaine, tout, en apparence, était exactement comme la fois où ils s'étaient rencontrés ici même. Ce qui avait changé était invisible pour les yeux.

Angus passa la commande en italien, et Luciano et lui partirent d'un éclat de rire. Elle n'avait pas compris un mot. Quelle était donc la cause de l'hilarité de son compagnon et du patron du café ? Angus rapprocha alors sa chaise pour être plus près d'elle.

— Tout le monde t'aime, s'émerveilla-t-elle.

— Et pourquoi pas ? Je suis un type sympa.

— Oui, mais tout le monde, sans exception. Tous ceux à qui je t'ai vu parler ce week-end étaient contents de te voir. Même les inconnus te saluent dans la rue.

— Le bon côté de la célébrité, répondit-il d'un air dégagé.

Elle secoua la tête :

— Non, ce n'est pas ça. Tu y travailles dur. Jamais je n'oublierai la façon dont, en moins de cinq minutes, tu as charmé la réceptionniste à l'école. Et ce que tu as fait avec Jennifer et Danny. Pour toi, il est important que les gens t'aiment, n'est-ce pas ?

Luciano qui revenait avec leurs cafés et une assiette de pâtisseries aux amandes l'empêcha de répondre immédiatement. Les deux hommes échangèrent une nouvelle blague en italien, puis le patron se retira derrière le comptoir. Angus souleva son expresso, avala une gorgée, ferma les yeux pour marquer son appréciation et reposa sa tasse d'un air pensif.

— Me faire aimer a toujours été important pour moi, expliqua-t-il. Je suppose qu'au début c'était juste une stratégie pour survivre. Mes parents n'ont jamais voulu trop m'avoir dans les jambes. Je les intéressais tellement peu que, en tout et pour tout, j'ai dû les voir quatre fois entre douze et seize ans. Alors, oui, j'imagine que j'ai toujours voulu me prouver que je pouvais être aimé…

Elle posa la main sur la sienne et laissa courir un doigt sur l'une de ses cicatrices.

— Où allais-tu pendant les vacances scolaires ?

— Principalement chez des amis, expliqua-t-il. Ou dans la maison familiale, en Ecosse. Nous avions des domestiques. Une fois, je suis arrivé, et tout le personnel était en congé. Je crois bien que mes parents avaient oublié que je rentrais à la maison. J'avais dix ans et j'ai passé toutes les vacances de Pâques seul. C'est ainsi que j'ai commencé à cuisiner.

Malgré son expression pince-sans-rire, Elisabeth devina sa tristesse.

— Où sont tes parents maintenant ? demanda-t-elle.

— Quelque part, à l'étranger. Ils sont tout le temps partis. Ils ont une maison en plein Londres, mais je n'y ai pas mis les pieds depuis le jour de mes seize ans, quand j'ai annoncé à mon tuteur que j'allais quitter l'école et entrer en apprentissage chez un chef. Mes parents étaient si horrifiés qu'ils sont rentrés en avion de Buenos Aires et m'ont enfermé pendant une semaine pour essayer de me dissuader. J'ai fini par m'enfuir par la fenêtre. Tu sais, Danny me rappelle un peu le gosse que j'ai été, conclut-il avec un petit rire.

— Je suis désolée, Angus, fit-elle, compatissante.

Elle imaginait Angus petit, un gamin fluet aux cheveux bruns, marchant dans les couloirs de sa prestigieuse pension, riant, blaguant, se faisant autant d'amis que possible pour essayer de combler sa solitude.

Si elle avait passé bien des moments seule, dans sa propre enfance, elle ne s'était jamais sentie abandonnée. En fait, même si, à l'époque, elle ne s'en rendait pas compte, elle avait grandi au sein d'une famille sécurisante.

— Mes parents étaient un peu farfelus, expliqua-t-elle, mais ils étaient toujours là. Ils m'aimaient. Même s'ils ont passé presque toutes les années quatre-vingt dans un camp de hippies nudistes.

Angus se mit à rire :

— Si j'avais pu choisir mes parents, j'aurais opté pour des hippies canadiens, adeptes de nudisme.

— Je pense que tu te serais vite lassé des menus : des lentilles, encore des lentilles, toujours des lentilles !

Elle avala une gorgée du cappuccino qu'elle avait commandé. Il était crémeux à souhait : divin !

— Tu avais raison au sujet du café, constata-t-elle.

Il hocha la tête d'un air absent.

— Tu dis que tout le monde m'aime, mais la première fois que tu m'as rencontré, tu m'as trouvé très antipathique, fit-il valoir.

Elle se revit lors de sa première entrevue avec lui dans ce même café, tendue, méfiante au possible. Quel contraste avec ces deux derniers jours passés avec Angus MacAllister à parler, manger… à faire l'amour !

— J'avais peur de toi, avoua-t-elle. Je ressemble plus à Jennifer que tu ne le croie.

— Je crois que je vois ce que tu veux dire. Ce n'est pas tous les jours que l'on rencontre un homme bâti comme un…

Elisabeth, qui venait de mordre dans la pâtisserie fondante qu'il lui offrait, s'étouffa presque de rire.

— Quoi ? s'exclama-t-il, choqué. Tu veux dire que ce n'est pas la raison pour laquelle tu as eu peur de moi ?

Elle secoua la tête et répondit après avoir avalé sa bouchée :

— Non. Tu m'as rappelé quelqu'un avec lequel je suis sortie.

— Quelqu'un qui t'a fait souffrir ? demanda Angus, soudain grave.

— C'est le moins qu'on puisse dire. J'étais si amoureuse de Robin que je n'y voyais plus clair. Il avait autant de charme que toi. Et d'arrogance !

Angus sembla ignorer sa pique, et ne riposta pas par une blague. Elle en fut heureuse.

— Il était comédien et, après notre séparation, il est devenu assez célèbre. Il avait ce don que tu as, enchaîna-t-elle avec un geste des mains. Il savait mettre les gens en confiance, leur faire sentir qu'ils étaient le centre de l'univers. Même si ce n'est que du vent, c'est très séduisant.

— Tu ne me croyais pas sincère ? demanda Angus en fronçant les sourcils.

— Au début. Pas vraiment manquant de sincérité, mais… vois-tu, il n'est pas évident de croire que l'on compte pour quelqu'un pour qui tout le monde semble compter ! Mes parents étaient un peu comme ça. Ils avaient tout le temps un nouvel invité à demeure, une nouvelle cause à défendre. A la différence près qu'ils ont toujours pris garde de me faire sentir que je comptais aussi. Robin, lui, me jouait la comédie.

— Que t'a-t-il fait ?

Elle allait lui répondre, elle le voulait. Tout comme elle avait voulu lui parler de Mlle Woods et de ses cookies aux flocons d'avoine. C'était un peu comme si, par magie, elle avait trouvé en lui celui avec lequel elle pouvait partager ses peines et ses craintes.

— Je suis tombée enceinte, expliqua-t-elle. J'étais raide amoureuse, je me fichais des conséquences. J'ai oublié ma pilule. Lorsque je l'ai dit à Robin, il n'a rien voulu savoir. Tout ce qui l'intéressait dans la vie, c'était ses nouveaux amis et ses nouvelles conquêtes.

Tout comme elle lorsqu'il lui avait parlé de ses parents, Angus posa la main sur la sienne.

— Et le bébé ? demanda-t-il avec douceur.

— Je devais rentrer au Canada pour l'avoir, mais je l'ai perdu à cinq mois. Alors je suis restée ici.

Elle entendit son profond soupir et sentit ses doigts se resserrer autour des siens.

— Je suis désolé, Elisabeth.

Même des années après son drame, la compassion

qu'exprimait le regard d'Angus lui était insupportable. Elle baissa les yeux sur son café, nerveuse.

— Quoi qu'il en soit, reprit-elle, cela m'a rendue méfiante à l'égard des types un peu trop beaux, des charmeurs, vers lesquels je suis toujours attirée de façon ridicule.

Il porta sa main à ses lèvres.

— Moi, je suis sincère, Elisabeth.

— Je le sais.

Du moins, il essayait de l'être, ce qui revenait presque au même, se dit-elle. Elle le regarda droit dans les yeux et reprit d'un ton qu'elle voulait léger :

— Tu veux tellement te faire aimer que tu as fait exprès de choisir un métier qui n'existe que pour donner du plaisir aux autres.

— Je dois dire que je n'avais jamais vu les choses sous cet angle, s'esclaffa-t-il. Je pensais mon choix dicté par l'épicurien en moi.

— C'est aussi le cas.

Il passa le dos de la main de la jeune femme sur sa joue.

— J'ai aimé jouer l'épicurien avec toi ce week-end, tu sais.

— Moi aussi, répondit-elle. Mais dis-moi, tu nous as demandé quel était notre plat préféré, et tu ne m'as jamais dit quel était le tien.

— C'est facile. Les œufs à la coque avec des mouillettes.

Elle le dévisagea, surprise.

— Je m'attendais plus à quelque chose comme la glace au chocolat.

— Les œufs à la coque avec des mouillettes sont les seuls repas que l'on ait préparés spécialement pour moi quand j'étais enfant.

Son visage s'assombrit et s'imprégna d'une expression pleine de mélancolie, trahissant une solitude infinie. Elisabeth se pencha vers lui à travers la table et déposa un baiser sur ses lèvres. Que n'aurait-elle donné pour qu'il ne se sente plus seul !

Au-delà de son goût naturel, sa bouche avait celui de l'amande et du café, et ce baiser lui rappela tous ceux qu'ils avaient échangés au cours du week-end : tendres, passionnés, fougueux. Et malgré tous ces baisers, malgré toutes les fois où ils avaient fait l'amour, où ils avaient exploré, découvert leurs corps, elle n'était toujours pas rassasiée de lui.

Il laissa échapper un râle de plaisir et elle se souvint de sa voix rauque qui criait son nom, de l'intensité de son beau corps d'homme au moment de l'orgasme.

— Je te veux, murmura-t-elle au moment où leurs bouches se séparaient.

— On fait la course jusqu'à chez moi ! proposa-t-il.

Elle jeta un coup d'œil par-dessus son épaule : la nuit commençait à tomber et la pluie tambourinait contre les vitres.

— Il pleut, fit-elle remarquer.

— C'est encore mieux. J'adore quand tu es mouillée.

A son allusion sexy, une spirale de feu la traversa. Elle repoussa sa chaise et se rua sur la porte du café.

— Ciao Luciano ! lança-t-elle avant de se précipiter à l'extérieur, laissant Angus qui sortait son portefeuille.

La pluie était fraîche sur ses jambes nues et plaquait la chemise d'Angus contre son corps. Elle était à mi-chemin de chez lui lorsqu'il la rattrapa et la saisit par la taille.

— C'est de la triche ! haleta-t-il.

— Les anciens élèves des pensions chic n'ont pas l'exclusivité des coups en douce, lança-t-elle en lui faisant un croche-pied, qu'il évita.

— J'espère bien que c'est vrai ! répliqua-t-il.

Il la repoussa en arrière et s'élança. Dans sa petite robe noire, chaussée de ses ballerines, elle n'avait aucune chance de rattraper ses longues foulées athlétiques. Pourtant, elle fit de son mieux. Essoufflée, elle arriva enfin chez lui et elle monta les marches. Il était déjà en train d'ouvrir la porte. Au moment précis où il poussait le battant, elle plongea sous son bras et, avec un cri de victoire, se précipita à l'intérieur.

— J'ai gagné ! lança-t-elle.

Il l'enlaça et, à reculons, l'entraîna vers la salle de séjour.

— Tu es adorable quand tu triches !

Il scella ses paroles d'un baiser passionné tandis qu'Elisabeth lui arrachait ses boutons de chemise. Le coton mouillé s'écarta, exposant son torse splendide, et elle laissa ses mains voguer sur ses côtes dures, ses abdominaux de fer, sur le petit sillon de poils qui descendait jusqu'à la ceinture de son pantalon.

A son tour, il lui arracha la chemise qu'elle lui avait empruntée et entreprit de baisser la fermeture de la petite robe noire. Trempée, elle lui collait au corps et il dut la faire glisser sur ses épaules, le long de son buste et de ses jambes. La robe s'étala à ses pieds et Elisabeth recula vers le canapé.

Ils roulèrent alors sur les coussins, enlacés. Angus, sans cesser de l'embrasser, la plaqua sous lui. Avec maladresse, elle commença à défaire sa ceinture, en proie à une avidité presque insoutenable. Elle sentait ses lèvres sur sa gorge, ses mains qui repoussaient son soutien-gorge pour libérer ses seins, faisaient glisser son slip humide.

— Mets un préservatif, demanda-t-elle une fois qu'il se fut extirpé de son jean mouillé. Je te veux maintenant.

Lorsqu'il fut prêt, elle l'attira et, d'un puissant coup de reins, il s'enfouit au cœur de sa féminité. Un râle lui échappa tandis qu'Elisabeth, les jambes nouées autour de son corps, enfonçait ses doigts dans son dos. Ses mouvements étaient lents, profonds, puis ils s'accélérèrent à mesure qu'il approchait de l'explosion de plaisir qu'il était certain de connaître entre les bras d'Elisabeth. Enfin, n'y tenant plus, il vint en elle, de tout son corps, de toute son âme, et elle se laissa à son tour emporter par la jouissance.

— Seigneur ! haleta-t-il en s'affalant contre elle,

le souffle court. Je pense que Luciano devrait vendre son café comme aphrodisiaque.

— Non, c'est toi, l'aphrodisiaque, murmura-t-elle.

Elle sentait des picotements parcourir tout son corps alangui.

— Je pense que c'est plutôt toi, répliqua-t-il. Je n'arrive pas à me lasser de toi.

Il l'embrassa de nouveau, avec une tendresse indicible, contrastant avec la passion qu'ils venaient de partager. Il roula alors sur le côté, leurs deux corps allongés côte à côte. Avec un soupir, elle baissa les paupières et se laissa aller à la douce félicité qui la gagnait.

— Oh !

Quelque chose dans l'intonation de son amant lui fit rouvrir les yeux. Il s'était assis sur le lit.

— Angus, qu'y a-t-il ? demanda-t-elle, le regard rivé sur son large dos.

Comme il ne lui répondait pas tout de suite, elle se mit à genoux à côté de lui. Il lui lança un regard préoccupé.

— Je suis désolé, ma chérie, mais le préservatif n'a pas tenu.

Désolé ! Il était *désolé* d'avoir eu un rapport sexuel non protégé avec elle. C'était trop facile !

— Ce n'est pas ta faute, répondit-elle machinalement. Ça arrive.

— Oui, mais après ce que tu m'as dit avoir traversé, c'était vraiment inutile.

Il déposa un baiser sur ses cheveux et la serra contre lui.

— Tout va bien, le rassura-t-elle.

Elle savait pourtant bien que ce n'était pas le cas. Elle pensait pouvoir lui faire confiance pour un week-end et, à cause d'une imprudence involontaire, ils venaient peut-être de bouleverser le cours de leurs deux vies. Et tout ça pour un moment de plaisir.

— Je vais aller prendre une douche, annonça-t-elle.

L'eau chaude ne la réconforta en rien. Lorsqu'elle revint dans la chambre après s'être séchée, Angus était en train d'enfiler un jean et une chemise propres.

— Tu ne devrais pas porter tes vêtements mouillés, lui conseilla-t-il d'un air contrarié.

— Ne t'en fais pas pour moi ! rétorqua-t-elle en jetant un œil au réveil à côté de son lit. Il se fait tard, Angus. J'ai des piles de copies à corriger et des cours à préparer pour demain.

— Mais il n'est même pas 18 heures ! Tu as tout ton temps. Nous sommes le 21 juin, le jour le plus long de l'année.

— Et j'ai un travail monstre.

— Elisabeth, l'implora-t-il, une main tendue vers elle, tandis qu'elle attrapait ses sandales sur le sol, à côté du lit.

— Je suis venu pour un week-end, Angus, annonça-t-elle, ignorant la main tendue. Or, le week-end est fini et je dois rentrer.

— Je vais te raccompagner, finit-il par dire en laissant retomber sa main.

Elle hocha la tête et se dirigea vers l'escalier. Il lui

emboîta le pas. Une fois au rez-de-chaussée, il attrapa ses clés de voiture dans une coupe posée sur la table du hall et lui ouvrit la porte. La pluie avait cessé et le pavé de la rue humide scintillait sous le soleil.

— Je préférerais être en train de t'accueillir plutôt que de te raccompagner, fit-il d'une voix qu'à l'évidence il voulait légère et charmante.

Elle ne répondit pas, et ils gagnèrent la Jaguar de collection, restaurée à la perfection : une voiture très chère, choisie sans aucun doute pour son impact sensoriel. C'était la voiture idéale pour un homme comme Angus, songea-t-elle non sans une certaine ironie.

— Je comprends pourquoi Danny a été impressionné, constata-t-elle, essayant d'adopter le même ton insouciant que lui.

Angus lui ouvrit la portière du passager, s'installa à son tour au volant et démarra.

Tout en lui donnant les indications pour arriver chez elle, Elisabeth regardait les rues de Londres défiler à travers la vitre. Si le week-end avait passé à toute allure, le trajet jusqu'à son appartement lui parut, en revanche, interminable. Lorsqu'il se gara enfin devant le bel immeuble de style edwardien qu'elle occupait, il coupa le contact et lui demanda, son éternel sourire espiègle aux lèvres :

— Tu m'invites à monter ?

— Je ne pense pas que tu t'amuses beaucoup à me voir corriger mes copies. De plus, je sais que tu as dû repousser beaucoup de choses pour être avec moi ce week-end et que tu dois avoir plein de travail à rattraper.

— En effet. Mais je préférerais rester avec toi.

Elle eut un petit claquement de langue et riposta :

— Ce n'est pas comme ça que vous allez obtenir une troisième étoile au Michelin, monsieur MacAllister ! Merci pour un merveilleux week-end, conclut-elle en ouvrant sa portière après avoir déposé un baiser sur sa joue qui piquait légèrement.

— Elisabeth !

Feignant de ne pas l'entendre, elle referma sa portière derrière elle et se dirigea vers l'entrée de l'immeuble, se concentrant sur son sac à main dans lequel elle cherchait ses clés. Elle sentait son regard posé sur elle. Non ! Elle ne se retournerait pas, il ne le fallait surtout pas.

Ce ne fut qu'une fois la porte du hall de l'immeuble ouverte qu'elle se résigna à jeter un coup d'œil par-dessus son épaule. Angus, penché sur le siège du passager, lui adressa un petit salut de la main. Forçant un sourire, elle lui répondit, avant de monter l'escalier qui menait à son appartement.

Aujourd'hui, jour du solstice d'été, était le jour le plus long de l'année. Il ne lui restait donc qu'à prendre son mal en patience et attendre encore quatre longues heures avant de voir la nuit tomber sur son rêve qui s'achevait.

- 10 -

La sonnerie retentit, indiquant la fin de la journée, et comme d'habitude, le visage des sixièmes s'éclaira de joie.

Elisabeth sentit son estomac se nouer. L'heure de la sortie signifiait qu'elle devait rentrer chez elle, autrement dit, qu'elle allait de nouveau être prise au piège de ses pensées.

Elle pouvait peut-être essayer de garder quelqu'un en retenue et rester une demi-heure de plus. Non, elle n'avait pas le droit de se montrer aussi injuste, se réprimanda-t-elle en s'asseyant à son bureau pour regarder ses élèves faire leur sac.

Les enfants la saluèrent et sortirent, bardés de sacs à dos presque aussi gros qu'eux. Paupières closes, elle s'adossa à sa chaise.

— Mademoiselle ?

Elle rouvrit les yeux.

— Oui, Jimmy.

— Pensez-vous pouvoir apporter un poulet en cours

d'anglais un jour ? Comme ce chef a fait pour le cours de cuisine. C'était trop fort !

— Je ne pense pas que les poulets aient grand-chose à voir avec la littérature anglaise, Jimmy.

— Nous pourrions peut-être lire quelque chose sur les poulets, non ? Ou sur un autre animal, au lieu de ces trucs de Shakespeare. Je pourrais apporter mon cochon d'Inde, un jour, si vous êtes d'accord.

Elle secoua la tête.

— J'aimerais beaucoup voir ton cochon d'Inde, mais je ne pense pas que ce soit une bonne idée de l'apporter à l'école. Il aurait sans doute peur.

— Pas mon cochon d'Inde, mademoiselle. C'est un coriace. Il a mordu mon chien, un jour. A propos, ce serait bien qu'Angus MacAllister reprenne ses cours de cuisine avec nous. Il était trop cool. Pas comme Mlle Cutter, qui passe son temps à vouloir nous faire faire des trucs avec des choux de Bruxelles, conclut-il en tirant la langue, dégoûté.

— Il reviendra peut-être un jour vous donner des cours. Passe une bonne soirée, Jimmy.

— Vous aussi, mademoiselle, répondit Jimmy qui attrapa son cartable et sortit de la salle en zigzagant.

Il croisa Jennifer qui entrait. Une fois devant le bureau d'Elisabeth, elle lui tendit une feuille de papier.

— Pouvez-vous regarder mon menu, s'il vous plaît ? Je me demande si je vais réussir à tout préparer dans les délais du concours.

Elisabeth jeta un coup d'œil à son papier.

— Tu sais Jennifer, conseilla-t-elle avec douceur, je suis bonne en poésie, en orthographe, mais je ne suis pas très bonne cuisinière. Tu ferais mieux de demander à Mlle Cutter, ou à Angus.

Elle était surprise de constater avec quel naturel elle pouvait prononcer son nom. N'était-il pas pourtant l'unique objet de ses pensées ?

— Je vais demander à Angus, déclara Jennifer avec un plaisir évident, presque avec fierté. Vous l'aimez bien, vous, mademoiselle Read ?

La question de l'adolescente la prit au dépourvu. Jennifer semblait d'ailleurs tout aussi surprise de l'avoir posée.

— Oui. Toi aussi, Jennifer ?

Cette dernière hocha la tête.

— J'espère que Danny n'a pas remarqué, toutefois. Au revoir, mademoiselle.

Après avoir à son tour salué son élève, Elisabeth resta songeuse. Ainsi, pour Jennifer, « aimer bien » signifiait avoir le béguin ?

Sacré Angus MacAllister ! Où qu'elle aille, elle ne pouvait échapper à l'effet qu'il produisait sur la vie d'autrui. La transformation qu'il avait fait subir à Jennifer était tout simplement un miracle. Elle ne voulait même pas penser à sa propre métamorphose à son contact.

Elle secoua la tête avec fermeté. Allons ! Plus qu'une métamorphose, il s'agissait d'un coup de folie qui n'aurait aucune influence sur sa vie. Elle rassembla ses affaires et sortit son portable de son sac : aucun message. Il ne lui avait donc pas téléphoné, constatat-elle, déçue malgré elle. De toute façon, pourquoi l'aurait-il fait ?

Elle quitta l'école et, plongée dans ses pensées, fendit la foule des élèves qui attendaient le bus. Si Angus l'avait invitée à passer un week-end avec lui, ce week-end était fini. Ils n'avaient aucune raison de se revoir avant mercredi, le jour du cours de cuisine de Jennifer et Danny. Angus était occupé, elle était occupée, chacun avait sa vie, son travail, des gens avec lesquels passer du temps. Et ce n'était pas quelque chose d'aussi idiot qu'un préservatif défectueux, qui, de toute façon, n'aurait sans doute aucunes conséquences, qui allait…

La sonnerie de son téléphone retentit, interrompant le fil de ses réflexions. Elle pila au milieu du trottoir et plongea une main impatiente et maladroite dans son sac. Le numéro qui s'affichait lui était inconnu. Mais elle ignorait le numéro d'Angus. Se forçant à s'éclaircir la voix, elle répondit :

— Allô ?

— Elisabeth Read ?

Ce n'était pas Angus.

— Oui, répondit-elle, l'estomac noué par la déception. Qui est à l'appareil ?

— Vous ne me connaissez pas, mais je m'appelle Clive Jones, se présenta l'inconnu, une pointe d'accent gallois dans la voix.

C'était sans doute le danseur de tango gallois avec lequel Jo voulait essayer de la caser. Un rendez-vous

166

galant était bien la dernière chose dont elle avait besoin en ce moment ! Il s'agissait néanmoins d'un ami de Joanna.

— Ah oui, je vois. Comment allez-vous, Clive ?

— Très bien, merci, Elisabeth. Je me demandais justement si nous pourrions nous voir, peut-être cet après-midi, pour boire un verre ?

— En fait, Clive, je…

— Je sais à quel point vous êtes occupée. Je voulais juste vous rencontrer, parler un peu avec vous. Cela n'a pas besoin d'aller plus loin, je vous garantis. Je suis dans le quartier, c'est la raison pour laquelle j'ai téléphoné. J'ai pensé que nous pourrions peut-être nous retrouver chez Benny.

En voilà un qui savait se montrer persistant ! Connaissant Jo, son amie avait dû lui faire une pub d'enfer. Allons, Benny se trouvait au coin de la rue. Il était sans doute plus poli d'aller voir ce garçon et de lui dire en face que sortir avec lui ne l'intéressait pas. De toute façon, à cette minute précise, elle n'avait rien de mieux à faire.

— Très bien, céda-t-elle. Comment vais-je vous reconnaître ?

— Ne vous en faites pas, fit-il d'un ton si réjoui qu'elle se sentit coupable de savoir que dans dix minutes elle serait en train de le rembarrer. Je vous reconnaîtrai. Je vous attends.

Elle rangea son téléphone et prit la direction du café. Dès qu'elle entra dans la salle claire, déserte à cette heure de l'après-midi, l'homme installé à une table à côté de la porte se leva et s'approcha, la main tendue.

— Elisabeth ? Je suis Clive. Content de vous rencontrer.

— Moi aussi, Clive.

De petite taille, il avait les cheveux blonds et fins : pas du tout son type. Où diable Jo avait-elle donc la tête ? Enfin… Il était peut-être excellent danseur.

Après s'être enquis de ce qu'elle aimerait boire, il se leva pour aller lui chercher une eau minérale. Elle aurait dû lui demander un café, songea-t-elle alors, cela l'aurait réveillée un peu après la nuit d'insomnie qu'elle avait passée. Son lit lui avait paru si vide ! Aussi improbable que cela puisse paraître, il lui avait suffi de deux nuits pour s'habituer à dormir dans les bras d'Angus MacAllister…

Mais après la journée qu'elle venait de passer, il valait sans doute mieux éviter la caféine. Elle ferait aussi bien de boire un verre de vin et de se détendre.

« Tu ne devrais pas boire si tu es enceinte », lui souffla une petite voix intérieure.

Clive revint avec son eau minérale et une chope de bière pour lui et prit place en face d'elle. Que diable faisait-elle assise à une table de café en compagnie de cet homme, quand elle portait peut-être le bébé d'Angus ? ne put-elle s'empêcher de penser.

— Je suis désolée, Clive, balbutia-t-elle. Je sais que j'ai dit à Joanna que vous pouviez m'appeler, mais je ne pense pas que ce soit une très bonne idée.

Une expression de surprise se peignit sur le visage

de Clive. C'était tout naturel. Elle était loin de faire preuve de tact.

— Je veux dire, vous avez l'air très sympathique et Joanna m'a dit le plus grand bien de vous, mais je…

— Vous sortez avec quelqu'un, conclut-il à sa place.

« Plus maintenant », précisa-t-elle pour elle-même.

— Eh bien, oui, répondit-elle néanmoins.

Il hocha la tête.

— Je comprends. C'est récent. Il vous a fait perdre la tête sans me laisser le temps de vous rencontrer.

— Quelque chose dans ce genre. Je suis désolée Clive. Je n'avais nulle intention de vous mener en bateau, mais j'ai pensé devoir vous le dire de vive voix.

Il prit une longue gorgée de bière.

— Je dois avouer que c'est une déception, Elisabeth, mais je suis heureux de voir que vous êtes honnête avec moi. Est-il vraiment si unique ? Ai-je une chance que vous le quittiez pour moi ? demanda-t-il en s'accoudant à la table.

— Il a beaucoup de talent, avança-t-elle, prudente, en jouant avec son verre.

— Est-ce une passade, ou pensez-vous déjà mariage, enfants, tout ça ?

Mariage et enfants : c'était plutôt dans cet ordre qu'elle aurait choisi de faire les choses. Mal à l'aise, elle se tortilla sur sa chaise. Elle en avait assez de jouer la comédie de la femme qui nageait dans le bonheur d'une relation toute neuve…

— Oh, il est un peu tôt pour ça ! répondit-elle néanmoins.

Même si, au fond d'elle, avoir un enfant était son désir le plus cher. Chaque fois qu'elle voyait un bébé, elle pensait à celui qu'elle avait perdu, à ceux qu'elle aurait sans doute un jour.

Bien sûr, si elle avait le choix, elle préférerait ne pas être mère célibataire. Mais Angus n'était pas le père le plus fiable. Et déjà, lorsqu'elle avait attendu ce bébé qu'elle avait perdu, elle avait compris que, si elle le voulait, elle pouvait élever un enfant seule. Au bout du compte, un bébé ne comptait-il pas plus qu'un mariage ? Malgré son désir de faire des choix différents de ceux de ses parents, elle savait que même sans être mariés ils lui avaient donné une enfance heureuse. Elle pouvait en faire autant.

— Je suis désolée, Clive, mais je vais devoir y aller, déclara-t-elle en se levant.

Il l'imita.

— Vous êtes sûre ? J'ai été ravi de parler avec vous.

— Moi aussi. C'était très sympa de vous rencontrer, malgré tout.

Elle lui tendit la main et il la serra.

— Bonne chance avec votre nouvel ami, Elisabeth.

— Merci, répondit-elle, pas très convaincue.

Etait-ce vraiment une question de chance ?

Elle abandonna Clive dans le café. Corriger ses copies allait lui changer les idées, se dit-elle en rentrant chez elle. Elle allait rattraper le temps perdu ce week-end. Et elle allait commencer par éteindre son portable pour ne pas espérer d'appels qui, elle le savait, ne viendraient pas.

Au moment où elle tournait au coin de sa rue, elle se figea.

Angus MacAllister, appuyé contre sa Jaguar rouge avec son éternelle nonchalance, l'attendait devant chez elle.

Leurs regards se croisèrent et le visage d'Angus se fendit d'un sourire. Le cœur d'Elisabeth fit un bond dans sa poitrine. Comment avait-elle pu quitter cet homme, la veille ?

— Elisabeth ! fit-il en comblant la distance entre eux et en la prenant dans ses bras.

Elle aspira une profonde bouffée d'air et sentit la douleur qu'elle avait gardée tapie en elle toute la journée s'évanouir.

— Tu m'as manqué, avoua-t-il.

— Ne sois pas bête, cela fait à peine vingt-quatre heures que nous ne nous sommes pas vus, murmura-t-elle contre son épaule, tout à fait consciente de feindre la désinvolture.

Il relâcha sa prise et, d'une main, souleva son menton.

— Mademoiselle Read, toujours rationnelle, railla-t-il.

— Je ne dis que la vérité. Et je suis sûre que tu as été très occupé.

— J'ai passé la journée à Magnum, et je me suis

rendu compte qu'ils se sont très bien débrouillés sans moi tout le week-end. Ne cherche donc pas à ternir ma joie de te revoir, ajouta-t-il avec un petit sourire. A moins que tu n'aies peur de succomber à mon charme encore une fois ?

Elle ne put retenir elle aussi un sourire.

— On ne peut rien vous cacher, monsieur MacAllister…

— Eh bien ça tombe bien, c'est exactement le but de ma visite !

Et ça marchait. Ses mains la démangeaient de se glisser sous sa veste, de déboutonner sa chemise, de sentir la texture de la peau de son torse.

— Si tu t'attends à ce que je me traîne à tes pieds, juste parce que tu as une belle voiture, laisse tomber ! Je l'ai déjà vu, ton piège à filles, répliqua-t-elle narquoise.

— Malédiction ! C'en est fait de mon plan machiavélique, plaisanta-t-il. Je suis d'abord allé te chercher à l'école, mais je t'ai manquée. Tu es rentrée directement ?

— Plus ou moins.

— Tu as faim ?

— Un peu.

— Parfait !

La relâchant, il attrapa une bouteille et un carton sur la banquette de la Jaguar, avant de refermer la portière d'un coup de hanche.

Puis il la suivit vers l'appartement. Le bruit de leurs

pas résonnant ensemble dans la cage d'escalier glaciale lui donnait l'impression d'être très proche d'elle.

Elle ouvrit la porte et entra. Son appartement était beaucoup plus petit que celui d'Angus, qui, nota-t-elle, avait l'air de prendre beaucoup de place dans le salon. Ce n'était pas juste sa haute taille, c'était aussi son énergie, sa présence. Elle le vit parcourir du regard le mobilier sobre avec ses coussins brodés et ses jetés de lit au crochet, les murs couverts de livres, les pots de plantes au pied des fenêtres.

Il posa son carton et sa bouteille sur la table basse et passa un doigt sur les feuilles luxuriantes de l'une des plantes vertes.

— Tu sais soigner ce qui t'entoure, constata-t-il.

— Ce n'est pas moi, c'est la poésie que je leur lis. Elles ont un faible pour Keats et pour les chansons de Dylan.

Il relâcha la feuille et demanda :

— Pourquoi es-tu tellement sur la défensive ?

Même l'air qu'elle respirait semblait différent avec lui dans ses murs. Et il lui demandait pourquoi ?

— Qu'as-tu apporté ? questionna-t-elle, désireuse de changer de sujet.

Il souleva le couvercle de la boîte cartonnée et commença à énumérer :

— Ravioli de langoustine et des homards pochés à la bisque, canard confit aux oranges sanguines, navets et sauce au foie gras, et une tarte au citron presque entière.

— Tout vient de Magnum ?

— Oui, Pizza Express ne livre pas de homards. As-tu des assiettes ? Des verres ?

Il sortit un tire-bouchon de sa veste et, d'un mouvement prompt, ouvrit la bouteille.

Une fois un couvert de fortune disposé sur la table basse, elle sentit l'eau lui monter à la bouche. Sans doute le fumet des plats fins…

— Un peu de vin ? demanda Angus tandis qu'elle prenait place sur le canapé.

— Non merci.

Il reposa la bouteille et s'assit à son côté.

— Elisabeth, commença-t-il. Je sais que tu penses que tu pourrais être enceinte.

— Les chances sont si minimes… Je suis sûre que tout ira bien, fit-elle sans grande conviction.

Il prit sa main dans la sienne.

— Tu es inquiète, je ne peux pas te blâmer. Mais, Elisabeth, si tu attendais un enfant, je ne me comporterais pas comme Robin.

Elle sentit les larmes lui brûler les paupières et, plusieurs fois, cligna des yeux.

— Il est inutile d'en parler, cela ne risque pas d'arriver, affirma-t-elle d'une voix qu'elle voulait assurée.

— Cela *peut* arriver, la reprit-il. Et je veux que tu saches qu'alors, tu ne seras pas seule. Je serai avec toi, Elisabeth, avec le bébé, nous serons ensemble. Regarde-moi.

Elle obtempéra. Son regard gris était empreint de gravité.

Il le lui avait déjà dit plusieurs fois. Elle se méfiait.

Ne se justifiait-il pas trop ? Pourtant, à l'inverse d'elle, il semblait parfaitement sincère. Mais elle ne devait pas oublier qu'il était expert en la matière. Elle était sûre que l'art du bluff était un art qu'il avait appris à maîtriser au fil des années, une arme de plus dans l'arsenal de ses charmes.

— Devenir papa n'est pas ce que tu avais en tête lorsque tu as décidé de passer le week-end avec moi, fit-elle valoir.

— C'est juste. Et nous avons essayé de l'éviter. Mais si cela arrive, nous tirerons le meilleur parti de la situation, d'accord ?

Il lui serra la main et elle sonda son visage. Son front était barré d'une ride de concentration et l'ombre d'un sourire se dessinait sur ses lèvres.

Cet homme était habitué à avoir gain de cause, il était habitué à l'indépendance, au plaisir. Et surtout, c'était un homme qui, dans son besoin constant de se faire aimer, trouvait toujours les mots que les gens voulaient entendre.

Il se pouvait qu'il réagisse de façon tout à fait différente lorsqu'il aurait à s'occuper d'un bébé qu'il n'avait pas voulu. Mais pour le moment, il était convaincu de dire la vérité et il y croyait.

Elle hocha la tête et Angus lui sourit. Il la prit dans ses bras et l'installa sur ses genoux, tout près de son corps, le visage collé à sa peau rasée de près qui sentait bon le vétiver. Elle voyait le lobe de son oreille, les petites rides d'expression aux commissures de ses lèvres, ses cheveux bruns dans son cou et chacun de ces détails exquis l'excitait.

— Depuis que nous sommes ensemble, murmura-t-il, il ne s'est pas passé une minute sans que je pense à toi. J'ai voulu te toucher, te parler. J'ai même failli interrompre l'un de tes cours, mais j'ai eu peur de me faire bannir de l'école.

— Si tu étais revenu avec MacNugget, tu te serais assuré une popularité éternelle, le taquina-t-elle.

— Je n'avais pas l'intention de faire une démonstration avec mon poulet. Je voulais enlever le professeur et lui faire l'amour.

En entendant ces paroles, elle sentit un frisson la traverser et fut prise d'une envie fulgurante de se fondre en lui. Il était temps pour elle d'admettre ce qu'elle refusait de voir.

Elle pouvait toujours s'inquiéter de son futur, de la sincérité d'Angus et de la possibilité d'être enceinte. Mais la réalité restait que son désir pour cet homme était si puissant, que ses craintes n'y changeaient rien.

Elle plongea les doigts dans ses cheveux et elle embrassa cette bouche merveilleuse, sensuelle et habile, délicieuse. Elle s'abandonna à ses sensations, se grisant de son goût, de sa joie de vivre, comme pour rattraper chacune des secondes passées sans lui.

Il l'attira vers lui et elle frissonna en sentant son sexe raidi contre ses cuisses. D'une main impatiente, elle déboutonna sa chemise, et glissa les doigts sur sa peau, tandis qu'il s'emparait de ses seins.

— Notre dîner va refroidir, n'est-ce pas ? dit-elle,

haletante, alors qu'il taquinait ses mamelons à travers son soutien-gorge.

— C'est exactement ce que j'espérais lorsque je l'ai apporté, répondit-il en lui butinant le cou.

— Abominable plan C, approuva-t-elle.

Il la plaça face à lui, les jambes enroulées autour de ses reins, et l'attira tout contre lui. Malgré leurs vêtements, elle sentait palpiter son sexe en érection entre ses cuisses, et se souvint du plaisir qu'ils pouvaient se procurer mutuellement, la sensation de leurs deux corps soudés, ondulant au même tempo, l'odeur âcre de sa peau.

Angus la dévisageait. Du bout d'un doigt, il effleura le coin de son œil, là où ses larmes auraient coulé.

— Ne me repousse pas, implora-t-il. Je ne pourrais pas le supporter.

Il était si tentant de le croire ! Si tentant ! Elle s'approcha encore de lui et lui couvrit le visage d'une pluie de baisers, avant de frotter ses lèvres contre ses sourcils un peu rugueux.

— Je ne peux pas te résister, Angus, chuchota-t-elle, en saisissant le lobe de son oreille entre ses dents, lui tirant un gémissement de plaisir.

Le sexe entre eux avait sa propre réalité, dans un monde à eux, un monde auquel elle pouvait croire.

Elle se laissa alors glisser de ses genoux sur le tapis, commença à défaire la boucle de la ceinture de son amant et, levant un regard aussi coquin que possible vers lui, elle lui annonça :

— Je suis affamée !

- 11 -

— C'est superbe ! s'exclama Christine.

Tandis que le générique défilait, l'Angus de la télévision, souriant, levait son verre de vin à l'intention de la caméra.

— C'est une série fantastique, Angus, reprit l'attachée de presse en appuyant sur la télécommande. C'est drôle, stylé, sexy. La caméra t'aime. Tu vas faire grimper en flèche ta cote de popularité.

L'intéressé s'affala dans son fauteuil, les bras croisés :

— Ça ne me plaît pas !

Son attachée de presse le dévisagea avec surprise.

— Tu plaisantes ? C'est encore meilleur que ta dernière série d'émissions. La production est géniale, les plats magnifiques, la musique branchée. Qu'est-ce qui peut te déplaire ?

Il se leva et leur versa à chacun un café.

— Je ne m'aime pas.

— Que veux-tu dire ?

— Ai-je toujours été aussi… souriant… superficiel ? Ai-je toujours eu un tel débit de paroles ?

— C'est ton image publique, Angus. C'est une émission télévisée, ce n'est pas une analyse de ton âme.

— Je sais. Mais j'ignore si le personnage public est très différent de celui que je suis vraiment.

Christine le dévisagea d'un air perplexe.

— Tu te livres un peu trop à l'introspection, Angus, ces derniers temps. Tu n'es pas heureux ?

Cette question le laissa songeur. Jamais son restaurant n'avait été plus populaire, il excellait dans un travail qu'il adorait, il avait passé les cinq dernières semaines à aider des adolescents et, depuis huit jours, il vivait la plus belle relation de sa vie avec une femme merveilleuse. Il aurait dû être heureux.

Il regarda soudain sa montre et repoussa sa chaise.

— Je vais être en retard pour les gosses.

— Veux-tu que je fasse quelque chose au sujet de l'émission ? demanda Christine avec inquiétude.

— Non, répondit-il en ramassant deux sacs à côté de la porte. Ce n'est pas l'émission qui me préoccupe. C'est l'homme que je suis et, à ce sujet, tu ne peux rien faire. Mais merci, Christine.

Une fois sorti du studio, il héla un taxi pour se rendre à l'école. Alors qu'il traversait Soho, puis Picadilly, il se souvint de ce qu'Elisabeth lui avait dit samedi dernier chez Luciano : « Tu veux tellement te faire aimer que tu as fait exprès de choisir un métier qui n'existe que pour donner du plaisir aux autres. »

Etait-ce vraiment lui ? N'était-il bon qu'à faire plaisir ? A essayer en permanence, désespérément, de se faire aimer ?

C'était la façon dont il était apparu à la télévision, constata-t-il d'un air sombre. Cela avait été un choc pour lui, d'autant qu'il s'était déjà souvent vu sur le petit écran, sans jamais le remarquer.

Avant, il se serait sans doute satisfait de sa popularité, du plaisir qu'il procurait aux autres. Mais quelque chose avait vraiment changé : il plaisait à Elisabeth Read, et la satisfaction qu'il tirait des moments qu'ils partageaient depuis une semaine allait au-delà de toutes ses espérances.

Mais ce n'était pas suffisant, songea-t-il en donnant un coup de poing de frustration dans la portière du taxi. Il avait été heureux avec Elisabeth. Le premier week-end, elle avait été ouverte, honnête, elle avait ri, elle avait été elle-même. Et, chaque fois qu'il lui parlait, elle l'avait regardé dans les yeux.

Mais si ces cinq derniers jours elle était restée la même, depuis l'incident du préservatif, il la sentait sur ses gardes.

Bien sûr, elle continuait à le taquiner, à rire, lui racontait parfois une anecdote amusante sur son enfance insolite, ou lui parlait d'un enfant qui l'inquiétait à l'école. Il lui arrivait même de la surprendre qui le regardait à la dérobée. Et chaque fois qu'ils faisaient l'amour, elle s'ouvrait à lui avec la plus grande sincérité, et l'intensité des émotions qu'il voyait défiler sur son visage le laissait sans voix.

Mais d'autres fois elle était absente, comme perdue dans un tourbillon de pensées et de doutes qu'elle ne lui faisait pas partager. Fermée comme une huître, elle refusait de se confier.

Etait-ce sa faute ? Etait-ce parce que, en réalité, il était exactement comme il apparaissait à la télévision ? Il plaisait, il charmait, il riait, mais ne cherchait jamais à approfondir une relation avec quiconque.

D'ailleurs, qui étaient ses amis proches ? Il se savait populaire avec tous. Mais avait-il un véritable ami ? Il n'avait pas le temps pour les vrais amis, constata-t-il avec un grand sentiment d'amertume. Depuis qu'il avait seize ans, il travaillait comme un fou. Il n'avait pas eu le choix. Il avait refusé l'argent de ses parents, avait démarré à zéro, s'était fait tout seul.

Le taxi s'arrêta devant les grilles de l'école d'Elisabeth. Après être descendu et avoir payé le chauffeur, il jeta un coup d'œil à sa montre. Aïe ! Il avait déjà dix minutes de retard. Avec un juron, il se rua vers la réception en traînant ses sacs si lourds. Aujourd'hui, Danny et Jennifer qui devaient répéter pour le concours allaient confectionner leurs menus dans un temps chronométré, sans aucune aide. Or, ils ne pouvaient pas démarrer sans les ingrédients qu'il leur avait promis.

Il se précipita vers la salle des cours de cuisine. Il trouva Danny devant les aliments qu'il avait étalés sur le plan de travail et Jennifer et Elisabeth en train de discuter.

Le sourire qu'Elisabeth lui lança en le voyant arriver le frappa en plein cœur. Comme il aimait cette camaraderie tranquille que la jeune femme avait forgée avec l'adolescente. Elisabeth savait se montrer si compréhensive, si attentionnée. Il la revit lui caresser la main lorsqu'il lui avait parlé de son enfance solitaire.

— Hé, Angus ! l'interpella Danny d'une voix forte, coupant court à ses considérations. Vous êtes en retard !

— Désolé, vieux. J'étais en train de visionner ma prochaine série télévisée et j'ai perdu toute notion de l'heure.

Zut ! Il aurait dû tenir sa langue. Voulait-il vraiment apprendre à Danny que le succès était lié à l'attention publique ?

— Trop fort ! cria le gamin.

— Non, précisa-t-il. C'est une attitude tout à fait irresponsable. J'aurais dû être là à l'heure. J'espère que Mlle Read va me réprimander.

Il posa ses sacs sur la table et tendit des bouteilles et des paquets à Jennifer et à Danny.

— Et vous feriez mieux de vous y mettre, si nous voulons avoir fini avant minuit. Dans cinq minutes, je lance le chronomètre.

— Bien, chef ! répondirent les élèves en se hâtant vers leur poste de travail.

Elisabeth arriva à côté de lui et, d'un geste discret, frôla son bras.

— Tu mérites une punition.

— J'ai l'intention de la subir en homme, répondit-il. Tant que c'est toi qui me la donnes…

— Tu crois qu'ils vont tout réussir à faire dans les

temps ? lui demanda-t-elle, changeant de sujet. Plus qu'une semaine jusqu'au concours. Je suis inquiète, nous aurions dû les faire pratiquer plus.

— Il faut trouver l'équilibre, expliqua-t-il, content d'avoir une question sérieuse à laquelle répondre. Il faut qu'ils aient confiance en eux, mais s'ils pratiquent trop souvent, ils finiront par s'ennuyer.

— C'est juste que c'est si important pour eux.

— Oui, mais cela doit rester amusant. Ce sont des enfants.

— On peut compter sur toi pour toujours faire passer l'amusement en premier !

Un peu vexé malgré son ton taquin, il se détourna et attrapa un minuteur qu'il régla sur deux heures.

— Bon, les enfants, il est temps de vous y mettre. Souvenez-vous, vous êtes seuls en piste. Mlle Read et moi-même allons vous regarder sans rien faire, hormis la vaisselle. C'est votre show maintenant. Vous êtes prêts ?

— Oui, chef, répondirent-ils en chœur en se mettant à l'œuvre sans plus attendre.

— Pour en revenir à ce que nous disions, je ne trouve pas tout amusant, reprit-il à l'intention d'Elisabeth.

— Si vous le dites, chef, répondit-elle avec un sourire.

Comme il avait envie de la prendre dans ses bras et de l'embrasser ! Mais quand les enfants étaient dans les parages, ce n'était jamais facile. Elisabeth considérerait-elle un jour appropriée la moindre démonstration d'affection à l'école ? Bien sûr, il comprenait son refus de mêler les élèves à sa vie privée. Mais il lui semblait si peu naturel de ne pas glisser son bras autour de sa taille, de ne pas enrouler ses cheveux soyeux autour de ses doigts…

Evidemment, si pour elle leur relation n'était qu'une simple passade, il était naturel qu'elle ne veuille pas qu'il la touche en public, sur son lieu de travail.

Impatient, il s'efforça de reporter son attention sur Jennifer et Danny d'un œil, tout en essayant au mieux de dissimuler son irritabilité, un peu comme s'il avait bu trop de café. Il brûlait d'une telle envie de dire à Elisabeth : « Fais-moi confiance », « Parle-moi de tes pensées »… Et il voulait l'entendre répondre « oui, chef » et, comme par magie, redevenir la vraie Elisabeth.

Pourquoi ne pouvaient-ils profiter de tout ce qu'ils partageaient de positif ? Pourquoi voulait-il toujours plus que ce qu'elle lui donnait ? Qu'est-ce qui n'allait pas chez lui ?

Les lèvres serrées, il ouvrit le robinet d'eau chaude, versa du liquide dans une bassine dans laquelle il rassembla les ustensiles à laver.

Voilà qu'après des années dans une cuisine, il se retrouvait à faire la vaisselle ! Tout comme après des années de vie d'adulte, il était toujours incapable d'analyser ses propres émotions. Il lança un coup d'œil à Elisabeth qui surveillait le velouté que préparait Jennifer, le visage empreint d'une expression pleine d'encouragement. Ces enfants comptaient tellement pour elle !

Comme il aimait cette femme.

Ce constat le frappa avec la force d'une évidence qui le laissa pantelant.

Il poussa soudain un juron et regarda sa main avec étonnement. Du sang dégouttait de la coupure qu'il venait de s'infliger sans s'en rendre compte. Elisabeth, Jennifer et Danny se précipitèrent et poussèrent des cris en apercevant le sang.

— Retournez à vos postes, les enfants, vous n'avez plus beaucoup de temps ! leur lança Elisabeth, avant d'enchaîner, à l'intention d'Angus qu'elle avait guidé vers une chaise : assieds-toi, tu es blanc comme un linge. Tu saignes comme un bœuf. Comment as-tu fait ton compte ?

— J'ai fait tomber un couteau, tout va bien. J'ai connu pire.

Il prit une boule de coton dans la trousse de premiers secours qu'elle était allée chercher et la serra autour de son pouce. Puis il lui tendit la main et suivit des yeux ses mouvements sûrs et précis.

Après avoir pansé sa blessure, elle déclara d'un air préoccupé :

— Angus, tu me regardes de façon bien étrange, je crois que tu es sous le choc.

— Un peu, admit-il, mais c'est un choc positif.

Le froncement de sourcils de la jeune femme s'accentua.

— Bon, je t'emmène à l'hôpital ! Tes réactions ne me disent rien qui vaille.

Il devait l'en empêcher, avant de se retrouver à expliquer à un médecin qu'il était malade d'amour.

— Non, tout va bien, Elisabeth, la rassura-t-il. Ce n'est pas la première fois que je me blesse, rappelle-toi. Je n'ai pas besoin de points de suture et je ne vais pas m'évanouir. De plus, les enfants ont besoin de nous ici.

Elle le dévisagea, l'air songeur.

L'aimait-elle ? se demanda-t-il. Pourrait-elle l'aimer un jour ? Que pouvait-il bien faire pour qu'elle l'aime ?

— Très bien, finit-elle par dire. Mais si cela ne s'arrête pas de saigner bientôt, nous y allons de toute façon, quoi que tu en dises.

— J'aime quand tu te montres autoritaire avec moi.

Elle parut se détendre un peu et s'assit à son côté.

— C'est une journée bizarre pour toi, aujourd'hui. D'abord tu arrives en retard, ensuite tu te coupes.

— Oui, admit-il. Je vais devoir me montrer plus prudent.

Il ne devait rien brusquer s'il voulait gagner sa confiance. S'il lui disait qu'il l'aimait de but en blanc, elle ne le croirait pas et il risquerait de la perdre.

Profitant que les deux enfants étaient totalement absorbés par leur cuisine, il caressa de sa main blessée la peau veloutée de sa joue, savourant la façon dont elle se nicha un instant au creux de sa paume.

Cette femme était un trésor et, pour la première fois de sa vie, il allait essayer de la convaincre : elle devait l'aimer. Il voulait réussir là où, enfant, il avait échoué avec ses parents.

— Je ferai très attention, promit-il. J'ai bien assez de cicatrices.

Elle était allongée sur un tapis de mousse odorante, sous la voûte des arbres de la forêt. Les feuilles au-dessus d'elle frissonnaient à un souffle léger, découvrant les étoiles. Tout autour d'elle respirait la quiétude : la sève dans les troncs, la rosée dans l'herbe, les lucioles voletant.

Une brise frôla son corps, fraîche sur sa peau. Elle ferma les yeux de plaisir, les rouvrit à la lumière du jour et, soudain, se réveilla.

Angus était allongé à côté d'elle dans son lit, son corps blotti contre le sien. Elle sentait son souffle contre son oreille, sa caresse sur sa peau. Languide, aussi légère que la brise dont elle avait rêvé, la main droite de son amant remonta sur son ventre pour aller s'emparer d'un sein dont elle titilla la pointe. Puis, après l'autre sein, elle redescendit entre ses jambes. Mmm… Quoi de mieux qu'une grasse matinée, un dimanche matin, à faire l'amour ? Elle émit un petit gémissement de satisfaction pour lui indiquer qu'elle était réveillée, et se nicha plus près de lui. Son corps long et mince l'enveloppa, et, d'une poussée légère, il se glissa en elle. Il avait prévu de la réveiller ainsi…, songea-t-elle avec un sourire.

Il souleva ses cheveux et, tout en s'enfonçant plus profond en elle, embrassa sa nuque.

— Bonjour, beauté, chuchota-t-il.

Elle s'arc-bouta pour l'accueillir et, un moment, le retint.

A l'abri des bras d'Angus, leurs deux corps ancrés l'un à l'autre, elle était comblée, heureuse, sa plénitude totale. Comme elle s'était sentie protégée dans la forêt de ses rêves.

Il bougeait en elle. Elle se cambra encore, resserrant l'étau de ses muscles autour de lui. Il était lent, délicat, tendre. Elisabeth ferma les yeux et l'imagina dans la forêt de ses rêves avec elle, tissant sa magie avec son corps. Sous ses paupières closes, tout était vert, vibrant. Elle sentait son souffle tiède sur son oreille et ses mamelons se durcirent, tandis qu'une myriade de picotements parcouraient sa peau. Il faisait durer le plaisir jusqu'à l'insoutenable.

Malgré ses mouvements mesurés, elle sentait qu'il approchait de la jouissance. Sa respiration était saccadée, sa cuisse dure et chaude sous sa main se tendait à chaque nouvelle poussée. Elle imagina son visage tel qu'elle l'avait vu, les dents serrées, les yeux sombres et plissés, tandis qu'il luttait pour contrôler les spasmes de volupté qui le secouaient.

— Viens, lui enjoignit-elle.

Le soupir tremblant de son amant vint mourir en un râle sur ses lèvres quand, d'un dernier et puissant coup de reins, il plongea en elle encore une fois. Avec un cri d'extase, elle renversa la tête en arrière, et se laissa emporter par la divine jouissance.

Il la serra dans ses bras, attendant que leur respiration s'apaise. Lorsqu'elle rouvrit les yeux, elle vit son regard gris fixé sur elle, serein, intense, empreint d'une expression qu'elle eut du mal à définir. Il l'avait beaucoup regardée ainsi au cours du week-end. Comme s'il essayait de sonder son âme, de déchiffrer ses pensées.

Elisabeth se retourna. Blottie entre ses bras, elle aurait dû se sentir aussi rassurée qu'un instant auparavant. Pourtant, ce n'était pas le cas.

— Quelle heure est-il ? demanda-t-elle.

— Environ 8 heures.

— Tu dois aller travailler aujourd'hui ?

— Magnum, à 10 heures, répondit-il d'une voix ensommeillée.

— C'est mon tour de t'apporter le petit déjeuner au lit, déclara-t-elle.

Il poussa un petit grognement et elle devina son sourire.

— Ne brûle pas tout.

— Ce n'est pas ma faute si je suis une cuisinière lamentable, fit-elle en se redressant. C'est mon professeur qui est à blâmer.

— Après le petit déjeuner, je le retrouverai et je lui dirai deux mots, annonça-t-il en l'attrapant par le poignet.

Il l'entraîna avec lui et l'embrassa de nouveau. Elle se laissa aller un délicieux instant contre ce corps encore tout chaud de sommeil et d'amour. Puis elle se leva.

— Merci, chérie, marmonna-t-il dans l'oreiller.

Les yeux posés sur lui, elle enfila son jean et un polo, tout en observant la peau délicate de ses paupières, ses cheveux embroussaillés, ses joues rosies. Sa main gauche, sous son menton, portait un pansement bleu au pouce. Malgré ses bras musclés et la toison brune qui recouvrait son torse, il ressemblait à un jeune garçon. Innocent et comblé.

Un sourire aux lèvres, elle descendit l'escalier et gagna la cuisine immaculée d'Angus. Comment diable allait-elle réussir à préparer un petit déjeuner ici ? Les ustensiles suspendus aux murs ressemblaient à des instruments de torture. Il y avait tellement de placards et de tiroirs qu'il allait, sans doute, lui falloir des heures pour trouver ce qu'elle voulait !

Un soir, alors qu'elle regardait la télévision, elle était tombée sur l'une des émissions culinaires de la dernière série qui avait été filmée dans cette pièce même. En moins de temps qu'il fallait pour le dire, Angus avait concocté un plat étonnant qui avait semblé ne lui donner aucune peine. Elle aurait de la chance, pour sa part, de pouvoir faire bouillir de l'eau sans rien casser.

Cette pensée lui tira un sourire. Ce qu'Angus préférait au monde, c'était les œufs à la coque et les mouillettes. Qu'à cela ne tienne ! Elle ouvrit la porte de derrière et sortit dans le jardin vers le poulailler. Elever deux poulets en plein Londres ! Cela dénotait un manque total de sens pratique, surtout pour un homme qui travaillait vingt-quatre heures par jour, ou presque.

Quoique… Elle comprenait à présent pourquoi il se donnait tant de peine. Si Angus MacAllister avait un poulailler dans son jardin, c'était pour ne jamais manquer d'œufs à la coque, ce repas qui tant d'années auparavant le réconfortait de manière si fugace.

A cette pensée, elle eut envie de se précipiter dans sa chambre pour l'embrasser. Mais elle se contint : si la nourriture était synonyme d'émotion, des œufs coque et des mouillettes lui en diraient beaucoup plus que des baisers.

Une fois de retour dans la cuisine, elle posa avec délicatesse les œufs sur le comptoir et chercha une petite casserole. Puis elle jeta un coup d'œil à l'assortiment disparate d'équipements dans le placard : aucun grille-pain en vue. Elle allait utiliser le four.

Impossible maintenant de trouver du pain de mie, l'aliment de base de la plupart des foyers britanniques. Qu'à cela ne tienne, elle allait faire un saut à l'épicerie du coin.

Le soleil brillait tandis qu'elle avançait dans la rue, une brise légère jouant dans ses cheveux. Elle leva les yeux et sourit : les feuilles des platanes frissonnaient comme celles des arbres de son rêve de ce matin.

Rêves, poésies, romans : tous avaient un sens caché, des messages que l'on pouvait décrypter si l'on voulait. Une idée qu'elle avait toujours trouvée fascinante du temps de sa scolarité, comme s'il s'agissait d'un code secret dans un livre qui n'attendait qu'à être découvert.

Elle comprit soudain la signification de son rêve : la forêt enchantée était celle du *Songe d'une nuit d'été*, la forêt dans laquelle l'amour vient surprendre les hommes. Elle en avait rêvé car c'était exactement ce qui était en train de lui arriver. Malgré tous ses soucis, toutes les promesses qu'elle s'était faites pour se protéger, elle était en train de tomber amoureuse d'Angus.

Les signes ne trompaient pas : elle se sentait adorée. Elle voulait passer chaque minute avec lui. Jusqu'à ce petit déjeuner symbolique qu'elle voulait lui préparer. Elle aurait dû les reconnaître et faire marche arrière tant qu'il était encore temps. Mais il était trop tard, elle était amoureuse et avait eu besoin d'un rêve pour le comprendre.

Toujours perdue dans ses pensées, elle atteignit l'épicerie, et poussa la porte. Ses yeux se posèrent alors sur une jeune femme avec, à la main, un petit garçon blond qui commençait tout juste à marcher. Il avait les doigts crispés autour d'une bouteille de lait.

Le mien aurait le même âge, songea-t-elle tandis qu'une flèche douloureuse semblait lui transpercer le cœur.

Angus lui avait dit que jamais il n'agirait comme Robin. Mais elle se fichait bien de Robin. En revanche, en perdant son bébé, elle avait perdu ses espoirs, comme une partie d'elle-même.

Et voilà qu'elle était en train de retomber amoureuse…

La jeune mère et son enfant sortirent du magasin et Elisabeth, après avoir trouvé du beurre et du pain, jeta un coup d'œil aux épais journaux du dimanche empilés sur le comptoir. D'un geste machinal, elle tendit la main vers celui qu'elle lisait chaque semaine.

Elle se figea devant le gros titre qui annonçait « Un chef retourne à l'école », surmontant une photo d'Angus et d'elle-même, puis une photo du même en compagnie de Jennifer et de Danny devant le Chanteclair.

Elisabeth ne perdait jamais son sang-froid. Après tout, cela faisait maintenant quelques années qu'elle était professeur. Toujours calme, elle posa la plaque de beurre et le pain sur le comptoir, déplia le journal et commença à lire :

Le célèbre chef ANGUS MacALLISTER a fait don de son temps pour préparer deux élèves à un prestigieux concours de cuisine.

Le CHEF en a profité pour séduire leur professeur, la très sexy ELISABETH READ…

Elle en avait vu assez. Elle paya le journal et le plia en deux. Lèvres et poings serrés, elle reprit la direction de la maison d'Angus.

Voilà ce qu'elle gagnait à être tombée amoureuse ! Un bon retour de baton !

Un homme avec un appareil photo se tenait devant chez Angus. Etait-il déjà là quand elle était sortie, si enchantée par son rêve idiot qu'elle ne l'avait pas vu ? Se cachant le visage derrière le journal, elle ouvrit la porte et se dirigea droit sur la chambre. Lorsqu'elle entra, il leva la tête de son oreiller et lui sourit.

— Ne me dis pas que tu as déjà préparé le petit déjeuner, déclara-t-il en reniflant. Je ne sens aucune odeur de brûlé.

— Tout cela n'est qu'une bonne grosse blague pour toi, Angus, n'est-ce pas ? Tu es si drôle, si intelligent, si célèbre !

Au ton de sa voix, il s'assit d'un bond, les draps s'étalant autour de sa taille.

— Elisabeth ? Que se passe-t-il ?

— Ce qui se passe ? Je te faisais confiance. Je savais bien que c'était une erreur et, d'ailleurs, je te l'avais dit ! Mais tu m'as répondu que, pour toi, cette opération comptait vraiment, qu'il ne s'agissait pas juste d'un coup de publicité. Imagine ma surprise lorsque je suis tombée sur les journaux du dimanche à l'épicerie, enchaîna-t-elle avec un petit rire amer. Tu comptais me le dire ou espérais-tu que je ne remarque pas ?

— Remarque pas quoi ?

Il repoussa les draps et s'assit sur le bord du lit, entièrement nu, magnifique, la dévisageant avec une telle intensité et une innocence si feinte qu'elle sentit sa colère bouillonner en repensant aux réunions avec son attachée de presse, aux coups de téléphone, au fait d'avoir attiré les enfants dans ce restaurant, un endroit où les paparazzi pouvaient les photographier. Sans parler de tout ce qu'elle et lui avaient fait ensemble.

— Ça ! lança-t-elle, cinglante, en lui jetant le journal à la tête.

Il le prit et l'étala sur ses genoux.

— Nom d'un chien ! s'exclama-t-il.

— Tu n'es pas photographié sous ton meilleur angle, peut-être ? demanda-t-elle, sarcastique.

— C'était exactement ce que je voulais éviter, tu peux me croire, maugréa-t-il.

— Tu ne voulais surtout pas que je tombe dessus, c'est plutôt ça ! Tu veux vraiment me faire croire que tu as renoncé à une chance de te faire de la publicité pour les enfants ? Ou pour moi ? Allons Angus ! Tu as imaginé toute cette affaire uniquement pour ça. Pour toi, je ne suis qu'une simple aventure sexuelle. Alors que la célébrité peut t'ouvrir les portes du monde entier.

— Elisabeth, implora-t-il en lui tendant la main. Je te jure qu'il s'agit d'un malentendu.

Elle recula d'un pas.

— Le seul malentendu qui persiste est de croire que tu peux encore me toucher. Adieu, Angus.

Sur ces mots, elle pivota sur ses talons et descendit l'escalier en trombe, ignorant sa voix qui appelait son nom, ignorant le bruit de ses pas sur le tapis. Il la rattrapa tandis qu'elle avait déjà la main sur la poignée, et se glissa entre elle et la porte d'entrée.

— Chérie, je sais ce que tu penses, mais tu te trompes. Je n'ai rien à voir avec tout cela.

Son « chérie » la fit grincer des dents. Comment pouvait-il croire que son charme et la vue de son corps nu pouvaient encore lui produire un effet quelconque ?

— Laisse-moi passer, répliqua-t-elle.

Il croisa les bras et répondit, le regard étincelant de fureur :

— Jamais tu ne traiterais l'un de tes étudiants de cette façon, n'est-ce pas ? Et si c'était Danny au lieu de moi ? Penserais-tu qu'il est coupable sans même prendre la peine d'entendre sa version des faits ?

Ignorant sa plaidoirie, elle tourna la poignée et commença à la pousser.

— Je te conseille de t'écarter de la porte, à moins que tu ne tiennes à te faire photographier nu, déclara-t-elle, avant de sortir sur le perron.

Levant son sac à main pour protéger son visage des objectifs, elle descendit les marches, enfila la rue à la hâte et se jeta dans le premier taxi qu'elle parvint à arrêter.

- 12 -

Angus raccrocha le téléphone et étouffa un juron.

La fuite n'avait rien à voir avec Christine. Dès qu'il le lui avait demandé, la semaine dernière, elle avait interrompu tout contact avec la presse. Il la croyait. Hormis le fait qu'elle avait toujours été digne de confiance, il la payait assez cher pour savoir qu'elle suivrait ses désirs, même si elle les désapprouvait.

Par conséquent, le tabloïd avait déniché l'histoire tout seul. En d'autres termes, il avait perdu Elisabeth sans faire aucune faute.

Il se dirigea vers la salle de bains pour passer des vêtements et, en proie à un profond sentiment d'abattement, il regarda le lit sur lequel, moins d'une heure auparavant, il avait fait l'amour avec Elisabeth. Il lissa les draps et tapota les oreillers qui portaient encore l'empreinte de son corps.

Il avait eu raison de lui dire que jamais elle n'aurait traité ses élèves de cette façon : elle avait tiré ses propres conclusions, l'avait accusé sans aucune preuve. Angus avait beau être celui avec lequel elle riait, travaillait, faisait l'amour, elle avait décidé qu'il était coupable.

Il comptait moins pour elle que les enfants qu'elle était payée pour encadrer.

D'un geste las, il ramassa le journal qu'il avait laissé tomber sur le sol et regagna le rez-de-chaussée. Une fois dans la cuisine, il attrapa un pot de glace au chocolat crémeuse et fondante : le paradis ! Le petit déjeuner des champions, la seule méthode garantie à cent pour cent pour remonter le moral. Mais ce matin, elle n'avait aucun goût.

Tandis qu'il posait la glace et le journal sur la table, il remarqua la casserole sur la plaque de la cuisinière et s'approcha. Un long moment, en proie à une profonde émotion, il resta le regard perdu sur son contenu : elle avait voulu lui faire des œufs à la coque !

Il revit alors le visage d'Elisabeth au moment de son départ : ses joues et ses lèvres blêmes, ses yeux agrandis. Elle avait proféré ces paroles, énonçant chacune d'entre elles avec la plus grande clarté, d'un air furieux. Et absolument terrifié !

Il se souvint que lors de l'incident du préservatif : elle avait feint l'indifférence, quand, au contraire, elle était consternée. Et si c'était sa manière de fonctionner ? Si elle l'avait accusé, non pas parce qu'il ne comptait pas pour elle, mais parce qu'il comptait trop ? Il sentit l'espoir renaître dans son cœur, pour aussitôt retomber.

Car même si elle était arrivée à une conclusion hâtive, elle n'était pourtant pas loin de la vérité, si l'on considérait le personnage que, depuis quatorze ans, il s'efforçait de devenir... Le temps où il aurait permis à Christine de communiquer cette fuite à la presse n'était pas si loin, il le savait. La seule raison qui l'en avait empêché avait été sa rencontre avec Elisabeth : tomber amoureux d'elle avait fait de lui un nouvel homme.

Dans ce cas, il savait ce qu'il lui restait à faire. Lui dire tout son amour, le lui prouver.

Il prit le téléphone, composa le numéro de portable d'Elisabeth et fut dirigé immédiatement sur sa boîte vocale.

« Elisabeth, je t'aime », se répéta-t-il.

Pas question cependant de prendre le plus grand risque de sa vie sur une messagerie.

— C'est moi, se contenta-t-il de dire. Nous devons parler. J'ignore comment le journal a eu vent de cette histoire, mais je vais le découvrir. Rappelle-moi, s'il te plaît.

Il essaya alors son numéro chez elle, mais elle était sur répondeur. Il lui laissa un message similaire. Dans une demi-heure, si elle n'était pas rentrée pour écouter ses messages, il se rendrait à son appartement et, s'il le fallait, il défoncerait la porte. Puis, debout, face à elle, il lui dirait tout simplement : « Je t'aime ! »

Et il ne savait pas encore comment il allait s'y prendre, mais il allait faire en sorte qu'elle soit d'accord pour l'écouter sans douter de sa sincérité, qu'elle lui sourie, se penche vers lui pour l'embrasser et lui réponde : « Moi aussi, je t'aime. »

Et d'ici là, il aurait découvert d'où le tabloïd tenait son histoire. Il appela Henry pour le prévenir qu'il allait être en retard et que Magnum allait peut-être recevoir la visite de quelques journalistes. Puis, emportant le pot de glace et la cuillère jusqu'à la table, il ouvrit le journal. La photo d'Elisabeth et lui avait été prise au cours de leur promenade dans Kensington Garden. La jeune femme souriait. Ils se tenaient la main et Angus, penché vers elle, était en train de lui voler un baiser. Les paparazzi avaient dû les suivre tout le week-end dernier à leur insu.

Il parcourut l'article, les jeux de mots idiots sur la cuisine lui arrachant des grimaces et, tout à coup, les yeux écarquillés, il reposa sa cuillérée de glace : il tenait la clé du mystère !

Dès que le taxi s'arrêta devant chez elle, Elisabeth aperçut les deux hommes qui l'attendaient avec un appareil photo. Elle se pencha vers le chauffeur.

— En fait, j'aimerais que vous m'emmeniez au Victoria et Albert Museum, s'il vous plaît.

Elle passa la journée au musée, mêlée à la foule de visiteurs, rassurée par son anonymat. Pourtant, sa colère ne passait pas.

Une fois encore, elle était tombée amoureuse d'un homme qui l'avait trahie, ou, pire encore, qui avait payé des subalternes pour s'en charger. Elle avait beau être diplômée de Cambridge, elle était la femme la plus stupide du monde.

Lorsque le musée ferma ses portes, elle reprit le métro pour son quartier et, une fois à l'air libre, elle se dirigea vers l'appartement de Joanna. Si cette dernière lui permettait de passer la nuit chez elle et d'emprunter quelques vêtements pour l'école demain, elle pourrait éviter tous ces fichus journalistes.

Mais arrivée devant chez son amie, elle la vit émerger de son appartement en rez-de-jardin accompagnée d'un grand homme brun et mince. Ils échangèrent un long baiser passionné. Elle ferait mieux de rentrer chez elle, se dit-elle en faisant demi-tour. Joanna avait sa propre vie amoureuse à gérer, inutile d'aller l'importuner avec ses problèmes.

Elle s'approcha d'un pas prudent de son immeuble et commença par scruter la rue à la recherche de la voiture d'Angus, mais la Jaguar rouge n'était nulle part en vue. Pourquoi diable était-elle déçue ? se tança-t-elle, mécontente. Après tout, s'il était innocent, il aurait essayé de la trouver pour s'expliquer.

Elle jeta un nouveau coup d'œil à la ronde. La voie semblait libre : les reporters aperçus ce matin n'étaient plus là. Cela ne devait pas l'empêcher de se méfier, décida-t-elle en attrapant ses lunettes de soleil dans son sac à main. Puis, lâchant ses cheveux en rideau autour de son visage, elle commença à courir.

— J'ai l'impression d'être un agent secret, marmonna-t-elle en ouvrant sa porte aussi vite que possible avant de la faire claquer derrière elle.

Elle se rua alors dans l'escalier de son appartement et referma derrière elle.

A peine avait-elle repris son souffle que sa sonnette retentit. La lumière rouge sur son répondeur clignotait de manière frénétique. Elle débrancha le téléphone puis examina la sonnette : impossible de savoir comment la désactiver. Elle allait mettre une serviette dessus. Puis, après avoir allumé la musique à plein volume, elle partit prendre un bain.

Impossible de trouver le sommeil. Le réveil indiquait 6 h 30. Ouf ! Elle allait pouvoir arrêter de faire semblant de s'intéresser à son livre et s'apprêter pour partir à l'école. Arriver tôt lui donnerait la possibilité de préparer ses cours avec soin. Ainsi, la journée se déroulerait sans surprises.

Quand elle sortit sur le perron, personne ne l'attendait devant son appartement. En apparence, même les prédateurs étaient allés se coucher, mais elle préféra tout de même garder son chapeau. Elle se dirigea vers l'école à pied et se glissa à l'intérieur du bâtiment principal par la porte de derrière. Avec un peu de chance, les paparazzi auraient appris qu'elle ne souhaitait pas parler à la presse et ne se fatigueraient pas à venir jusqu'ici.

Quoique… elle en doutait.

Elle était en train de noter des instructions pour son premier cours au tableau lorsque Jo entra, toute pâle, l'air préoccupé.

— Tu es là ! constata-t-elle. J'essaye de te joindre depuis hier soir.

— J'ai coupé mes téléphones, annonça Elisabeth.

— Je sais, dit Jo en s'approchant d'elle et en la serrant dans ses bras. Je me suis fait du souci pour toi, chérie.

Elisabeth déglutit, avant de répondre :

— Tout va bien.

Jo recula et étudia un instant son visage :

— Non. Tu es dans un sale état et je ne peux pas te blâmer. On dirait que tu n'as pas fermé l'œil de la nuit et, te connaissant, tu n'as rien dû avaler depuis des heures.

Manger ? C'était bien le cadet de ses soucis !

— En effet, mais je me sens tout à fait bien.

— C'est ça ! Allez, prends ça, fit-elle en lui tendant une de ses éternelles barres de chocolat, et tu as intérêt à l'avaler. Je ne te quitte pas des yeux.

Résignée, Elisabeth s'assit, et, avant de prendre une bouchée, signala à son amie :

— Le chocolat n'est pas un petit déjeuner sain.

— C'est mieux que rien. Ecoute, je déteste avoir à te dire ça, mais Howard veut te parler au sujet de cette histoire de tabloïds.

Elle sentit comme une main glacée se plaquer dans son dos. Elle aurait dû s'en douter !

— Bien sûr, j'aurais dû lui téléphoner hier. Mais j'étais distraite. Merci Jo, conclut-elle en se levant.

— Une minute, tu n'iras nulle part sans ça, dit Jo en prenant la barre de chocolat qu'elle avait laissée sur le bureau. Et je vais t'accompagner pour être sûre que tu la manges.

Elisabeth, docile, avala son « petit déjeuner » tout en comblant la courte distance qui séparait le hall du bureau du directeur.

— Et comment Angus prend-il l'intrusion des médias ? s'enquit Jo.

— Angus adore les intrusions médiatiques, répondit Elisabeth d'une voix glaciale. Je suis sûre qu'il est très content !

Jo lui lança un regard étonné.

— Je croyais que tout allait bien entre vous ?

— Oui, ça allait bien, avant qu'il ne vende notre histoire à la presse ! s'écria-t-elle avec des sanglots dans la voix.

— Elisabeth, reprit son amie en lui posant la main sur l'épaule, il n'a pas pu faire une chose pareille ! Et puis tout ce qui compte, c'est de savoir si tu l'aimes. Tu l'aimes ?

Une boule se noua dans la gorge d'Elisabeth et elle eut la plus grande peine à avaler le chocolat. Malgré son habituelle légèreté et son ton désinvolte, Jo la fixait d'un regard empreint de gravité.

— Oui, je l'aime, répondit-elle, mais…

Jo l'interrompit en nouant ses bras autour d'elle.

— Oh, Elisabeth, c'est merveilleux ! Je suis si contente ! Tu mérites d'être heureuse !

— Mais il ne me donne rien, répondit Elisabeth, d'un air sombre, il…

Elles étaient arrivées devant la porte du bureau du principal qui, immédiatement, s'ouvrit. De toute évidence, Howard qui les attendait avait entendu le son de leur voix.

— Elisabeth, la salua-t-il. Merci d'être venue me voir, dit-il. Entrez vous asseoir.

Elle était venue trouver le directeur sans aucune appréhension mais, à son ton, elle sentit soudain un nœud au creux de l'estomac. Si Howard était un homme plutôt détendu, il avait des vues très précises sur la façon de gérer son école.

D'un geste furtif, Jo lui serra l'épaule. Elisabeth entra alors dans le bureau d'Howard et referma la porte derrière elle. Quand elle se retourna pour lui faire face, la première chose qu'elle aperçut sur son bureau, ce fut le journal people qu'elle avait découvert le matin même.

— Je suis désolée de ne pas vous avoir téléphoné avant, commença-t-elle en prenant place sur la chaise en face d'Howard.

— J'ai essayé de vous appeler, mais, de toute façon, nous devions avoir un entretien, répondit-il en s'asseyant dans son propre fauteuil, tout en jouant d'un geste machinal avec le coin du journal. Toute cette histoire m'a laissé sans voix. Je pensais que nous étions tombés d'accord sur le niveau d'exposition médiatique.

— Je le sais et, croyez-moi, je suis aussi furieuse que vous de voir Jennifer et Danny dans le journal.

— Votre vie privée, bien sûr, ne regarde que vous. Et vous savez que vous êtes un professeur très apprécié dans cette école. Mais j'ai déjà reçu de nombreux coups de téléphone de parents, sans parler des journalistes qui réclament des explications. Le père de Jennifer est très mécontent et les parents de Daniel sont, à juste titre, inquiets des effets de l'attention que va recevoir leur fils. Et ce, tout particulièrement, parce que leurs noms sont liés à une histoire qui concerne la vie amoureuse de leur professeur.

Elisabeth se mordit la lèvre.

— J'en suis la première atterrée, Howard. Si cela peut vous aider, je peux vous assurer que je ne verrai plus M. MacAllister en privé.

— Comme je viens de vous le dire, Elisabeth, votre vie privée ne regarde que vous. Je n'ai rien à dire à ce sujet, tant que cela n'a pas d'impact sur l'école.

Décidément, Howard était un homme de cœur. Elle aurait pu nommer bien des directeurs d'école qui, à cette minute précise, auraient été en train de lui taper sur les doigts.

— Merci, Howard.

— Quoi qu'il en soit, je dois mettre un terme à tout cela. Les leçons de cuisine d'Angus MacAllister ont été autorisées à une condition : que les enfants ne soient pas identifiés. Etant donné ce qui s'est passé, je pense que nous ferions mieux de tout arrêter.

— Mais… et Jennifer et Danny ?

— Ils peuvent toujours participer au concours. J'ai entendu dire qu'ils ont fait de gros progrès. Ils font honneur à l'école. Tasha Cutter peut prendre la relève pour finir de les préparer.

Elle s'était trompée, Howard n'était pas du tout un

homme de cœur ! Comment pouvait-il priver ainsi Jennifer et Danny de leurs chances ?

— S'ils ont fait de tels progrès, Angus est le seul responsable. Vous vous souvenez de ce qu'ils étaient avant ? Et leur dernière répétition a été un vrai désastre. Sans lui, ils risquent de perdre confiance en eux. Et le concours a lieu samedi.

— Je suis désolé Elisabeth. Nous ne pouvons nous permettre de mettre en péril la réputation de l'école ou de distraire les autres élèves. Et, de toute façon, nous avons rompu notre contrat avec M. MacAllister.

Blanche de colère, elle se leva.

— Si c'est votre décision finale, je dois l'accepter. Mais j'espère que vous allez reconsidérer les choses.

— C'est ma décision finale. Et, je vous en prie, rasseyez-vous ; nous devons aborder un autre sujet.

Surprise, elle se rassit.

— Oui, Howard ?

— J'espérais que vous pourriez m'expliquer pour quelle raison vous avez accordé une interview au journal.

— Pardon ?

— Je dois dire que cela m'a surpris. Vous avez toujours eu un excellent jugement professionnel. Pourquoi avoir accepté de parler à un journaliste ?

Elle fixa Howard, incrédule. Mais il paraissait tout à fait sérieux.

— Je n'ai parlé à aucun journaliste, j'ai passé mon temps à les éviter.

— Alors comment expliquez-vous ces citations ? insista-t-il en lui tendant le journal, qu'elle saisit.

Même gros titre, même photo, mais hier elle ne s'était pas fatiguée à lire l'article au-delà du premier paragraphe. Elle le parcourut et resta bouche bée.

Dans une interview exclusive, Elisabeth Read a déclaré qu'Angus, qui a été élu le cinquième homme le plus sexy d'Angleterre, lui avait fait perdre la tête. Si MacAllister est connu pour le régiment de beautés auxquelles on l'a associé par le passé, Elisabeth semble bien déterminée à le garder pour elle.

« Il est un peu tôt pour parler mariage, a-t-elle dit, mais je veux des enfants un jour. »

Et ce ravissant professeur, diplômé d'une maîtrise d'anglais de l'université de Cambridge, semble ne donner que des 20/20 au célèbre chef.

« Il a de nombreux talents », nous a avoué la sculpturale brune avec un sourire.

— Oh ! fut tout ce qu'elle trouva à dire.

Howard attendait manifestement une réaction plus explicite.

Elle finit de lire l'article qui continuait sur le même ton puéril, mais n'y trouva plus aucune citation.

D'où ce journaliste les tenait-il ? Curieux : ces phrases lui étaient familières. Elle jeta alors un coup d'œil au nom de celui qui avait signé le papier : Clive Jones.

Oh non ! Le danseur de tango gallois ! Ce n'était pas du tout un rendez-vous qu'il avait en tête lorsqu'elle avait accepté de boire un verre avec lui.

Avec un profond soupir, elle replia le journal en deux.

— Je pense avoir fait la pire des bourdes, admit-elle.

— Etes-vous en train de dire que vous n'aviez pas l'intention de lui accorder une interview ?

— Je pensais qu'il s'agissait d'une conversation privée.

Howard hocha la tête.

— Je vois. Eh bien, cela me facilite les choses. Laissez-moi vous dire, Elisabeth, que vous êtes un excellent professeur et que votre carrière dans cette école n'est pas remise en cause pour le moment.

Elle sentit son estomac se nouer encore.

— Vous semblez dire qu'il y aura un « après ».

— Oui. Que vous vous soyez fait piégée par un journaliste n'enlève rien au fait que vous êtes désormais le centre d'attention des médias. Je ne sais pas combien de temps cette histoire va durer, mais, pour le moment, nous avons des reporters devant l'école. Jennifer et Daniel sont mineurs et nous pouvons prendre des mesures pour les protéger de toute exposition publique. Vous êtes majeure. Nous sommes en juin, Elisabeth. Vous comprenez donc que nous ne pouvons rien laisser arriver qui puisse venir distraire les élèves de leurs examens.

Il n'avait pas besoin d'en dire plus long, elle avait compris.

— Oh non, Howard ! Je vous en prie.

— J'ai eu une conversation avec mes supérieurs et

nous pensons tous qu'il serait mieux que vous preniez un congé. Jusqu'à ce que les choses s'apaisent un peu. J'ai arrangé votre remplacement pour cette semaine. Nous reverrons la situation vendredi. Joanna Graham s'occupera de votre groupe de travaux dirigés.

Ainsi, Jo était au courant. Pas étonnant qu'elle ait semblé si préoccupée tout à l'heure.

— Je vois, répondit-elle, abasourdie. Est-ce tout ?

— Oui.

Howard avait quand même la décence d'avoir l'air un peu compatissant.

— Je ferais mieux d'y aller pour organiser mes cours, annonça Elisabeth en se levant.

Howard se leva à son tour.

— J'espère que tout va rentrer dans l'ordre. Et bien sûr, même si vous n'êtes plus en poste, vous devriez aller au concours de cuisine junior de samedi. Vous avez travaillé dur pour faire en sorte que vos élèves réussissent.

C'était la vérité, constata-t-elle. Il oubliait juste de dire qu'elle était aussi responsable de la seule erreur qui pouvait garantir leur échec. Consternée, elle sortit du bureau du directeur.

Jo l'attendait dans le couloir.

— Elisabeth, je suis désolée, j'ai essayé de le dissuader.

— Quelle idiote je fais ! s'exclama Elisabeth en hochant la tête d'un air accablé.

— J'ai dit à Howard qu'il était impossible que tu aies accordé cette interview de bonne foi. Comment sont-ils parvenus à te duper ? Ils t'ont prise par surprise au téléphone ?

— C'était Clive. Ne savais-tu donc pas qu'il était reporter ?

— Qui est Clive ?

— Le danseur de tango gallois qui m'a téléphoné de ta part.

Jo rougit et, l'espace d'un instant, Elisabeth ne sut que penser. Son amie savait-elle que Clive était aussi reporter ?

— Le danseur de tango s'appelle Dewi Angus, déclara Jo. Je pensais qu'étant donné ce qui se passait avec Angus, il ne t'intéresserait pas. J'en ai profité pour l'essayer pendant le week-end.

— Dewi ? Il ne s'appelle pas Clive ? s'exclama Elisabeth qui, les jambes soudain en coton, dut s'appuyer au mur du couloir.

— Le reporter était gallois, reprit-elle. Je lui ai juste parlé parce que j'ai cru que c'était le Gallois auquel tu pensais pour moi.

— Mon Dieu, Liz ! s'exclama Jo, ébahie. Je suis désolée.

— Ce n'est pas ta faute, c'est la mienne. Je suis la dernière des gourdes !

— Tu n'es pas une gourde, tu es amoureuse. Tu as le droit d'avoir la tête ailleurs.

Elisabeth se passa une main lasse sur le visage.

— J'ai accusé Angus d'être responsable de la fuite à la presse, alors que c'était moi qui avais donné l'interview. Je suis désolée de ne pas être d'accord avec toi, mais je suis une véritable idiote.

La cloche indiquant la fin des cours retentit et les couloirs se remplirent d'élèves en uniforme marron. Tous dévisageaient Elisabeth en passant devant elle.

— Hé, mademoiselle. Je vous ai vue dans le journal, cria l'un d'entre eux.

— Va te cacher dans la salle des professeurs, lui conseilla Jo. Je t'appelle plus tard.

D'un geste furtif, elle serra Elisabeth dans ses bras et se fondit dans la foule.

Suivant le conseil de son amie, Elisabeth, tête haute, gagna la salle des professeurs. Elle avait des cours à préparer pour la semaine, mais, avant toute chose, elle avait un coup de téléphone à donner.

L'intérieur du restaurant Magnum était blanc, ses lignes pures, l'ensemble relevé par les touches de couleur des fleurs aux teintes vives sur les tables et des tableaux de peinture abstraite aux murs. Le centre de la pièce était occupé par un immense aquarium rempli de poissons multicolores.

A l'image d'Angus, son restaurant retenait l'attention : il était beau et dégageait quelque chose de vivant, de merveilleux. Elisabeth caressa un pétale de fuchsia dans le vase à côté d'elle et répéta mentalement ce qu'elle avait l'intention de dire. Ces derniers temps, elle avait vécu assez d'imprévus pour une vie entière.

L'heure du déjeuner approchait. La porte de la cuisine

s'ouvrit et Angus en jaillit, vêtu de son uniforme blanc qui mettait encore en valeur le noir de ses cheveux de jais et la largeur de sa carrure.

Elle aspira une longue bouffée d'air. La seule chose qu'elle n'avait pas été capable de planifier était sa réaction lorsqu'il la verrait : serait-ce de la colère, de l'amertume, des reproches, de la déception, de l'indifférence ?

Au lieu de cela, il souriait.

— Elisabeth ! s'exclama-t-il d'une voix si chaleureuse, si profonde, qu'elle eut soudain envie de s'en envelopper comme d'une couverture et de s'y blottir.

Si elle n'avait pas anticipé la réaction de son amant, elle avait prévu la sienne. Suivant son plan, elle joignit les mains pour les retenir de l'attirer à elle.

— Je suis désolée, Angus, commença-t-elle. J'ai sauté à des conclusions, j'ai refusé d'écouter ta version des faits et t'ai accusé alors que tu étais innocent. D'autant que c'est moi qui suis responsable de cette fuite. Je me suis emballée et je m'en excuse.

L'épaule appuyée contre l'aquarium, il l'écoutait, le visage fendu d'un grand sourire.

— Combien de fois as-tu répété ta scène ? On dirait un livre !

— Plusieurs fois. Mais c'est quand même sincère.

— Je sais. Tu ne savais pas qu'il était reporter, n'est-ce pas ? demanda-t-il en s'approchant un peu.

— Non.

— Tu dois faire attention dans ce métier. Un soir, j'ai joué aux fléchettes avec un type dans un pub, et

le lendemain la presse rapportait toute notre conversation, mot pour mot.

— Eh bien, même si je ne suis pas dans ton milieu
professionnel et que je n'ai aucune intention d'en faire
partie un jour, quoi qu'il en soit, c'était idiot de ma
part. Et je n'aurais pas dû te dire ce que je t'ai dit.

— Peut-être pas, répondit-il avec un haussement
d'épaules. Mais je dois avouer que, ces dernières années,
je n'ai jamais hésité à accepter toute la publicité que je
pouvais me faire. Ta réaction était compréhensible.

— Tu fais celui qui s'en fiche, mais tu dois être en
colère.

— Je l'étais. Je ne le suis plus, précisa-t-il en comblant
la distance entre eux.

D'un doigt, il releva le visage de la jeune femme
vers lui et la regarda droit dans les yeux.

— Je suis si heureux de te voir. J'ai passé toute la
journée d'hier à sonner à ta porte.

Elle recula d'un pas. Ce qu'elle avait à lui dire était
beaucoup plus douloureux qu'elle ne l'aurait pensé.

— J'ai besoin de ton aide, Angus.

— Que se passe-t-il ? demanda-t-il, le regard
inquiet.

— L'école t'a-t-elle déjà téléphoné ?

— Non, répondit-il en lui avançant une chaise, avant
de s'asseoir à son tour.

— Ils veulent que tu arrêtes de travailler avec
Jennifer et Danny.

Angus prit une longue inspiration, puis souffla.

— Bien, je suppose qu'ils sont presque prêts. Il faut juste qu'ils acquièrent encore un peu de pratique.

— Je ne parle pas de pratique, je parle de stabilité. Et de routine. Si nous changeons tout maintenant, Jennifer va perdre toute sa confiance en elle, et qui sait ce que Danny décidera. C'est avec toi qu'ils doivent s'entraîner.

— Mais l'école ne veut pas de…

— Eh bien nous devons trouver un autre endroit pour travailler.

Angus prit un air sérieux. Il était en train de réfléchir. Elle se mordit la lèvre. Seigneur ! Comme elle aimait cet homme !

— Ils peuvent venir ici, proposa-t-il. J'annulerai mes réservations de début de soirée pour les jours à venir. Ainsi, ils seront dans une cuisine professionnelle. Une fois qu'ils y seront habitués, cela les aidera.

Elle hocha la tête.

— Merci. Je vais téléphoner à leurs parents pour obtenir leur permission.

— Tant que tu es ici avec eux, je ne vois pas en quoi ce serait un problème.

Mal à l'aise, elle se tortilla sur sa chaise.

— J'aimerais en être aussi sûre que toi. Leurs parents ne vont peut-être pas être aussi emballés par cette idée lorsqu'ils apprendront que j'ai été suspendue de mon poste de professeur.

— Pardon ? lui demanda Angus d'un air abasourdi.

— Juste en attendant que les choses se tassent.

Comme ça, je vais pouvoir rattraper mes lectures en retard, conclut-elle dans un petit rire, pour dissimuler son manque d'assurance.

— Nom d'un chien, Elisabeth. C'est injuste !

— Je comprends les raisons du principal. Il fait passer les intérêts des élèves au premier plan et, quoi qu'il en soit, il a raison.

— Mais toi aussi tu les fais passer au premier plan ! Comment vis-tu cela ?

Ses yeux se brouillèrent de larmes.

— Affreusement mal, avoua-t-elle. Toute l'école en parle derrière mon dos. Mes cours vont être assurés par d'autres. J'ai l'impression que mon poste ne tient plus qu'à un fil.

Angus se leva, prit sa main et l'attira près de lui pour l'enlacer.

— Ce qui compte, murmura-t-il en déposant un baiser sur son front, c'est que nous soyons de nouveau ensemble. Je dois te dire quelque chose.

Non ! Elle n'allait pas tomber de nouveau sous son charme. Elle le saisit par les poignets et, se dégageant de son étreinte, elle recula. Même si son corps lui criait de toutes ses fibres qu'elle avait tort, il s'était déjà trompé une fois.

— Nous ne pouvons plus être ensemble, Angus, annonça-t-elle. Ce n'est pas ta faute, mais les sentiments que tu m'inspires me font faire des bêtises quand tu es à proximité. J'ai gâché les chances de Jennifer et de Danny. Je risque mon poste. Quant à toi, conclut-elle en détournant le regard, ça te fait souffrir aussi. Nous devons en finir.

— Tout va bien se passer pour les enfants, tu vas très vite reprendre ta place à l'école, déclara-t-il en la reprenant par les épaules et en l'attirant de nouveau à lui. Quant à moi, je suis plutôt coriace…

— Non, dit-elle en se retirant. Ce n'est pas juste ça. C'est l'ensemble. Depuis que je t'ai rencontré, j'ai une conduite dissolue, je perds le contrôle de mes actes, j'ai le vertige. Je suis épuisée rien qu'à essayer de préserver mon équilibre.

— Tu n'en as pas besoin, Elisabeth. Avec moi, tu ne risques rien. Tu peux me faire confiance.

— Si, je cours un risque ! Si je suis incapable de préserver mon équilibre, cela signifie que je ne sais plus qui je suis. Je ne peux pas, Angus.

— Essaye, lui enjoignit-il de sa belle voix rauque et intense.

Elle regarda ses mains couvertes de cicatrices et se souvint de ce que ces magiciennes étaient capables de faire.

— Je ne peux pas. J'ai besoin d'équilibre dans ma vie. Et tout cela est…, reprit-elle en englobant la pièce d'un geste de la main, tu es trop intense, Angus. Ton monde est trop ouvert à tous et à tout. Je ne peux plus y faire face.

Il ne répondit rien. Elle regarda son visage figé, fermé. Son regard gris était empreint d'une infinie tristesse.

Mon Dieu ! Que n'aurait-elle donné pour le prendre dans ses bras. Elle se redressa.

— Je pense que tu es une personne extraordinaire. Et tu es un homme très bon. J'ai adoré être avec toi et j'ai le plus grand respect pour toi.

Au mot « respect », il tressaillit de manière imperceptible.

Elle avait parlé vite, sachant le terme faible pour exprimer la vérité des sentiments qu'elle éprouvait pour lui. Mais si elle la lui disait, elle enverrait tout promener et retomberait dans ses bras. Or, elle ne le pouvait pas.

— Nous avons passé un bon moment, reprit-elle, mais maintenant c'est terminé.

— Un bon moment ? répéta-t-il en s'affalant sur une chaise, les épaules voûtées. Je crois que je vais avoir besoin d'aller acheter d'autres glaces.

Qu'est-ce que ces fichues glaces venaient faire dans la conversation ? Elle le lui aurait bien demandé, mais plus elle passait de temps avec lui, plus elle voulait oublier tout ce qu'elle venait de lui dire.

— Je vais y aller et prendre contact avec les parents de Jennifer et Danny, annonça-t-elle en repoussant sa chaise contre la table.

— Je les attends demain à 17 heures, lui rappela-t-il, son regard perdu dans le vague. Ça devrait aller. Même chose pour jeudi et vendredi.

Trois soirs de restauration annulés pour aider deux lycéens ? Comme il était généreux !

— Merci Angus, tu es vraiment extraordinaire.

Il hocha la tête et soudain la regarda droit dans les yeux.

— Tu viendras, bien sûr.

— Je...

— Tu as dit toi-même qu'ils avaient besoin de stabilité et de routine.

— Oui, concéda-t-elle, troublée.

En d'autres termes, elle devrait passer trois soirées supplémentaires avec Angus, puis le concours samedi, soit des heures avec lui, sans doute beaucoup trop ! Elle savait pourtant que ce ne serait jamais assez.

— D'accord, acquiesça-t-elle en se penchant vers lui pour déposer un baiser sur sa joue. A demain, alors.

Et elle s'empressa de quitter le restaurant avant d'avoir eu le temps de l'embrasser encore une fois, avant d'avoir eu le temps de perdre de nouveau le contrôle de ses actes et de ses émotions.

Car cette fois-ci, ce serait sans retour.

- 13 -

Lorsque la nuit tombait sur Londres, la ville se parait d'une couleur bleu-gris, ambrée, et grâce à la lumière des réverbères, aux phares des voitures filant dans l'obscurité, aux fenêtres éclairées, l'obscurité n'y était jamais totale. Mais elle suffisait à ceux qui, comme Angus ce soir, en quête d'anonymat, souhaitaient juste se fondre dans la foule.

Il marchait au milieu des passants avec l'impression d'être un autre, de n'avoir jamais été célèbre. Comme il aimait Londres ! A Londres, on n'était jamais seul.

C'était une sensation bien réconfortante pour lui qui ne s'était jamais senti aussi abandonné qu'en ce vendredi soir, à la veille du concours de cuisine. On était même déjà samedi matin et cet après-midi était peut-être la dernière fois de sa vie qu'il verrait Elisabeth.

Les mains enfoncées dans ses poches, il continua son chemin. Inutile de rentrer chez lui, de toute façon, il n'avait pas sommeil, il n'arrivait plus à dormir sans Elisabeth à côté de lui.

Pour la première fois de sa vie, il avait été prêt à

dire « je t'aime », à lui donner son cœur en toute franchise, sans chercher à la séduire, à la charmer. Mais elle avait reculé, lui avait annoncé que tout était fini, avant même que cela ait commencé. Il n'avait donc même pas pu prononcer les mots qui lui brûlaient les lèvres. Pourquoi se fatiguer quand il savait qu'elle allait le rejeter ? Cela aurait été peine perdue.

Il donna un coup de pied rageur dans un réverbère. Elle ne lui avait pas laissé une chance de la semaine : lorsqu'elle arrivait à Magnum avec les adolescents, elle concentrait toute son attention sur eux ; tout ce qu'il avait essayé de lui dire avait été reçu avec froideur ; pas une fois elle n'avait accepté de le voir seul. Elle se comportait exactement comme lorsqu'il l'avait connue. A la différence près que, aujourd'hui, il avait mal, très mal.

La sonnerie de son téléphone vint interrompre le fil de ses pensées moroses. Il était 2 h 06 du matin. S'il était peu probable que ce soit Elisabeth, toute distraction était bienvenue.

C'était Danny qui lui annonçait d'une petite voix contrite qu'il venait de se faire arrêter avec des copains dans une voiture volée.

— Je serai là dès que possible, l'assura Angus.

Puis il ajouta d'une voix sévère :

— Danny, tu te rends compte que ton attitude est parfaitement idiote ! Le concours a lieu demain.

Il raccrocha et, sans perdre une seconde, il se mit en quête d'un taxi tout en composant un numéro. La voix d'Elisabeth lui répondit, ensommeillée.

— Allô ?

— Ne raccroche pas, la pria-t-il, c'est moi. Danny a un problème et j'ai besoin de ton aide.

— Qu'est-ce qu'il a fait encore ? demanda-t-elle avec un soupir.

— Ce crétin est allé voler une voiture.

— Où est-il ? haleta-t-elle.

— Probablement en route pour le poste de police. Je passe te prendre dans dix minutes.

A l'aube, après maintes récriminations, larmes et menaces, Elisabeth, Angus à ses côtés, regarda Danny monter en voiture avec ses parents. Danny ne participerait pas au concours.

En attendant, elle était soufflée par la fermeté et le doigté avec lesquels Angus avait géré la situation. Il avait soutenu l'adolescent avec le plus grand sérieux, avait déployé des trésors de patience avec les parents de Danny et était parvenu à les calmer. Il avait ensuite fait promettre à Danny de ne plus recommencer. Et lorsque la mère de l'adolescent avait serré son fils dans ses bras, la jeune femme avait surpris le voile de mélancolie sur le beau visage du chef.

Pourtant, elle savait bien qu'il n'était pas obligé d'être là, pas plus qu'il ne l'était de lui téléphoner. Mais il avait compris que Danny allait avoir besoin de lui et avait deviné qu'elle voudrait être présente.

L'évidence la frappa soudain de plein fouet. Elle aimait cet homme. Comme elle l'aimait ! D'un amour si violent, à cet instant précis, que c'en était presque insoutenable.

— Il nous reste environ quatre heures avant le concours, veux-tu que nous marchions un peu ? suggéra-t-il, la tirant de ses pensées.

— Oui, approuva-t-elle. Alors ainsi, tu comptes vraiment offrir un poste à Danny dans ton restaurant l'année prochaine ?

— Oui. Quand je dis que je fais quelque chose, je le fais. Je me tue à te le répéter, Elisabeth.

— Je le sais, répondit-elle d'un air troublé. C'est juste que… tu prends un gros risque.

— Tout ce qui vaut la peine dans la vie implique des risques. Il commencera en bas de l'échelle et grimpera les échelons jusqu'au sommet. Je lui dois beaucoup, soupira Angus en passant une main dans ses cheveux.

— Tu lui dois beaucoup ? demanda Elisabeth en lui lançant un regard surpris.

— Je *vous* dois beaucoup à tous les trois : vous m'avez appris à prendre les choses à cœur, appris à savoir aller au-delà des apparences.

Si elle avait déjà compris qu'Angus avait changé, la jeune femme ignorait toutefois que c'était en partie grâce à elle. Elle lui frôla le bras.

— Je comprends, murmura-t-elle.

— Je ne suis pas sûr que tu comprennes vraiment, reprit-il en s'arrêtant soudain. Elisabeth, je t'aime.

Le souffle coupé, elle recula d'un pas et sentit ses jambes se dérober sous elle.

— Vraiment ?

— Oui, affirma-t-il avec un sourire. Tu devrais voir ta tête. Tout cela n'est pas si tragique, tu sais.

— Je ne m'attendais pas à…

— Je sais. Mais aussi ironique que cela puisse paraître, ta réaction ne me surprend en rien. C'est la raison pour laquelle je ne t'ai rien dit jusque-là.

Malgré son sourire, il avait l'air abattu, les paupières alourdies. Une barbe naissante couvrait son menton.

Elle sentit une douleur déchirante lui vriller le cœur et, tout à fait désemparée, elle détourna les yeux et regarda la rue. Qu'allait-elle faire ? Comment empê-cher qu'ils souffrent tous les deux ? Si seulement elle pouvait avoir une idée, si le destin pouvait lui faire un signe.

En vain ! Elle ne pouvait compter que sur elle-même.

— Je sais à quel point nous pourrions être heureux ensemble. Nous pourrions nous marier et envoyer les paparazzi paître une bonne fois pour toutes ! Ce serait tellement merveilleux, Elisabeth, conclut-il en entrelaçant ses doigts magiques avec les siens, comme pour renforcer ses paroles. Je t'aime tant.

— Tu ne dis pas ça par noblesse d'âme ? Parce que je suis peut-être enceinte ? demanda-t-elle.

Il laissa fuser un petit rire.

— Oublie ma noblesse d'âme ! Je suis en train de te supplier, au cas où tu n'aurais pas remarqué. La semaine dernière a été une véritable torture. Je veux te toucher, te prendre dans mes bras, dormir avec toi. Que nous ne fassions plus qu'un. Et pour toute réaction, voilà que tu sors encore tes griffes ! Si tu es enceinte, c'est bien. Mais c'est toi que je veux.

— C'est… c'est impossible, balbutia-t-elle.

— C'est ce que tu crois, mais sois l'élève, pour une fois, Elisabeth. Ne suis pas l'exemple de Danny. Ne refuse pas ta chance d'être heureuse parce qu'il est plus facile de faire le mauvais choix.

Elle sentait ses oreilles bourdonner et ses mains tremblaient.

— C'est extrêmement difficile, déclara-t-elle d'une voix étranglée. Si la semaine dernière a été une torture pour toi, pour moi, ça a été l'enfer. A lutter chaque seconde contre ce que me dictent mes désirs les plus profonds, je n'en peux plus.

— Arrête de lutter, l'implora-t-il en lui ouvrant les bras. Soyons ensemble. Même si tu ne m'aimes pas. Abandonne-toi.

Même si tu ne m'aimes pas ! Si seulement il avait su ! A quel point elle l'aimait, justement. Qu'elle était à deux doigts de se donner à lui, de lui offrir son cœur… son âme.

— Non, c'est impossible, répondit-elle, sans ciller, en secouant la tête. Je vais rentrer me changer, je te retrouve à 10 heures.

Sur ces mots, elle fit volte-face et s'éloigna de lui d'un pas vif, sentant le poids de son regard sur elle, comme un fil invisible qui les aurait reliés l'un à l'autre et sur lequel elle allait tirer jusqu'à ce qu'il casse.

*
**

Jennifer était livide.

— Danny n'est pas là ? murmura-t-elle.

— Il a eu une urgence et n'a pas pu venir, expliqua Elisabeth en passant un bras réconfortant autour de l'épaule de l'adolescente. Tout va bien Jennifer. Tu as fait ça des tas de fois. Et Danny n'aurait jamais été à côté de toi, de toute façon.

— Mais, je m'attendais à ce qu'il soit là, répéta l'adolescente d'une voix consternée.

— Tout ira très bien, la rassura-t-elle. Viens chercher ta place.

Angus les avait rejointes. Douché et rasé, il portait une veste d'une coupe décontractée sur un jean élégant. Mais son regard était empreint de lassitude. Jusque-là silencieux, il s'approcha et déclara :

— Tu as du talent, Jennifer. Ne le gâche pas. Raconte-moi ce que tu as prévu.

— Je vais commencer avec des pâtes, répondit la jeune fille dans un chuchotement, avant de lui exposer son menu.

Il installa Jennifer derrière son plan de travail et revint vers Elisabeth.

— J'espère qu'elle va tenir le coup, déclara-t-il.

— Je crois qu'elle a peur, répondit Elisabeth.

Elle était bien la dernière à pouvoir l'en blâmer !

— Dans ce cas, elle n'y arrivera pas, constata Angus. Pour bien cuisiner, il faut avoir confiance en soi et savoir s'adapter. C'était en cela qu'excellait Danny.

Dans l'un de ses bons jours, il aurait gagné haut la main. Les compétences techniques de Jennifer sont meilleures, mais je suis inquiet.

— Tu as fait de ton mieux, répliqua-t-elle pour tenter de le réconforter comme il venait de le faire avec Jennifer.

— Mon « mieux » ne semble pas donner des résultats très probants ces jours-ci.

Une voix s'éleva alors, couvrant le brouhaha :

— Tout le monde en place ! Le concours de cuisine junior va démarrer !

Elisabeth se glissa derrière le plan de travail et serra Jennifer dans ses bras :

— Je crois en toi, chuchota-t-elle.

L'adolescente s'agrippa à la jeune femme comme si elle allait tomber.

— Je ne sais pas si je peux y arriver, chuchota-t-elle.

— Mets-y tout ton cœur et procède par étapes, lui conseilla-t-elle. Je suis très fière de toi. Ton père aussi. Et ta mère le serait.

Jennifer hocha la tête.

Elisabeth rejoignit alors les gradins où se trouvaient déjà Joanna et le père de Jennifer, et Angus s'assit à côté d'elle. Il aurait été si naturel de s'appuyer contre lui ! Au lieu de cela, elle ramassa un programme dans lequel elle feignit de s'absorber jusqu'à ce que le signal du début du concours qui allait durer deux heures soit donné. De leurs places, les concurrents semblaient minuscules. Et tout particulièrement Jennifer, qui était figée comme une statue de sel.

— Il faut qu'elle se lance, murmura Angus. Une fois qu'elle aura fait le premier pas, ses réflexes lui reviendront naturellement.

A leur grand soulagement, ils virent enfin Jennifer attraper son saladier et commencer à mélanger les ingrédients.

— Sais-tu que tu as dompté Angus MacAllister ? lui souffla soudain Jo en aparté. Si je n'étais pas si heureuse pour toi, je te haïrais d'avoir privé le monde d'une telle perle !

Elisabeth sentit une nouvelle flèche de douleur la transpercer. Elle n'avait pas encore annoncé à Jo sa rupture avec Angus. Enfin, pour le moment, il y avait plus important, se dit-elle en remarquant l'animateur du concours en train d'interviewer une Jennifer terrorisée.

— Je pense pouvoir dire que depuis que ta photo est parue dans les journaux, tu es la plus célèbre participante à ce concours, était-il en train de dire. Quel effet cela fait-il d'avoir un célèbre chef comme professeur de cuisine ?

— Angus est tout simplement merveilleux, répondit l'adolescente d'une voix timide, mais claire.

Angus, attentif, sourit sans aucune arrogance, avec le plus grand naturel et, à cet instant précis, Elisabeth dut se faire violence pour ne pas l'attirer à elle et l'embrasser.

— J'ai besoin de prendre l'air, chuchota-t-elle tout à coup, avant de quitter la salle pour sortir dans la rue.

Elle n'aurait pas dû. Jennifer avait besoin de son soutien. De plus, c'était les derniers instants qu'elle allait passer avec Angus. Dans précisément vingt-six minutes, le concours prendrait fin et elle lui dirait adieu.

A moins, bien sûr, qu'elle soit enceinte de lui. Si c'était le cas, il avait dit vouloir l'épouser, non par noblesse d'âme, mais parce qu'il l'aimait.

De toute façon, elle n'aurait alors pas d'autre choix que de le croire, de voir son avenir décidé en une fraction de seconde : elle vivrait avec Angus et, ensemble, ils élèveraient leur enfant. Et si elle était honnête avec elle-même, n'était-ce pas ce à quoi elle aspirait du fond du cœur ?

Mais il ne suffisait pas de rêver. Cet homme n'en restait pas moins dangereux. Par conséquent, s'il n'y avait pas de bébé, elle remercierait Angus, ils se sépareraient et elle reprendrait le cours rationnel de sa vie, ainsi qu'elle la concevait.

En attendant, elle avait bien trop reculé le moment de faire un test. Saisie d'une impulsion soudaine, elle se dirigea vers la pharmacie plus bas dans la rue. Elle ne pouvait plus rester sans savoir, elle devait être fixée !

Le concours de cuisine s'était déroulé au mieux et Jennifer, grâce à ses efforts et à sa créativité, avait remporté la première place.

Elisabeth, qui avait regagné sa place dans les gradins,

voyait son souhait comblé : Jennifer, Angus et elle avaient travaillé si dur au cours des trois dernières semaines ! L'adolescente avait appris à se montrer courageuse et avait fait ses preuves.

Comme hébétée, la jeune femme se dégagea du bras qu'Angus, débordant d'enthousiasme, avait glissé autour de ses épaules. Le test de grossesse qu'elle venait d'acheter attendait dans son sac.

Rassemblant tout son courage, elle laissa Jennifer, son père, Joanna et Angus à leurs effusions et se dirigea vers les toilettes.

Lorsqu'elle en ressortit un peu plus tard, Angus l'attendait devant la porte.

— Elisabeth, que se passe-t-il ? demanda-t-il d'une voix grave.

— Je ne suis pas enceinte, balbutia-t-elle.

Elle lut alors sur son visage les mêmes émotions que celles qu'elle-même gardait enfouies au plus profond de son cœur. Alors, les larmes qu'elle retenait depuis si longtemps jaillirent soudain. Angus l'attira dans ses bras et, comme au cœur de la forêt de son rêve, elle s'y réfugia, sanglotante. Il commença à la bercer, lui murmurer des paroles apaisantes :

— Elisabeth, ma chérie. Ma douce Elisabeth. Tu auras un bébé, que le ciel fasse que ce soit avec moi, mais tu auras un bébé, je te le promets.

Elle pleurait maintenant toutes les larmes de son corps, toutes ces larmes que depuis deux ans, depuis qu'elle avait perdu l'enfant de Robin, elle refoulait. Angus lui couvrait les cheveux de baisers, et, réconfortant, continuait à lui chuchoter que tout irait bien.

Elle se plaqua alors contre lui et, les yeux levés vers son beau visage, lui avoua d'une voix douce :

— Je voulais un bébé avec toi. Je t'aime.

Le souffle coupé par la surprise, il répondit après un imperceptible silence :

— Tu m'aimes… *vraiment* ?

Devant l'expression abasourdie d'Angus, un sourire vint éclairer le visage aux joues humides d'Elisabeth.

— Oui, vraiment.

— Redis-le-moi encore.

— Je t'aime, répéta-t-elle.

Devant la larme qui roulait sur la joue d'Angus, une émotion indicible la gagna : elle n'avait jamais rien vu d'aussi beau.

— Et tu vas rester avec moi ? S'il te plaît ? l'implora-t-il.

Ce choix, qui lui avait semblé si difficile, lui apparaissait maintenant comme une évidence. Il avait besoin d'elle tout comme elle avait besoin de lui, et elle savait désormais que jamais il ne trahirait sa confiance.

— Je veux être avec toi pour toujours, répondit-elle.

Ses lèvres se posèrent sur celles de la jeune femme et il l'embrassa comme jamais il ne l'avait embrassée, leur baiser frôlant la perfection.

— Nous allons nous marier, murmura-t-il contre ses lèvres. Et nous allons essayer d'avoir des enfants ensemble.

À cet instant, une femme s'approcha, et ils durent se pousser sur le côté pour la laisser entrer dans les toilettes.

— Angus, fit Elisabeth, taquine, te rends-tu compte que nous nous sommes embrassés pour la première fois dans une chambre froide et que tu viens juste de me demander en mariage à la sortie des toilettes ?

— Que veux-tu dire ? Que je manque de goût ? demanda-t-il d'un air espiègle. Veux-tu que je te fasse ma demande à genoux ?

— Non. Ou plutôt, oui, mais tu n'as pas besoin de te mettre à genoux.

Elle sentait un drôle de picotement lui chatouiller le ventre : un peu comme des bulles de champagne, une ivresse délicieuse, exaltante, imprévisible… Une sensation nouvelle, la conviction de savoir que désormais, ensemble, ils pourraient surmonter toutes leurs craintes.

Elle l'embrassa de nouveau, de toute sa passion et il l'attira contre son beau torse vigoureux, laissant ses mains voguer sur le corps gracile de sa compagne.

— Qu'allons-nous faire maintenant ? chuchota-t-il.

— Demain, nous annoncerons la nouvelle au monde entier. Ensuite, nous passerons le reste de nos vies à faire l'amour. Mais, pour le moment, conclut-elle en rajustant son col et en passant la main dans les cheveux d'Angus, je suggère que nous allions fêter la victoire de Jennifer avec elle !

ROXANNE ST. CLAIRE

Le secret de Kendra

éditions Harlequin

Titre original : THE SINS OF HIS PAST

Traduction française de AURE BOUCHARD

© 2006, Roxanne St. Claire. © 2007, Harlequin S.A.
83/85 boulevard Vincent Auriol 75646 PARIS CEDEX 13.
Service Lectrices — Tél. : 01 45 82 47 47

- 1 -

Dick Monroe descendait la rue principale de Rockingham en sifflotant. C'était bon, en cette douce matinée d'avril, de retrouver le petit village du Massachusetts où il avait passé son enfance. Il savourait déjà la surprise de son père quand il pousserait la porte du bar…

Mais il se figea au beau milieu de la rue et demeura bouche bée devant le bâtiment qui était jadis la base arrière des passionnés de base-ball.

L'établissement avait subi des travaux d'agrandissement, et une vaste véranda empiétait à présent sur le trottoir. De plus, au lieu de la bonne vieille inscription Bar des Sports chez Monroe, on ne lisait plus que Chez Monroe !

Cela le laissa sans voix. Il ne se souvenait pas s'être senti aussi effaré depuis le jour où il avait rencontré son héros de toujours, la légende du base-ball Karl Yastrzemski, mondialement surnommé « le Grand Yaz ».

Au moins la grosse porte d'entrée en acajou massif était toujours là.

Retenant son souffle, il posa la main sur la poignée en cuivre et poussa la porte.

A peine entré, il se retint de proférer un juron. Au lieu de l'ambiance bon enfant du bar de quartier qu'il avait connu, il se retrouvait au milieu d'un espace décloisonné, orné de fauteuils cosy et… *d'ordinateurs* ?

Bon sang, était-ce un cauchemar, ou le bon vieux Bar des Sports s'était-il vraiment transformé en un insipide cybercafé ?

Il balaya la salle du regard, cherchant désespérément un objet, une odeur de tabac ou de bière qui lui rappelleraient les bons moments passés dans cet antre du sport à l'époque où il était encore un enfant du village. mais la seule odeur qui flottait désormais dans l'air était une odeur de… café.

Autrefois, le café était sans doute la boisson la moins servie dans le bar de ses parents. Lorsque les habitants du quartier se retrouvaient au Bar des Sports chez Monroe pour commenter ses passes décisives lors des matchs mémorables du championnat inter-lycées, c'était la bière, le whisky et même le rhum qui coulaient à flots. Des boissons d'homme, quoi ! A l'époque, les murs de cette salle affichaient trophées de base-ball en tout genre, maillots dédicacés et coupures de journaux vantant les exploits du fils prodige…

— Que puis-je faire pour vous, monsieur ?

Tiré de sa rêverie, Dick battit plusieurs fois des paupières et découvrit une jeune femme à son côté.

— Vous désirez utiliser un ordinateur ? demanda-t-elle.

Ce qu'il désirait plus que tout à cet instant, c'était un bon gin tonic. Au moins, se dit-il, le comptoir n'avait pas changé. Même si la seule personne qui y était accoudée ne semblait boire qu'un grand mug de thé.

— J'aimerais parler à Seamus Monroe, s'il vous plaît.

Il n'espérait pas vraiment trouver son père au bar un mardi matin, mais il s'était rendu chez lui et avait trouvé porte close. La maison semblait d'ailleurs à demi désertée.

— Monsieur Monroe est absent, répondit la jeune femme l'air navré. Vous êtes le représentant de logiciels ?

Comment ? Il avait une tête de représentant à présent ?

Dick risqua un regard vers le mur où sa mère avait accroché le maillot à l'effigie des Nevada Snake Eyes qu'il lui avait dédicacé à l'issue de sa première saison chez les professionnels. Bon sang ! A la place de l'insigne relique se trouvait une photo encadrée d'un paysage de montagne en noir et blanc.

— Avez-vous un numéro où je puisse le joindre ?

— Je ne suis pas autorisée à le communiquer, dit la jeune femme en hochant la tête. Voulez-vous que j'appelle la gérante ? Elle est dans l'arrière-boutique.

Elle ? Son père avait confié la gérance du bar à une *femme* ?

A cette idée, les hésitations que Dick avait ressenties avant de revenir à Rockingham s'envolèrent. Certes, il avait fallu cet accident compromettant sa carrière de joueur de base-ball pour qu'il se décide à rentrer au bercail reprendre les rênes de l'entreprise familiale, mais il savait maintenant qu'il avait fait le bon choix. D'autant que la façon dont la nouvelle gérante s'était approprié les lieux ne lui plaisait guère. Il ne tarderait pas à rétablir le Bar des Sports tel qu'il l'avait connu.

— Oui, je souhaite lui parler, acquiesça-t-il.

— N'hésitez pas à vous servir un café en attendant Mlle Locke, suggéra la jeune femme en souriant.

Locke ? Il connaissait une famille Locke dans le village… D'ailleurs, il venait de recevoir un courriel de Jackson Locke. Son vieux copain de lycée avait appris qu'il était obligé de mettre un terme à sa brillante carrière de joueur professionnel à seulement trente-trois ans et lui exprimait ses regrets. Les parents de Jack, eux, avaient déménagé il y a longtemps, ce qui ne laissait que… Kendra, sa petite sœur.

Soudain, il eut du mal à déglutir.

La dernière fois qu'il avait vu Kendra, c'était à l'occasion de l'enterrement de sa mère, neuf ans plus tôt. Il était venu passer une semaine à Rockingham et avait eu l'occasion de se rendre compte que la petite sœur de son ami n'était plus si petite que ça.

Et il s'était conduit de façon très lâche avec elle :

il ne l'avait jamais rappelée. Même s'il en avait eu très envie…

Mais rien ne laissait présager que Kendra puisse devenir une simple gérante de cybercafé. Dans son souvenir, elle s'apprêtait à entrer à Harvard. C'était une fille brillante, débordante d'ambition. D'ailleurs, en plus d'être ambitieuse, elle avait fait montre d'un tempérament de feu, se souvint-il avec émotion, surpris de la vivacité de ce souvenir.

Il y avait eu tellement d'autres femmes après elle…

Non, cette Mlle Locke devait être une cousine de son ami, voire un simple homonyme.

En l'attendant, il s'appuya sur le pupitre de l'hôtesse — autre nouveauté saugrenue du bar — et scruta avec dégoût les ordinateurs qui remplaçaient la table de billard.

Décidément, cet endroit n'était plus ce qu'il avait été.

— Bonjour, il paraît que vous désirez me parler ?

Il se retourna et plongea immédiatement dans un regard en amande d'un bleu déroutant.

— Dick ? C'est bien toi ?

Elle semblait au moins aussi surprise que lui.

Waouh ! Avait-il vraiment eu une aventure avec *cette femme*, embrassé ces lèvres charnues et engageantes, caressé cette chevelure soyeuse ? Et surtout, comment avait-il pu lui tourner le dos par la suite, sans jamais la rappeler ?

— Kendra…, balbutia-t-il, ne pouvant s'empêcher

243

de dévorer des yeux son visage au teint de porcelaine, puis sa poitrine généreuse dans un T-shirt blanc à l'effigie de Chez Monroe.

Kendra haussa légèrement le menton, et son regard se fit glacial.

— Que fais-tu ici ?

— Je rentre au bercail, répondit-il d'une voix neutre, lui décochant son sourire le plus radieux.

Elle fronça les sourcils, apparemment sceptique, et il continua de promener son regard le long de ses hanches, moulées dans un blue-jean qui mettait en valeur ses jambes élancées, interminables.

Pourvu que Kendra ait oublié qu'il ne l'avait jamais rappelée ! Une fois qu'il aurait repris la gérance du bar, elle pourrait très bien continuer à travailler ici…

Mais chaque chose en son temps, se ravisa-t-il.

— Je venais juste voir mon père, expliqua-t-il.

Kendra rabattit une mèche blonde derrière son oreille.

— Es-tu allé au domaine de Diana Lynn ?

Le « domaine de Diana Lynn » ? Son père serait-il parti vivre dans une résidence pour retraités sans l'en informer ?

Comme il ne disait rien, Kendra reprit :

— Il est probable que Seamus soit chez sa fiancée.

— Sa fiancée ? répéta-t-il, incrédule.

Comment un veuf de l'âge de son père, à qui l'on venait de poser un pacemaker, pouvait-il avoir une *fiancée* ?

Amusée, Kendra posa les mains sur ses hanches et le dévisagea avant d'ajouter :

— Ben oui… Il habite quasiment chez elle, à présent. D'ailleurs, ils partent en voyage demain. Si tu ne veux pas le rater, tu ferais mieux de foncer au domaine !

Dick ne pouvait certes pas se vanter de prendre souvent des nouvelles de son père. Mais, tout de même, comment celui-ci avait-il pu se fiancer sans même prévenir son fils ?

Probablement parce qu'il s'était douté — avec raison — que l'idée d'un remariage ne l'enthousiasmerait guère.

— Et où est-il, ce fameux domaine ? demanda-t-il.

— Au niveau de l'ancien complexe hôtelier.

— Tu veux parler de ce taudis sur la plage ? s'exclama-t-il en fronçant les sourcils.

— Ce n'est plus un taudis depuis que Diana y a fourré ses doigts de fée, déclara Kendra en rassemblant les menus sur le pupitre de l'hôtesse d'accueil. Cette femme a un vrai talent pour redonner vie à tout ce qu'elle touche !

Dick balaya une nouvelle fois la salle du regard.

— Ne me dis pas que c'est elle qui a redécoré le bar ?

— Le bar ? répéta Kendra en suivant son regard en direction du comptoir qui occupait tout un pan de mur. Oh, à vrai dire, nous n'avons pas encore pu fermer l'établissement assez longtemps pour nous permettre de démonter le bar.

Abasourdi, Dick ne savait quel mot lui déplaisait le plus ; « nous », « démonter »…

— Pourquoi l'enlever ? finit-il par articuler.

Kendra haussa les épaules en regardant le comptoir de bois massif que Dick connaissait depuis sa plus tendre enfance.

— Ce n'est pas le bar qui nous fait faire notre chiffre.

Comment ? C'était tout ?

— C'est curieux comme, la plupart du temps, le bar est justement la partie la plus profitable d'un *bar*, rétorqua-t-il en lui lançant un regard défiant.

Mais sa tentative d'intimidation ne parut pas fonctionner. En fait, les yeux de Kendra brillaient soudain d'une lueur de détermination qu'il avait souvent vue dans le regard de ses adversaires sur le terrain, avant que ceux-ci ne lancent une balle décisive contre son camp.

— Il se trouve simplement que ce n'est pas au bar qu'un cybercafé fait son meilleur chiffre d'affaires, expliqua-t-elle avec un sourire amusé qui ne la rendit que plus attirante.

— Et depuis quand Chez Monroe est-il devenu un cybercafé ? demanda-t-il avec un rire sceptique.

— Depuis que j'ai acheté l'établissement.

Cette fois, Dick sentit sa gorge s'assécher, un peu comme s'il entrait sur un terrain en sachant à l'avance qu'il devait affronter un adversaire plus fort que lui…

— Depuis que tu l'as *acheté* ?

En voyant le désarroi dans le regard noisette de Dick, Kendra comprit soudain que celui-ci n'était tout simplement pas au courant que son père et elle avaient conclu un marché voici deux ans. A vrai dire, elle n'avait jamais osé demander à Seamus ce que son fils pensait de ce partenariat. Seamus et elle évitaient généralement de parler de Dick…

— A vrai dire, reprit-elle, j'ai acheté la moitié des parts de Chez Monroe et j'en suis la gérante, même si ton père en possède toujours l'autre moitié.

Seamus détenait exactement 51 % du capital, mais Dick avait-il vraiment besoin de connaître les détails ?

— Ah, bon, marmonna-t-il en frottant la barbe naissante qui ajoutait encore plus de virilité à son physique hollywoodien.

Et dire qu'elle avait eu l'occasion de goûter à ce corps d'athlète ! Une fois, une seule, il y avait bien longtemps…

Pour se donner une contenance, elle continua à trier les menus. Mieux valait garder ses mains occupées en présence de cet homme, sinon elles pourraient être tentées de se promener une nouvelle fois sur cette silhouette d'apollon.

— Et tu as transformé le Bar des Sports en…

Il suspendit ses mots en détaillant la salle d'un regard dédaigneux.

— En un cybercafé, oui ! Bienvenue dans le vingt et unième siècle, Dick ! En tout cas, n'hésite pas à venir te connecter dès que tu en as envie, conclut-elle en riant.

Il l'avait toujours fait rire, dès leur plus jeune âge.

— Non merci, dit-il en reculant d'un pas sans la quitter des yeux, ce qui avait le don de la rendre nerveuse.

Elle parvint tant bien que mal à soutenir son regard. Une lueur arrogante et un brin désinvolte brillait comme autrefois au fond de ses yeux noisette. C'est d'ailleurs cette effronterie, conjuguée à un penchant avéré pour le sport et les blagues entre copains, qui avait valu à Dick sa réputation de boute-en-train au lycée. Et Jack, son propre frère, n'était pas en reste dans leur petite bande d'adolescents turbulents.

Comme Dick ne la quittait toujours pas des yeux, elle sentit une onde de chaleur lui échauffer les pommettes.

Jusqu'à quel point se souvenait-il des moments intimes qu'ils avaient partagés ? Se rappelait-il que pas une seule fois, au cours de la folle nuit qu'ils avaient passée ensemble, elle n'avait su lui dire non ? Se rappelait-il qu'elle avait laissé échapper un « je t'aime » lorsque leurs deux corps n'avaient plus fait qu'un, alors qu'elle avait enfin réalisé son rêve après des années à fantasmer sur le meilleur ami de son grand frère ?

Sophie les rejoignit, une enveloppe à la main, et brisa le silence pesant qui s'était installé.

— Le type de chez Kinko a déposé ça pour vous,

lui dit-elle, avant de sourire à Dick comme pour s'excuser.

A moins que ce ne fût une tentative de séduction ?

— Etes-vous sûre qu'ils ont tout envoyé, Soph' ? demanda-t-elle en prenant l'enveloppe.

— Tous les documents sont à l'intérieur, affirma la jeune femme en hochant la tête.

Kendra serra l'enveloppe contre sa poitrine.

Enfin, ils y étaient ! Seamus et Diana allaient décoller pour Boston, New York, puis San Francisco, dans l'espoir de trouver les financements qui lui permettraient de faire de Chez Monroe le premier cybercafé galerie d'art de Cape Cod. Après deux ans d'études de marché et de plannings prévisionnels, il restait à présenter le projet à de potentiels investisseurs.

— Seamus vient de téléphoner, ajouta Sophie, il tient à voir la présentation aujourd'hui, histoire de régler avec vous les derniers détails avant son départ.

Kendra jeta un œil du côté de Dick, dont la présence la gênait franchement à présent.

Elle ne pouvait oublier que ces yeux envoûtants avaient déjà gâché sa vie une fois. Après des années de lutte acharnée pour s'en sortir, elle n'avait nulle intention de perdre la tête de nouveau.

C'est alors qu'une idée terrible lui traversa l'esprit.

Chacun savait à présent que Dick était obligé de mettre un terme à sa carrière à cause de son dernier accident. Serait-il possible qu'il soit de retour à Rockingham *pour de bon* ? Certes, elle ne commettrait pas une deuxième fois l'erreur de succomber à son charme telle une jouvencelle amoureuse, mais si jamais Dick persuadait son père d'arrêter le projet ?

Après tout, Seamus pouvait très bien confier à son fils l'autre moitié de la gérance de Chez Monroe. D'autant que Dick était connu pour toujours vouloir le beurre et l'argent du beurre… Avec le retour du fils prodige, la place qu'elle-même avait fini par occuper dans la vie et dans le cœur de Seamus risquait fort de se trouver bouleversée…

Elle se redressa et observa longuement le visage qu'elle avait tant aimé durant ses jeunes années. Bon sang, Dick Monroe ne pouvait tout de même pas réapparaître ainsi dans sa vie et tout briser du jour au lendemain. Pas une seconde fois !

Pour l'heure, l'urgence était de ne surtout rien laisser paraître. S'il devinait l'emprise qu'il avait eue sur sa vie, elle était perdue, à coup sûr.

— Tu n'as qu'à me suivre jusqu'au domaine de Diana Lynn, proposa-t-elle d'une voix presque froide.

— Je peux t'emmener dans ma voiture, dit-il.

— Non merci, répondit-elle sèchement.

Elle n'avait pas oublié ce qui s'était passé entre eux la dernière fois où ils s'étaient retrouvés dans la même voiture.

— Tu peux me faire confiance, murmura-t-il avec un clin d'œil enjôleur. J'ai été banni des terrains de base-ball, mais j'ai toujours mon permis de conduire !

Il faisait là référence à son accident de voiture qui avait largement été couvert par les médias.

— Je vois ton père tous les jours, et toi tu ne l'as pas vu depuis plusieurs années. Je pense donc que tu resteras plus longtemps que moi, et qu'il vaut mieux avoir chacun notre véhicule, dit-elle, l'air faussement désinvolte.

— Tout dépend de l'accueil qu'il me réservera, dit-il en se tournant vers la porte avec un sourire impudent. Car ça fait un bon moment qu'on ne s'est pas vus, lui et moi.

Son sourire s'élargit lorsqu'il s'aperçut qu'elle rougissait devant son regard insistant.

— Je t'ai manqué à ce point, Kendra ? demanda-t-il d'un air entendu.

Quelle arrogance ! Chaque cellule du corps de Kendra s'embrasa, et ses joues devinrent subitement brûlantes. Un frisson la traversa de part en part, mais elle parvint cependant à se racler la gorge.

— Je sais que tu auras sans doute beaucoup de mal à le croire, Dick, mais sache que chaque habitant de Rockingham a réussi, tant bien que mal, à surmonter tes années d'absence… Hé oui !

A ces mots, il éclata de rire et continua tranquillement à la déshabiller du regard.

— Allez, ma belle, on y va et je prends le volant. Tu as tout ce qu'il te faut ?

Dieu, non ! Il lui faudrait des œillères pour cesser d'être happée par son regard perçant, une armure blindée pour mettre son cœur à l'abri, ainsi qu'une ceinture de chasteté. Alors, oui, elle aurait pu le suivre en toute sécurité. Car Dick n'avait aucune idée de l'effet qu'il lui faisait. Pas plus qu'il ne se doutait de la raison pour laquelle elle avait quitté Harvard au beau milieu de sa première année de fac…

— Oui, j'ai tout ce dont j'ai besoin, répondit-elle avec son plus beau sourire, en arborant fièrement l'enveloppe destinée à Seamus.

— Mais qu'est-il donc arrivé à ce village ? s'interrogea Dick à voix haute en détournant brièvement les yeux de la route pour regarder les brocantes et les galeries d'art qui bordaient High Castle Avenue.

Puis il ne résista pas à jeter un œil du côté de la jeune femme assise à son côté dans la Mustang de location. Si son village natal avait connu de nombreux changements ces dernières années, Kendra, elle, était toujours aussi belle et désirable.

Les jambes croisées, elle pencha la tête vers la vitre ouverte, et la brise printanière agita sa crinière blonde.

— Qu'est-il arrivé ? répéta-t-elle avec un sourire amusé. C'est très simple, Dick : Diana Lynn est arrivée.

— Sans blague ! Ne me dis quand même pas que c'est elle qui a fait construire ces lotissements aux murs roses que j'ai découverts en arrivant en ville ? Depuis quand avons-nous des *lotissements* à Rockingham ?

— Depuis que Diana est arrivée, répéta Kendra avec une touche d'impatience dans la voix.

— Mais qui donc est cette femme ? s'étonna-t-il. Une entreprise de bâtiment à elle toute seule ?

Kendra eut un petit rire presque enfantin qui eut l'effet inattendu de lui nouer la gorge.

— Disons plutôt une excellente promotrice immobilière qui a su s'attirer les faveurs des autorités et relancer le développement économique aux alentours de Rockingham.

— Comment diable s'y est-elle prise ? grommela-t-il.

— De façon très simple, expliqua Kendra en levant l'index. Primo, le comité d'aménagement du territoire cherchait depuis longtemps à faire en sorte que Rockingham devienne plus qu'un simple point de passage sur la route de Cape Cod. Secundo, les caisses de la ville étaient quasi vides, et toutes les écoles avaient besoin de s'équiper en informatique.

Avant qu'elle ne lève un troisième doigt pour énumérer son troisième point, Dick referma sa main sur la sienne et la repoussa doucement sur le côté.

— Je vois… C'est l'inéluctable marche du progrès, dit-il en la lâchant avec réticence. Donc, cette Diana Lynn n'est pas seulement une requin de l'immobilier ?

Kendra se mit à rire.

— Oh, elle récupère sa part du gâteau, mais les plus gros bénéfices sont allés aux caisses de la ville.

Dick bifurqua sur Beachline Road et aperçut le reflet

du soleil d'avril dans les eaux profondes du Détroit de Nantucket.

Le front de mer désert qu'il avait connu présentait à présent une multitude de boutiques de plage, pour ne pas dire d'attrape-touristes… Développement économique local ou non, il n'aimait pas cette Diana Lynn, un point c'est tout.

— Dis-moi, jusqu'à quel point mon père est-il entre ses griffes ? demanda-t-il d'une voix quelque peu amère.

— Ses *griffes* ? répéta Kendra, visiblement choquée. Cette femme n'est pas un rapace, Dick ! Et si tu avais pris la peine de rendre visite à ton père ces dernières années, tu t'en serais rendu compte par toi-même !

Il s'arrêta à un feu rouge dont il était à peu près sûr qu'il n'existait pas à l'époque où il avait appris à conduire.

— Je te remercie de me culpabiliser, rétorqua-t-il.

— Je ne cherche nullement à te culpabiliser, assura-t-elle en soupirant.

Ah oui ? Pas même pour ne l'avoir jamais rappelée après cette nuit d'ébats inoubliables ? Il ne la croyait pas.

— Dans ce cas, de quel droit me reproches-tu de n'être pas venu assez souvent voir mon père ?

Kendra remua un peu sur son siège, et il s'aperçut qu'elle s'était sensiblement raidie, même si elle s'efforçait de conserver un air dégagé.

— Ce n'est pas un reproche, Dick. Je t'ai simplement

fait remarquer que tu n'avais pas vu ton père depuis longtemps.

— Faux ! Ça fait certes des années que je ne suis pas venu à Rockingham, mais il est venu voir tous mes matchs avec les Snakes. Il s'est même plusieurs fois déplacé jusqu'à Boston.

— Et tu as eu à peine le temps de dîner avec lui.

Cette fois, Dick inspira une grande bouffée d'air. Il ne s'attendait de toute façon pas à ce que quiconque puisse comprendre. Un dîner avec son père équivalait généralement à une séance supplémentaire de coaching hors du terrain… Et il avait toujours eu un tempérament autonome.

Du coup, se tenir à l'écart de son père s'était peu à peu imposé comme une solution de facilité.

— J'ai ton frère Jack au téléphone de temps en temps, reprit-il pour prouver à Kendra qu'il n'était pas le snobinard qu'elle semblait croire.

— Ah bon ? s'étonna-t-elle. Il ne me l'a jamais dit.

— En tout cas, il a l'air ravi de son nouveau job, ajouta-t-il afin de montrer qu'il lui avait bel et bien parlé récemment.

— Oui, il est vraiment né pour travailler dans la pub. Et il a épousé son entreprise, affirma-t-elle avec un léger sourire.

L'occasion était trop belle, même s'il avait entendu Sophie l'appeler *Mlle* Locke, il ne résista pas.

— Et toi, petite ? demanda-t-il d'une voix innocente. Es-tu mariée, divorcée, en concubinage ?

Kendra garda le silence pendant trop longtemps à son goût. Peut-être n'appréciait-elle plus qu'il l'appelle « petite », comme au bon vieux temps, quand elle n'était qu'une gamine les espionnant lorsque les copains de son grand frère se réunissaient dans la cave chez ses parents ?

— Rien de tout ça, finit-elle par répondre sèchement.

Il sourit.

— Dans ce cas, pourquoi n'es-tu pas à Boston ou New York ? Ne me dis pas que c'est Harvard qui t'a donné l'envie de venir travailler dans un trou paumé comme Rockingham !

— En fait, je n'ai jamais eu mon diplôme.

Il se tourna brièvement vers elle et s'aperçut qu'elle était soudain particulièrement crispée.

— Vraiment ? Pourtant, la dernière fois, tu t'apprêtais avec un tel enthousiasme à assister à tes premiers cours…

De nouveau, les joues de Kendra rosirent.

— J'ai eu d'autres opportunités ici, l'interrompit-elle d'une voix assez cassante.

Elle se rappelait sans doute sa dernière visite à Rockingham. Quant à lui, chaque détail de cette nuit était gravé dans sa mémoire. Il comprit qu'il valait mieux en rester là sur ce sujet, et huma l'air iodé qui s'engouffrait dans la voiture de location.

— Ça sent le base-ball, pensa-t-il à voix haute.

— Pardon ?

— Le mois d'avril dans le Massachusetts… Je trouve

que ça sent le printemps, et le printemps a toujours été associé au base-ball pour moi, ces vingt-sept dernières années.

Depuis le jour où son père lui avait mis une batte entre les mains, le printemps annonçait le début de la saison sportive.

— Ça te manque ? demanda-t-elle d'un air compatissant.

— Bah, non, s'empressa-t-il de répondre. Il fallait bien que je prenne ma retraite un jour.

Pur mensonge. A trente-trois ans, il était au sommet de son art. Mais sa passion pour les voitures et la vitesse l'avait définitivement éloigné des terrains… Et pas seulement à cause de sa blessure au coude. Son accident, provoqué par un scandaleux excès de vitesse, n'avait pas été du goût des dirigeants du club des Nevada Snake Eyes.

— Tu as fait une excellente saison l'année dernière, reprit Kendra.

Il ne put s'empêcher de sourire.

— Tu veux dire que même si les habitants de Rockingham ont très bien pu se passer de moi, certains suivaient tout de même l'évolution de ma carrière ?

— Exact, fit-elle en souriant à son tour.

Ils approchaient de l'ancien complexe hôtelier, et il ralentit instinctivement. Il redoutait les retrouvailles avec son père. Il aurait préféré prolonger son tête-à-tête avec Kendra.

— En tout cas, mon excellente saison n'a empêché

personne de redécorer totalement les murs de Chez Monroe.

Et de remplacer *ses* souvenirs par des photos naturalistes !

— Certaines choses changent, Dick, murmura-t-elle d'une voix vaguement nostalgique.

D'accord mais, s'il le pouvait, il remettrait toutes ces choses telles qu'il les avait connues avant de partir. Hormis peut-être les maisons aux murs roses et les brocantes. En tout cas, il n'hésiterait pas à refaire de Chez Monroe le Bar des Sports qu'il avait toujours été, histoire de retrouver son âme de jeune homme !

Ah, si seulement il pouvait revivre cette nuit magique qu'il avait autrefois partagée avec Kendra…

— Je vais avoir besoin d'un guide pour me familiariser avec le nouveau Rockingham, dit-il d'une voix enjôleuse.

Kendra serra ses mains autour de l'enveloppe et regarda droit devant elle.

— Je suis certaine que tu trouveras quelqu'un.

Cette fois, il tourna franchement la tête vers elle. Evidemment qu'il avait trouvé quelqu'un. Il l'avait trouvée, elle.

- 2 -

Dick tourna à l'angle de l'ancien complexe hôtelier jadis construit par un magnat de la saucisse surgelée.

— Waouh ! Mais c'est un véritable palais ! s'exclama-t-il en découvrant le domaine nouvellement réaménagé.

Kendra hocha la tête. Le choc visuel devait être rude pour Dick.

Les tuiles cassées, les fenêtres brisées et les murs lézardés de la vieille bâtisse envahie par les ronces s'étaient métamorphosés en une fière demeure sur trois étages de style Nouvelle-Angleterre, ornée d'arcades et de baies vitrées surplombant le détroit de Nantucket. L'allée traversant le domaine était bordée d'érables au feuillage vert printanier, et la pelouse fraîchement tondue semblait prête à accueillir une des fameuses parties de croquet de Diana.

— Mon père habite ici ? s'étonna Dick. Enfin, je veux dire, son... *amie* habite ici ?

Kendra eut un petit rire.

— Oui, il vit presque ici. Mais tu le connais, il est

toujours aussi vieux jeu et n'emménagera pas tant qu'ils ne se seront pas passé la bague au doigt !

Dick détourna enfin le regard de la demeure.

— Et quand ce grand jour est-il prévu ?

Dès que le développement de Chez Monroe serait financé.

— Euh… je crois qu'ils ne sont pas très pressés. Ils sont tous les deux très pris par leurs carrières respectives, et…

— Leur « carrière » ? répéta-t-il d'un ton incrédule.

Sous-entendu, tenir un bar n'était pas une carrière à proprement parler.

Eh bien, Dick Monroe allait devoir réviser ses préjugés. Car pour elle, Chez Monroe constituait un véritable défi professionnel.

Il s'engagea le long de l'allée que Diana avait entièrement fait repaver. Une fois le moteur éteint, Dick se frotta le menton et observa attentivement la façade de la demeure.

— Je n'arrive pas à croire que nous sommes ici devant l'ancien complexe hôtelier ! murmura Dick. Quand je pense qu'avec les copains on venait y faire péter des pétards…

Il l'ignorait, mais elle avait entendu parler de ces petites séances clandestines. Âgée de trois ans de moins que Jack et sa bande de copains, elle n'y avait jamais participé, mais elle avait en revanche l'habitude d'écouter en douce les conversations détaillées de son frère et de ses amis grâce au tuyau du chauffage reliant sa chambre à la cave de la maison familiale. Quand la chaudière était éteinte, elle se mettait à plat ventre sur le parquet de sa chambre, l'oreille contre le tuyau en métal, et espionnait les garçons alors qu'ils bavardaient et jouaient au billard.

C'était son petit secret. Grâce à cela, à l'époque, elle en savait plus sur Dick Monroe que toutes les autres filles du lycée éprises de lui. Elle savait toujours tout sur Dick… Du moins, tant que le chauffage était éteint.

— Tu ne vas pas reconnaître l'intérieur, assura-t-elle. Diana a un don pour la décoration d'intérieur, et en plus c'est une excellente photographe. D'ailleurs, toutes les photos exposées Chez Monroe sont d'elle, et…

— Allons-y ! dit-il brutalement en claquant sa portière.

Kendra se figea un instant. Pourquoi Dick en voulait-il autant à une femme qu'il n'avait jamais rencontrée ? Après tout, son père était veuf depuis neuf ans, il était bien normal qu'il songe à refaire sa vie.

Elle sortit à son tour de la Mustang et rejoignit Dick qui se dirigeait vers le grand porche d'entrée.

— Nous n'avons qu'à entrer par la cuisine, proposa-t-elle.

Il s'arrêta net et la dévisagea.

— On dirait que tu es une habituée des lieux, hein ?

Certes, puisqu'elle habitait à quelques centaines de mètres en longeant la plage, dans la maison du gardien du domaine.

— Disons que je viens tous les jours porter la caisse

de Chez Monroe et faire les comptes, expliqua-t-elle en tournant la poignée de la petite porte vitrée. Diana ? Seamus ? Vous êtes là ?

A l'étage, un chien se mit à aboyer.

— J'ai une surprise pour vous ! ajouta-t-elle.

— Nous sommes en haut, Kennie ! répondit une voix de femme. Sers-toi un café, nous nous rhabillons !

A ces mots, Kendra sentit Dick se raidir à côté d'elle. Elle n'avait pas besoin de se tourner vers lui pour sentir l'écœurement qu'il éprouvait à cet instant… Comme si lui-même n'avait jamais eu de maîtresse !

— Que veux-tu, ces deux-là sont toujours… Enfin, ils sont amoureux, quoi ! murmura-t-elle avec un léger sourire. Assieds-toi donc, proposa-t-elle en lui indiquant la table près de la baie vitrée. Je te sers un café ?

— Non, sans façon, répondit-il d'une voix étranglée avant de se laisser tomber sur une chaise.

Puis il balaya du regard la grande cuisine au style rétro, ainsi que le coin repas aux murs bleu nuit, puis la vaste salle à manger de l'autre côté du couloir.

— Tu avais raison, j'ai du mal à croire que nous nous trouvons dans cet ancien taudis.

Kendra décida de cesser de chanter les louanges de Diana. Après tout, celle-ci saurait très bien s'y prendre elle-même pour amadouer le fils de Seamus. Elle s'assit face à Dick et posa une tasse de café fumant devant elle, ainsi que l'enveloppe destinée à Seamus. Poussée par une curiosité irrépressible, elle dévisagea longuement Dick puis inspira profondément.

— Pourquoi es-tu revenu ? demanda-t-elle.

Cette question lui brûlait les lèvres depuis le début. Et avant que Diana n'apparaisse et ne fasse usage de son charme légendaire, que Seamus n'accapare son fils pour lui prodiguer ses meilleurs conseils et que tout Rockingham n'apprenne qu'il était de retour, elle tenait absolument à connaître les véritables raisons de sa présence.

Dick se leva de table et croisa les bras sur son torse large et musclé, enserré dans un polo porté très près du corps. Elle eut d'ailleurs toutes les peines du monde à ne pas lorgner sur les abdominaux en tablette de chocolat que laissait deviner le vêtement.

— Comme tu le sais, je suis à la retraite, maintenant.

Pff… Tout le pays savait que Dick Monroe n'était pas à proprement parler retraité : son contrat avait été dénoncé par les instances disciplinaires de son club après un accident de voiture très médiatisé, provoqué par une stupide course avec deux célèbres pilotes automobiles. Mais elle n'insista pas.

— Est-ce que tu prévois de…

« Allez, Kendra, vas-y, demande-lui ! »

— Est-ce que tu prévois de t'installer ici ?

« Oh, Seigneur, faites qu'il réponde non ! »

— Oui, en effet.

Prenant le temps de digérer la nouvelle, elle prit une gorgée de café, l'air le plus détaché possible.

— J'en ai assez de vivre à Las Vegas, ajouta-t-il en haussant les épaules. Rien ne m'y retient à présent que je ne joue plus pour les Snake Eyes.

— Et tu n'as pas envie de devenir entraîneur ? C'est ainsi que la plupart des anciens joueurs se recyclent, non ?

Il se frotta le menton et fit la moue.

— Hum, je ne sais pas trop encore. Je verrai bien.

Kendra but une nouvelle gorgée de café, puis s'efforça de demander de la voix la plus dégagée possible :

— Et quels sont tes projets si tu restes à Rockingham ?

Au lieu de répondre, il se rassit et saisit l'enveloppe sur la table.

— Qu'y a-t-il à l'intérieur ?

Aïe… Elle ne se sentait pas du tout prête à révéler son projet à Dick. Son père lui parlerait sans doute du plan de développement de Chez Monroe. En tout cas, elle s'en sentait incapable. Voilà neuf ans, elle avait dû renoncer à tous ses rêves par la faute de cet homme. Et maintenant, alors qu'elle s'était construit une nouvelle vie, un nouvel avenir, voilà qu'il surgissait et menaçait de tout compromettre de nouveau.

— Oh, ce sont des paperasses au sujet du café.

— Tu veux dire du bar, rectifia-t-il en reposant l'enveloppe.

— Ce n'est *plus* un bar, Dick.

— Oh, ma parole ! s'exclama alors la voix de Diana Lynn juste derrière eux.

Kendra et Dick se retournèrent.

Vêtue de blanc de la tête aux pieds, leur hôtesse

tenait son fidèle chien Newman dans ses bras. Elle ne cachait pas son étonnement.

— Vous êtes Dick ! Je vous reconnais, Seamus m'a montré de nombreuses photos de vous !

A la vue de cet inconnu, Newman se mit à japper.

Dick dévisagea Diana un instant puis se leva.

— C'est bien moi, en effet, dit-il en s'avançant vers elle.

Diana lâcha le cocker, qui se précipita sur les genoux de Kendra tout en aboyant en direction de Dick.

— Je suis Diana Lynn, enchantée ! déclara-t-elle en lui tendant la main. Heureusement que votre père a un pacemaker, sinon il aurait eu une crise cardiaque en vous voyant ici !

Ils se serrèrent la main, et Diana jaugea Dick de la tête aux pieds comme s'il était un terrain vague qu'elle s'apprêtait à acquérir. Son sourire s'élargit, puis elle se tourna vers Kendra.

— Je comprends mieux pourquoi tu as le béguin pour lui depuis ton enfance, ma Kennie ! Il est tout simplement *dé-li-cieux* !

Le franc-parler de Diana était connu dans toute la région mais, à cet instant précis, Kendra s'en serait bien dispensée.

Elle s'efforça de prendre l'air le plus neutre possible.

— Tout dépend de ce qu'on entend par délicieux…

Dick décida — pour l'instant — de mettre de côté

265

cette histoire de « béguin depuis l'enfance », et focalisa son attention sur l'improbable femme qui avait pris la place de sa mère dans la vie de son père.

Celle-ci affichait un sourire désarmant. Ses cheveux noir de jais étaient impeccablement tirés en arrière, et son visage était assez peu ridé — elle paraissait au moins quinze ans plus jeune que les soixante et onze ans de son père.

— Vous avez fait du beau travail sur cette maison, parvint-il à articuler après quelques instants d'hésitation.

— Bah, je n'ai fait que mon métier, soupira Diana en tripotant son collier de perles. Mais dites-moi plutôt, qu'est-ce qui vous ramène ainsi à Rockingham ?

— J'ai pris ma retraite, se contenta-t-il de répondre.

Elle eut un petit rire sceptique, puis ajouta :

— En tout cas, votre père va sauter de joie en vous voyant ! Combien de temps comptez-vous rester ?

— Je suis de retour pour de bon.

— Pour de bon ? répéta-t-elle en écarquillant les yeux.

— Qui reste pour de bon ?

La voix joviale de Seamus Monroe résonna dans l'escalier. Puis il apparut à la porte de la cuisine et se figea.

— Doux Jésus ! s'exclama-t-il en portant une main à sa poitrine.

Devant la surprise et l'émotion de son père, Dick sentit sa gorge se nouer. Ces dernières années, il avait à peine eu le temps de remarquer que les cheveux de son père avaient viré à une teinte plus sel que poivre.

Le vieil homme se précipita vers lui, les bras ouverts et l'étreignit jusqu'à lui couper le souffle.

Ainsi enlacé, Dick fut envahi par un sentiment de soulagement. Seamus Monroe avait certainement été le père le plus exigeant du monde, mais en prenant de l'âge il s'était peu à peu radouci, ne rechignant plus à montrer son affection. Après l'avoir longuement serré contre lui, il prit son visage entre ses deux mains.

— Ah, mais que t'a-t-il pris de te lancer dans cette stupide course de voitures, fiston ? s'exclama-t-il d'un ton furieux.

Certes, il avait un peu vieilli, mais n'avait pas encore perdu toutes ses habitudes autoritaires…

Dick se mit à rire et se dégagea de l'étreinte paternelle.

— Je n'imaginais pas que j'allais me faire prendre !

— Tu aurais pu te tuer ! rétorqua Seamus, le regard assombri par la colère.

Depuis des années, la rengaine ne variait pas. Combien de millions de fois Dick avait-il entendu son père l'admonester sur ses penchants pour les sensations extrêmes ? Et, comme à l'accoutumée, il lui opposa sa tirade favorite :

— Peut-être, mais je ne suis pas mort, 'pa !

— Ta carrière, elle, est bel et bien fichue !

— Je te rappelle que j'ai trente-trois ans, se défendit Dick en posant une main affectueuse sur le bras de son père. Et tu sais aussi bien que moi qu'il y a toute une nouvelle génération de joueurs qui ne demandent qu'à me remplacer !

Seamus poussa un soupir désapprobateur, se retenant sans doute de proférer un juron en présence des deux femmes. Il se tourna d'ailleurs vers sa compagne.

— Tu as fait la connaissance de l'amour de... Enfin, je veux dire, de Diana ?

En homme mature qu'il était, Dick pouvait comprendre que son père n'ait pas souhaité passer le reste de ses jours à pleurer sa défunte mère. Sauf que l'enfant qu'il était encore avait énormément de mal à se faire à cette idée.

— Oui, 'pa. Et je dois dire que je suis impressionné de voir ce qu'est devenu le taudis que j'ai connu autrefois.

— Es-tu passé par Chez Monroe ? demanda son père en adressant un regard empreint de fierté en direction de Kendra.

Cette dernière était toujours assise à la table de la cuisine, câlinant le jeune chien. Son visage n'était plus aussi rouge qu'après le commentaire quelque peu indiscret de Diana.

— C'est Diana qui s'est occupée de rénover entiè-rement le bar, expliqua Seamus en passant un bras possessif autour de la taille de sa compagne. Mais il faut dire que notre petite Kennie n'a pas été en reste avec ses idées lumineuses !

— Justement, 'pa... Kendra m'a raconté que tu surfes sur le nouveau marché Internet ?

— Oui, cela fait un peu plus d'un an, acquiesça son père en souriant. Et jusqu'à présent, les résultats sont très convaincants. Pas vrai, Kennie ?

— Exact, et si nous continuons sur notre lancée, répondit-elle en tendant l'enveloppe mystérieuse à Diana, nous ne tarderons pas à battre des records !

Le visage de Diana s'illumina, et elle se précipita pour ouvrir l'enveloppe.

— Voyons voir ça ! s'exclama-t-elle. C'est une chance que Dick soit là pour découvrir le projet finalisé… Servez-vous un café et allons tous dans le salon pour examiner de plus près l'œuvre de Kennie !

L'œuvre de Kennie ? Il s'agissait donc de bien plus que de simples paperasses comme celle-ci l'avait laissé entendre.

Dick lui lança un regard assassin qu'elle ignora, tandis qu'elle se levait et posait le chien à terre. Alors que les femmes passaient dans le salon, il se rapprocha de son père pour lui demander :

— Alors, 'pa, comment ça se passe avec ton pace-maker ?

— Oh, c'est un véritable miracle. J'ai retrouvé toute la vigueur de ma jeunesse ! murmura-t-il avec un clin d'œil entendu en direction du salon et de Diana. Je ne me suis jamais senti aussi en forme et aussi heureux de toute ma vie !

En effet, jamais depuis la mort de sa mère Dick n'avait vu son père aussi épanoui. Même si, en neuf ans, ils ne s'étaient que rarement croisés.

— Tu es rayonnant, dit-il en s'efforçant de dissimuler

le pincement au cœur que lui inspirait l'idée qu'une autre femme que sa mère puisse être à l'origine de ce bonheur.

Dans le salon, Kendra avait étalé sur la table basse des feuillets noircis de tableaux et de graphiques imprimés à l'ordinateur au côté de plans et de croquis d'architecte.

Dick poussa un soupir et identifia sur les plans une sorte d'auditorium avec une scène. A quoi diable une scène servirait-elle Chez Monroe ?

Il voulait bien faire un effort pour accepter la fiancée de son père, mais pas question de le laisser dénaturer le bar dans lequel il avait grandi.

— Mais qu'est-ce que c'est que tout ça ? demanda-t-il.

— Mon fils, tu as devant toi l'avenir de Chez Monroe, déclara Seamus d'un air solennel en s'asseyant sur la banquette à côté de Diana. A présent que notre concept s'est révélé rentable, nous envisageons de le développer.

Dick prit place sur la canapé face à eux, près de Kendra qui, agenouillée à terre, finissait d'étaler ses « paperasses ».

— Ça m'a l'air de suffisamment fonctionner comme ça…

— Nous avons déjà racheté la boutique d'à côté pour agrandir notre espace, expliqua Diana. Mais le projet de Kennie est bien plus ambitieux que cela !

— Ah, oui ? Et jusqu'à quel point ? s'étonna-t-il en se tournant vers Kendra dans l'attente d'explications.

Elle soutint son regard, une lueur de défi pétillant au fond de ses grands yeux bleus.

— Nous espérons racheter le reste du bloc de boutiques pour accoler au cybercafé une petite salle de théâtre et de concerts, une galerie d'art pour exposer les artistes locaux, ainsi qu'un vidéo-club.

Ma parole, ils avaient tous la folie des grandeurs…

— Parle-lui du centre de formation, glissa Seamus.

— Eh bien, poursuivit Kendra en posant les mains sur ses hanches, nous comptons aussi engager des formateurs en nouvelles technologies, qui pourront assister nos clients et animer des ateliers de perfectionnement en informatique.

Dick la fixa, bouche bée. Tout ce à quoi il aspirait, c'était tenir le Bar des Sports avec écran plasma géant et bière à volonté… Rien à voir avec l'autoroute de l'information et le centre artistique que son père et ses acolytes concoctaient.

Il s'efforça de garder son sang-froid. Il était prêt à racheter les parts de Kendra s'il le fallait. Avec l'argent, elle pourrait ouvrir son centre informatique et artistique où elle voudrait. Quand son père aurait compris qu'il souhaitait reprendre Chez Monroe, il se rangerait sans doute de son côté. Il devait absolument leur faire comprendre que, pour une fois, lui, Dick Monroe, avait un projet de vie. Un projet de vie loin des terrains de base-ball.

Car même s'il avait voulu rester dans le milieu

sportif — en devenant entraîneur par exemple —, sa réputation de joueur fantasque et capricieux aurait joué en sa défaveur. Et puis, contrairement aux autres sportifs retraités, il n'avait aucune envie de devenir commentateur télé ou icône publicitaire. Tout ce qu'il souhaitait, c'était retrouver le calme et la tranquillité de son bon vieux village de Rockingham.

Or il n'était pas question pour lui de devenir tributaire d'un satané cybercafé !

Rester concentrée alors que Dick et son corps musclé occupaient l'autre moitié du canapé était quasiment impossible à Kendra. D'autant que Seamus passait son temps à demander l'avis de son fils et que celui-ci ne semblait éprouver que du mépris pour le projet.

Elle n'avait rien prévu de tout cela.

— Ce tableau illustre l'évolution de notre part de marché, expliqua-t-elle en s'efforçant de recouvrer ses esprits.

Mais les longues jambes athlétiques de Dick qu'elle devinait à travers son pantalon kaki étaient étendues de tout leur long, à quelques centimètres de ses papiers. Quant à Newman, il semblait avoir adopté ce nouveau visiteur, puisqu'il venait de s'installer sur ses genoux.

Même les chiens ne résistaient pas au charme de Dick…

— Tu nous as déjà montré ce tableau, chérie, intervint Diana d'une voix amicale tout en cherchant le feuillet adéquat. Tu voulais sans doute nous parler de l'étude qui montre que les gens qui fréquentent les cybercafés aiment se sentir entourés lorsqu'ils surfent sur le net ? Tiens, la voilà.

Aïe… Evidemment qu'elle voulait en parler. Tout son projet de développement reposait sur les résultats de cette étude. C'est grâce à cela qu'elle avait convaincu Seamus.

Mais pour l'heure tout ce à quoi elle pensait, c'était à cette masse de muscles, tout près d'elle.

— Qu'en penses-tu, Dick ? fit Seamus pour la énième fois. Las Vegas doit regorger de ce genre d'endroits ?

— Je n'en ai jamais vu.

Kendra lui adressa un regard sceptique, avant de se souvenir du genre de vie qu'il menait. Entre chaque match, la route, les hôtels…

— Mais tu dois bien avoir un ordinateur, ou au moins une adresse électronique ? s'enquit-elle d'une voix fébrile.

— Oui, je t'ai même dit qu'il m'arrivait de correspondre avec Jack par ce biais, admit-il en hochant la tête. Ecoute 'pa, franchement, je ne sais pas ce qui se passe dans le comté de Cape Cod mais, dans toutes les autres villes du monde, quand les gens entrent dans un bar, c'est pour y *boire* ! Et jusqu'à aujourd'hui, je n'avais encore jamais vu un bar où des claviers d'ordinateurs remplacent les cocktails !

Seamus se redressa sur sa banquette et scruta son fils.

— Eh bien, sache, fiston, que la formule « bar des sports » ne rapportait plus autant qu'autrefois. Il y a deux ans, j'étais même au bord du gouffre. La concurrence des grandes chaînes de bars et de fast-foods ont largement empiété sur notre terrain.

— Chez Monroe avait déjà connu des périodes difficiles, 'pa. Et on s'en est toujours sortis !

— La démographie de Rockingham a évolué, intervint Diana. La petite station touristique est devenue un véritable point d'ancrage pour une population jeune et branchée.

— Et les jeunes branchés ne sortent plus dans les bars ? s'agaça Dick. C'est pourtant ce qu'ils font partout ailleurs !

Un lourd silence s'installa dans la pièce.

— Qu'est-ce qui te dérange, Dick ? finit par demander Seamus.

Dick se pencha en avant, contractant un muscle de sa cuisse que Kendra n'aurait pas dû regarder.

— Je suis revenu à Rockingham pour reprendre le Bar des Sports familial et en faire un établissement haut de gamme.

Le coup fut difficile à encaisser. Kendra ferma un instant les yeux. Elle s'était doutée des motivations de Dick au moment où elle l'avait vu, mais cette fois tout était clair.

Dick Monroe était donc né avec la vocation de lui gâcher la vie ? Certes, il ignorait les dégâts qu'il avait occasionnés la dernière fois, puisqu'elle avait choisi de porter seule son fardeau. Mais aujourd'hui, il était parfaitement en mesure de comprendre que son projet n'était pas compatible avec le sien.

Seamus en tout cas semblait l'avoir parfaitement compris.

Kendra chercha du regard l'homme qui avait été comme un père pour elle depuis que ses propres parents avaient pris leurs distances avec elle. Mais Seamus restait les yeux rivés sur son fils, l'air tout aussi étonné, joyeux et inquiet.

Malgré les nombreuses fois où père et fils s'étaient trouvés en conflit, il était évident que Dick restait tout ce que Seamus avait de plus précieux au monde…

— Je n'avais aucune idée de tes projets, fiston.

Kendra devina d'instinct la tirade qui allait suivre.

— 'Pa, ce bar est dans la famille depuis plus de soixante-dix ans !

Bingo ! Voilà la bombe à laquelle elle s'attendait. Chez Monroe appartenait logiquement aux Monroe. Depuis toujours, et pour de nombreuses années encore.

Diana se pencha légèrement vers l'avant et scruta Dick d'un œil hautement exercé à la négociation.

— Et quand exactement aviez-vous l'intention de faire part à votre père de votre volonté de perpétuer la tradition ?

— Dès aujourd'hui, affirma-t-il sans se laisser intimider. Je voulais le lui annoncer face à face, et non au téléphone. J'ai mis ma maison de Las Vegas en vente et compte m'installer ici dès que nous aurons… réglé les détails.

Seamus poussa un soupir et ramena doucement Diana vers lui, sur la banquette.

— J'aurais préféré que tu m'informes de tes intentions un peu plus tôt, déclara-t-il à son fils.

Kendra dut se mordre les lèvres pour ne pas hurler.

A quoi bon ? Cela aurait-il changé quelque chose ? Si Seamus avait eu connaissance du projet de Dick de reprendre Chez Monroe, l'aurait-il laissée transformer le Bar des Sports en cybercafé ?

— Il me semble que Kendra, qui possède 49 % de Chez Monroe, a aussi son mot à dire dans cette histoire, remarqua Diana d'une voix prudente mais assurée.

Kendra sentit aussitôt le regard de Dick sur elle. Il se souvenait sans nul doute qu'elle lui avait dit avoir la moitié des parts, sans mentionner que Seamus détenait encore la majorité du capital… Elle se sentit soudain peu à son aise.

— Je suppose que vous imaginez ce que je ressens, déclara-t-elle d'une voix tremblante. Ce projet de développement me permettrait de fonder l'entreprise dont j'ai toujours rêvé.

— Certes, mais Chez Monroe est aussi une affaire de famille, murmura Seamus, l'air étrangement calme.

Et Dick était la chair de sa chair.

Dick qui n'avait pas daigné faire un détour par Rockingham quand Seamus s'était fait poser son pacemaker. Dick qui avait refusé la bourse pour l'université que son père l'avait supplié d'accepter, préférant devenir joueur de base-ball dans les divisions d'honneur. Dick qui n'avait jamais daigné la rappeler après qu'ils avaient fait l'amour, et n'avait donc jamais appris qu'il l'avait mise enceinte… et qu'elle avait perdu leur enfant.

— Es-tu bien sûr de toi, fiston ? demanda Seamus, l'air soucieux. Ou comptes-tu seulement travailler Chez Monroe en attendant qu'une meilleure opportunité se profile ?

— Je n'ai jamais été aussi sérieux, 'pa.

Et voilà, gémit intérieurement Kendra. Ses rêves s'envolaient de nouveau !

— C'est bien ce qui m'inquiète, marmonna Seamus. Je vais devoir réfléchir à tout ça.

— Je suis rentré à Rockingham pour m'occuper du bar, affirma Dick d'une voix sereine. Ma carrière de sportif est derrière moi, et je ne souhaite pas rester dans le milieu du base-ball. Tout ce à quoi j'aspire désormais, c'est à me réinstaller ici, racheter Chez Monroe et te libérer de sa gestion au quotidien.

Puis il se tourna vers Kendra.

— Bien sûr, j'ignorais que tu t'étais investie dans l'aventure, mais je suis sûr que nous pourrons nous arranger, assura-t-il avant d'implorer de nouveau son père. Papa, s'il te plaît, dis-moi que tu vas réfléchir à ma proposition !

Sans un mot, Kendra se mit à rassembler les documents, les yeux rivés à ses graphiques et ses croquis.

Elle n'avait plus qu'à aller présenter son idée ailleurs. Après tout, elle était encore viable.

Elle avait dépensé ses économies jusqu'au dernier centime pour acheter 49 % de Chez Monroe, mais elle avait connu des situations pires encore. Financières comme émotionnelles. Tant bien que mal, elle survivrait à ce nouveau coup dur.

— Que fais-tu, Kennie ? demanda alors Seamus sur un ton qui la laissa de marbre.

— Il est inutile de poursuivre cette présentation pour l'instant, répliqua-t-elle, regrettant amèrement de ne pas être venue avec sa propre voiture.

Elle leva les yeux et lut une grande tristesse dans le regard du vieil homme. Ils n'en avaient jamais parlé, mais à cet instant précis cette lueur dans ses yeux lui confirma ce qu'elle avait toujours soupçonné : Seamus savait *qui* l'avait obligée à renoncer à Harvard. Il savait, c'était évident.

— Pas si vite ! s'exclama-t-il d'une voix désemparée.

Se pouvait-il que tout ne soit pas encore fini ?

— Je préfère attendre que tu prennes ta décision, murmura-t-elle en rassemblant à la hâte les documents.

En voulant l'aider, Dick effleura brièvement sa main.

Aussitôt elle s'écarta de lui, pétrifiée de la réaction quasi chimique de son corps à son contact. Les lèvres soudain desséchées, elle sentit avec horreur sa gorge se nouer. Non, elle ne lui donnerait pas la satisfaction de pleurer devant lui !

Elle inspira profondément et se releva maladroitement.

— Je dois aller chercher quelque chose chez moi, finit-elle par articuler, je repasserai tout à l'heure.

— Où habites-tu ? demanda Dick.

— Kendra vit dans la maison de gardien, sur la plage, expliqua Diana. Vas-y, ma chérie, nous t'attendrons là.

Manifestement, Diana avait compris qu'elle était au bord des larmes, et elle lui adressa un regard reconnaissant.

— Tu n'as qu'à l'accompagner, Dick, suggéra Seamus qui ne possédait en aucun cas la perspicacité de sa fiancée. Je dois parler quelques instants seul à seul avec Diana.

Kendra se retint de foudroyer Seamus du regard, mais déjà Dick se levait en lui indiquant la porte.

— Je te suis ! déclara-t-il d'un air léger.

Désarçonnée, elle risqua un dernier regard en direction de Diana, qui lui offrit un sourire discret mais complice.

— Et prenez bien votre temps, lança Seamus. Diana et moi devons réfléchir à des choses très sérieuses.

Mais Kendra savait bien que du moment que Dick entrait dans la balance, la décision de Seamus serait forcément biaisée. Le vieil immigré irlandais était un homme de cœur, impulsif, et rien ne comptait plus pour lui que l'amour de son fils. Malgré toutes les erreurs qu'avait pu commettre Dick par le passé, il restait sa faiblesse.

D'ailleurs, comment en vouloir à Seamus ? Après tout, Dick avait été sa faiblesse à elle aussi…

Sans un mot de plus, elle gagna la sortie, suivie de Dick et de Newman. A peine avait-elle mis le pied dehors que Dick s'approcha d'elle pour lui murmurer à l'oreille :

— Toute ton enfance, hein ? Ça fait quand même sacrément long pour un simple béguin !

- 3 -

Kendra parut soudain très mal à l'aise. Elle se pencha vers le cocker qu'elle prit dans ses bras.

— Tu as entendu quelqu'un parler, Newman ? Moi, en tout cas, je n'ai rien entendu, dit-elle sur un ton ironique.

Le jeune chien jappa, puis enfouit son museau au creux de son cou.

— Ah, tu me fais le coup du dédain ? commenta Dick, amusé, tout en la rejoignant au bas du perron de bois. Bravo, c'est une attitude très mature !

— Je te remercie, mais tu n'es pas le mieux placé pour me donner des leçons de maturité, rétorqua-t-elle en s'engageant sur un sentier de graviers qui longeait la plage. J'espère au moins que tu as passé l'âge de lancer des bombes à eau sur le parking des profs du lycée !

— C'était une idée de ton frère, gloussa-t-il. Oui, sois rassurée, j'ai passé l'âge de ce genre d'exploit !

— En tout cas, j'ai pu lire dans toute la presse que tu n'as pas passé l'âge des courses en voiture...

Dick eut beau chercher, il était à court d'arguments.

— En tout cas, toi, on peut dire que tu n'es plus une petite fille, murmura-t-il d'un air entendu.

Surprise, Kendra le scruta un instant et releva le menton avant de poursuivre sa route.

Comme au bon vieux temps, Dick ne put s'empêcher de sourire. Il avait toujours adoré asticoter la petite sœur de Jack, même lorsqu'elle n'était encore qu'une préadolescente de dix onze ans, fluette et passant son temps à ricaner niaisement ou à pleurnicher. D'ailleurs, il trouvait cela plus amusant encore aujourd'hui qu'elle était plus mûre et toute en courbes.

— J'habite ici, déclara-t-elle alors qu'ils approchaient d'un cottage de plage à la façade grise. Tu peux entrer, ou bien si tu préfères aller à la mer afin d'y contempler ton reflet.

Il pouffa devant l'ironie de ce petit commentaire.

— Jolie maison. Je veux bien entrer. Tu vis ici depuis longtemps ?

— Un an et demi. J'ai été la première locataire de Diana après qu'elle eut remis le domaine en état. C'est moi qui lui ai présenté Seamus, ajouta-t-elle avec un clin d'œil.

— Je n'arrive toujours pas à croire qu'il ne m'ait jamais mentionné le fait qu'il voyait quelqu'un.

— Il faut dire que vous ne vous êtes pas beaucoup parlé depuis l'année dernière…

Pour être précis, il n'avait pas réellement parlé avec son père depuis une dizaine d'années.

— Je ne cherche pas du tout à me justifier devant toi, mais je te rappelle que ma carrière de sportif professionnel accaparait tout mon temps.

— Même entre les mois d'octobre à mars ?

— Je partais jouer au Japon.

— Et l'année où tu as été éloigné des stades pendant quatre semaines pour cause de blessure ?

Comment savait-elle cela ?

— J'étais en séance de rééducation tous les jours.

— Ah oui ? dit-elle en sortant ses clés alors qu'ils arrivaient devant la porte du cottage. Si je comprends bien, chaque minute de ton précieux emploi du temps était accaparée par ta carrière ?

— Ce qui compte, c'est que je suis là maintenant, objecta-t-il. Mais on dirait que ça ne te plaît pas du tout.

Elle se tourna vers lui et pointa une clé dans sa direction.

— Tu crois que je vais sauter de joie parce que, après avoir gâché ta propre carrière, tu t'apprêtes à gâcher la mienne ?

— J'ignorais que Chez Monroe était devenu un cybercafé. Mon père ne m'a jamais parlé de Diana… Ni de toi d'ailleurs.

Kendra le dévisagea rageusement, hésitant probablement entre des dizaines de répliques cinglantes.

Finalement, elle rappela Newman qui se dirigeait vers les flots et déverrouilla la porte, tandis qu'il en profitait pour lorgner allègrement sur ses fesses rebondies parfaitement moulées dans son jean.

Soudain, il eut un flash-back et revit les jambes de Kendra enroulées autour de lui, sur une couverture posée sur le sable. Cette nuit-là aussi, elle portait un jean. Il se souvint de la façon dont il avait dégrafé sa braguette et glissé la main entre ses cuisses tièdes et soyeuses…

A cette idée, il sentit son sang se mettre à bouillir dans ses veines.

Durant les années qui avaient suivi cette nuit de folie, il y avait toujours repensé avec émoi, avec affection. Car malgré le silence qu'il avait adopté ensuite, Kendra avait été pour lui bien plus qu'une simple aventure d'un soir. La petite sœur de son meilleur ami avait en effet représenté une longue tentation, à laquelle il avait fini par céder dans un moment de faiblesse.

— Ecoute, reprit-il en glissant ses mains dans ses poches pour éviter de les poser sur Kendra, je n'imaginais pas que le bar avait changé à ce point. J'ignorais que mon père et toi envisagiez d'en faire cette sorte de centre culturel.

— Eh bien, c'est pourtant le cas, marmonna-t-elle en lui faisant signe de la suivre dans la maison.

— Et si nous trouvions un compromis ? suggéra-t-il avec prudence. Comme par exemple garder quelques ordinateurs dans un coin pour les clients qui… Enfin, qui ne regarderont pas les matchs ? Et ta galerie, tu pourrais l'installer dans une des boutiques adjacentes ?

Les sourcils froncés, Kendra s'apprêtait à répondre mais se ravisa.

Ils entrèrent dans un salon exigu.

— Quoi ? Qu'allais-tu dire ?

— Rien du tout, assura-t-elle, l'air dégagé.

— Tu ne veux même pas réfléchir à un compromis ? demanda-t-il en enfonçant ses mains au fond de ses poches.

Elle ferma les yeux et déclara d'une voix saccadée :

— J'ai déjà eu à faire assez de compromis te concernant.

— Quoi ? Qu'est-ce que je suis censé comprendre ?

— Rien d'important… A présent, si tu veux bien m'excuser, dit-elle en se dirigeant vers un petit couloir.

Mais Dick la rattrapa par le bras.

— Attends une minute… Qu'entendais-tu par là ?

— Oublie ce que je viens de dire, s'écria-t-elle sèchement en se débattant.

La gorge nouée, il lui lâcha le bras et elle s'éloigna.

Qu'avait-elle pu *compromettre* pour lui ?

Resté seul dans le petit salon, Dick se laissa tomber sur le canapé et regarda par la fenêtre les eaux du détroit. Aussitôt, de nouvelles images de la nuit incroyable qu'il avait passée avec Kendra assaillirent son esprit.

Jamais il n'avait oublié cette nuit. Sans doute parce qu'il savait qu'il n'aurait jamais dû séduire la sœur de son meilleur ami… Ou peut-être parce qu'elle lui avait offert si peu de résistance de son côté… A tel point qu'il ne comprenait pas aujourd'hui ce qu'elle avait pu *compromettre* pour lui. Lors de leurs ébats passionnés sur cette plage, il n'avait été question que de deux adultes pleinement consentants, non ?

Il était revenu à Rockingham pour y enterrer sa mère, décédée d'une rupture d'anévrisme. Il avait vingt-quatre ans. Kendra en avait alors vingt ou vingt et un. Elle servait au bar et s'apprêtait à entrer à Harvard pour y débuter des études de commerce. Malgré son chagrin et son deuil, il avait été très impressionné par cette jeune femme jolie et brillante qu'était devenue la petite sœur de Jack. Kendra avait été très présente dès le premier jour, les assistant, lui et son père complètement désorientés, dans toutes les démarches liées de près ou de loin au décès.

La dernière soirée avant de repartir de Rockingham, il était resté au bar, à boire des sodas et à regarder Kendra travailler. Ils avaient beaucoup bavardé, flirté même, et pour la première fois de la semaine elle avait réussi à lui faire retrouver le sourire.

Quand elle avait fini son service, ils étaient allés se balader dans la voiture qu'il avait empruntée à son père. Seigneur, il se souvenait encore précisément du goût de leur premier baiser…

Confortablement installé sur le canapé dans le salon de Kendra, il se passa une main nerveuse dans les cheveux.

Il se souvenait clairement s'être senti coupable d'avoir séduit une fille qu'il considérait jusque-là comme sa petite sœur. Mais, encore une fois, il n'avait pas forcé la main à Kendra. En fait, elle s'était même montrée plus que consentante, et avait été si douce, tendre et innocente. Etait-elle encore vierge ? Etait-ce cela le compromis qu'elle avait évoqué ? Probablement. Et en ne la rappelant pas après cela, il s'était conduit en véritable lâche. Pourtant, il ne l'avait pas oubliée… Mais il n'avait tout simplement pas eu le courage de décrocher son téléphone.

Pas étonnant qu'elle le déteste à présent. D'autant qu'il débarquait dans sa vie en remettant en cause son partenariat avec son père…

Il proféra un juron. Bon sang, mais tout le monde à Rockingham devait bien se douter qu'il reviendrait un jour, non ? Certes, c'était arrivé un peu plus tôt que prévu, mais son père avait toujours su qu'il reviendrait. De plus, Kendra ne s'était-elle pas rendu compte que, en rachetant 49 % du bar, elle avait racheté une partie de son héritage ?

Il entendit ses pas dans le couloir et la vit réapparaître dans l'encadrement de la porte, le visage étonnamment calme.

— Combien de temps penses-tu que nous devons laisser à ton père et Diana ? demanda-t-elle d'une voix neutre.

— Pas trop longtemps. Si j'ai bien compris, ils ont tendance à s'égarer s'ils restent trop longtemps en tête à tête.

Elle eut un petit rire, puis s'appuya contre le dossier du fauteuil à bascule, ne tardant pas à redevenir sérieuse.

— Nous pouvons les rejoindre dès maintenant, j'ai récupéré ce dont j'avais besoin.

— Et de quoi avais-tu besoin ?

— De mes esprits ! dit-elle avec un sourire désarmant.

Etait-ce une proposition de trêve ? Si oui, il était partant.

— Je suis sûr que nous allons trouver une solution, affirma-t-il avec un clin d'œil amical. Je pense même que nous pourrions faire du bon travail ensemble.

— Ça m'étonnerait, murmura-t-elle, le regard soudain dur.

— Pourquoi dis-tu cela ? demanda-t-il en se levant pour s'approcher d'elle. Ne me dis pas que tu as oublié…

— Newman, reviens ici ! s'écria-t-elle soudain en claquant des doigts.

Le message, bien que subtil, était on ne peut plus clair. La discussion s'arrêtait là.

Le chien traversa le couloir et vint les rejoindre, préférant toutefois se lover à ses pieds plutôt qu'à ceux de Kendra.

— On dirait qu'il m'aime bien, gloussa-t-il.

— Il se laisse facilement séduire, rectifia-t-elle d'une voix quelque peu agacée. A présent, retournons chez Diana.

Dick lui tint la porte en riant.

— Dis donc, *petite*, j'espère que cette fois, nous ne les surprendrons pas en pleine action !

*
**

Diana semblait encore plus joviale que d'habitude. Kendra vit briller au fond de ses yeux la petite lueur qui s'allumait en général quand elle avait obtenu ce qu'elle voulait. Oh, Seigneur, faites qu'elle ait pu convaincre Seamus de garder le plan de développement qu'ils avaient concocté ensemble !…

Alors que Diana s'activait dans la cuisine à ranger le bar pourtant impeccable, Seamus était assis sur la banquette et se frottait le menton. Il leva les yeux quand Dick et Kendra entrèrent dans la pièce. Contrairement à sa compagne, il paraissait tout sauf heureux de la tournure prise par les événements.

Tous les papiers et les croquis étaient soigneusement empilés sur la table basse. Les documents allaient-ils finalement être présentés au banquier et aux investisseurs, ou allait-elle devoir les mettre au tiroir ?

Elle resta debout à côté de Seamus, mais Dick s'installa dans le fauteuil face à son père.

— Alors, 'pa. Tu as pu réfléchir ?

Pendant de longues secondes, Seamus ne dit rien, scrutant tour à tour son fils, puis les paperasses sur la table. La gorge nouée, Kendra vit Diana arrêter de nettoyer le bar pour assister au drame sur le point de se jouer.

— Je me trouve face à un dilemme, lâcha le vieil homme.

Un silence pesant s'installa dans la pièce, et Kendra eut l'impression que son cœur tambourinait si fort qu'on pouvait l'entendre de l'extérieur. Même Newman, qui s'était allongé sur le tapis, dévisageait ses hôtes d'un œil perplexe.

— Dick, il faut que tu comprennes que cela fait près de deux ans que nous travaillons à ce projet de cybercafé agrémenté d'une galerie d'art, commença-t-il. J'aime l'idée de faire entrer Chez Monroe dans le nouveau siècle !

Dick allait protester, mais son père l'en dissuada d'un regard.

Les jambes en coton, Kendra regretta de ne pas s'être assise et attendit fébrilement la suite.

— Quant à toi, Kennie, tu sais que mon père a ouvert Chez Monroe en 1933, l'année de ma naissance, et l'a dirigé jusqu'à sa mort en 1965. C'est alors que j'ai repris l'affaire. Comme toi aujourd'hui, j'avais trente-trois ans, ajouta Seamus à l'attention de Dick.

Kendra se mordit la lèvre. Seamus voyait-il le retour de son fils comme le signe d'une sorte de prophétie familiale ? Elle risqua un regard vers Dick, qui semblait lui aussi très crispé. Pensait-il à la même chose qu'elle ? Ou était-il trop sûr de lui pour laisser éclater immédiatement sa joie ?

Mais au lieu de fanfaronner, Dick se pencha en avant.

— 'Pa, murmura-t-il en ayant peine à soutenir le regard de Seamus, n'y a-t-il pas un moyen de trouver un compromis ? Une façon de garder le bar dans la famille et de trouver d'autres locaux pour l'autre… partie de votre projet ?

— Impossible ! intervint-elle avant que Seamus puisse répondre. Ces plans ont été dessinés par un architecte — qui nous a coûté fort cher d'ailleurs — pour *ces locaux-ci* et ceux des boutiques que l'on rachèterait dans le même bloc !

— Justement, vous n'avez qu'à vous rabattre sur ces fameuses boutiques ! contre-attaqua Dick en la foudroyant du regard. Franchement, la configuration actuelle du bar ne vous permettra pas d'aboutir à votre projet : c'est un espace parfait pour mettre des tables de billard et des écrans géants, mais peu adapté pour une galerie d'art. Je conserverai cette partie de l'établissement pour y faire des projections des matchs de championnat tous les dimanches après-midi et…

— Les dimanches ? C'est justement la journée où notre activité Internet est la plus intense !

— Vous allez devoir vous mettre d'accord tous les deux, reprit alors Seamus d'une voix presque neutre.

— Exactement ! s'exclama Diana en tapant ses deux mains sur le bar de la cuisine. Kendra et Dick, vous allez devoir travailler ensemble.

— *Quoi ?* s'écrièrent-ils à l'unisson.

— Elle a raison, acquiesça Seamus. Je ne puis prendre une décision qui blesserait l'un ou l'autre de vous deux. Vous allez devoir trouver une façon de gérer ensemble Chez Monroe.

— Qu'entends-tu exactement par *ensemble*, 'pa ?

Diana fit le tour du bar et vint les rejoindre dans le salon, tout en lançant un regard complice à Seamus.

— Kendra pourrait tenir le cybercafé en journée, et Dick le Bar des Sports en soirée. Ainsi, ce seront les clients qui décideront de la version qui leur convient le mieux.

— Mais je vais perdre tous mes internautes du soir ! s'exclama Kendra au bord de la crise de nerfs.

— Ce ne sont pas eux qui représentent les plus grosses marges sur le chiffre d'affaires, plaida Seamus. Ces derniers temps, tu fermais la boutique à 21 heures.

— Mais nous sommes en avril à présent ! Les touristes vont commencer à affluer ! affirma-t-elle en s'efforçant de ne pas avoir l'air de se plaindre. Ce sont eux, les principaux utilisateurs qui ont fait grimper notre chiffre annuel : les vacanciers qui tiennent à rester en contact avec les leurs !

— Les touristes profitent de leurs vacances pour boire et faire la fête ! argua Dick avec un sourire satisfait. Je trouve ton idée excellente, 'pa.

A présent, tous trois la dévisageaient.

Dick venait de relever le défi… Elle n'avait d'autre choix que de le relever à son tour.

De toute façon, elle tenait Chez Monroe depuis assez longtemps pour savoir que ses clients n'y venaient pas pour consommer de l'alcool, mais bien pour prendre un café ou un thé devant leur ordinateur. Les bouteilles d'alcool étaient si longues à écouler qu'elle devait régulièrement les dépoussiérer. Quant à ceux qui recherchaient une ambiance plus festive, ils se tournaient généralement vers les quelques enseignes appartenant à des chaînes connues.

— C'est d'accord, Seamus, j'accepte, murmura-t-elle.

— Je tiens à ce que vous ayez chacun votre chance, affirma le vieil homme en se levant. Je veux que ce soit vous qui preniez la décision finale, et non moi.

— La décision reviendra aux habitants de Rockingham, précisa Dick en adressant un regard entendu à Diana.

Kendra eut alors la désagréable impression que Diana et lui étaient devenus alliés. Mais Dick n'avait sans doute pas mesuré ce qu'impliquait le fait de se mettre pour la deuxième fois entre une femme et son rêve…

Il était évident qu'un cybercafé était nettement plus profitable qu'un bar. De plus, Diana et Seamus reviendraient de voyage dans quinze jours. Et il était quasi impossible que Dick puisse rendre un bar rentable en si peu de temps.

Seamus approcha de Diana et passa son bras autour d'elle.

— Demain, Diana et moi partons pour Boston, New York et San Francisco pour y rencontrer d'éventuels investisseurs, déclara-t-il en dévorant sa compagne du regard. Et nous avons décidé d'en profiter pour avancer notre voyage de noces.

— Que voulez-vous dire ? demanda Kendra.

— Nous comptions te l'annoncer ce matin, ma chérie, mais l'arrivée de Dick nous a perturbés, expliqua Diana.

— Cela signifie-t-il que vous êtes déjà mariés ? s'exclama Dick l'air horrifié.

— Non, répondit Diana d'une voix amusée. Mais j'ai trouvé une délicieuse villa à louer au bord de l'eau, à Hawaii, et je n'ai pas pu résister !

— Nous resterons un mois à Hawaii, en plus des quinze jours de voyage d'affaires, résuma Seamus.

A ces mots, Kendra sentit son estomac se nouer. Incrédule, elle les dévisagea tour à tour.

— Vous serez donc absents pendant un mois et demi ?

— Génial ! déclara Dick en se levant. Diana, pensez-vous pouvoir me trouver un logement à louer en attendant que je vende ma maison à Las Vegas ?

Kendra se tourna vers lui, plus agacée que jamais.

— Avant de vendre ta maison, tu devrais plutôt attendre de voir comment évoluent les choses ici, non ?

— Vous pouvez loger chez moi, suggéra Diana. J'ai l'impression que Newman vous a adopté !

— Je m'occuperai de Newman ! affirma Kendra.

Seigneur, il ne fallait surtout pas que Dick s'installe à quelques centaines de mètres de chez elle pendant un mois et demi !

— Tu pourras t'occuper de lui le soir, quand je serai au bar, répondit Dick en la déshabillant du regard.

— Pas question que je te laisse seul Chez Monroe, répliqua-t-elle. J'y resterai le soir pour faire mes comptes.

— D'accord, alors je ferai pareil avec les miens en journée !

Kendra sentit la moutarde lui monter au nez, avant de remarquer que Seamus et Diana s'étaient réfugiés dans la cuisine où ils riaient comme deux jouvenceaux.

— C'est dommage que nous devions partir au moment où les choses deviennent intéressantes, commentait Seamus.

C'était un comble !

— Il n'y a *rien* d'intéressant à cette situation ! affirmat-elle en se penchant pour ramasser ses documents.

— Je ne suis pas d'accord, protesta Dick à voix basse en s'approchant dangereusement d'elle. Les choses pourraient devenir très intéressantes. As-tu oublié la nuit où…

— Ne joue pas à ça, Dick Monroe, siffla-t-elle en levant une main.

— Comment, ce fut si horrible pour toi que tu refuses même d'y repenser ? demanda-t-il d'un air faussement offensé.

Si seulement il savait… Mais elle s'était promis qu'il ne saurait jamais rien. Et elle tiendrait parole.

— Quelle nuit, Dick ? demanda-t-elle en le scrutant d'un œil neutre. Je ne vois vraiment pas ce dont tu veux parler.

— Oh, vraiment ? s'étonna-t-il d'une voix soudain suave, alors que ses yeux la dévoraient de la tête aux pieds. Je parierais pourtant que je peux te rafraîchir la mémoire.

— J'ai déjà relevé un lourd pari aujourd'hui, ça me suffira, murmura-t-elle en désignant ses plans.

Sans la quitter du regard, il lui prit les papiers des mains et approcha son visage du sien, au point qu'elle crut qu'il allait la toucher.

— Eh bien, susurra-t-il d'une voix plus assurée que jamais, c'est ce que nous verrons.

- 4 -

Dick poussa sans prendre la peine de frapper la porte qui séparait le bureau de la remise où étaient empilés des cartons d'emballage d'ordinateurs et constata avec surprise que la porte n'avait plus de verrou. Apparemment, les employés avaient désormais un libre accès au bureau. Sans mettre en cause leur honnêteté, il faudrait tout de même songer à réinstaller une serrure.

Depuis deux jours qu'il était basé chez Diana pour régler des questions administratives, il n'était venu Chez Monroe que deux fois, pour passer la cuisine en revue et procéder à quelques changements au bar. Jusqu'à cet instant, il n'avait pas encore remis les pieds dans ce qu'il considérait encore comme le bureau de son père… et qui était désormais occupé en permanence par Kendra Locke.

Une fois sous les poutres de bois massif, et malgré les nombreux logos informatiques affichés dans toute la pièce et l'odeur subtile de café colombien, il eut vraiment le sentiment d'être de retour *chez lui*. Il s'attendait presque à voir son père lever les yeux de son bureau en chêne pour lui déclamer un énième sermon ou l'encourager à viser toujours plus loin, toujours plus haut.

Mais au lieu du regard émeraude de son père, il tomba sur deux grands yeux d'un bleu glacial.

— Il est 17 h 30, annonça-t-il. C'est l'heure pour les internautes de céder la place aux véritables fêtards de Chez Monroe.

Kendra rabaissa l'écran de son ordinateur portable et leva un sourcil interrogateur.

— Comment ? Tu veux commencer dès ce soir ? Mais ça fait à peine deux jours que tu es de retour ! Ne dois-tu pas d'abord peaufiner ton installation à Rockingham ? J'ai besoin de deux ou trois semaines pour me préparer aux changements provisoires que tu m'obliges à opérer sur mon entreprise.

— Je suis prêt à relancer l'activité du bar dès ce soir, affirma-t-il en faisant un pas dans la pièce exiguë dont les murs n'étaient plus verts mais teintés de rose.

En refermant la porte derrière lui, il s'aperçut que la glace sans tain qui offrait autrefois une vue imprenable sur le bar était à présent couverte de stores de bois exotique.

— Où sont passées les plaques commémorant le contrat de sponsoring entre Chez Monroe et l'équipe de base-ball régionale ? demanda-t-il alors.

Kendra suivit son regard en direction d'une énième nature morte photographique. Il avait la très nette impression qu'elle se retenait de sourire.

— C'est un cliché de Diana, expliqua-t-elle. Elle a fait toute une série sur les séquoias californiens. Ravissant, non ?

Il ne répondit pas. Il finirait par retrouver les plaques commémoratives, son père avait bien dû les ranger quelque part.

— Il reste encore deux espèces d'allumés collés aux écrans d'ordinateurs, reprit Dick d'une voix nonchalante. D'après ce que j'ai pu voir, j'ai l'impression qu'ils sont plus plongés dans le Moyen Age que dans le nouveau millénaire.

— Ce sont deux adeptes d'un jeu en réseau très populaire. Il s'agit d'un jeu de stratégie se déroulant au Moyen Age. Et ce ne sont pas des allumés, mais Jerry et Larry Gibbons. Ils viennent jouer plusieurs heures chaque jour.

— Est-ce qu'ils consomment de la bière ?

— Non, ça risquerait d'altérer leurs facultés de jugement quand ils doivent négocier des armes ou des outils agricoles, dit Kendra en haussant les épaules.

— Navré, mais ils vont devoir…

— Rester, l'interrompit-elle en relevant le menton. Tu ne peux tout de même pas expulser mes clients ! S'ils désirent rester devant leur écran jusqu'à 2 heures du matin, eh bien ils en ont parfaitement le droit !

— Comme tu voudras, rétorqua-t-il tranquillement. Mais sache que les écrans de télévision seront branchés sur les chaînes sportives et que le juke-box sera en service toute la soirée. Et il risque de fonctionner à tue-tête !

— Le juke-box n'a pas été sollicité depuis un an. Mes clients préfèrent être au calme, dit-elle en fixant son écran.

— Pourtant, il est déjà en marche !

Elle le foudroya du regard. Etait-elle absorbée par son travail de comptabilité au point de ne pas avoir remarqué qu'il avait fait venir un installateur de CD la veille ?

— De toute façon, personne ne viendra au bar ce soir, affirma-t-elle en se concentrant de nouveau sur son ordinateur.

— Ça, tu n'en sais rien, murmura-t-il en résistant à l'envie de lui relever le visage pour se perdre de nouveau dans ce regard azuré, aussi glacial fût-il. Si la porte reste ouverte, n'importe quel passant peut avoir envie de s'arrêter.

Naturellement, Dick omit de préciser qu'il avait passé l'après-midi au téléphone, à appeler toutes ses anciennes connaissances dans un rayon de quatre-vingts kilomètres.

Elle hocha la tête d'un air condescendant.

— Dick, il faut que tu comprennes que nous fermons généralement à l'heure du dîner. Il nous arrive de servir quelques clients égarés après 19 heures, mais Jerry et Larry sont toujours les derniers à partir. Cet établissement n'attire personne le soir.

— Et tu te contentes de cela ? Tu n'as jamais eu envie de valoriser les soirées pour augmenter les bénéfices de Chez Monroe ? Moi qui croyais que tu étais un vrai entrepreneur…

Il faillit la chambrer au sujet de ses études inachevées à Harvard mais se ravisa sans trop savoir pourquoi.

— Je suis surtout réaliste, se défendit-elle. Et la réalité, c'est que les gens fréquentent les cybercafés en journée plutôt qu'en soirée. Le soir, ils rentrent chez eux et utilisent leur propre connexion, sur leur propre ordinateur.

— A toi de changer cela ! s'exclama-t-il.

— Justement, j'y travaille, assura-t-elle en se redressant dans le fauteuil ultramoderne qui avait remplacé le bon vieux siège en cuir de Seamus. A moins que tu n'aies été trop absorbé par ta rancœur, tu dois te souvenir que j'ai parlé dans ma présentation de l'autre jour de diversifier notre offre ; galerie d'art, salle de spectacles, vidéo-club…

L'air satisfait, Kendra croisa les bras sur l'inscription Chez Monroe de son T-shirt au niveau de la poitrine.

Mais Dick n'avait retenu qu'un mot.

— Ma rancœur ? répéta-t-il. A quoi fais-tu allusion ?

— Au fait que ton père a enfin trouvé l'amour.

— Tu te fais des idées, jura-t-il en ne pouvant s'empêcher de se gratter le menton. Je n'en voudrais jamais à mon père d'être heureux, c'est ridicule !

Kendra plissa le front d'un air dubitatif.

— Je t'assure, insista-t-il, de plus en plus fébrile. Sa nouvelle… *amie* me paraît parfaite pour lui. C'est une brillante femme d'affaires, attirante et attentionnée.

C'est vrai ça, il ne pouvait espérer mieux pour son père.

— En effet, Diana est une femme formidable, commenta Kendra avant de se mettre à pianoter sur son clavier. Et maintenant, vas donc t'occuper de ton bar, Dick. Pour ma part, j'ai encore beaucoup de travail.

Ma parole, elle était en train de l'envoyer paître !

— Je n'arrive pas à trouver les verres à vin.

Kendra leva les yeux et le scruta d'un œil assassin.

— Je n'ai aucune idée de l'endroit où ils sont. Il se peut même que je les aie donnés.

Elle voulait jouer au plus malin ?… Qu'à cela ne tienne.

— Tant pis, répondit-il d'une voix neutre. Je servirai le chardonnay dans des mugs à thé.

Elle fit la moue, puis se remit à pianoter sur son clavier.

— Comme tu voudras, finit-elle par marmonner.

Et, l'air de rien, elle poursuivit son travail.

— Parfait ! Et puisque je n'ai pas d'endroit où stocker mon approvisionnement, m'autorises-tu à me servir dans ta réserve de fruits frais pour décorer mes cocktails ?

Cette fois, la guerre était ouvertement déclarée.

Kendra s'arrêta un instant pour le fusiller du regard, puis continua inlassablement de frapper à toute allure sur les touches de son clavier. Elle pianotait si vite qu'il se demanda si ce qu'elle tapait avait vraiment du sens.

— Je tiens un inventaire très strict de mon stock, expliqua-t-elle en restant concentrée sur son écran. Si tu remplaces tout ce que tu prends d'ici à demain, pas de problème.

— Tu me donneras les coordonnées de tes fournisseurs ?

Elle frappa quatre fois de suite la même touche.

— Je suis sûre que tu trouveras tes propres fournisseurs, articula-t-elle d'une voix excédée en s'arrêtant enfin de pianoter. Il y a un annuaire dans la remise.

De nouveau, elle se remit au travail, mais ses épaules légèrement raidies trahissaient une certaine tension.

« Oh, ma belle, tu as beau te cacher, je vois clair en toi… »

Il la laissa pianoter quelques instants avant de craquer :

— Kendra ?

— Mmm ? grommela-t-elle sans même lever les yeux.

— Sais-tu que ce miroir est un miroir sans tain qui permet de voir tout ce qui se passe au bar ?

— Mouais, dit-elle, toujours concentrée sur son écran. Mais je n'ai aucun besoin de surveiller mes employés ou mes clients. Personne ne s'est jamais soûlé sous ma gérance.

Bien joué. Un à zéro pour Kendra Locke.

— Je comprends, mais… n'es-tu pas curieuse de savoir comment je vais gérer le bar se soir ? demandat-il en contournant lentement le bureau en direction du miroir.

— Pas du tout ! D'ailleurs, je ne pense pas qu'il y ait grand-chose à observer de toute la soirée.

Aïe. Deux à zéro pour Kendra. Il se devait de réagir.

Il releva le store et admira à travers le miroir les nouveaux robinets à pression qu'il venait d'installer.

— Je pensais pourtant qu'une fille qui passait des heures l'oreille collée au conduit de la chaudière pour épier les amis de son frère aurait forcément gardé un petit côté voyeur…

Il entendit Kendra soupirer et se retourna pour découvrir que son écran d'ordinateur était noir de mots et de chiffres qui ne signifiaient rien. Elle s'apprêta à dire quelque chose, mais se ravisa et referma son portable, les joues cramoisies.

— Finalement, je vais travailler chez moi ce soir.

Et deux à un…

— Tu peux rester, dit-il alors qu'elle passait déjà sa sacoche par-dessus son épaule.

Mais elle se dirigea vers la porte en lui adressant un dernier regard assassin.

Soudain, il eut l'impression d'y lire comme une lueur de détresse, de chagrin. Mais cette ombre disparut très vite, et Kendra lui adressa un petit sourire forcé.

— Bonne chance pour ce soir. Et n'hésite pas à m'appeler si tu as besoin d'aide en cas d'affluence record, lança-t-elle comme une dernière boutade.

Lorsque la porte se referma derrière elle, la pièce sembla étrangement vide. Seul un léger parfum fleuri flottait dans l'air, se mélangeant subtilement avec les effluves de café.

Dick fit un gros effort pour ne pas arracher le séquoia californien du mur. Il ne voulait surtout pas se comporter de façon trop puérile. Il aperçut Kendra à travers le miroir sans tain, alors qu'elle reluquait avant de partir les nouveaux robinets à pression du bar.

Après une hésitation, elle en tira un et recula d'un pas lorsque la bière se mit à couler. Puis elle se pencha au-dessous du bar et en sortit un mug à thé. Elle tira de nouveau le robinet en plaçant le mug juste dessous, gaspillant au moins un demi-litre de liquide. C'est alors qu'elle se retourna vers le miroir, l'œil espiègle, et fit semblant de porter un toast dans sa direction. Elle porta ensuite le mug à ses lèvres et but plusieurs gorgées de bière.

Au bord de la crise de nerfs, il regarda sa gorge se contracter et sa poitrine se gonfler à chaque gorgée. Devant une telle provocation, il sentit une onde de chaleur l'envahir tout entier, et son sang se mettre à bouillonner dans ses veines.

Lorsqu'elle eut fini son verre, Kendra essuya du bout de la langue la mousse blanche au coin de ses lèvres puis se détourna après un petit clin d'œil vers le miroir.

Plusieurs heures après sa petite performance, le goût amer de la bière s'attardait toujours sur le palais de Kendra.

Elle avait fait faire sa promenade quotidienne à Newman, préparé le dîner, mis à jour les comptes du cybercafé, mis de l'ordre dans son petit cottage et même pris un bon bain chaud, mais aucune de ces occupations n'avait réussi à lui sortir Dick Monroe de l'esprit. Elle d'ordinaire plutôt rationnelle et pragmatique, elle se retrouvait avec un certain nombre de questions sans réponses.

Comment allait-elle tenir un mois et demi ainsi ? Où allait-elle trouver la force et les ressources pour maintenir l'apparente désinvolture qu'elle avait jusqu'alors affichée devant Dick ? Que pourrait-elle inventer pour le convaincre de quitter Rockingham ? Et que faire si jamais il découvrait ce qui s'était vraiment passé huit ans et demi plus tôt ?

— Pourquoi cet homme me fait-il encore autant d'effet après toutes ces années ? marmonna-t-elle en pénétrant chez Diana pour sortir une dernière fois Newman.

Surpris, le cocker leva les yeux vers elle.

— Je m'ennuyais chez moi, admit-elle en caressant le chien entre les oreilles. Allons faire une dernière balade, tu veux ?

Newman ne refusait jamais ce genre de proposition. Il se rua vers la rampe où Diana rangeait sa laisse.

Kendra accrocha celle-ci au collier de Newman, qui l'entraîna aussitôt hors de la demeure et se mit à trottiner en direction de la plage.

Dans la lueur du clair de lune, l'écume blanche scintillait sur le sable fin, allant et venant inlassablement vers le rivage. C'était lors d'une nuit comme celle-ci, sur une plage distante de quelques kilomètres à peine, qu'elle avait offert son amour, sa loyauté et sa virginité au garçon qu'elle aimait follement depuis l'école primaire. Or, voici que des années après, cet homme se retrouvait dans son café, à chasser ses propres clients, à compromettre son projet professionnel et à chambouler de nouveau toute son existence.

— Et il n'a certainement aucune idée de la façon dont fermer la boutique, murmura-t-elle à Newman qui se mit à japper comme pour l'approuver. J'espère qu'il ne fera pas de bêtise. Je me demande s'il sait seulement éteindre un ordinateur.

A ces mots, elle emprunta le petit sentier de galets qui menait à son cottage.

Newman poussa deux aboiements.

— Je sais, ça t'étonne, dit-elle en le tirant vers sa maison. Mais il vaut mieux que nous travaillions ensemble que l'un contre l'autre.

Dix minutes après, elle avait troqué son survêtement pour un pantalon kaki, un vieux T-shirt, des sandales et — après tout, pourquoi pas — un brin de maquillage. Elle se dépêcha, redoutant d'arriver après la fermeture et de trouver la porte arrière ouverte et les ordinateurs mal éteints.

Il devait y avoir une animation ce soir au village, car le parking situé à l'arrière de Chez Monroe était plein à craquer. Elle parvint néanmoins à se garer un peu plus loin, et il était déjà 22 h 15 quand Newman et elle longèrent à pied High Castle Avenue en direction de Chez Monroe. Elle traversa la rue en songeant à la population de touristes qui grimpait en flèche. Il y avait encore de la lumière Chez Monroe, mais Dick devait sans doute se tourner les pouces depuis le départ des frères Gibbons, vers 20 h 30.

Elle s'attendait à trouver la porte principale verrouillée, mais alors qu'elle posait la main sur la poignée, la porte s'ouvrit et un couple hilare sortit du bar, s'excusant à peine de l'avoir bousculée avant de regagner le parking.

Abasourdie, elle se figea un instant puis pénétra à l'intérieur du bar.

Elle fit un pas et s'arrêta net. Une chanson de Bruce Springsteen émanait à tue-tête d'enceintes dont elle ignorait l'existence, un écran géant diffusait une course automobile tandis que l'autre affichait un match de base-ball. On distinguait à peine le tintement des mugs et des verres par-dessus les éclats de voix d'une cinquantaine ou d'une soixantaine de personnes. Et par-dessus le marché, une forte odeur de poulet au barbecue embaumait l'air.

Elle se secoua. S'était-elle endormie dans son bain et était-elle en train de rêver ?

Une inconnue tenait le bar et une autre zigzaguait entre les tables avec un plateau chargé de verres. Elle crut avoir la berlue lorsqu'elle aperçut les frères Gibbons en train de flirter dans un coin avec deux jolies filles, un verre de bière fraîche à la main.

Kendra s'efforça de recouvrer ses esprits.

Comment Dick avait-il pu…

— Tiens, mais regardez qui voilà ! s'exclama la voix de ce dernier.

Newman tira allègrement sur la laisse, pressé de se frotter à Dick.

Avant qu'elle puisse prononcer la moindre parole, Dick était tout près d'elle. Il passa un bras autour de sa taille et rapprocha dangereusement son visage du sien.

— Alors, tu penses toujours que j'ai pu me laisser déborder par le rush du dîner ? demanda-t-il d'une voix amusée alors que son parfum musqué mêlé de bière et de charbon de bois lui envahissait les narines.

Une petite décharge électrique secoua chaque cellule de son corps, tandis qu'un délicieux frisson lui parcourait le dos.

— Je craignais que tu ne saches pas comment fermer, finit-elle par balbutier.

— Nous sommes encore ouverts pour plusieurs heures, ma petite. Et j'espère que tu resteras jusqu'à la fermeture.

Désarmée, elle leva les yeux vers lui. En quelques mots, il avait réussi à lui faire perdre tous ses moyens, la laissant à court d'arguments. Tout ce qu'elle savait encore à cet instant, c'est qu'elle avait une furieuse envie qu'il l'embrasse.

— Comment as-tu réussi à rameuter autant de gens ? parvint-elle néanmoins à demander.

— Grâce au bouche à oreille, expliqua-t-il d'un air satisfait. Rockingham reste un petit village où tout se sait !

— Et où les gens ont soif ! nota-t-elle en voyant l'affluence du côté du bar.

En tant que professionnelle, un seul regard lui suffisait pour évaluer le chiffre d'affaires de la soirée. Et en tant qu'adversaire de Dick, elle se sentait soudain jalouse.

— Quelle est cette odeur ? demanda-t-elle en reniflant.

— Ça sent les bénéfices, hein ? murmura-t-il en serrant un peu plus son bras autour de sa taille.

— Je trouve surtout que ça sent le poulet au barbecue…

Dick se mit à rire et l'entraîna vers le bar.

— Savais-tu que JC Myers tient le Wingman à présent ?

Tout le monde connaissait le nouveau propriétaire du meilleur restaurant à barbecues de Rockingham.

— Il a accepté de me donner un coup de main pour ce soir, poursuivit Dick comme elle ne répondait pas. Comme nous n'avons pas le droit de servir de l'alcool sans proposer de nourriture, j'ai eu l'idée de ce partenariat ! Les clients semblent apprécier…

— Il y a pourtant de la nourriture dans la remise, déclara-t-elle alors sur la défensive.

— Tu veux parler des biscuits au céréales ? s'étonna-t-il en levant les yeux au plafond, l'air insolent.

— Il y a aussi des muffins ! précisa-t-elle, excédée.

— Pas vraiment le genre de mets que l'on grignote avec un whisky-coca, petite.

Newman se mit à japper aux pieds de Kendra, et elle fit quelques pas dans l'assemblée. Elle reconnaissait bien quelques figures du village, mais il y avait aussi de nombreux inconnus. Qui diable étaient ces gens ? Comment s'étaient-ils soudain retrouvés là ?

— Qui s'occupe du bar ? demanda-t-elle.

— Tu ne te souviens pas de Dean Clifford, mon premier gardien de base dans l'équipe du collège ?

Comme si à l'époque elle regardait quelqu'un d'autre que Dick sur un terrain de base-ball…

— Vaguement. J'ignorais qu'il vivait encore ici.

— Il est avocat à Boston à présent, expliqua Dick en la tenant toujours par la taille. Là-bas, tu as Eric Fleming, ancien ailier devenu agent immobilier dans le New Hampshire. C'est Ginger Alouette qui sert les boissons, elle était chef des pom-pom girls et habite aujourd'hui à Provincetown. La plupart de ces gens vivent encore à Cape Cod, je n'ai eu qu'à ouvrir l'annuaire !

Dire que toutes ces personnes s'étaient déplacées ce soir pour voir ou donner un coup de main à Dick…

— J'engagerai du vrai personnel dès que possible, promit-il, mais je tenais avant tout à faire cette soirée de lancement !

Les gens levaient leur verre au passage de Dick. A l'évidence, il était l'attraction de la soirée, et elle comprit avec amertume qu'il avait tout à fait l'envergure de relever le défi, d'ouvrir son Bar des Sports et d'en faire une affaire très lucrative. Or elle ne pouvait décemment pas imposer à Seamus de lutter contre son fils…

— En tout cas, Newman n'a pas peur de la foule ! reprit Dick en se penchant pour caresser le chien.

Si elle avait eu la moindre idée du monde qu'ils trouveraient Chez Monroe, elle aurait laissé le chien chez lui, mais c'était un fait.

— J'ai pensé que tu… aurais peut-être besoin de…

— Compagnie ? demanda-t-il avec un sourire détendu.

— Besoin d'aide, finit-elle par articuler.

Mais il avait déjà toute l'aide dont il avait besoin. Il n'avait nul besoin d'*elle*.

— Comment as-tu deviné comment ils s'éteignaient ? demanda-t-elle en désignant les écrans d'ordinateurs.

— Pas besoin de sortir de Harvard pour trouver comment fonctionnent ces machines !

Ces mots firent l'effet d'un coup de poing à l'estomac à Kendra. Elle se mordit la lèvre et détourna les yeux. Bien sûr, Dick ignorait tout de ce qu'une telle remarque pouvait déclencher en elle…

— Tu veux boire un verre ? proposa-t-il en l'entraînant vers un tabouret au comptoir. Hé, Dean, tu te souviens de la petite sœur de Jack ? Offre-lui un verre de ce qu'elle voudra, c'est la maison qui offre !

« La petite sœur de Jack ». C'est ce qu'elle restait aux yeux de Dick. Pour lui, elle n'était ni la gérante de cet établissement, ni la jeune femme qui lui avait offert sa virginité. Pour lui, elle n'était rien... que la petite sœur de Jack.

— C'est la maison qui offre ? Mais la maison, c'est *moi* ! s'insurgea-t-elle alors que Dick s'asseyait à côté d'elle.

Il eut un petit rire et se rapprocha de son oreille, au point qu'elle crut qu'il allait lui embrasser la nuque.

— Il me semble que tu as déjà eu l'occasion de goûter à notre nouvelle carte des bières, hein, petite ?

Elle garda les yeux rivés sur le barman dont le visage ne lui était effectivement que vaguement familier, faute de n'avoir eu d'yeux que pour Dick à l'époque où elle écoutait encore au tuyau de la chaudière.

Pour contrer Dick, elle se contenta de demander un soda.

C'est alors que Dick murmura un furtif « excuse-moi un instant », avant de disparaître parmi la foule. Elle résista à l'envie de se retourner pour le suivre du regard et préféra caresser Newman. Puis elle se désaltéra avec le soda.

— Il est vraiment craquant !

Kendra tressauta et reconnut Sophie, l'hôtesse du cybercafé, qui tenait un verre de vin — un vrai — dans une main, et dont le regard pétillait d'enthousiasme.

— Peut-être, mais le problème, c'est qu'il le sait, affirma Kendra en lançant un regard sombre en direction de Dick.

Sophie éclata alors de rire.

— Je voulais parler du chien !

— Oh ? balbutia Kendra avant d'éclater de rire à

son tour. Eh bien, Newman aussi sait jouer de ses charmes !

Elle dévisagea son employée, saisie d'une soudaine appréhension.

— Vous envisagez peut-être de travailler le soir à présent, Soph' ? demanda-t-elle d'une voix anxieuse.

Sophie haussa les épaules et s'installa à côté d'elle.

— Eh bien, pourquoi pas… Est-ce que le projet de développement prévoit que Chez Monroe redevienne un bar ?

Kendra poussa un soupir las.

— Je n'en ai aucune idée, admit-elle. Si seulement Dick pouvait retourner d'où il vient !

— Mais justement, il vient d'ici, remarqua Sophie d'un air incrédule. Son père possède ce bar depuis des lustres !

— J'en possède la moitié, lui rappela Kendra.

Sophie leva un sourcil interrogateur.

— Et puis c'est un *cybercafé*, rectifia Kendra en plongeant sa main dans la fourrure soyeuse de Newman. Et je n'ai pas l'intention de me laisser évincer par Dick.

Le regard de Sophie alla de Dick à Kendra.

— Il est fou de vous.

— J'en doute fortement, répondit Kendra, alors que son cœur se mettait soudain à battre la chamade.

— Il ne vous a pas quittée des yeux depuis que vous êtes arrivée ! affirma Sophie, l'œil pétillant.

Un nouveau frisson parcourut Kendra tout entière.

— C'est sans doute parce que des circonstances étranges font que nous sommes tous deux en concurrence à présent.

Elle risqua un regard par-dessus son épaule. Ginger, la pom-pom girl devenue serveuse, minaudait ouvertement autour de Dick. Un homme d'allure sportive vint ensuite lui serrer la main, mais Dick ne cessait effectivement de la regarder, *elle*, une lueur à la fois tendre et provocante illuminant son regard.

De nouveau, elle fut saisie d'un drôle de frisson.

Oh, Seigneur, faites qu'elle ne retombe pas dans le panneau ! Pas à trente ans ! Elle avait déjà payé le prix fort pour avoir cédé à son amour d'enfance. Elle avait dû renoncer à étudier dans l'une des plus prestigieuses universités du monde. Sans parler du bébé… Elle s'était pourtant juré de ne jamais plus commettre la même erreur.

— Compétition ou non, vous êtes au centre du radar de cet homme, affirma Sophie, la tirant de sa torpeur.

— Eh bien, je vais devoir apprendre à échapper au signal des radars…

— Ça va être difficile, vu que vous travaillez au même endroit, remarqua Sophie d'un air navré.

— Pas du tout ! assura-t-elle, agacée. Je travaillerai le jour, et lui la nuit. Nous n'allons nous croiser que très rarement.

Sophie inclina la tête sur le côté comme pour l'alerter.

— Désolée, ma chère, mais pour l'heure je vois un très charmant joueur de base-ball se rapprocher à grands pas !

Prenant Newman sous le bras, Kendra quitta son tabouret et contourna le bar pour se mêler à la foule. Déterminée à ne pas tomber dans le piège, elle garda les yeux rivés à la porte de la cuisine. Si seulement elle y parvenait avant Dick, elle pourrait toujours s'enfuir en douce vers le parking.

Elle traversa la remise sous les regards surpris des employés du Wingman qui s'affairaient dans le coin cuisine, disposant les morceaux de poulet grillé dans des plats. Enfin, elle poussa la porte arrière du bâtiment et sortit dans la pénombre.

— Ouf, on y est arrivés ! murmura-t-elle à l'oreille de Newman en le déposant à terre.

Le chien se mit à renifler autour de la benne à ordures.

— Pas le temps de faire les poubelles, coquin ! regretta-t-elle en le tirant par la laisse pour rejoindre l'allée principale.

Où elle tomba nez à nez avec le mètre quatre-vingt-dix de muscles de Dick, qui affichait ce même sourire triomphant qui l'avait fait craquer quand elle était adolescente.

— La fête ne fait que commencer, ma petite, murmura-t-il en posant doucement ses mains sur ses épaules avant de l'attirer contre lui. Tu ne peux plus me fuir, à présent.

La définition même du mot stupide, pensa alors Kendra dans un élan de désespoir, c'était de commettre deux fois la même erreur. Or, Kendra Locke, qui avait été admise à Harvard et était sur le point de redynamiser l'économie locale de Rockingham grâce à son projet de centre culturel et artistique, cette Kendra Locke là n'était pas stupide !

— Je n'essayais pas de fuir, protesta-t-elle après s'être raclé la gorge. C'est juste qu'il y a trop de monde pour un chien. Et je… Je dois rentrer à la maison.

— S'il te plaît, reste, murmura-t-il en collant son front contre le sien.

Soudain, elle ne put plus respirer ni bouger… Et encore moins penser de façon rationnelle. Dick allait l'embrasser.

Elle entrouvrit les lèvres pour protester, lui assurer que c'était une mauvaise idée, mais avant qu'elle ne puisse articuler la moindre parole, il couvrit sa bouche avec la sienne. Ses mains s'enfoncèrent dans sa peau, et il l'enlaça avec une fougue non dénuée de tendresse.

Comme dans un rêve, elle n'eut d'autre choix que de se laisser faire. Etait-ce vraiment en train d'arriver ? Etait-elle assez stupide pour laisser sa tragédie passée se répéter impunément ?

Entrouvrant les lèvres, elle fit la seule chose qu'il lui était possible de faire en cet instant : elle rendit son baiser à Dick.

- 5 -

Kendra laissa échapper un adorable petit soupir de volupté alors que Dick cherchait sa langue. Lorsqu'elle eut passé ses bras autour de ses épaules, il comprit qu'il avait l'autorisation de l'enlacer.

En un éclair, tout lui revint à la mémoire : la fougue et la magie des baisers d'une jeune fille douce et passionnée, la planche de surf qui avait accueilli leurs ébats sur la plage de sable fin lors de cette nuit merveilleuse… Tout en se délectant de l'instant présent, il se laissa délicieusement envahir par les souvenirs.

Promenant ses mains le long de ses hanches, il s'attarda au creux de ses reins, puis se plaqua de tout son poids contre son ventre, afin de lui faire sentir la puissance de son désir.

— Dick…, murmura-t-elle en se dégageant péniblement de son étreinte. Attention à Newman.

Newman ?

Il comprit alors que le chien était en train de les séparer en tirant âprement sur sa laisse.

— Dis donc, coquin, reste tranquille ! s'esclaffa Dick en donnant deux petits coups sur la corde en cuir.

Mais le charme était rompu. Même s'il crut déceler une lueur de désir au fond de ses yeux, Kendra s'écarta.

— Ecoute, dit-elle à voix basse avec véhémence, je ne suis plus la jeune fille que tu as connue autrefois.

— Non, bien sûr que non, chuchota-t-il en l'attirant de nouveau contre lui afin qu'elle comprenne bien quel effet elle lui faisait. Tu es une femme à présent… Une femme superbe, intelligente, et très, très belle.

Elle s'écarta de nouveau alors qu'il lui caressait tendrement la joue.

— Je ne sais pas si je suis intelligente, mais je ne suis en tout cas pas assez stupide pour… Enfin, je dois rentrer chez moi à présent, dit-elle d'une voix de moins en moins assurée, alors qu'il tentait de la retenir par le bras.

— Tu me plais toujours autant, Kendra, murmura-t-il en souriant.

Elle fit un pas en arrière, les yeux rivés à son entrejambe bombé, puis le dévisagea d'un air dubitatif.

— Qu'est-ce que tu mijotes, Dick ?

— Tu ne me fais aucune confiance, n'est-ce pas ?

Il vit ses yeux s'écarquiller aussitôt.

— Tu crois vraiment que me séduire te permettrait de récupérer ton bar ? Que je déclarerais forfait juste parce que tu aurais réussi à me mettre dans ton lit ? s'insurgea-t-elle, visiblement hors d'elle.

A ces mots, il crut recevoir un véritable coup de poing. Une telle idée ne lui aurait jamais traversé l'esprit.

— Non ! Pas du tout ! se défendit-il avec vigueur. C'est juste que… Tu me plais, voilà tout.

Rien sur le visage de Kendra n'indiquait qu'elle le croyait.

— S'il te plaît, reste jusqu'à la fermeture, implora-t-il. Nous devons essayer de parler, afin de trouver ensemble une solution à cette situation.

— Ce n'est pas parler que tu as en tête.

Ce n'était pas faux, mais il n'avait guère le choix.

— S'il te plaît, Kendra… Je te raccompagnerai chez toi.

Newman se mit à tirer sur sa laisse en direction de la rue, apparemment lassé par la conversation. Kendra en profita pour s'éloigner encore d'un pas.

— Pense à verrouiller toutes les portes en partant. Et mets l'argent dans la trousse verte, dans le tiroir du bas.

— Quoi ? Je ne vais pas entreposer l'argent dans un bureau qui ne ferme pas à clé ! s'exclama-t-il, incrédule.

— Le tiroir du bas possède un verrou, expliqua Kendra en sortant un petit cadenas de sa poche. Fais-en bon usage. Tu n'auras qu'à le laisser sur la table de la cuisine chez Diana, je le récupérerai en allant promener le chien demain matin.

Il pourrait aussi le laisser sur sa table de chevet, afin d'obliger Kendra à venir dans sa chambre… S'il savait se montrer aussi convaincant qu'autrefois, elle serait peut-être dans son lit dès demain matin.

— J'aimerais vraiment que tu restes, ce soir, insista-t-il à voix basse en lui prenant la main.

— Ma voiture est par là, dit-elle en hochant la tête. A demain.

Cette fois, il ne put la retenir.

Elle s'éloigna avec le petit cocker de plus en plus impatient. Manifestement, il avait perdu de son pouvoir de persuasion.

En proie à une frustration aussi physique que mentale, il la vit grimper dans sa voiture. Tout en tripotant nerveusement le cadenas qu'elle lui avait confié, il la regarda démarrer en trombe, jusqu'à ce que ses phares disparaissent dans la nuit profonde.

Il effleura ses lèvres, encore humides du baiser qu'ils avaient échangé.

Il n'en avait pas fini avec Kendra Locke. Loin de là…

La porte principale du bar s'ouvrit alors, et deux de ses anciens coéquipiers en sortirent. Leurs rires gras semblaient indiquer que leur taux d'alcoolémie était déjà élevé.

— Sacré Dick, ça fait du bien de te revoir parmi nous ! s'exclama Charlie Lotane en lui tapotant assez brutalement l'épaule. Ton nouveau bar va faire un tabac, mon pote !

— Tu crois vraiment, Lottie ? demanda Dick, étonné de s'être rappelé aussi facilement son surnom.

— Bon sang, mais c'est évident ! assura son compère, Jimmy Malley. C'est exactement le genre d'endroit dont on avait besoin à Rockingham. Il n'y a pas de doute, ça va marcher.

— C'est génial que tu sois de retour ! renchérit Charlie.

En les regardant tituber en direction de High Castle Avenue, Dick se demanda soudain ce qu'il avait cherché à prouver en revenant dans son village d'origine.

Qu'il pouvait remplir Chez Monroe rien qu'en comptant sur sa renommée ? Qu'il était encore la vedette locale ? Que la petite sœur de Jack en pinçait encore sérieusement pour lui ?

Etait-il aussi superficiel et en mal de valorisation ?

La porte s'ouvrit de nouveau, et il en profita pour s'engouffrer dans le bar au milieu de la foule.

Newman se pelotonna dans un coin du salon.

Il était visiblement aussi à l'aise dans le petit cottage de plage que dans la somptueuse villa de Diana Lynn, songea Kendra. Il dormait déjà profondément quand elle eut l'idée de se remettre à lire son ancien journal intime afin de calmer ses ardeurs au sujet de Dick.

— C'est sans doute le moment de me rafraîchir la mémoire, marmonna-t-elle entre ses dents.

Elle n'avait pas rouvert ce cahier depuis au moins quatre ans, mais ce soir, alors qu'elle tremblait encore du baiser que Dick lui avait donné, elle ressentait un besoin viscéral de se replonger dans une blessure qui dans son cœur de jeune fille n'avait jamais entièrement cicatrisé.

Elle se mit à feuilleter les premières pages alors que le goût de Dick était encore sur ses lèvres. Cet homme embrassait toujours comme un dieu…

D'ailleurs, c'est au beau milieu de ce baiser aussi fougueux qu'exquis qu'elle avait subitement repensé à son journal. Un peu comme une sorte d'alerte.

Elle n'avait jamais été du genre à acheter les petits carnets décorés qu'utilisent généralement les jeunes filles : d'abord c'était trop convenu, et surtout Jack se serait délecté de le lui dérober en cachette pour le lire avec ses amis. C'est pourquoi elle s'était contentée pendant de longues années d'un simple cahier à spirale, qu'elle rangeait au beau milieu de ses affaires de classe afin de ne pas attirer l'attention. La ruse semblait d'ailleurs avoir fonctionné à merveille.

Le journal couvrait une bonne douzaine d'années, même si les entrées s'espaçaient parfois dans le temps. L'écriture des débuts était tout en arrondis, telle celle des adolescentes, mais celle des dernières pages était devenue aussi pointue que celle d'un médecin sur une ordonnance.

Les premières pages dataient de l'année de ses dix ans. Les marges étaient couvertes de l'inscription « Madame Dick Monroe ». Les deux « o » étaient en forme de cœur.

Elle ne put s'empêcher de sourire. A défaut de pleurer…

> *« Demain, toute la famille ira à Fall River pour voir le tournoi de base-ball de Jack. Et devinez quoi ? ? ? Dick vient aussi ! ! ! Dans notre voiture !… Ses parents l'ont autorisé à faire le trajet avec son copain ! ! ! Ce qui veut dire que je vais être assise à côté de lui pendant des heures ! ! ! Je suis si impatiente et heureuse, ce soir ! »*

Elle hocha la tête au souvenir encore très vif de ce voyage.

Jack et Dick avaient passé leur temps à échanger des cartes de leurs joueurs de base-ball préférés et à écouter les commentaires du match des Red Sox à la radio sans lui adresser la parole… Sauf pour se moquer d'elle dès qu'elle réclamait une pause pipi à son père. Ils avaient perdu le tournoi à cause d'une des classiques sautes d'humeur de Dick, et le trajet du retour avait été beaucoup plus calme.

Elle passa directement au milieu du journal, à l'année de ses quatorze ans.

> *« Je déteste Anne Kepler. Je la déteste, elle, ses longs cheveux bruns et son corps de déesse des pom-pom girls. Il l'appelle même Annie, je l'ai entendu. Au moment où j'écris, elle est avec les garçons au sous-sol, en compagnie de cette idiote de Dawn Hallet qui passe sa vie à courir après Jack. Bon sang, quand je pense que Dick est sous le charme de cette pimbêche de Kepler.*

Hier soir, je l'ai entendu confier à Jack qu'il l'avait embrassée ! Et avec la langue en plus ! J'y crois pas, je suis trop dégoûtée… »

Oh, Seigneur, il lui suffisait de repenser à la langue de Dick pour se trouver en proie à d'irrépressibles bouffées de chaleur !

A la suite de cette entrée, une série de cœurs brisés dessinés noircissaient les pages, et plusieurs mois s'étaient écoulés avant l'entrée suivante. Elle y décrivait brièvement son arrivée au lycée, la nouvelle charge de devoirs, puis…

« Ça y est ! J'ai mon permis de conduire ! ! L'Etat du Massachusetts et son odieuse représentante aux cheveux rouges ont accepté de m'octroyer ce précieux papier malgré ma difficulté à effectuer un créneau (alors que Jack m'avait juré qu'ils ne le demandaient jamais le jour de l'examen !). Maman me prête sa voiture cet après-midi pour que je puisse faire des courses. Je crois que je vais faire un détour par le stade de Rockingham, vu qu'il y a entraînement de base-ball aujourd'hui… »

Elle avait emprunté le trajet menant au stade un bon million de fois. Et elle avait trouvé un bon million d'excuses pour traîner autour du banc de touche, apporter des affaires à Jack et en profiter pour lorgner du côté de Dick sur le terrain, en train de se faire hurler dessus par l'entraîneur.

A l'époque, Dick l'ignorait copieusement. Et pourtant, elle était certaine qu'en étant patiente, en grandissant encore un peu, en attendant qu'on lui enlève son appareil dentaire et que son tour de poitrine passe à un bonnet C, il finirait par se rendre compte qu'il était amoureux d'elle depuis le premier jour.

Cependant, le temps qu'elle atteigne sa taille adulte, qu'on lui ôte ses bagues et que sa taille de soutien-gorge soit définitive, Dick avait déserté Rockingham au profit des clubs de première division. Elle s'était efforcée de l'oublier, notamment en se concentrant sur son admission à Harvard, et elle avait fini par y arriver. Elle était même parvenue à travailler Chez Monroe tous les étés sans trop penser à lui.

Et puis Leah Monroe était morte, et Dick était rentré pour l'enterrement, en plein désarroi émotionnel.

Kendra ne chercha pas dans son journal le passage ayant trait à la nuit où elle avait perdu sa virginité. Elle n'avait en fait rien écrit à ce sujet, préférant garder chaque détail de ce moment gravé irrémédiablement dans sa mémoire. Mais au fil des mois, elle était revenue à son journal pour y décrire son amertume et sa souffrance, notamment quand elle avait compris qu'il ne la rappellerait jamais.

« *Voilà neuf jours que Dick est reparti.*

Comme une idiote, je consulte mon répondeur toutes les heures. Je décroche le téléphone pour vérifier qu'il marche bien. Je me précipite sur la boîte aux lettres en espérant une carte, une lettre…

Mon seul lien avec lui désormais, ce sont les comptes rendus de ses matchs dans la presse.

Hier soir, il a marqué. Pense-t-il à moi le soir quand il rentre à son hôtel ? Croit-il qu'il est trop tard pour me rappeler ? Une fille l'attend-elle dans chaque ville où le championnat l'emmène ? Bon sang, pourquoi ne m'appelle-t-il pas ? Il s'est pourtant montré si doux, si affectueux, si prévenant… Etait-ce du cinéma ? »

Il restait encore une entrée, mais elle referma le cahier et le posa sur la table.

Comme prévu, cette petite excursion dans le passé était tout sauf une partie de plaisir. Aux yeux de Dick, elle n'avait pas signifié plus qu'Anne Kepler ou n'importe quelle autre. Et ce baiser qu'il lui avait volé ce soir dans l'obscurité ne signifiait rien de plus pour lui. Ce n'était qu'un geste sans véritable sens : sans doute était-il tout excité par la réussite de la soirée d'ouverture de son bar, et elle avait représenté la seule femme disponible sur le moment.

Or Dick était loin de se douter que cette seule et unique nuit de volupté avait gâché toute sa vie. Bien sûr, Jack ne s'était jamais vanté auprès de son ami que sa petite sœur soit tombée enceinte et ait dû renoncer à Harvard.

Même si elle avait toujours pu compter sur le soutien de son frère, elle savait qu'il avait, tout comme ses parents, beaucoup souffert de sa bêtise. D'autant que l'identité du père de son bébé était restée le secret le mieux gardé de toute sa vie. Elle ne l'avait jamais révélée à personne, pas même à Seamus, lequel n'avait jamais porté de jugement sur elle. Sans lui poser de questions, il lui avait donné du travail quand elle en avait eu besoin.

Elle fut tirée de ses pensées par un petit aboiement de Newman, suivi de quelques coups frappés à sa porte.

— Kendra, tu n'es pas encore couchée ?

Oh, non, pas lui… Pas *Dick* ! Pas maintenant.

Elle attrapa son cahier et le glissa à la hâte dans la sacoche qu'elle emmenait chaque jour au bureau.

— Qu'y a-t-il ? demanda-t-elle en approchant de la porte, d'une voix un peu trop éraillée à son goût.

Combien de temps était-elle restée dans sa rêverie ?

— Je viens juste te ramener ton cadenas.

Lentement, elle entrouvrit la porte et passa sa main dans l'entrebâillement.

Sans un mot, Dick glissa le cadenas dans sa paume, puis referma ses doigts autour d'elle avant de porter sa main à ses lèvres. Au seul contact de sa bouche brûlante sur ses doigts, Kendra sentit ses jambes se dérober sous elle.

— Nous avons fait mille dollars ce soir, chuchota-t-il.

Elle parvint à dégager sa main et ouvrit la porte pour le foudroyer du regard si c'était possible.

— Quitte la ville ! s'exclama-t-elle.

Il avança d'un pas, un sourire irrésistible aux lèvres.

— Laisse-moi donc entrer et te raconter quelle merveilleuse soirée ce fut, insista-t-il.

« *Il s'est pourtant montré si doux, si affectueux, si prévenant… Etait-ce du cinéma ?* »

Elle serra le poing autour de son cadenas.

— Pas question, répondit-elle d'une voix ferme. Et la prochaine fois, laisse ce cadenas sur la table de la cuisine de Diana. Je m'arrangerai pour que tu le trouves sur mon bureau quand tu arriveras en fin de journée.

Puis elle rassembla le peu de lucidité qui lui restait, et dans un effort surhumain lui claqua la porte au nez.

Ce qu'elle aurait dû faire il y avait bien longtemps déjà.

Dick posa les mains sur la petite clôture qui entourait le stade amateur de Rockingham et inspira à pleins poumons son odeur favorite, celle de l'argile récemment travaillée et du gazon fraîchement tondu.

Il avait encore une heure ou deux avant de se rendre Chez Monroe pour sa deuxième soirée de service. Toute la journée, il s'était retenu non seulement d'aller au cybercafé afin de demander à Kendra ce qu'elle pensait de l'indiscutable succès de sa soirée d'ouverture, mais aussi d'aller fouler la pelouse du terrain sur lequel il avait fait ses débuts.

Or il avait fini par craquer et avait pris sa voiture jusqu'au stade du lycée de Rockingham, sachant que, comme la plupart des après-midi d'avril, il tomberait sans doute sur un entraînement.

Alors qu'il s'appuyait contre la barrière, l'envie de

tâter la balle le démangea plus que jamais. Après tout, qu'est-ce qui l'en empêchait ? Il lui suffirait probablement de faire signe au préposé à l'entretien qui était en train de ratisser la pelouse et de se présenter. Une fois que celui-ci saurait qu'il était Dick Monroe, le diplômé le plus connu du lycée, il l'inviterait sûrement à fouler ce gazon qu'il avait tant piétiné autrefois.

Il fut tiré de sa rêverie par les éclats de rire d'un groupe de lycéens en tenue d'entraînement portant des sacs de sport d'où dépassaient des battes ou des casques. Certains effectuaient déjà des mouvements d'échauffement. L'un d'entre eux proféra un juron inédit, déclenchant l'hilarité générale tandis que chacun déballait son sac.

Après plusieurs minutes d'étirements au bord du terrain, la moitié des joueurs se mit en position de jeu. Un homme d'une quarantaine d'années vêtu d'un survêtement et équipé d'un sifflet les rejoignit au milieu du terrain. Il jeta un coup d'œil indifférent à Dick puis se retourna vers ses élèves pour mieux les placer.

Rick Delacorte, le seul entraîneur qui ait jamais su gérer son caractère indomptable, avait pris sa retraite voici un an après vingt ans de bons et loyaux services au lycée de Rockingham.

Dick était resté en contact avec lui et savait que, avec sa femme, il avait déménagé en Arizona pour y couler une retraite paisible, dans une résidence stratégiquement située à quelques kilomètres du stade de Diamondback. En revanche, il ne se souvenait plus du nom du successeur dont Rick lui avait parlé.

Il le regarda diriger avec une certaine autorité la séance d'entraînement, alternant encouragements et réprimandes.

Un sentiment de déjà vu et de familiarité l'envahit quand il remarqua que l'un des gamins avait un placement approximatif par rapport à son coéquipier. L'entraîneur, lui, n'avait rien vu, et Dick dut faire un gros effort pour ne pas intervenir. Au lieu de ça, il s'assit sur un petit banc au bord du terrain. Juste pour une minute. Juste pour voir de quoi les gamins étaient capables.

Soudain, alors que l'entraîneur rameutait ses troupes pour une dernière simulation de match, Dick se rendit compte que l'heure avait passé. Il était à présent en retard pour l'ouverture du bar. Tant pis, il venait de passer un très agréable moment.

Alors qu'il s'apprêtait à regagner sa voiture, le préposé à l'entretien surgit de derrière les gradins.

— Excusez-moi, vous cherchez quelqu'un en particulier ?

Dick le salua d'un hochement de tête.

— Je venais voir l'entraînement, répondit-il en clignant des yeux face au soleil rasant de cette fin d'après-midi.

Le vieil homme se rapprocha lentement, un drôle de sourire aux lèvres.

— Que penses-tu du nouvel entraîneur, Dick ?

Surpris, Dick fronça les sourcils.

— Pardonnez-moi… Je vous connais ?

— Moi, je te connais, dit l'homme en riant de bon

cœur. Mais toi, tu ne te souviens probablement pas de moi. Je suis Martin Hatchet, l'ancien…

— Principal du lycée ! termina Dick en reconnaissant enfin son interlocuteur et en lui serrant la main avec chaleur. Pardonnez-moi, monsieur, mais je ne vous avais pas reconnu.

Une nouvelle fois, l'homme éclata de rire.

— Je dois être moins imposant un râteau entre les mains que lorsque je menaçais mes élèves avec des heures de colle !

Dick gloussa à son tour et hocha la tête.

— Que faites-vous donc ici ? demanda-t-il, intrigué.

— J'ai pris ma retraite, expliqua Martin Hatchet en glissant ses mains dans ses poches. Mais comme beaucoup d'anciens professeurs, je reste très attaché au lycée et y reviens régulièrement en tant que volontaire. La semaine dernière, j'ai par exemple donné un coup de main à la cafétéria. Je n'ai jamais fini d'apprendre des choses !

Tout en l'écoutant, Dick observa le visage pourtant familier creusé par le temps, et ses cheveux devenus gris — sans doute à cause du stress accumulé pendant des années au contact d'élèves récalcitrants comme il l'avait lui-même été.

— Je ne t'en veux pas de ne pas m'avoir reconnu, déclara Martin. J'ignore moi-même si je t'aurais reconnu, si je n'avais pas entendu parler de ta récente retraite.

— C'est une retraite un peu forcée et anticipée, précisa Dick avec un petit sourire.

L'ancien principal se remit à rire et lui tapota l'épaule.

— Tu as toujours su formuler les choses à ton avantage, Monroe !

— Peut-être, mais ça n'a pas marché devant le juriste en charge des contrats des Nevada Snake Eyes…

— Ils t'ont perdu, mais Rockingham t'a retrouvé, répondit Martin d'un air enjoué. C'est presque dommage que toute cette histoire ne soit pas arrivée une saison plus tôt…

— Que voulez-vous dire ? s'étonna Dick. C'est justement l'année dernière où j'ai effectué ma meilleure saison !

— Si seulement tu avais joué les Fangio avant que le lycée n'engage ce… ce…

Martin désigna du menton l'entraîneur qui dispensait ses dernières consignes à un groupe de moins en moins attentif.

— Ce cher George Ellis est un bien meilleur professeur de biologie qu'entraîneur de base-ball, grommela l'ex-principal.

Dick jeta un œil vers le terrain avant de scruter Martin.

— Il n'a pas l'air mauvais. Il semble savoir comment motiver ses troupes, assura-t-il.

— Tu serais bien meilleur.

— Moi ? ! s'esclaffa Dick en manquant de s'étrangler. Non merci, je n'ai aucune envie de me retrouver face à une bande de petits arrogants qui croient déjà tout savoir !

Un peu comme lui au même âge…

Martin se dirigea avec lui vers le parking.

— Je vois… Tu préfères tenir un bar.

Dick crut relever un brin de scepticisme dans sa voix.

— Ce bar s'appelle Chez Monroe, monsieur Hatchet. Il porte mon nom, et il me paraît logique que je le fasse tourner.

— Je ne suis plus ton principal, Dick ! pouffa le vieil homme. Tu n'es obligé ni de m'appeler monsieur Hatchet, ni de me servir tes habituelles balivernes.

Dick ralentit le pas et dévisagea l'homme qui l'avait maintes fois rappelé à l'ordre en tant que lycéen turbulent.

— Mais ce ne sont pas des balivernes ! s'indigna-t-il.

— Il y a longtemps que Chez Monroe n'est plus un bar à proprement parler, remarqua Martin.

— Justement, nous y travaillons.

Martin se mordilla la lèvre, puis reprit à voix basse :

— Il me semblait pourtant que Kendra Locke avait un ambitieux projet de développement pour cet endroit…

Lors de ses nombreux séjours dans le bureau du principal, Dick avait appris que ce dernier avait toujours une manière habile de faire passer ses messages.

Contrairement à lui-même, qui avait plutôt pour habitude d'aller droit au but.

— Moi aussi, j'ai un projet, contre-attaqua-t-il.

Arrivé au parking, Martin s'arrêta et croisa les bras.

— Kendra fut une des élèves les plus brillantes que j'ai jamais eues, dit-il soudain.

— Je sais. Son frère Jack était mon meilleur ami.

— Oui, je me souviens aussi très bien de Jackson Locke. Un rebelle lui aussi, avec un esprit créatif très développé. Notamment lorsqu'il s'agissait de lancer des bombes à eau sur le parking des profs, ajouta-t-il avec un sourire.

— Bah, c'est du passé, répondit Dick, un brin gêné.

— Tu sais, les temps n'ont guère changé, remarqua Martin en désignant du regard l'imposante bâtisse du lycée perchée sur un promontoire. Qu'est-ce que je te disais ? Oui. La petite Kendra aussi porte un lourd passé derrière elle…

Kendra ? Mais que venait-elle faire dans cette conversation ?

Comme à l'époque où il restait consigné dans son imposant bureau après avoir commis une bêtise, Dick attendit patiemment que l'ex-principal précise son propos.

— Savais-tu qu'elle est allée à Harvard ?

— Oui, bien sûr, répondit-il avec une sorte de mauvais pressentiment.

— Elle a malheureusement laissé tomber en cours de première année.

— C'est dommage, elle était pourtant très intelligente.

« Et en plus, elle embrassait comme une déesse… »

— Tu sais, en vingt-cinq ans passés dans ce lycée, je n'ai compté qu'un tout petit nombre d'élèves admis à Harvard, expliqua Martin. C'est pourquoi je me souviens de chacun d'eux.

— Et finalement, pourquoi a-t-elle quitté la fac ? demanda Dick.

— Ce n'est pas à moi de te le dire, répondit l'ex-principal sur un ton évasif tout en déverrouillant la portière d'un vieux 4x4. Ah, au fait, Kendra est *toujours* intelligente.

— Oui, bien entendu.

— Et toi, tu aimes toujours autant le base-ball…

Dick ne put réprimer un sourire.

— Mais je ne deviendrai pas entraîneur, affirma-t-il.

Martin s'installa au volant de son 4x4 en riant.

— Tu viens pourtant de passer près de deux heures à observer une simple séance d'entraînement…

— Ce fut un plaisir de vous revoir, monsieur… Martin !

— Je passerai boire une bière dans ton bar, Dick. Il paraît que ta soirée d'hier a fait un malheur !

— L'information circule vite à Rockingham.

Martin acquiesça tout en démarrant, lui fit un petit signe et quitta le parking.

Lorsqu'il eut disparu, Dick se tourna de nouveau vers le terrain et inspira une profonde bouffée de base-ball avant de reprendre sa voiture.

Soudain, il avait très envie de découvrir la raison pour laquelle Kendra avait abandonné ses études à Harvard.

Contrairement à la plupart des informations, celle-ci semblait vraiment ne pas avoir circulé *du tout* dans le petit village de Rockingham.

- 6 -

Allongé sur le dos, le froid du carrelage se répandant à travers son sweat-shirt, Dick proféra un juron lorsque l'embout brisé de la mini-cuve à pression rebondit sur son torse.

Voilà une demi-heure qu'il était sous le bar, à essayer avec acharnement de réparer cette satanée machine.

Cinq jours après sa soirée d'ouverture, il avait subitement décidé de réparer lui-même le matériel. A 8 heures du matin, qui plus est, avant l'arrivée des premiers clients du cybercafé, et ce même s'il aspirait surtout à un sommeil réparateur après une longue soirée au bar.

Il essuya une goutte de soda sur sa joue et serra plus fort entre ses dents la lampe torche qui éclairait la machine.

Pff… Qui espérait-il duper ?

Les internautes se moquaient totalement de savoir si le bar était en réparation pendant qu'ils faisaient leur shopping sur le Net ou qu'ils jouaient à des jeux médiévaux. La vérité, c'est qu'il était venu avant l'ouverture parce que Kendra passait son temps à l'éviter soigneusement. Et qu'il avait envie de tout, sauf qu'elle l'évite.

Mais quand il était arrivé ce matin, il avait entendu des éclats de voix émanant de la porte entrouverte du bureau : Sophie se plaignait à Kendra d'un employé qui avait mal effectué les mises à jour des logiciels, et Kendra lui expliquait le plus calmement du monde la marche à suivre.

Plutôt que les interrompre, il était allé directement sous le bar réparer la cuve défectueuse.

Tout en y travaillant, il entendit les bruits de l'ouverture du cybercafé et sentit un mélange d'arômes de café.

Il était en train de finir de réinstaller l'embout neuf quand un parfum plus subtil, plus fleuri et épicé lui envahit soudain les narines. Il tourna la tête, et sa lampe torche éclaira une paire de sandales à quelques centimètres de son visage. Il leva lentement les yeux le long d'une interminable paire de jambes, jusqu'à l'ourlet d'une jupe courte.

Alors qu'il tentait de reprendre son souffle, une des deux sandales se mit à tapoter le sol.

— Allons, Dick, grommelait Kendra qui ne l'avait pas encore vu. Où donc as-tu caché le bidule à soda ?

Elle repoussa plusieurs shakers à cocktails sur le côté et tira sur le robinet relié à l'embout que Dick tenait dans sa main. Tout en tirant, elle suivait le tuyau de l'autre main, se penchant progressivement jusqu'à… se retrouver nez à nez avec lui.

— Oh ! Mon Dieu, tu m'as fichu une de ces frousses !
s'exclama-t-elle. Que fais-tu là ?

La lampe torche remonta une nouvelle fois le long
de ses jambes, s'attardant longuement sur un muscle
de sa cuisse qui semblait s'être légèrement contracté
sous son regard.

— J'entretiens mon matériel, répondit-il en desserrant
à peine la mâchoire. Et j'apprécie la vue…

— J'aurais dû t'écraser comme un vulgaire insecte,
dit-elle en reculant d'un pas.

Eclatant de rire, Dick laissa la lampe torche s'échapper
d'entre ses lèvres. Lentement, il se remit sur pied
tandis que Kendra s'efforçait de ne pas le regarder. Il
épousseta son jean puis brandit l'embout en direction
du visage de Kendra.

— Soda, eau minérale ou bière ? proposa-t-il. Hier
soir, cela se mélangeait en un liquide peu digeste.

— En tout cas, cela n'a affecté en rien le chiffre
d'affaires.

Il ne put réprimer un petit sourire.

— Ah bon ? Tu as déjà fait les comptes de ma
soirée ?

Depuis une semaine, un dialogue de sourds s'était
installé entre eux. Chaque soir, Dick rangeait la trousse
contenant les recettes de la soirée dans le tiroir du bas
du bureau et laissait la clé du cadenas sur la table de
la cuisine de Diana. Kendra la récupérait le lendemain
matin en venant promener le chien alors que Dick
dormait encore. Et quand Kendra finissait sa journée
au cybercafé — quelques minutes après l'arrivée de

Dick Chez Monroe —, elle apportait la trousse à la banque, laissant le cadenas en évidence sur le bureau. En résumé, elle s'arrangeait au mieux pour le croiser le moins possible.

— En fait, j'ai rendez-vous avec l'architecte dans quelques minutes, expliqua-t-elle. Je pensais donc en profiter pour aller à la banque déposer l'argent.

— Ah, c'est donc pour ça que tu es si bien habillée ? murmura-t-il en lorgnant allègrement sur son chemisier de soie qu'il eut soudain envie de déboutonner. Dommage, je pensais que c'était pour m'impressionner, moi…

— Je ne pense pas qu'une simple jupe et un chemisier soient suffisants pour t'impressionner.

— Ils te vont à ravir, même si j'avoue avoir un penchant naturel pour le cuir, dit-il en haussant les épaules.

Kendra poussa un soupir et leva les yeux au plafond.

— Tu n'arranges pas ma migraine, murmura-t-elle en portant deux cachets à sa bouche.

Aussitôt, il lui remplit un verre d'eau et lui tendit.

— Ne m'en veux pas, mais je t'ai entendue te disputer avec Sophie, déclara-t-il en hésitant.

Kendra avala son aspirine puis écarquilla les yeux.

— Nous ne nous disputions pas, assura-t-elle d'un ton agacé tout en jetant le reste de son verre d'eau dans l'évier. Nous étions juste en train de régler un problème.

A ces mots, elle jeta un œil du côté des ordinateurs, où Sophie était en train de s'activer.

— Elle semblait assez remontée contre toi, insista Dick.

— Non, il s'agit en fait d'un souci que nous avons avec un autre employé, expliqua Kendra en le dévisageant d'un regard sincère. Rien que nous ne puissions régler de façon civilisée, rassure-toi !

— Si je peux t'être utile… Disons que j'en connais un rayon en ce qui concerne le travail d'équipe ! proposa-t-il.

Kendra continua de le scruter, hésitant manifestement à lui faire confiance.

— C'est juste que si Sophie est quelqu'un de très compétent, elle a parfois du mal à être patiente avec les nouveaux arrivés et a tendance à manquer d'indulgence.

— Je vois, c'est un peu comme dans une équipe de base-ball, remarqua-t-il. Les joueurs confirmés peinent parfois à accepter les jeunes loups parmi leurs rangs.

Elle le scruta d'un air dubitatif puis sourit.

— La vie n'est pas vraiment une partie de base-ball, Dick.

— Ça y ressemble pourtant beaucoup, affirma-t-il d'une voix détendue. Pourquoi ne pas confier à Sophie la formation des nouveaux venus ? Ça la responsabiliserait et lui donnerait une nouvelle stature dans l'entreprise.

— Que veux-tu dire ? murmura Kendra, assez perplexe.

— Les entraîneurs font souvent ça en début de saison : pour renforcer la cohésion de l'équipe, ils chargent les joueurs les plus expérimentés de parrainer les nouveaux.

Kendra regarda en direction de Sophie.

— Et comment s'y prennent-ils exactement ? demanda-t-elle.

— Si tu charges Sophie de former les employés, tu l'associes à leur réussite, et elle aura envie de les voir réussir.

— Justement, elle *veut* qu'ils réussissent, s'écria Kendra. Mais elle croit qu'ils doivent tous être aussi compétents qu'elle : sur les ordinateurs, avec les clients, bref, dans tous les domaines. Or la plupart sortent à peine de l'université…

— Précisément ! dit-il en rangeant le tuyau de la cuve à pression. Fais-lui sentir que leur réussite reflétera ses compétences à elle. Tu verras, ça fonctionne à coup sûr.

Elle garda le silence et le regarda se laver les mains, avant de lui offrir un de ces sourires qui le faisait craquer. Un sourire détendu et confiant, celui qu'elle n'affichait qu'une fois qu'elle avait baissé sa garde.

— Merci pour le conseil, finit-elle par déclarer. Mais au fait, que fais-tu ici de si bonne heure ?

— Je voulais te parler.

— Ah bon ?

— Je n'arrive pas à être seul avec toi plus de cinq minutes.

Kendra haussa les épaules, feignant l'indifférence.

— Pas étonnant. Je suis débordée, je travaille le jour, toi le soir… Et puis, tu es là pour me compliquer la vie.

— Tu crois vraiment cela ? dit-il en se retenant de sourire.

— Ton bar fait trop de recettes, Dick. Comment vais-je pouvoir convaincre ton père que transformer Chez Monroe en bar est une mauvaise idée, à présent ?

— Tu n'y arriveras pas, en effet. Mais si tu regardes autour de toi, ajouta-t-il en désignant les ordinateurs qui étaient déjà tous occupés par des clients, on ne peut pas non plus dire que ton cybercafé perd de l'argent.

— C'est vrai, le chiffre d'affaires de mon activité est en constante progression, acquiesça-t-elle.

— Tant mieux ! Du coup, je pense que tu ne t'opposeras pas à ce que nous investissions dans un fourneau à pizza.

— Un fourneau à pizza ? répéta-t-elle en reculant d'un pas. Maintenant, tu veux transformer le bar en pizzeria ?

Dick désigna de la main l'étagère à boissons alcoolisées.

— Nous sommes obligés de proposer à manger si l'on sert de l'alcool. J'ai fait quelques recherches, et il apparaît que la pizza est un mets très rentable, surtout si on le vend à la part.

— Je n'en sais rien…, bredouilla Kendra, l'air dubitatif.

— En plus, tu pourrais aussi en servir l'après-midi !

— En accompagnement du thé ou du café ?

— C'est meilleur avec une bière, admit-il avec un clin d'œil.

— Dick, te rends-tu compte que je suis à quelques minutes d'un rendez-vous avec l'architecte et que tu viens de nouveau chambouler tout mon business plan, se plaignit-elle en se massant les tempes. Laisse-moi juste un peu de temps pour réfléchir à cette histoire de fourneau et…

— De toute façon, je vais le commander, l'interrompit-il en peinant à se retenir de lui masser lui aussi les tempes. Je voulais juste savoir si tu avais une préférence pour le fournisseur.

— Je traite souvent avec Buddy McGraw à Fall River, dit-elle. Mais il faudra que ce soit moi qui l'appelle, car il est dur en affaires et n'acceptera jamais de te faire un bon prix.

— Dans ce cas, tu n'as qu'à venir le chercher avec moi.

— Impossible, j'ai un nouvel employé à former demain…

— Tu n'as qu'à demander à Sophie de s'en charger ! suggéra-t-il avec un sourire victorieux.

Mais Kendra secoua la tête, l'air paniqué.

Etait-ce à l'idée de changer ses projets, ou de se retrouver seule avec lui ?

— Kendra, murmura-t-il en se penchant vers elle. Je te rappelle que nous sommes associés, pas ennemis.

A présent, ses lèvres touchaient presque les tempes de Kendra. S'il y déposait un baiser, peut-être cela lui ferait-il passer sa migraine ?

— Nous ne somme pas associés ! contre-attaqua-t-elle sèchement en soutenant son regard.

— Mais tu ne peux pas continuer à m'éviter ainsi pendant le mois qu'il nous reste à passer ensemble !

Elle ferma brièvement les yeux, comme en proie à un vertige, ce que Dick ne manqua pas de mettre à profit. Il posa ses lèvres sur son front et lui administra un baiser appuyé.

— J'espère que ta migraine va s'estomper.

— C'est *toi* qui me donnes la migraine, marmonna-t-elle.

— Attention, je pourrais prendre ça comme un compliment ! répondit-il en riant.

Le lendemain matin, il ne fit aucun doute que Sophie fut ravie de se voir confier la rédaction d'un manuel à l'usage des nouveaux employés.

Elle sortit d'un pas léger du bureau en tenant la porte à Dick, qui semblait attendre derrière depuis un moment.

— J'ai l'impression que ça s'est bien passé, remarqua celui-ci en dévorant Kendra de son regard brun.

Elle détestait avoir à le reconnaître, mais il avait eu raison.

— Merci pour ton conseil, dit-elle, je te suis redevable.

— Je t'en prie ! Je me disais que nous pourrions être à Fall River pour midi, charger le fourneau de nos rêves dans le fourgon et nous prélasser ensuite lors d'un déjeuner en tête à tête en bord de mer.

Se prélasser ? Un déjeuner ? En tête à tête ?

Kendra s'efforça d'ignorer l'onde de chaleur qui embrasait chaque cellule de son corps à cette proposition.

— Je te suis redevable d'un conseil, Dick, pas d'un déjeuner en tête à tête en bord de mer, s'entendit-elle répondre. De plus, il faut moins de deux heures pour arriver à Fall River. Je pensais être de retour ici pour 13 heures.

— Ecoute, ma jolie, j'ai besoin d'un fourneau à pizza, et toi tu as besoin de faire une pause, affirma-t-il en désignant la pile de paperasses accumulées sur le bureau.

Il n'avait pas tort, là non plus. Seamus l'avait appelée de San Francisco pour lui annoncer que les investisseurs se montraient très intéressés et demandaient de plus amples informations. Elle avait déjà réuni une bonne partie des documents, et maintenant passer le reste de la journée avec Dick lui paraissait tout aussi tentant qu'insensé…

Il appuya une de ses épaules larges et carrées contre le jambage de la porte, et elle laissa son regard s'égarer sur son polo bleu marine qui moulait à la perfection ses biceps d'athlète, puis sur ses hanches minces mises en valeur par un pantalon de lin beige. Il avait fait un effort de tenue pour cette petite escapade à Fall River. N'imaginant pas vraiment qu'il lui demanderait sérieusement de l'accompagner, elle n'avait revêtu qu'un simple jean et un sweat-shirt.

— Tu vas me scruter comme ça encore longtemps, ou on va pouvoir se mettre en route ? demanda-t-il l'air impatient.

Troublée, elle cligna plusieurs fois des paupières.

— Tu te fais des idées, balbutia-t-elle en faisant mine de fouiller dans son sac à main. Je me demandais juste ce que mon fournisseur allait penser de toi. Si c'est un fan de base-ball, nous avons une chance qu'il nous fasse une ristourne !

— Je préférerais que nous n'abordions pas avec lui le sujet de ma carrière, déclara Dick d'un ton soudain sérieux.

Surprise, elle leva les yeux et le dévisagea un instant.

— Vraiment ? fit-elle en attrapant son portefeuille dans son sac. Ça ne te ressemble pourtant pas.

— Tu sais, je suis plein de surprises ! répondit-il d'un air plus jovial. D'ailleurs, j'en ai une autre sur le parking.

Puis il la suivit alors qu'elle sortait du bureau pour expliquer à Sophie où ils allaient.

Kendra s'efforça d'ignorer le petit sourire entendu de son employée qui semblait dire : « Tiens donc, une escapade en bord de mer en tête à tête, n'est-ce pas intéressant ? » Arrivée sur le parking, elle constata que la voiture de location de Dick avait été remplacée par une Mercedes décapotable flambant neuve, rouge vif.

— Surpriiiise ! s'exclama-t-il très fier de son effet.

Le souffle coupé, elle ne put que repenser à la dernière fois où elle était montée dans une décapotable avec lui. Il s'agissait de la voiture de Seamus, et elle revit très clairement Dick rabattre entièrement le siège avant, afin de leur permettre une plus grande aisance dans leurs ébats.

A ce souvenir, elle sentit une chaleur l'envahir.

— Nous allons pouvoir conduire cheveux au vent sur la nationale 28 en direction de la côte Sud ! claironna-t-il.

Il fallut quelques instants à Kendra pour oublier le corps en transe et en sueur de Dick sur le sien, neuf ans plus tôt.

— Comment ? Tu veux emprunter la route de la côte ? s'étonna-t-elle. L'autoroute est pourtant plus rapide.

— Justement, on a tout notre temps. Ce sera plus agréable de longer la mer ! assura-t-il en lui ouvrant la portière du passager. Ça fait des années que je n'ai pas pris cette route.

Aïe. La situation était déjà en train de déraper ! Une balade en décapotable sur la route des plages — dont *leur* plage. Le sentiment de déjà-vu était insoutenable. Elle qui s'était tellement appliquée à éviter Dick ces derniers temps…

Alors qu'elle prenait place sur le siège en cuir rouge déjà chauffé par le soleil, elle surprit dans le rétroviseur Dick en train de lorgner sur la courbe de ses reins. Elle se retourna aussitôt et lui décocha un regard assassin.

Au lieu de détourner les yeux, il soutint son regard d'un air plus provocant que jamais.

— Tu as toujours très bien porté les jeans moulants, déclara-t-il en prenant place au volant.

Oh, Seigneur, comment résister à ce sourire enjôleur ?...

Avait-il fait exprès de ralentir alors qu'ils passaient devant les dunes de West Rock Beach ? Se souvenait-il seulement qu'il s'était agi là de *leur* plage, ou était-elle la seule à avoir entretenu ce souvenir durant toutes ces années ?

Et dire que, en neuf ans, elle n'y était jamais retournée...

Elle se retint tant bien que mal de détourner les yeux vers les ondulations de sable recouvertes de hautes herbes, vers l'homme assis à côté d'elle.

— Dis-moi, petite, est-ce que tu penses quelquefois à moi quand tu passes par ici ? murmura-t-il d'une voix très sérieuse.

Le cœur battant la chamade, elle inclina la tête en arrière et laissa le soleil lui caresser le visage.

— Pourquoi devrais-je penser à toi ?

Il se mit à rire et actionna la vitesse supérieure, effleurant au passage le denim de son jean.

— Tu es donc fermement décidée à faire comme s'il ne s'était jamais rien passé, hein ?

— Exact, articula-t-elle.

— Tu crois que l'on peut faire comme si de rien n'était ?

— Absolument, affirma-t-elle en rouvrant les yeux pour s'apercevoir qu'il ne la quittait pas du regard.

— Pourtant c'est arrivé, Kendra. Et on doit en discuter.

— Concentre-toi sur la route ! dit-elle alors qu'il manquait de percuter un camion. De toute façon, je refuse d'en parler.

A quoi Dick essayait-il de jouer ? Qu'attendait-il d'elle ?

— Tu m'en veux de ne pas t'avoir rappelée.

— Ah, tu crois ça ? dit-elle avec une moue ironique.

Cette fois, la main de Dick dévia du levier de vitesse et vint se poser sur la cuisse de Kendra, qui crut défaillir au contact de sa paume chaude et musclée.

Elle se dégagea néanmoins et lui adressa un regard d'avertissement.

— Excuse-moi, plaida-t-il à voix basse.

Machinalement, elle se passa une main sur la cuisse comme pour effacer ce contact brûlant, interdit.

— Il n'y a pas de mal, se contenta-t-elle de répondre.

La brise du détroit de Nantucket soufflait, et les

mèches s'agitaient autour de son visage. Elle les laissa faire, pour que Dick ne voie pas la confusion qu'elle éprouvait à cet instant.

Oh, bon sang, rien n'avait changé ! Désirer cet homme était si profondément ancré en elle. C'était presque aussi élémentaire que le fait de respirer…

D'un coup, la décennie écoulée semblait comme effacée. D'un coup, c'était comme si c'était hier seulement qu'ils s'étaient enlacés sur le sable. Et elle sentait que son cœur d'adolescente stupide et naïve était de nouveau sur le point de craquer.

— Tout va bien ? demanda-t-il, intrigué par son mutisme.

— Ne t'en fais pas, je t'ai pardonné de ne pas m'avoir rappelée, déclara-t-elle en espérant qu'il arrêterait de la titiller si elle ne cherchait pas de confrontation.

— Tu es sincère ?

— Je ne suis pas une menteuse, dit-elle en hochant la tête.

Même si elle conservait depuis des années pour elle seule une partie de la vérité…

Un silence interminable s'installa entre eux. Finalement, elle rabattit ses mèches derrière ses oreilles et risqua un regard en direction de Dick. Celui-ci conduisait la mâchoire crispée, les yeux concentrés derrière ses lunettes de soleil.

— Je te dois la vérité, Kendra, murmura-t-il alors qu'il dépassait le camion qu'il suivait depuis un long moment. En fait, j'ai délibérément coupé les ponts avec tout ce qui pouvait me rappeler Rockingham.

Il prononça ces mots dans un murmure à peine audible.

— Pourquoi ?

— Parce que…, balbutia-t-il en hochant la tête tout en se mordillant la lèvre inférieure.

Seigneur, il était encore plus beau avec cet air vulnérable ! Si beau que le seul fait de le regarder était douloureux…

Il décéléra à une vitesse plus raisonnable et poussa un long soupir avant de poursuivre d'une voix posée :

— Sans ma mère comme médiateur, l'ingérence de mon père dans ma vie m'est devenue insupportable. Son absence me sautait au visage. Rentrer à Rockingham n'aurait fait que me rappeler plus cruellement encore qu'elle n'était plus là…

Elle était bien placée pour savoir que Seamus pouvait parfois se montrer envahissant. Voire étouffant.

— Je comprends, assura-t-elle à voix basse.

Mais pourquoi n'avait-il pas appelé pour lui dire tout ça ?

Des années d'entraînement pour dissimuler ses sentiments à Dick l'empêchaient de lui poser cette question cruciale. Cela avait beau être stupide, c'était la seule façon pour elle de ne pas complètement craquer en sa compagnie.

Car la seule fois où elle avait laissé s'exprimer ses sentiments…

— Et comme je ne voulais… ne *pouvais* pas revenir, je ne voyais pas de raison de te rappeler.

— Par simple politesse, peut-être, dit-elle en haussant

les épaules. Ou pour te soucier de ce que je pouvais ressentir.

Ou de l'enfant qu'elle portait alors…

— Je suis vraiment désolé, Kendra, admit-il d'une voix étranglée. Tu ne méritais pas que je me comporte ainsi.

Cette fois, c'est elle qui posa une main sur la cuisse de Dick.

— Il y a longtemps que je n'y pense plus, Dick.

« Menteuse ! Menteuse ! Menteuse ! »

— Dis-moi, pourquoi as-tu quitté Harvard ?

La question était si impromptue qu'elle crut que son cœur allait imploser sous la pression.

— On m'a retiré ma bourse, et je n'ai pas pu poursuivre mon cursus sans elle.

C'était la stricte vérité, après tout.

— Comment as-tu pu la perdre ? demanda-t-il l'air incrédule. Tu avais pourtant tous les atouts de ton côté, tu étais un vrai génie, une des meilleures élèves du comté !

Un génie qui ne prenait pas la pilule, pensa-t-elle en remuant sur son siège, mal à l'aise.

— Mes notes étaient devenues catastrophiques. J'ai tout gâché, Dick. Ça arrive à beaucoup de gens, tu sais. Je suppose que tu n'as pas oublié l'accident de voiture qui t'a ramené ici ?

— On dirait que tu passes ton temps à prendre un malin plaisir à me le rappeler, dit-il avec un sourire espiègle.

Elle s'efforça d'orienter la conversation sur lui.

— A quoi as-tu pensé, juste avant de heurter le mur ?

— « Mon père va me tuer ! », avoua-t-il en riant.

— Il était furieux quand il a appris ton accident, renchérit-elle. Les noms d'oiseaux ont fusé de toute part !

Soudain, il lui jeta un coup d'œil incisif.

— Est-ce à cause d'un garçon que tu as raté tes études ?

— Oui… Mais oublie ça, Dick, soupira-t-elle.

Elle se sentait incapable de lui raconter un mensonge.

— Tu l'aimais ?

— Oui…

Cette fois, c'était toute la vérité, rien que la vérité.

— Et tu l'aimes encore ?

« Seigneur, épargnez-moi ce supplice ! »

— Il m'arrive de penser à lui parfois, parvint-elle à articuler, la gorge de plus en plus nouée.

— Est-ce que ce type t'a… fait du mal ?

Elle repensa alors au sang, à la douleur, et au trajet interminable vers l'hôpital. La culpabilité, la déception, et puis ensuite, pire que tout, le soulagement.

— C'était une période sombre… Mais j'ai survécu.

Malgré avoir perdu le bébé, Harvard, et Dick.

Elle inspira une grande bouffée d'air iodé et se rendit soudain compte que Dick avait la main posée sur sa jambe depuis le début de la conversation.

Elle réussit à lui sourire.

— Alors, quel modèle de fourneau comptes-tu acheter ? demanda-t-elle d'une voix des plus dégagées.

Il la scruta d'un œil sceptique.

— Tu sais, plus j'y pense, plus je me dis que des pizzas pourraient très bien se vendre au cybercafé, ajouta-t-elle avant que Dick ne puisse dire quoi que ce fût. J'ai feuilleté le catalogue de Buddy McGraw, et je pense qu'il nous faut un modèle de capacité intermédiaire, ni trop petit, ni trop…

— Nous étions en train de parler de ta vie senti-mentale, rappela Dick en pressant ses doigts autour de sa cuisse.

Elle posa sa main sur la sienne, instantanément sous le charme de ses longs doigts virils, et de la fine toison qui couvrait son poignet musclé de joueur de base-ball.

— Je croyais que nous venions à Fall River pour choisir un fourneau à pizza ? rétorqua-t-elle d'une voix innocente.

— C'est une des raisons, en effet, murmura-t-il en retournant sa paume pour glisser ses doigts entre les siens, tout en s'arrêtant à un feu rouge. L'autre raison, c'est que cela fait une semaine que j'essaie de te parler seul à seule et c'est tout simplement *impossible*.

— Je suis très occupée.

Encore une semi-vérité… Mais surtout, pourquoi ne dégageait-elle pas sa main de la sienne ?

Parce qu'elle en était incapable, voilà tout. Pas plus qu'elle n'était capable de détourner le regard alors qu'il se penchait vers elle.

Sa bouche n'était soudain qu'à quelques millimètres, et, sans la quitter des yeux, il entrouvrit les lèvres.

Le baiser qu'il lui vola cette fois était à la fois plus brûlant, plus tendre et plus sensuel que celui de l'autre soir.

Soudain, un bruit de klaxon les fit sursauter.

Dick fit un signe d'excuse à l'automobiliste derrière eux avant de redémarrer.

— Je ne suis pas près d'abandonner le sujet de ta vie amoureuse, Kendra, murmura-t-il. Tout comme je ne suis pas près d'arrêter d'avoir envie de t'embrasser.

- 7 -

Dick vit que Kendra avait du mal à dissimuler sa surprise lorsqu'elle le présenta à Buddy McGraw et que son nom ne parut rien évoquer au fournisseur en matériel de restauration. Buddy n'était manifestement pas un fan de base-ball puisque, durant les deux heures qu'ils passèrent en sa compagnie, il ne mentionna pas une seule fois l'équipe des Snake Eyes.

En tout cas, observer Kendra en situation de négociation était un véritable plaisir. Sans perdre une once de l'aura sensuelle et féminine qui émanait d'elle, elle réussit à obtenir une ristourne conséquente tout en s'arrangeant pour donner l'impression à Buddy qu'il était celui qui avait tout décidé.

Alors qu'elle inspectait attentivement les différents modèles de fourneaux que proposait le fournisseur, il se surprit à imaginer ses longs doigts fins se promenant sur son corps à lui, après qu'il l'aurait déshabillée lentement, langoureusement… Et, bien entendu, il ne se priva pas de lui effleurer le bras ou l'épaule à la moindre occasion au cours de la négociation.

Il espérait vivement qu'elle l'avait pris au sérieux quand il lui avait annoncé qu'il n'était pas près d'arrêter d'avoir envie de l'embrasser. Il n'avait jamais été aussi sincère de sa vie…

Et tandis que Kendra était en train de persuader Buddy de leur accorder un pourcentage de réduction supplémentaire sur le fourneau s'ils achetaient une grande friteuse en supplément — ce qui ne manqua pas d'étonner Dick, qui ne la pensait pas encline à inclure une nourriture si peu diététique au menu de son café —, il se prit à élaborer un plan en vue d'arriver à ses fins : embrasser de nouveau Kendra.

Dès qu'ils eurent pris congé de Buddy, il mit son plan à exécution.

— Je meurs de faim, déclara-t-il alors qu'ils prenaient place à bord de la décapotable.

— On peut manger ce que tu veux, sauf de la pizza ! répondit-elle en bouclant sa ceinture de sécurité. Il y a des tas de petits restaurant sur la route de Rockingham.

— Je sais exactement où je vais t'emmener, dit-il sur un ton quelque peu énigmatique. Il faut un peu de temps pour y aller, mais tu ne devrais pas être déçue !

Kendra le regarda d'un air intrigué mais ne protesta pas. Elle rangea les papiers de leur nouveau contrat avec Buddy McGraw dans le vide-poches, puis s'enfonça dans son siège et ferma les yeux, exposant son visage au soleil.

Avant de quitter le parking, il ne put s'empêcher de

lorgner sur son cou fin et élancé, ses lèvres charnues…
Oh, comme il avait envie de l'embrasser tout de suite !
Mais, comme tout bon joueur de base-ball, il savait
qu'il valait mieux attendre le moment opportun.

Il reprit la route de Rockingham, et ils écoutèrent
une radio de jazz sans vraiment se parler. Lorsqu'il
s'arrêta devant un traiteur à West Dennis, Kendra
parut surprise.

— Je ne m'attendais pas à ce que tu m'offres de
simples sandwichs ! dit-elle en souriant.

— Si je me souviens bien, ce sont les meilleurs de
toute la côte, répondit-il. Attends-moi ici, je reviens
tout de suite.

Il se dispensa de lui expliquer que plus qu'un simple
repas, il avait envie de partager avec elle une véritable
ambiance. De retour à la voiture, il confia à Kendra
le sac isotherme qui renfermait leur repas.

— Nous allons manger dans la voiture ? s'étonna-
t-elle.

— Certains appellent ça un pique-nique !

Abaissant ses lunettes de soleil, elle le scruta, l'air
froissé.

— Un *pique-nique* ? répéta-t-elle d'une voix exas-
pérée.

— Détends-toi, petite, ça va te plaire, tu verras.

Du moins, il l'espérait…

Mais lorsqu'il se gara au pied des dunes de West
Rock, il sentit que Kendra se raidissait sur son siège. Il
éteignit le moteur et empoigna le sac de nourriture.

— J'ai toujours adoré cette plage, dit-il d'un ton léger.

— C'est une blague ? s'insurgea-t-elle en fuyant son regard.

— Non, c'est un pique-nique !

— Mais je… Nous n'avons pas de couverture.

— Nous n'aurons qu'à nous installer sur un banc.

Kendra poussa un long soupir, dissimulant à peine son malaise, puis descendit de voiture.

Ils gagnèrent le haut de la dune en silence et admirèrent un instant l'océan Atlantique qui s'étendait devant eux dans son immensité. Une petite brise marine venait chatouiller leurs narines.

— Pourquoi fais-tu ça, Dick ? demanda Kendra.

— Cette plage a toujours été ma préférée.

Sans répondre, elle quitta ses mocassins et se dirigea vers un des bancs rongés par l'air iodé qui dominaient l'océan. Il la suivit, alors que des grains de sable commençaient à pénétrer dans ses propres chaussures.

— Et puis, je voudrais aussi me rattraper de ne t'avoir jamais rappelée…, murmura-t-il en s'asseyant près d'elle.

— En m'emmenant *ici* ? rétorqua-t-elle vivement tout en croisant les bras, les yeux rivés à la mer. Je t'ai déjà dit que, pour moi, c'est oublié. C'est de l'histoire ancienne.

— Dinde ou poulet ? proposa-t-il alors en lui présentant les deux sandwichs qu'il avait commandés.

— Je préfère celui à la dinde, dit-elle sèchement.

— Tu mens, Kendra.

— Pas du tout ! J'ai toujours adoré la dinde.

— Je veux dire, tu n'as rien oublié…

Sans un mot, elle déballa son sandwich du film plastique sans quitter des yeux les eaux sombres et agitées de l'océan. Elle mangea une première bouchée, puis admit :

— Bon d'accord, je n'ai peut-être pas *tout* oublié. Mais je te pardonne de ne pas m'avoir rappelée. Je ne vois aucune raison de t'en vouloir. Peut-on tourner la page, maintenant ?

— Tu veux dire que tu te souviens de tout le reste ?

Elle acquiesça, toujours sans tourner les yeux vers lui.

— Moi, je n'ai rien oublié, avoua-t-il alors.

Aucun baiser, aucune caresse, ni surtout ce long frisson qu'elle avait eu au moment où elle l'avait accueilli en elle…

Il lui sembla que Kendra fermait un instant les yeux derrière ses lunettes noires.

Ils continuèrent de manger dans un silence rythmé par le flux et le reflux des vagues, et les cris occasionnels de mouettes et goélands. Sur la plage devant eux, deux jeunes mères ramassaient des coquillages avec trois enfants, et un couple de retraités marchait main dans la main le long du ressac.

Dick risqua un regard en direction de Kendra.

Tout en croquant ses chips, elle gardait les yeux rivés sur les enfants.

— Tu veux des enfants, Kendra ?

Elle s'arrêta aussitôt de grignoter et se figea de tout son corps. Lentement, elle s'essuya la bouche avec une serviette en papier avant d'avaler enfin sa bouchée.

— Pourquoi cette question ? demanda-t-elle, sur la défensive.

— Je ne sais pas, dit-il en haussant les épaules. Tu as près de trente ans maintenant, il me semble ?

— Depuis le mois de novembre.

— Toutes les femmes de ton âge veulent des enfants, non ? C'est une question d'horloge biologique.

La mâchoire crispée, Kendra ne répondit pas. Elle prit une gorgée d'eau minérale, et il regarda sa gorge sensuelle se distendre tandis qu'elle avalait.

— Je suis si absorbée par mon travail au café que je n'ai guère le temps d'y penser, finit-elle par répondre.

Dick ouvrit à son tour une mini-bouteille d'eau minérale.

— Moi, je veux plein d'enfants ! s'entendit-il annoncer d'une voix étrangement légère. Je voudrais neuf garçons. Comme ça, je pourrais constituer ma propre petite équipe !

Visiblement surprise par cet aveu, Kendra laissa échapper un petit rire caressant.

— Je plains la malheureuse qui devra te les donner, ces neuf garçons…

— Je n'aurai qu'à les adopter, ça ira plus vite ! plaisanta-t-il.

— Tu es complètement fou ! conclut-elle d'un ton

sans réplique tout en remettant d'une main un peu tremblante le reste de son sandwich dans l'emballage.

— Tu as froid ? demanda-t-il en posant sa main
sur la sienne. Si c'est le cas, on peut retourner à la
voiture.

— Non non, je n'ai pas froid, assura-t-elle en
hochant la tête.

Seigneur, comme il aimait ce contact, sa peau si
douce, si soyeuse ! Il lui serra la main un peu plus
fort.

— Ecoute, Kendra, reprit-il à voix basse. Ne crois
surtout pas que cette nuit ne m'a pas laissé une forte
impression…

Elle se dégagea brusquement de sa paume.

— Tu n'as donc pas compris que je ne veux plus en
parler, Dick ? s'énerva-t-elle.

— Mais pourquoi cela ?

Elle poussa un soupir blasé.

— Peut-être parce que cela me gêne.

— Pourquoi être gênée alors que c'était…

Incroyable. Impressionnant. Ensorcelant ! Rien qu'à
y repenser, il se trouvait en proie à un sourd désir.

— C'était *génial*…, se contenta-t-il de dire.

— J'ai du mal à croire que tu te rappelles tous les
détails.

— C'est pourtant le cas, assura-t-il très sincèrement.

— Tu veux finir mon sandwich ?

— N'essaie pas de changer de nouveau de sujet.

— Je ne change pas de sujet, je t'offre mon sandwich !

— Et moi, je t'offre mes excuses !

— C'est déjà fait, Dick. Et je les ai déjà acceptées. Et tu vas m'en devoir de nouvelles, si tu continues à me harceler.

Il prit le reste de sandwich soigneusement remballé et le rangea dans le sac qu'il alla jeter dans une poubelle proche. Kendra ne bougea pas de son banc.

Lorsqu'il la rejoignit, il lui tendit la main.

— Allons marcher un peu, suggéra-t-il.

Elle leva les yeux vers lui, un léger sourire creusant ses fossettes.

— Tu n'es pas habillé pour une balade sur la plage…

Dick se pencha alors pour ôter ses chaussures de ville et ses chaussettes, qu'il plaça sous le banc à côté de ses mocassins.

— Nous pouvons y aller ! déclara-t-il jovialement.

Il crut brièvement que Kendra allait refuser de le suivre, mais elle finit par saisir la main qu'il lui tendait. Ils se mirent à marcher sur le sable encore mouillé par la marée du matin.

— J'avais toujours une couverture dans la voiture à cette époque, dit-il. Elle nous a bien servi cette nuit-là, pas vrai ?

Elle lui pinça gentiment le bras avec sa main libre.

— Toi, tu n'abandonnes jamais, hein ? murmura-t-elle en hochant la tête et en ralentissant le pas. En fait, dans mon souvenir, c'est moi qui ai pris la couverture dans la remise de Chez Monroe. Et tu avais la voiture de ton père ce soir-là.

Il fronça les sourcils.

— Je croyais pourtant qu'elle était dans le coffre.

— Tu vois, tu ne te souviens de rien ! reprit-elle d'une voix à la fois accusatrice et empreinte d'humour.

— Faux ! Je me souviens très clairement t'avoir d'abord embrassée en sortant du bar, dans l'allée de derrière.

Il se rappelait si bien la saveur fruitée et voluptueuse de ce baiser…

— Nous nous sommes embrassés pour la première fois dans la voiture, corrigea-t-elle.

Dick ferma les yeux un instant. Il se souvenait très nettement du goût de ses lèvres, de l'envie brutale qu'il avait eue de la serrer contre lui, mais il avait effectivement un doute quant au lieu exact…

— En tout cas, je n'oublierai jamais ce baiser, assura-t-il.

— Moi non plus, dit-elle d'une voix si basse que ses mots se perdirent dans le vent.

Dick passa timidement son bras autour de ses épaules.

— Tu portais un petit débardeur rose, murmura-t-il.

— Bleu.

— Tes cheveux étaient plus courts qu'aujourd'hui.

— Non, ils étaient juste attachés en queue-de-cheval.

Il l'attira tout contre lui et chuchota :

— Ton soutien-gorge s'accrochait sur le devant.

— Ah ! Enfin un détail correct, s'exclama-t-elle.

— Je parie que je me souviens de plus de détails que toi, continua-t-il d'affirmer.

— Eh bien, tu vas perdre ton pari.

— Ça m'étonnerait !

— Tu es toujours aussi arrogant et sûr de toi, nota-t-elle en ralentissant le pas pour se dégager de son étreinte.

Elle releva ses lunettes de soleil sur son crâne et lui décocha un regard foudroyant.

— Il n'y a rien, tu m'entends, Dick, aucun détail concernant cette nuit-là, même le plus insignifiant, dont je ne me souvienne. Si tu me laisses relever ton pari, crois-moi, tu vas le perdre…

Ce qu'elle ignorait, c'est qu'il n'avait *jamais* perdu un pari.

A son tour, il enleva ses lunettes de soleil afin que Kendra comprenne bien qu'il était on ne peut plus sérieux.

— Si je gagne mon pari, nous n'avons qu'à faire une reconstitution ! déclara-t-il d'un ton tranquille.

Elle s'arrêta net d'avancer sur le sable.

— Je te demande pardon ?

— Si je me souviens de plus de détails que toi, tu me devras une reconstitution, répéta-t-il. Sur la plage. Ce soir…

Elle secoua la tête, l'air incrédule.

— Et si je gagne, qu'est-ce que j'obtiendrai ?

— Une reconstitution, bien sûr. De cette façon, nous serons tous deux gagnants, quoi qu'il arrive !

Alors qu'elle demeurait bouche bée, il s'approcha d'elle et prit sur ses lèvres tièdes le baiser qu'il attendait depuis le début de la journée.

Soudain, Kendra sentit le sang lui monter à la tête. Ses oreilles se mirent à bourdonner et le bruit des vagues lui parut étrangement lointain. Au contact de la bouche brûlante et gourmande de Dick, chaque cellule de son corps se mit à réclamer plus. Agrippée à ses épaules robustes pour ne pas perdre l'équilibre, elle se laissa envahir par la chaleur exquise de ce baiser appuyé.

Il l'enlaça et l'attira tout contre lui en laissant échapper un léger soupir de plaisir. Puis il se dégagea légèrement de sa bouche.

— Par exemple, susurra-t-il, je me souviens à quel point tu aimes les longs et langoureux baisers…

A ces mots, une violente onde de désir la submergea.

Elle essaya bien de conserver un minimum de lucidité, mais Dick promenait ses mains le long de ses reins, tout en l'embrassant avec une fougue inouïe.

— Je me souviens aussi, reprit-il en ondulant des hanches contre son ventre, que tu es capable d'avoir un orgasme toute habillée dans une voiture…

Incapable de résister à une telle provocation, elle laissa ses propres hanches répondre au frottement sensuel de Dick. Elle ne pouvait pas contredire son souvenir. Pas plus qu'elle ne pouvait résister à ses baisers, à son corps raidi de désir, ou à sa voix rauque et caressante. Aussi lui rendit-elle sans retenue son baiser.

Finalement, leurs lèvres se déprirent et elle soupira.

— Facile, tu pourrais dire la même chose de toutes celles que tu as séduites sur cette plage, dit-elle d'une voix neutre.

— Pas du tout ! protesta-t-il. Ici, il n'y a eu que toi.

Bien sûr, elle mourait d'envie de le croire.

— Et puis, je viens de te citer deux détails très précis… Je parie que tu as oublié ce que je portais ce soir-là, reprit Dick.

Fronçant les sourcils, elle fit travailler sa mémoire. Elle devait bien se souvenir de sa tenue, même si elle gardait surtout l'image de son visage… son torse nu, son corps en transe… Oh Seigneur, mais comment était-il habillé auparavant ? Sa mémoire défaillait sûrement à cause de ce baiser torride qu'ils venaient d'échanger.

— Alors, petite, la mémoire te fait défaut ? murmura-t-il, l'air franchement amusé.

Tout ce dont elle était sûre, c'est qu'ils s'étaient mutuellement déshabillés à la vitesse de l'éclair. Oh, comme elle avait aimé poser ses mains sur sa chair brûlante ! A cette seule idée, une nouvelle onde de chaleur la traversa de part en part.

En proie à un irrépressible désir, elle se mordit la lèvre, avant de répondre, les yeux à demi clos :

— Tu portais… un jean et un T-shirt de base-ball.

— Ça aurait pu être ça, mais tu as tout faux !

— Tu ne te souviens pas de ce que tu portais ce soir-là, protesta-t-elle. Pas plus que tu ne te souviens des vêtements que tu portais hier.

— Tu te trompes, petite, je m'en souviens très bien ! affirma-t-il en promenant ses mains dans ses cheveux, puis le long de sa nuque. J'étais venu au bar après avoir dîné avec des parents restés en ville pour l'enterrement.

Oh, Seigneur, il se souvenait *vraiment* de cette soirée ! Plus que cela, il s'en souvenait comme si elle avait eu *de l'importance* à ses yeux. A cette idée, elle crut défaillir.

— Du coup, j'avais relégué mon sempiternel jean pour un pantalon en lin. Un T-shirt de base-ball n'aurait certainement pas été assorti avec, ajouta-t-il avec un sourire triomphant.

— Bon, je l'admets, tu te souviens de certains détails. Mais si nous comparions nos souvenirs, c'est moi qui gagnerais.

Pourquoi reconnaissait-elle ainsi de façon implicite l'importance qu'avait eue cette nuit à ses yeux ? Sans doute parce qu'elle était incapable de ne pas relever le défi qu'il lui lançait. Et qu'elle mourait d'envie de sentir de nouveau ses mains sur son corps, ses lèvres sur les siennes…

— Tu veux vraiment t'amuser à revivre ces vieux souvenirs, ma jolie ? En tout cas, j'ai hâte de revivre la reconstitution que…

— Tu ne te rappelles même pas de la date, le coupa-t-elle.

Ça y était, elle le tenait !

— Si, bien sûr ! C'était en juin. Juste avant la finale des All-Star, chuchota-t-il en fermant les yeux pour mieux se souvenir. C'est ça. C'était le 12 juin !

— Waouh, tu vas vraiment finir par m'impressionner…

— Je te l'ai dit : je me souviens de *tout*.

— La date et le genre de soutien-gorge que je portais, je ne considère pas que cela soit *tout* ! dit-elle en riant.

Il l'enlaça de nouveau et promena ses lèvres au creux de son oreille.

— Je me souviens aussi de ce que tu m'as dit après.

« Je t'aime, Dick Monroe. Je t'aime depuis toujours, et pour toujours. »

Le cœur battant à tout rompre, Kendra attendit qu'il lui répète mot pour mot sa déclaration.

— Tu as dit « j'ai hâte de te revoir », susurra Dick dans son cou, tandis qu'elle frémissait au contact de son haleine tiède sur sa peau.

En effet, elle avait aussi dit cela. Finalement, il avait peut-être oublié sa déclaration enflammée et un peu ridicule ?

— Vous savez quoi, mademoiselle Locke ? Je

crois que je me souviens de plus de choses que vous, reprit-il.

Etait-ce possible ? Elle s'éloigna de ces lèvres qui lui faisaient perdre la raison.

— Et moi, qu'ai-je dit avant que nous ne nous quittions ?

Elle chercha avec appréhension un indice dans ses yeux. Oh, mon Dieu, était-il possible qu'elle ait vraiment oublié une telle chose ?

— Tu as dit : « A plus tard, petite ! »

Cette fois, Dick secoua la tête, l'air triomphant.

— Faux. J'ai gagné ! s'exclama-t-il d'une voix satisfaite. Je viendrai donc te chercher ce soir, après avoir fermé le bar.

— Mais alors, que m'as-tu dit ? demanda-t-elle en essayant d'oublier la petite voix intérieure qui jubilait « Youpi ! Je serai prête à minuit ! ».

— Je te le dirai ce soir. Ou plutôt, j'ai une meilleure idée, ajouta-t-il d'une voix enjôleuse. Je te le dirai demain matin… Quand tu te réveilleras.

- 8 -

Chaque fois que la porte du bar s'ouvrait, Dick ne pouvait s'empêcher de lever les yeux du bar derrière lequel il s'ennuyait en attendant d'hypothétiques clients. Certes, il se doutait bien que Kendra n'allait pas accourir Chez Monroe pour l'aider à fermer plus tôt que prévu afin qu'ils puissent plus vite se retrouver sur la plage. Pourtant, il continuait d'espérer.

Soudain, il se figea... Et si elle se dégonflait ?

Pourtant, un pari était un pari.

A 23 heures, seuls deux compères sirotaient des bières au bout du comptoir, l'œil rivé au résultat d'un match des Celtics. Les deux jumeaux fanatiques de jeux médiévaux avaient abandonné leur écran pour aller entreprendre deux jeunes filles à une table. Pour le reste, le bar était vide. Encore quelques minutes et il pourrait enfin faire la fermeture et récupérer la mise de son pari.

Il entendit le claquement de la porte d'entrée, et Martin Hatchet apparut.

Les yeux du vieil homme s'illuminèrent en l'apercevant.

— Ah ! Voici mon jeune retraité préféré ! s'exclama-t-il en s'avançant vers le bar.

— Voici une visite bien tardive, cher monsieur.

Ce n'était pas que Dick n'avait pas envie de faire la conversation mais, ce soir, il avait prévu de fermer tôt.

— Moi aussi, je suis retraité, fiston ! Demain, pas besoin de me lever pour aller à l'école… Sers-moi donc une bière !

— Tout de suite, monsieur ! répondit Dick en mettant une chope sous le robinet à pression.

Martin leva ensuite le verre à sa santé.

— Appelle-moi Martin, Dick.

Dick se mit à rire et se pencha vers le bar.

— Je dois vous avouer que, pour moi, vous resterez toujours une grande figure de l'autorité, Martin !

— Sacré Dick, précisa Martin avant de porter le verre à sa bouche. Tu n'as jamais obéi qu'à ta propre autorité !

Un des deux clients à l'autre bout du bar fit signe à Dick puis régla sa commande.

Patience, dans quelques minutes le bar serait déserté, et il pourrait enfin faire la fermeture.

Il se rapprocha de Martin.

— Tu as assisté à d'autres entraînements, Dick ?

Il allait secouer la tête mais se ravisa. Son ex-principal avait toujours su deviner lorsqu'il mentait.

— Seulement un ou deux.

— Comment va ta blessure au coude ? demanda Martin en gloussant.

— Pas trop mal, se contenta de répondre Dick, en pensant aux séances de musculation qu'il faisait chaque jour pour se remettre à niveau.

— Si tu t'accroches, tu pourras sans doute rejouer un jour.

— Je pourrais jouer dès aujourd'hui, précisa Dick, agacé. Ce sont les avocats qui m'ont banni des terrains, pas les médecins. Bien sûr, je pourrais faire un peu plus de rééducation, mais… Je tiens ce bar à présent.

— Tu ne resteras pas bien longtemps loin des pelouses, déclara Martin en le scrutant du coin de l'œil. Les heures de colle, les expulsions, les convocations de tes parents, rien n'y faisait, sinon te tenir éloigné du terrain !

— C'est vrai, admit-il. Même si les heures de colle étaient le moment idéal pour rencontrer des filles rebelles.

Martin se mit à rire, but une gorgée de bière et balaya la salle du regard.

— Ce n'est pas comme ton associée. Je ne me souviens pas avoir jamais eu à donner des heures de colle à Kendra. D'ailleurs, où est-elle ?

Dick espérait qu'elle était en train de passer des vêtements faciles à enlever dans le feu de l'action.

— Elle travaille seulement la journée, et moi le soir.

— Intéressant, murmura Martin l'air songeur. Et comment se passe votre partenariat ? Il me semblait que Kendra avait des projets de développement pour le cybercafé.

Tout en essuyant des verres, Dick remarqua que les jeunes filles en compagnie des frères Gibbons éclataient de rire. Sans doute s'apprêtaient-elles à vivre une soirée de folie avec ces deux experts du troc médiéval en ligne…

— En effet, elle m'a d'ailleurs montré les plans de rénovation et d'aménagement.

— Et qu'en as-tu pensé ?

Pour être honnête, il avait été impressionné par la pertinence et la rigueur de sa présentation. Mais lui aussi saurait faire de Chez Monroe quelque chose de très rentable. Au fond de lui, il espérait un compromis mais doutait fortement que Kendra l'entende de cette oreille.

— Cela fait longtemps qu'elle travaille à l'idée d'un centre artistique et de divertissements culturels, ajouta Martin entre deux gorgées de bière, sans lui laisser le temps de répondre.

— Depuis qu'elle a racheté la moitié des parts de l'établissement, il y a près de deux ans, acquiesça Dick.

— Tu te trompes, Dick, assura Martin en lui adressant un regard réprobateur. Cela fait presque dix ans — depuis qu'elle a quitté Harvard — que Kendra travaille avec ton père.

Dick tiqua. Pourquoi avait-il soudain l'impression que son ex-principal tentait de lui faire passer un message ? Comme s'il le tenait pour responsable de ce qui était arrivé à Kendra ?

Il finit d'essuyer les verres puis se racla la gorge. Sans doute avait-il trop pris l'habitude d'être mis en accusation par son ex-principal, il se faisait probablement des idées.

— Elle m'a confié qu'elle avait vécu une rupture difficile, dit-il évasivement, espérant inciter Martin à en dire plus.

Celui-ci demeurant obstinément muet, Dick leva les yeux et vit qu'il avait pâli.

— Bah, reprit-il pour tenter de détendre l'atmosphère. Les femmes sont parfois difficiles à comprendre…

Martin se contenta d'acquiescer puis repoussa son verre.

— Je détesterais la voir souffrir de nouveau comme elle a souffert, dit-il à voix basse en se penchant vers lui.

Bon sang, mais qu'essayait-il de lui dire ?

— Vous pensez que mon retour à Rockingham est susceptible de la faire souffrir ? s'entendit-il demander.

— Ai-je suggéré une telle chose ? s'étonna Martin.

— Est-ce ce que vous pensez ? insista Dick.

— Tout ce que je dis, c'est qu'elle avait un projet très ambitieux pour Chez Monroe et que ce projet n'incluait certainement pas ce bar.

Tout en dévisageant l'homme accoudé face à lui, Dick s'efforça de décrypter le message qu'il semblait lui adresser. Finalement, il crut enfin comprendre et se mit à rire.

— Sacré Martin ! Vous n'arriverez pas à me persuader de devenir l'entraîneur du lycée. Pas même en cherchant à me faire culpabiliser au sujet du projet de Kendra.

L'ex-principal écarquilla les yeux puis soupira.

— Combien te dois-je, fiston ? demanda-t-il.

— A vrai dire, c'est moi qui ai une dette envers vous, déclara Dick d'une voix sincère. Je vous offre votre verre.

— Merci. Je te verrai peut-être au prochain entraînement. C'est moi qui serai chargé de l'entretien de la pelouse.

Sur ces mots, Martin le salua et quitta le bar.

Lorsqu'il eut enfin nettoyé les derniers verres, fait la caisse et mis les bénéfices de la soirée dans la trousse prévue à cet effet, Dick verrouilla le cadenas du tiroir de Kendra et mit la clé dans sa poche. Mais en s'éloignant du bureau, son pied buta sur quelque chose.

Dick se pencha et vit qu'il avait marché sur le sac en Nylon que Kendra utilisait pour rapporter ses affaires de travail chez elle. Elle avait dû l'oublier ici avant qu'ils ne se mettent en route pour Fall River.

Peut-être même était-il à l'origine de la distraction de Kendra ?

Il ramassa le sac et ouvrit d'un geste assuré la fermeture Eclair pour voir ce qu'il contenait. Un ordinateur portable, une calculatrice, quelques dossier, un cahier à spirale… Rien de bien fascinant, en somme.

Il emporta le sac jusqu'à sa voiture et le posa sur le siège passager. Il le laisserait avec la clé du cadenas sur la table de la cuisine chez Diana, afin que Kendra puisse le récupérer en venant promener Newman. Ou plutôt quand elle se réveillerait demain matin dans *son* lit. Oui, finalement, il lui rendrait son sac en mains propres.

Il démarra et s'élança sur High Castle Avenue au volant de sa nouvelle Mercedes, en proie à une excitation grandissante.

Dissimulée derrière la dune, Kendra reconnut le ronflement de la Mercedes. Bientôt, les phares halogènes transpercèrent l'obscurité de la nuit sans étoiles.

Un sursaut de culpabilité lui enserra la poitrine : se cacher sur la plage était sans doute la chose la plus lâche qu'elle ait jamais faite. Mais si Dick se présentait à sa porte avec son sourire ravageur et cherchait de nouveau à l'embrasser, elle ne répondrait plus de rien.

Toute la soirée, elle avait repensé à la « reconstitution » qu'il avait suggérée, sachant pertinemment que ce n'était qu'une façon détournée de lui demander de coucher avec lui. Et la malédiction faisait qu'elle brûlait d'envie de lui répondre oui. A la seule idée de se retrouver une nouvelle fois entre les bras de Dick, elle sentait sa peau s'embraser. Elle serait bien incapable de se refuser à lui s'il la ramenait à West Rock Beach… Ou dans sa chambre. Ou dans sa voiture, ou…

Les phares s'éteignirent et une portière claqua.

Kendra s'accroupit un peu plus dans le sable.

Elle se devait absolument d'éviter Dick Monroe. Lorsque Seamus reviendrait de voyage, elle lui expliquerait… Elle lui expliquerait quoi, au juste ? Il ne faisait aucun doute que le bar était très rentable. Mais les revenus du cybercafé continuaient de croître régulièrement. Et elle n'était pas plus disposée à trouver un terrain d'entente avec Dick que le jour où elle avait accepté à contrecœur de relever le défi.

En revanche, elle était autrement plus disposée à céder à la violente attirance qu'elle éprouvait depuis plus d'une vingtaine d'années à présent pour lui.

Dick devait être en train de faire le tour du cottage. En voyant tout éteint, allait-il abandonner ou insister ? Il penserait sans doute qu'elle dormait à poings fermés… Ou qu'elle était sortie, pourquoi pas ? Puis il finirait par rentrer chez Diana en laissant la porte de la cuisine ouverte.

Quand elle entendrait Newman aboyer, cela signifierait que la voie serait libre. Elle pourrait alors regagner en douce son cottage. Seule… Et terriblement frustrée.

Pelotonnée dans sa couverture, elle leva les yeux vers le très fin croissant le lune qui éclairait à peine le ciel de Cape Cod.

Si elle n'avait pas été aussi lâche, Dick et elle auraient pu s'offrir une « reconstitution » des plus torrides. Elle ferma les yeux et imagina un nouveau baiser, ses mains sur sa peau, son souffle brûlant contre ses lèvres…

Frissonnante, elle tendit l'oreille pour essayer d'entendre si Dick s'éloignait du cottage. Pourquoi, après une quinzaine de minutes, Newman n'avait-il toujours pas aboyé ?

Elle se retint de se relever pour tenter de voir ce que faisait Dick, de peur qu'il ne choisisse précisément ce moment pour jeter un œil du côté de la plage. D'ailleurs, il lui semblait entendre des pas. Une petite brise agitait les herbes de la dune, et elle avait du mal à évaluer leur distance.

C'est alors qu'elle sentit tout près d'elle sa présence — son odeur, ses vibrations — avant même de l'apercevoir. Soudain, elle le vit à une petite quinzaine de mètres d'elle. Le souffle coupé, elle distingua sa silhouette dans la pénombre. Elle le vit soupirer longuement et se passer une main dans les cheveux, avant de la plonger dans une poche de son pantalon et de regarder la mer.

Kendra crut que son cœur allait exploser à l'intérieur de sa poitrine, tellement il battait vite et fort.

Imperturbable, Dick poussa un autre soupir et hocha la tête. Etait-il amusé ou désemparé ?

— Quel dommage, l'entendit-elle marmonner entre ses dents. J'ai tellement envie d'elle…

Elle ne put s'empêcher de pousser un petit hoquet de surprise, et Dick se tourna brusquement vers elle.

— Kendra ? s'exclama-t-il d'une voix stupéfaite tout en approchant à grandes enjambées. Mais que fais-tu ici ?

— Euh, j'essayais de t'éviter…, répondit-elle d'une

voix résignée, en lui faisant toutefois une place sur sa couverture.

Il s'assit à côté d'elle en riant, puis repoussa doucement une mèche de cheveux derrière son oreille.

— Eh bien, on peut dire que tu es douée pour ça ! dit-il alors qu'elle sentait sa peau s'enflammer à son contact.

— Bien sûr, j'aurais aussi pu prendre mes jambes à mon cou… Mais ce n'est pas trop mon style.

Dick rit de nouveau.

— Tu n'as pas à te cacher, ma jolie. Si tu n'as pas envie de me voir, tu n'as qu'à me le dire, et je comprendrai, murmura-t-il en se rapprochant dangereusement d'elle. Je ne te forcerai pas à faire cette « reconstitution » si tu n'en as pas envie.

Elle se mordit la lèvre avant de répondre :

— De toute façon, on n'est pas sur la bonne plage.

— Ne soyons pas trop exigeants, dit-il en souriant.

Elle n'avait aucune chance face à cet homme. A quoi bon résister ?

Derrière les mèches brunes qui retombaient sur les yeux de Dick, elle n'avait guère de mal à déceler au fond de son regard une lueur sombre, pleine de désir. Oh Seigneur, comme c'était doux de se sentir désirée par cet homme…

Non, elle n'avait aucune chance de lui résister.

Dick glissa délicatement sa main dans ses cheveux en poussant un petit soupir.

— Les recettes de la soirée ont été bonnes, annonça-t-il à son oreille. Nous avons fait environ huit cents dollars.

— Le cybercafé a bien marché aujourd'hui : environ six cent cinquante dollars, contre-attaqua-t-elle.

— Quelle équipe nous formons ! gloussa Dick. Dommage que nous ne travaillions pas aux mêmes heures.

Elle le dévisagea et sut qu'un nouveau baiser était inévitable. Quand Dick se colla contre elle et recouvrit ses lèvres des siennes, elle s'abandonna totalement à l'exquise sensation d'ivresse qu'elle éprouvait.

— Oh, Dick, parvint-elle à articuler en reprenant son souffle. Tu gâches vraiment tous mes projets.

— Oublie-les un peu, tes projets, ma jolie, susurra-t-il en remontant ses mains vers sa poitrine, juste là où elle brûlait de les sentir.

— Est-ce… une… reconstitution ? bafouilla-t-elle.

— Mmm. C'est possible, chuchota-t-il en l'allongeant doucement sur la couverture. Tiens, te souviens-tu de *ça* ?

D'un geste des plus sensuels, il lui caressa les seins, agaçant tour à tour leurs pointes durcies d'anticipation.

Aussitôt, une violente mais ô combien délicieuse décharge électrique se répandit dans chaque cellule du corps de Kendra. En réponse à cette sublime cajolerie, ses hanches se collèrent instinctivement à celles de Dick.

Le secret de Kendra

— Oui, je m'en souviens, dit-elle en un souffle.

Il s'allongea sur elle, n'hésitant pas à lui faire sentir son propre désir à travers leurs vêtements, et continua à lui masser les seins avec une sensualité inouïe.

— Et te souviens-tu… de *ça* ? demanda-t-il en lui embrassant les cheveux, les sourcils, puis en enfouissant ses mains sous son sweat-shirt en coton.

Alors que ses doigts brûlants se promenaient sur sa peau nue, Kendra retint son souffle. Elle sentait les grains de sable entre ses cheveux et eut alors un vif sentiment de déjà-vu.

— Oh, oui…, bafouilla-t-elle, déjà en transe.

Dick lui caressa le ventre avant de remonter lentement le long de son dos, cherchant le crochet de son soutien-gorge.

— Et *ça* ? demanda-t-il en le dégrafant d'un geste assuré.

— Oh, oui, je m'en souviens très bien…

Il l'embrassa de nouveau avec une fougue non contenue, et elle se délecta de cette saveur de menthe, de soda… C'était ça, le goût de Dick, elle ne l'avait jamais oublié.

De sa main libre, il releva son sweat-shirt tandis que leurs hanches continuaient de se chercher en une danse incroyablement érotique. Puis, prenant tout son temps, il lui ôta son soutien-gorge, lui empoigna avidement les deux seins et, se penchant, les prit tour à tour dans sa bouche.

Au confluent du désir et du plaisir, les oreilles de Kendra se mirent à bourdonner, au point où le murmure des vagues lui parut soudain sourd et lointain. Elle n'entendait plus à présent que la respiration saccadée de Dick et les petits gémissements qui trahissaient la violence de son désir. Elle-même ne pouvait réprimer des soupirs de volupté.

Après avoir longuement joué avec ses tétons, Dick remonta jusqu'à sa bouche. Il la recouvrait à présent de tout son corps, et elle s'agrippa aux muscles de son dos, du sable plein les ongles, ondulant frénétiquement des hanches contre son jean.

Le sable… Et Dick. Ces deux éléments étaient toujours restés associés dans sa mémoire.

D'une main, il déboutonnait son jean.

Elle sentit le tissu se relâcher et mourut d'envie de sentir ses doigts brûlants contre son bas-ventre dénudé. Un frisson exquis la parcourut tout entière lorsqu'il glissa sa main sous sa culotte.

— Je me souviens de ça…, haleta-t-il en enfouissant la pointe de sa langue chaude et humide au creux de son oreille. Je me souviens de cette merveilleuse sensation d'être *en toi*.

Gardant sa main au creux de son slip, il chercha le centre de son désir tout en titillant délicieusement l'intérieur de son oreille avec sa langue. Elle poussa un petit cri de plaisir.

— Je veux te faire l'amour, Kendra… Une nouvelle fois, susurra-t-il.

« Je t'appellerai »…

Ces paroles résonnèrent soudain dans son esprit, tel un coup de canon.

« Je t'appellerai ».

— Qu'y a-t-il, Kendra ? demanda Dick en se figeant.

Avait-il senti son soudain malaise ?

— Tu m'as demandé si je me souvenais de tes dernières paroles, cette nuit-là, répondit-elle. Je viens juste de m'en souvenir. Tu m'as dit : « Je t'appellerai. »

Dick desserra son étreinte et la regarda dans les yeux. Elle s'attendait à ce qu'il lui en veuille d'avoir rompu le charme du moment qu'ils étaient en train de partager, mais au lieu de cela Dick semblait subitement rongé par le remords.

— Je suis désolé si je t'ai blessée, murmura-t-il les yeux à demi clos. Je reconnais que je n'ai pas été très correct.

— Je suppose que tu avais tes raisons, s'entendit-elle répondre, l'estomac noué.

Bon sang, était-ce à *elle* de lui trouver des excuses ?

— Mais c'est vrai, ça n'était pas très correct de ta part.

— En effet, acquiesça-t-il.

A ces mots, il dégagea complètement sa main de l'intérieur de sa culotte. Oh, pourquoi s'était-elle souvenue de ses paroles *à cet instant précis* ? Et surtout, pourquoi ne s'était-elle pas contentée de ce précieux moment de volupté dans les bras de cet homme incroyablement sexy ?

Voici qu'il lui agrafait de nouveau son soutien-gorge, déposant un dernier baiser sur son décolleté.

— Comment ? C'est déjà fini ? murmura-t-elle d'une voix empreinte de déception.

— Pas le moins du monde, assura Dick en rabattant son sweat-shirt, avant de lui reboutonner son jean. Mais je viens seulement de me souvenir à quel point le sable peut être inconfortable.

Puis, il se releva et lui tendit la main.

— Cette fois, nous allons nous mettre à l'aise. Dans mon lit. Et demain, je te promets de vraiment te rappeler. Au moins une fois par heure !

Avant qu'elle puisse répondre, il l'embrassa de nouveau.

— Veux-tu passer la nuit avec moi, Kendra ? demanda-t-il d'une voix si douce et si sincère qu'elle crut s'évanouir.

« Il s'est pourtant montré si doux, si affectueux, si prévenant… Etait-ce du cinéma ? »

Cette phrase gravée dans son journal intime se remettait à la hanter. Etait-elle en train de craquer de nouveau pour Dick ? C'était le moment ou jamais de lui dire non, de se refuser à lui. La meilleure solution serait de prendre ses jambes à son cou et de rentrer sagement chez elle.

Recouvrant peu à peu ses esprits, elle poussa un long soupir étranglé et attendit que sa bouche veuille bien prononcer un « oui » ou un « non » qu'elle ne maîtrisait pas.

— En fait, chuchota soudain Dick au creux de son oreille, tu n'as jamais entendu ce que je t'ai dit quand on s'est quittés cette nuit-là. Tu avais déjà refermé la portière.

Au bord de la crise cardiaque, Kendra attendit la suite.

— Je t'ai dit que, à ma façon, je t'avais toujours aimée, moi aussi…

Même à la seule lueur du clair de lune, Dick vit l'émotion envahir le regard de Kendra.

Avant qu'il puisse juger si cette émotion était positive ou négative, la jeune femme s'éloigna subitement de lui, ramassa sa couverture et se mit à marcher au pas de course en direction de son cottage.

— Kendra, attend ! s'écria-t-il en lui emboîtant le pas. Où vas-tu comme ça ?

— Le plus loin possible de toi !

Il s'arrêta net pour reprendre son souffle et essayer de comprendre, alors qu'elle était en train de le distancer.

— Mais pourquoi ? parvint-il à articuler, incrédule.

Pour toute réponse, elle secoua la tête en continuant sa course vers le cottage.

Il la rattrapa juste avant qu'elle n'ouvre sa porte.

— Que se passe-t-il, Kendra ?

Elle se retourna brutalement vers lui, et il comprit que la lueur qui animait son regard était un véritable courroux.

— Comment oses-tu te moquer ainsi de moi ?

— Que veux-tu dire ? J'étais sincère, tu sais, je t'ai vraiment dit cela…

Kendra le dévisagea d'un œil sceptique et croisa les bras.

— Menteur !

— Mais je ne te mens pas ! s'insurgea-t-il. A mes yeux, tu as toujours été…

— Ne te crois pas obligé de faire ça ! l'interrompit-elle en levant la main. Tu n'étais pas obligé d'inventer cette histoire pour me mettre dans ton lit, Dick.

Il lui prit le poignet et attira sa paume sur ses lèvres.

— Je ne t'ai pas révélé ça dans ce but, assura-t-il à voix basse. J'essayais juste de te dire que durant toutes ces années, durant toute notre jeunesse, je savais bien que tu…

Comment lui expliquer sans la froisser qu'il avait bien vu à quel point elle l'idolâtrait ?

— Oui, j'en pinçais pour toi, l'aida-t-elle d'un ton agacé.

— Eh bien, oui, je m'en étais aperçu, dit-il en souriant.

— Dick, j'avais à peine *dix ans*, à l'époque.

— Je sais, répondit-il en hochant la tête comme pour mieux trouver ses mots. Et moi, je te voyais un peu comme une petite sœur… Mais en grandissant, tu t'es mise à me regarder comme si j'étais le seul garçon au monde. Ça me donnait l'impression d'être important, Kendra. Et je voulais juste que tu saches que, rien que pour ça, je t'adorais.

Elle le dévisagea longuement, sans un mot. A l'évidence, elle hésitait à le croire, à lui faire confiance. Et il lui devait bien *toute* la vérité, après tout.

— C'est la vraie raison pour laquelle je ne t'ai jamais rappelée, avoua-t-il. Car, d'une certaine façon, j'avais l'impression de ne pas mériter un amour aussi intense.

Kendra le scruta encore longuement puis hocha la tête.

— Tu m'as traitée comme un bébé pendant dix ans, puis comme une paria pendant les dix années suivantes.

Il pouvait difficilement prétendre le contraire.

— A présent, j'ai envie de te traiter en véritable femme.

Bien sûr, il ne voulait pas se montrer trop insistant, mais il n'avait jamais été aussi sincère de toute sa vie.

Elle s'apprêtait à répondre, mais il se rapprocha d'elle et posa tendrement une main sur sa joue.

— Chut… Tu n'es pas obligée de répondre, chuchota-t-il en lui déposant un baiser sur le front.

Il était temps pour lui de faire demi-tour et de lui laisser un peu de répit.

La dernière des choses qu'il souhaitait, c'était la faire souffrir. Or, reprendre les choses là où ils les avaient laissées il y avait dix ans, en faisant comme si elle ne lui en voulait pas de ne pas l'avoir rappelée, ce n'était pas correct envers elle…

— Bonne nuit, Kendra, murmura-t-il, la gorge

nouée, en tournant les talons pour s'engager sur le sentier de galets.

Alors qu'il arrivait devant chez Diana, une main se posa sur son épaule, et il se retourna dans un sursaut.

Kendra inspira profondément avant de parler :

— Ce que je peux te répondre, articula-t-elle avec difficulté, c'est que si désormais tu me vois comme une véritable femme, comme ton égale, et si tu peux vraiment oublier la gamine qui t'idolâtrait niaisement, ainsi que la première nuit que nous avons passée ensemble…

— Je n'oublierai jamais cette nuit-là, l'interrompit-il en lui caressant la joue. Mais il est vrai que j'aimerais avoir une autre chance avec cette femme superbe, intelligente et sexy qui est ce soir en face de moi.

Il promena ses doigts sur ses lèvres, qui se mirent à trembler.

— Si tu es sincère, souffla Kendra, alors…

— Alors… quoi ?

Soudain, elle l'enlaça et lui donna un baiser fiévreux.

— Alors… *ça*, susurra-t-elle en reprenant son souffle.

Mmm… Justement, il en mourait d'envie lui aussi.

- 9 -

Dick ne la laissa pas dire un mot de plus, craignant peut-être qu'elle ne change d'avis.

Pourtant, se dit Kendra, même s'il ne l'avait pas serrée contre sa poitrine, même s'il ne lui avait pas rendu son baiser avec fougue en promenant ses mains le long de ses hanches puis de ses fesses, non, elle n'aurait pas changé d'avis !

La vie était trop courte et l'alchimie qui circulait entre eux trop puissante pour qu'elle risque de laisser Dick Monroe s'en aller. Ce soir, elle ne penserait ni au passé, ni à ses erreurs, ni à ses décisions amères. Tout ce à quoi elle voulait penser, c'était qu'elle allait faire l'amour avec Dick.

Il l'entraîna à l'intérieur de la demeure de Diana.

— Non… Allons plutôt chez moi ! chuchota-t-elle en inclinant légèrement la tête en direction de son cottage.

Tout en l'enlaçant plus fort encore, Dick poussa un petit gémissement.

— Peu importe où nous allons, du moment que nous sommes ensemble.

A ces mots, Kendra crut qu'elle allait défaillir.

Ils suivirent le sentier en sens inverse en s'embrassant régulièrement, et lorsqu'ils arrivèrent à sa porte, Dick lui empoigna les seins puis les hanches, avant de tenter de glisser ses doigts sous la couture de son jean.

Le souffle court, elle se tortilla contre lui, déjà si excitée qu'ils auraient pu faire l'amour là, sous le porche, adossés à la porte d'entrée.

Dick l'entraîna à l'intérieur tout en continuant de promener ses mains fiévreuses sur tout son corps. Lorsque la porte claqua derrière eux, ils se retrouvèrent dans la pénombre du cottage. Sans même chercher à allumer la lumière, il lui enleva son sweat-shirt et la plaqua contre le mur près de la porte.

Kendra se mit tant bien que mal à déboutonner sa chemise dans le noir, pendant qu'il finissait de lui enlever son soutien-gorge. Enfin, il plongea le visage entre ses deux seins enflés d'un désir devenu irrépressible, et elle étouffa un petit cri de plaisir lorsqu'il referma ses lèvres sur un de ses tétons.

— Dick… la chambre, parvint-elle à articuler en se débattant avec le dernier bouton de sa chemise.

Il continua de promener inlassablement sa langue autour de sa pointe de sein.

— Mmm… tu es si délicieuse… Je me régale de toi.

Le désir qu'elle perçut à travers sa voix suffit presque à lui faire perdre la tête. La seule idée que

Dick la désirait au moins autant qu'elle le désirait elle la propulsa au bord de l'extase. Enfin, elle vint à bout du dernier bouton de sa chemise et put se frotter contre son torse.

Dick en profita pour lui faire sentir sa superbe érection.

Elle avait tellement envie de lui que ses jambes en tremblaient. Elle s'agrippa aux épaules de Dick et parvint à accrocher ses jambes autour de sa taille. Impudique, elle se caressa alors contre son sexe chaud et gonflé à travers le pantalon, n'en revenant pas d'être déjà au bord de l'orgasme.

Submergée par une volupté qu'elle ne contrôlait plus, elle ferma les yeux et inclina la tête en arrière.

— Tu ne veux pas aller dans la chambre ? parvint-elle à demander d'une voix éraillée de plaisir.

— Seulement si elle n'est pas trop loin, répondit-il en un murmure en la soulevant pour l'y emmener.

— Au bout du couloir, souffla-t-elle.

— Parfait ! chuchota-t-il entre deux soupirs de plaisir.

Dans la chambre, Dick la posa délicatement sur le bord de son lit. Puis, de ses mains de magicien, il la débarrassa en un seul geste de son jean avant d'ôter le sien à son tour. De nouveau, il déposa une pluie de baisers le long de son cou, puis sur ses seins, son ventre, son nombril, avant de mordiller de la façon la plus sensuelle qui soit le bord en dentelle de sa culotte.

Le cœur de Kendra tambourinait contre sa poitrine, elle eut envie de hurler son désir pour lui tandis que ses hanches continuaient à onduler sous sa caresse et qu'elle plongeait les doigts dans sa chevelure.

Après un regard langoureux et incroyablement sexy, Dick lui retira sa culotte avec les dents.

Enfin, elle se retrouvait entièrement nue devant lui !

Elle s'allongea alors de tout son long sur le lit tandis qu'il répétait son prénom, penché au-dessus d'elle, lui prodiguant une foule de baisers tour à tour tendres, langoureux et fougueux. Il semblait la scruter de la tête aux pieds, mais elle ne pouvait distinguer son expression dans l'obscurité.

Complètement désinhibée, elle écarta légèrement les cuisses et le laissa enfouir sa bouche vers le centre de son désir.

Alors, en proie à une série de spasmes tout aussi exquis qu'incontrôlables, elle sentit sa chair s'enflammer sous les mains et la bouche de Dick.

Alors qu'elle sentait l'orgasme monter inexorablement en elle, elle se redressa pour attirer Dick entre ses bras… et ses cuisses. Mourant d'envie de l'accueillir en elle, elle ondula possessivement des hanches et sentit enfin son sexe chaud et dur comme le roc effleurer ses chairs brûlantes de désir.

— Attends, Kendra…, articula-t-il alors avec une grimace qu'elle devina malgré l'obscurité. Je n'ai pas de…

Préservatif.

Cette nouvelle lui fit l'effet d'une douche froide. Oh non… Etait-elle donc maudite ?

— Enfin, j'en ai, mais il faut que j'aille les chercher, expliqua-t-il à bout de souffle d'une voix frustrée.

La maison de Diana était bien trop loin…

— Tu n'en as pas dans ton portefeuille ? demanda-t-elle.

Un homme comme Dick Monroe devait certainement avoir toujours ce genre de chose à portée de main…

Il hocha la tête d'un air désespéré.

— Mais laisse-moi d'abord terminer ce que j'avais commencé, susurra-t-il en glissant un doigt entre les replis de son sexe brûlant.

Comment pouvait-il ne penser qu'à elle en un moment pareil et oublier son propre désir ?

— Oh, Dick, ce ne sera pas suffisant. J'ai envie de toi… J'ai envie de te sentir tout au fond de mon ventre.

— J'ai tellement envie de toi aussi, rétorqua-t-il à bout de souffle, le cœur tambourinant contre sa poitrine.

— Alors, va vite les chercher, tes préservatifs, implora-t-elle au bord de la syncope.

— Ils sont dans la voiture, expliqua-t-il en souriant.

— Tiens, ils offrent ça avec chaque Mercedes neuve ? Combien en as-tu ? demanda-t-elle en l'aidant à se rasseoir sur le bord du lit.

— Un seul… paquet de douze ! dit-il en pouffant de rire dans le noir. Je l'ai rangé dans la boîte à gants ce matin.

— Tu pensais que nous allions faire l'amour sur la

route de Fall River ? s'exclama-t-elle, le cœur battant la chamade.

Tout en taquinant l'intérieur de ses cuisses, il gloussa :

— Que veux-tu, l'espoir fait vivre…

L'espoir ? Dick avait *espéré* que quelque chose se passerait entre eux ?

Elle ondula de nouveau des hanches et soupira de bonheur en le regardant quitter la pièce après avoir enfilé son caleçon.

Elle entendit claquer la porte d'entrée et se glissa à l'intérieur des draps.

— Je l'aime, soupira-t-elle en fermant les yeux, encore toute tourneboulée par sa prise de conscience. Je l'ai toujours aimé, et je l'aimerai toujours.

Et après tout, il n'y avait rien, mais absolument rien de mal à faire l'amour avec quelqu'un que l'on aime !

Elle consulta le réveil sur la table de chevet. Pourquoi Dick mettait-il autant de temps à revenir ?

Enfonçant la tête dans l'oreiller, elle effleura des doigts tous les endroits de son corps que Dick avait parcourus de ses lèvres. Peut-être avaient-ils un avenir, tous les deux ? Peut-être pourraient-ils devenir un véritable couple ? Et gérer Chez Monroe à deux…

Cette seule idée faisait battre son cœur à cent à l'heure.

Etait-ce si insensé ?

Peut-être Dick l'aimerait aussi fort qu'elle l'aimait.

Enfin, elle entendit de nouveau claquer la porte d'entrée, puis les pas de Dick le long du couloir.

Soudain, la lumière de la chambre se ralluma.

Aveuglée, Kendra se redressa en tirant les draps sur son corps dénudé et cligna des yeux.

Dick se tenait immobile dans l'encadrement de la porte, le visage horrifié et confus.

— Que se passe-t-il ?

D'un geste affligé, il lança un objet qui atterrit à côté d'elle sur le lit.

Elle cligna de nouveau des paupières et reconnut le cahier à spirale qu'elle avait si souvent tenu entre ses mains.

— Bon sang, Kendra, quand comptais-tu me parler de ce bébé ?

Le désir que Dick avait éprouvé pour Kendra seulement quelques minutes plus tôt avait instantanément laissé place à une rage sourde.

Un *bébé* !

Kendra était à présent aussi livide que les draps qui la recouvraient.

— Tu… Tu as volé mon journal ? bafouilla-t-elle, les yeux écarquillés, d'une voix à peine audible.

Il fit un pas vers le lit sans la quitter des yeux.

— Ce n'est pas le moment de me faire une leçon de morale, s'écria-t-il. Vu que, apparemment, tu n'en as *aucune* !

L'angoisse qui avait assombri le visage de Kendra

se mua instantanément en une sorte de colère, et elle pointa un index accusateur dans sa direction.

— Comment oses-tu, toi, Dick Monroe, me parler de morale ? s'insurgea-t-elle. Tu as fait l'amour sans protection à la petite sœur de ton meilleur ami, et tu n'as jamais pris la peine de décrocher ton téléphone par la suite !

Il s'apprêtait à protester mais s'aperçut qu'aucun argument ne tiendrait face à celui de Kendra. Péniblement, il desserra la mâchoire.

— Tu aurais dû me prévenir, quand même.

— Peut-être, murmura-t-elle en se rasseyant contre l'oreiller tout en soutenant son regard. Mais j'espérais que ce serait toi, le premier à décrocher le téléphone. Ne me l'avais-tu pas promis ?

Dick crut recevoir un second coup de poing.

— Si seulement j'avais su…, marmonna-t-il en posant les yeux sur le cahier à spirale. Ton cahier a glissé de ton sac de travail que j'avais mis sur le siège passager de ma voiture… Il s'est ouvert à une page, et je n'ai pas pu m'empêcher de voir les mots qui y étaient inscrits.

« Le bébé de Dick aurait été une petite fille… »

Il s'était figé devant ces mots pour le moins inattendus. Les avait relus une, deux, trois fois… Avait cru que le monde s'écroulait autour de lui… et avait lu la suite :

« J'aurais aimé ne jamais le savoir, mais le médecin me l'a dit. L'hôpital a gardé son petit corps sans vie. »

Il avait poursuivi sa lecture quelques pages encore, abasourdi, mais ces deux phrases resteraient à jamais gravées dans sa mémoire.

Encore sous le choc, il était resté plusieurs minutes assis dans la voiture à essayer de comprendre ce qu'il venait de lire. Kendra avait été enceinte de lui, elle avait perdu le bébé... Et il ne l'avait jamais su.

Il avait regagné le cottage avec le cahier. Sans préservatifs, mais animé d'une colère et d'un sentiment de trahison comme il n'en n'avait jamais connu.

Kendra fit un signe en direction du couloir.

— Je voudrais me rhabiller. Peux-tu sortir un instant ?

— Non, dit-il simplement. Je veux que nous parlions.

— Bien sûr que nous allons parler. Mais nous parlerons intégralement vêtus.

Soudain, il avait l'impression que cela faisait des siècles qu'il l'avait embrassée, caressée, dévoré d'un désir insatiable.

Il attrapa son jean et sa chemise, sortit dans le couloir et se rhabilla à la hâte dans la salle de bains. Lorsqu'il en sortit, la porte de la chambre de Kendra était close. Dans la cuisine, il trouva un sachet de café et prépara alors une cafetière, tandis que des dizaines de questions se bousculaient à son esprit.

Un bébé...

Il s'assit à la table, les yeux dans le vague, pendant que le café passait. Il avait encore du mal à mesurer l'impact d'une telle nouvelle. Comment Kendra avait-elle vécu ce drame ? Combien de personnes étaient au courant ? A quel moment de sa grossesse avait-elle perdu le bébé ?

Bon sang, mais pourquoi ne lui avait-elle jamais rien dit ?

Il ne reprit ses esprits que lorsque Kendra entra enfin dans la pièce, portant un pantalon de survêtement et un T-shirt. Le maquillage de ses yeux avait coulé.

— Je croyais que tu n'aimais pas le café, dit-elle en ouvrant un placard d'où elle sortit un mug.

— Je me suis dit que la soirée était loin d'être finie et que nous en aurions besoin, répondit-il.

Et ce ne serait pas du tout le genre de soirée à laquelle il s'était attendu il y avait seulement une heure.

Son corps s'était à peine remis de la surcharge de désir qu'il avait éprouvé pour Kendra… Comment avait-elle pu avoir envie de faire l'amour avec lui malgré le secret qu'elle lui cachait ?

Elle sortit un deuxième mug et, d'un geste nerveux, les remplit tous deux de café.

Il remarqua que ses mains tremblaient et qu'elle avait du mal à respirer.

— Je n'ai pas plus envie que toi d'avoir cette conversation, déclara-t-il.

Elle leva les yeux du comptoir.

— Cesse donc de tout ramener à toi, Dick, murmura-t-elle, le regard humide.

— Il ne s'agit pas de moi, protesta-t-il vigoureusement. Mais de conséquences dont je n'ai eu aucune idée.

Il s'agissait de son enfant…

Kendra s'assit sur la chaise face à lui, appuya ses coudes sur la table et posa son menton entre ses mains. Son visage était blême, son regard empreint d'une grande tristesse.

Rien à voir avec la Kendra sensuelle et émoustillée d'une heure auparavant. Il avait à présent face à lui une femme qui avait souffert dans sa chair ce que toute femme redoute de subir un jour.

Dick se retint de faire le tour de la table pour la prendre dans ses bras, lui demander pardon d'avoir été celui qui lui avait causé tant de souffrance. Au lieu de cela, il se laissa submerger par une nouvelle vague de colère.

— Pourquoi diable ne m'as-tu jamais rien dit ?

Kendra plongea le nez dans son mug de café.

— Je n'ai pas pu.

— J'étais tout de même en droit d'être au courant !

Elle parut déglutir péniblement et garda le silence.

— Tu es bien certaine… que c'était moi, le…

A ces mots, elle leva les yeux et le fusilla du regard.

— Comment oses-tu poser cette question ? rétorqua-t-elle d'une voix amère.

Aïe. Il y avait encore tant de questions qu'il osait à peine lui poser…

— Tu étais enceinte de combien de mois ? Raconte-moi ce qui s'est passé, Kendra.

Elle inspira une grande bouffée d'air et reprit la parole.

— Presque sept mois. Vingt-sept semaines, pour être précise.

— Et tu as fait une fausse couche ?

— Le bébé est mort-né, dit-elle en fermant les yeux, avant de prendre une gorgée de café. J'avais remarqué que je ne le sentais plus bouger dans mon ventre…

Sa voix se brisa, et cette fois ses yeux bleus s'embuèrent de larmes.

Dick eut trop envie de la toucher. Il posa délicatement une main sur la sienne.

— Je suis partie chez le… le médecin, bafouilla-t-elle en frissonnant. Il n'a pu que constater que le bébé s'était étranglé avec le cordon ombilical.

A ces mots, Dick eut lui-même l'impression de s'étouffer.

— Kendra, je suis tellement désolé…

Elle acquiesça, et une larme roula sur sa joue.

— Je suis vraiment désolé de n'avoir pu être là… pour toi.

— J'ai survécu, hoqueta-t-elle.

— Et tes parents ? Et Jack ?

Kendra hocha la tête et s'essuya les yeux.

— Ma famille m'en a beaucoup voulu. Mes parents ont déménagé en Floride. Jack est parti vivre à New York.

— Mais qui s'est occupé de toi, alors ?

— Seamus, dit-elle en un murmure gêné.

Seigneur, son propre père avait endossé tout le poids de cette tragédie à sa place…

— Sait-il… Que cet enfant était le mien ?

— Bon sang, Dick, est-ce qu'il t'arrive parfois de penser à autre chose qu'à ta magnifique personne ? s'écria-t-elle en se levant brutalement de table, renversant au passage un peu de café.

Il se leva à son tour.

— Je ne pensais pas à moi en te posant cette question, assura-t-il. Je pensais plutôt à…

— Tout ce qui t'intéresse, c'est de savoir quelles sont les conséquences de tout ça sur *ta* propre vie ! s'exclama-t-elle en vidant le reste de son mug dans l'évier.

— Pas du tout ! protesta-t-il en la rejoignant pour poser deux mains sur ses épaules et la faire pivoter face à lui. Tu te trompes, Kendra. Je n'arrive pas à croire que tu as dû traverser seule cette terrible épreuve. Je n'arrive pas à croire que j'ai été assez stupide pour rompre le contact avec toi…

Elle posa un doigt sur ses lèvres.

— Je sais ce que tu essaies de faire, murmura-t-elle. Mais à présent, tu peux partir.

— Partir ? Tu veux que je m'en aille ?

Kendra se dégagea et lui adressa un regard froid.

— Quoi ? Tu voudrais que nous reprenions là où nous en étions ? Au moment où tu allais chercher un préservatif ?

Ces paroles lui firent l'effet d'un coup de poing.

— Je voudrais juste rattraper le temps perdu…

— Rattraper ces dix dernières années ?

Il acquiesça malgré l'amertume qui empreignait la voix de Kendra. A présent qu'il savait la vérité, il tenait sincèrement à réparer la terrible erreur qu'il avait commise.

— Ecoute, je vais te faire le résumé, reprit Kendra sur un ton glacial. J'ai dû abandonner mes études, travailler pour ton père — avec qui je n'ai jamais évoqué l'identité du père de mon bébé, mais Seamus n'est pas né de la dernière pluie —, et petit à petit j'ai obtenu un diplôme de commerce avec les cours du soir : j'ai décidé que j'avais comme tout le monde le droit de faire des projets d'avenir. Et devine ce qui s'est passé, juste à ce moment-là ?

Dick la dévisagea, un goût amer dans la bouche.

— J'ai réapparu à Rockingham ?

— Bien vu ! dit-elle avec un rire affreusement sarcastique.

— Pour compromettre une nouvelle fois tes ambitions…

Soudain, il comprenait pleinement le manque d'enthousiasme de Kendra à l'idée qu'il reprenne la gérance de Chez Monroe.

D'un coup, il se sentait terriblement ridicule. Comment avait-il pu s'imaginer qu'il pouvait débarquer ainsi à Rockingham et reprendre l'affaire de son père, comme si tout le monde n'avait attendu que lui ?

Il fit un pas et s'éloigna de Kendra, de sa chaleur,

de son regard, de son chagrin qu'il aurait tant voulu pouvoir effacer.

— Je ferais mieux d'y aller…

— Tu retournes à Las Vegas ? demanda-t-elle, à la fois inquiète et pleine d'espoir.

— Je vais commencer par rentrer me coucher.

Mais il ne pourrait trouver le sommeil tant qu'il ne lui aurait pas posé une dernière question.

— Kendra, pourquoi ne m'as-tu jamais téléphoné ? Pourquoi ne m'as-tu jamais prévenu ? Tu aurais pu me demander de l'aide ou exiger…

Exiger quoi ? Un mariage, peut-être ?

— Je vois que tu n'as pas lu l'intégralité de mon journal.

— C'est-à-dire ?

Elle leva les yeux vers lui et, à la gravité de son regard, il sut qu'il avait le cœur définitivement brisé.

— Si je ne t'ai pas prévenu, c'est par amour pour toi, Dick. Je savais que tu ne m'aurais jamais laissée vivre ça seule. Mais je ne voulais pas non plus être celle qui gâcherait ta carrière.

Il crut recevoir un coup de poignard en plein cœur. Ce genre d'amour était loin d'une simple idolâtrie adolescente. C'était un amour noble, généreux, et si sincère…

Ce genre d'amour n'aurait jamais gâché sa vie.

Mais il était trop tard, à présent. Tout ce qu'il pouvait faire, c'était tenter d'obtenir le pardon de Kendra.

Pour commencer, il allait quitter Rockingham. Il

la laisserait réaliser son rêve pour le cybercafé sans être un obstacle.

Sans un mot de plus, il déposa un baiser sur le front de la jeune femme et ferma les yeux en inhalant une dernière fois son parfum délicat.

— Bonne nuit, Kennie…

- 10 -

Le lendemain, Kendra s'efforçait d'accomplir du mieux possible ses tâches au cybercafé malgré un état de profond désespoir.

Curieusement, elle avait bien dormi la nuit dernière, plongeant dans un profond sommeil tout de suite après le départ de Dick. Son repos n'avait été troublé par aucun rêve ni cauchemar, sans doute parce que, à présent, sa conscience était soulagée du poids qu'elle portait depuis des années.

Maintenant que son secret était connu du principal intéressé, elle pouvait enfin tourner la page. Elle se sentait libérée du lien secret qui la liait encore à Dick Monroe… Enfin, sauf qu'elle était de nouveau tombée amoureuse de lui.

D'ailleurs, pour être tout à fait honnête, avait-elle jamais cessé de l'aimer ?

Le téléphone du bureau se mit à sonner, et le numéro de Diana s'afficha sur le cadran.

Kendra reprit ses esprits et prépara son écran d'ordinateur pour communiquer à Seamus les chiffres dont il avait besoin.

— Salut, Kennie. De notre côté, les choses avancent, s'exclama Seamus dont la voix envahit tout le bureau après qu'elle eut mis le haut-parleur. Qu'en est-il pour Dick et toi ?

Pour Dick et elle ? Oh, d'une certaine façon, les choses avaient bien avancé hier soir…

— On essaie de cohabiter, assura-t-elle. Les chiffres du bar sont… plutôt encourageants.

— J'en étais sûr ! s'exclama le vieil homme. Ce petit saura attirer beaucoup de monde.

Kendra sentit sa mâchoire se crisper.

— Comment ça s'est passé à San Francisco ? demanda-t-elle pour faire diversion.

— Eh bien, j'ai de bonnes nouvelles.

Elle retint son souffle et attendit la suite.

— Nous avons rencontré les dirigeants d'une firme qui se sont montrés intéressés par notre projet. Très intéressés.

Seamus ne semblait pourtant pas très enthousiaste.

— Il y a un « mais », n'est-ce pas ? murmura-t-elle.

— Ils pensent que les chiffres du cybercafé sont encore améliorables. Ils voudraient voir si l'on est capables de les augmenter de 30 % en un mois.

— Les bénéfices ont déjà augmenté par rapport au mois dernier, dit Kendra en cliquant sur son logiciel de comptabilité, mais nous ne sommes pas encore à 30 %.

— Tout ce qu'il reste à faire, c'est clôturer ce mois avec une progression de 30 %. Crois-tu que c'est faisable ?

— Tes investisseurs ne s'intéressent-ils pas aux bénéfices du bar ? demanda-t-elle.

Ceux-ci avaient augmenté de 80 %.

— Pas vraiment, puisqu'ils vont investir sur un cybercafé géant. En tout cas, réfléchis à une façon d'augmenter les bénéfices, je suis sûr que tu trouveras quelques chose !

— Je vais essayer, promit-elle. Comment va Diana ?

Elle se sentait loin de son amie. Elle avait besoin de se confier à une autre femme susceptible de comprendre le pouvoir de séduction de Dick.

— Elle est en pleine forme !

— Vous partez demain pour Hawaii, n'est-ce pas ?

— Euh, ne t'inquiète pas, de toute façon nous resterons joignables, répondit-il après s'être raclé la gorge.

Kendra cliqua sur son écran qui s'éteignit.

— J'espère bien !

— Comment se passent les choses entre Dick et toi ?

Ne lui avait-il pas déjà posé cette question ?

— Ça va.

— Mais encore ?

Oh, rien de grave, en somme. Leur petite séance de

préliminaires torrides d'hier soir s'était juste transformée en une séance d'aveux dramatiques, n'est-ce pas ?

— Il se débrouille très bien au bar.

— A-t-il un peu tâté la balle, ces temps-ci ?

A cette question, elle fronça les sourcils.

— Je crois qu'il assiste parfois aux entraînements de l'équipe du lycée. Mais, Seamus, Dick est à la *retraite*…

Seamus soupira à l'autre bout du fil.

— C'est vrai, tu as raison.

Il semblait lui aussi avoir du mal à renoncer à ses rêves.

— Amusez-vous bien à Hawaii ! conclut-elle.

— Et toi, pense à augmenter les bénéfices de 30 % !

— J'espère que tu n'as pas fait croire à ces gens que j'en serais capable, ajouta-t-elle. Sans les fonds dont nous avons justement besoin, la tâche va être très difficile…

— Tu sais, ce sont les seuls à s'être montrés enthousiastes face à notre projet, expliqua Seamus d'une voix soudain anxieuse. Les autres investisseurs rechignent à parier sur un secteur déjà très compétitif.

Déçue, elle ferma les yeux un instant.

— En résumé, reprit Seamus, si l'on parvient à relever le défi de ces 30 %, cette firme finance notre projet. Sinon, Chez Monroe restera tel qu'il est actuellement.

Kendra eut soudain du mal à avaler sa salive.

— Eh bien, il ne me reste plus qu'à tenter l'impossible…

— Bien vu, ma jolie ! s'exclama Seamus avec un petit rire. A présent, je m'en vais rejoindre ma fiancée.

— Embrasse-la pour moi !

— Et toi, embrasse Dick…

Kendra raccrocha le combiné en pinçant les lèvres. Au moins, Seamus et elle avaient toujours eu ça en commun : ils étaient tous deux en adoration devant Dick.

— On dirait qu'il vient de te demander l'impossible !

Elle tressauta au son de la voix de Dick.

— Depuis combien de temps es-tu là ? bredouilla-t-elle.

Il avança dans le bureau, toujours aussi sexy, et elle maudit ce parfum si viril, si tentant qui émanait de lui. Il se laissa tomber sur le siège face à elle.

— Assez longtemps pour constater que mon père nourrit toujours le secret espoir de me voir jouer au base-ball ici, à Rockingham.

— Certains rêves sont difficiles à renier, murmura-t-elle.

— C'est vrai, acquiesça-t-il, visiblement conscient du double sens de ses paroles. Mais comment savais-tu que j'avais été au stade du lycée ?

— Je te connais mieux que tu ne te connais toi-même…

Il acquiesça, l'air soudain étrangement détendu.

— Toi et moi, on a un sacré passé derrière nous, dit-il, le regard empreint de nostalgie.

— C'est vrai, répondit-elle, tandis qu'elle sentait son cœur s'accélérer dangereusement.

— Nous avons vécu de nombreux moments ensemble, depuis l'époque où tu épiais ton frère à travers la tuyauterie.

A ces mots, Kendra sentit ses joues s'embraser.

— Oui, cette chaudière m'a dévoilé de nombreux secrets.

— Nous avons partagé des moments plus… intimes, murmura-t-il, le regard soudain sombre. Et aussi des moments difficiles. Tu étais là pour la mort de ma mère… Et puis…

Oui, il y avait aussi la mort de leur bébé. Une vieille blessure pour elle, mais toute récente pour Dick.

— C'est vrai que toi et moi, c'est déjà une vieille histoire, dit-elle en hochant la tête.

Malgré tout, il existait une sorte de complicité, de connivence entre eux. Et tant pis si elle était toujours amoureuse de Dick. Ce n'était pas sa faute à lui, après tout.

Il la dévisagea longuement, puis secoua la tête d'un air insondable comme s'il s'apprêtait à lui faire une révélation.

— Il te reste encore un peu de temps devant toi, déclara-t-il finalement en regardant le calendrier accroché au mur. Il te faut augmenter les profits du cybercafé de 30 % avant la fin du mois, hein ?

Pourquoi changeait-il brusquement de sujet, alors que

quelques secondes plus tôt il semblait prêt à lui révéler quelque chose de très important, très intime ?

— C'est vrai, répondit-elle en s'efforçant d'adopter le ton affairé d'une bonne gérante, je n'ai guère d'autre choix.

— Sinon, tu seras obligée d'abandonner ton rêve…

« Certains rêves sont difficiles à renier. »

— Dans ce cas, je m'en trouverai un autre, assura-t-elle.

Dick parcourut la surface du bureau du regard.

— As-tu les coordonnées de Jack au travail ? demanda-t-il alors.

Jack ? Quel rapport avec ce qu'ils venaient de se dire ? Dick avait-il l'intention de raconter à son frère le terrible secret qu'elle avait gardé durant toutes ces années ? Celui-ci n'avait jamais su qui était le père de sa nièce morte-née, et elle comptait bien que les choses demeurent ainsi.

— Ne t'inquiète pas, reprit Dick qui semblait avoir lu l'effroi sur son visage. Je voulais simplement lui demander son avis sur une idée que je viens d'avoir.

— Quel genre d'idée ?

— Je ne peux rien dire, rétorqua-t-il avec un sourire. Mais si tu colles ton oreille contre les tuyaux du chauffage, tu as peut-être une chance de le découvrir !

Elle ne put s'empêcher de rire.

— Comment savais-tu que je vous espionnais ?

— Parce que je te connais presque aussi bien que tu me connais !

*
* *

Malgré la circulation congestionnée aux abords de l'aéroport de Logan, Dick arriva au terminal des arrivées une dizaine de minutes avant l'atterrissage du vol.

En attendant, il se remémora silencieusement tout ce qu'il avait accompli durant la semaine qui venait de s'écouler.

Il aurait dû rappeler Kendra après qu'ils avaient fait l'amour, il n'avait aucune excuse. Il aurait dû être présent, la soutenir pendant sa grossesse... Et aussi après, lors de la tragédie. Bon sang, il aurait eu largement les moyens de lui payer ses études après qu'elle avait perdu le bébé !

Pourtant, elle n'avait jamais réclamé son aide, encore moins sa compassion. Pas une seule fois. A présent, il tenait à réparer son erreur. Et il était sur le point d'y parvenir.

Il avait passé huit jours à régler tous les détails, à rappeler de vieilles connaissances et à rencontrer en cachette monsieur Hatchet — il avait toujours du mal à l'appeler par son prénom. Le reste du temps, il l'avait passé en compagnie de Kendra afin de profiter au maximum de ces derniers jours auprès d'elle. D'ailleurs, il avait dû fournir des efforts surhumains pour ne pas la toucher, l'embrasser, effleurer ses cheveux au parfum fleuri, passer ses bras autour de sa taille...

Dans quelques heures, il aurait réussi à réaliser le rêve de Kendra.

Ensuite, il retournerait à Las Vegas. Même s'il se sentait bien chez lui à Rockingham, derrière le bar de Chez Monroe, même s'il aspirait à cultiver enfin une relation d'égal à égal avec son père. Car en restant, il rappellerait constamment le passé à Kendra.

Lorsque Jack apparut parmi les passagers du terminal, en lui adressant ce franc sourire qui avait toujours été le sien, Dick sut que son vieil ami était vraiment l'homme de la situation.

A trente-trois ans, le frère de Kendra était devenu un des directeurs artistiques les plus réputés de Madison Avenue, après avoir été un des garnements les plus inventifs et rebelles de Rockingham.

A le voir s'avancer dans une chemise et un jean très sobres, on n'aurait jamais dit que son vieux complice était un des hommes les plus en vue de New York. L'adolescent révolté aux boucles châtaines tombant toutes les filles était devenu un homme sûr de lui, mais toujours aussi décontracté et discret. Le tout sans rien perdre de son charisme, bien entendu.

— Salut, Dick ! s'exclama-t-il en posant son sac à terre pour lui donner l'accolade. Ça fait plaisir de te voir !

— Je croyais que tu avais sauté dans l'avion après une réunion importante avec un client, murmura Dick en désignant d'un œil perplexe sa tenue décontractée.

— En tant que directeur artistique, je peux me permettre quelques libertés au regard des codes vestimentaires habituels, répondit Jack. En revanche, moi, je m'attendais à te voir porter la tenue des Snake Eyes…

Dick éclata de rire alors qu'ils prenaient la direction du parking.

— Je la porterai peut-être de nouveau un de ces jours…

Et, devant le regard interrogateur de Jack, il ajouta :

— En tant qu'entraîneur, puisque je ne peux plus jouer… Mon agent est en train de prendre des contacts en ce sens.

Le fait de dévoiler son projet à voix haute lui faisait un drôle d'effet. Cela entérinait sa décision de se résigner à ne plus fouler un terrain de base-ball en tant que vedette mais en tant qu'« homme de l'ombre ».

— C'est une étonnante volte-face, remarqua Jack comme s'il avait lu dans ses pensées. Qui t'a donné cette idée ?

— Tu ne vas pas me croire…

— *Qui ?*

— Martin Hatchet.

— Sans blague ! s'exclama Jack en éclatant de rire. Où l'as-tu revu ? Tu es retourné faire un tour en salle de colle pour te remémorer le bon vieux temps ?

— En fait, il s'occupe de l'entretien du stade du lycée à titre bénévole et passe de temps en temps Chez Monroe. C'est lui qui m'a convaincu que je pourrais faire un bon entraîneur malgré mon sulfureux passé de joueur. Et puis, tout comme toi, il m'a beaucoup aidé pour l'organisation de mon petit plan…

Jack ralentit le pas alors qu'ils arrivaient devant l'ascenseur.

— Tu es prêt pour ce soir ? demanda-t-il en le regardant dans les yeux.

— Et comment !

— Kendra est au courant ?

— Je lui ai dit que j'organisais une petite réunion d'anciens élèves, mais je ne lui ai pas parlé de toi.

— Un *petite* réunion ? répéta Jack en riant.

Dick hocha la tête.

— Tu sais, elle est tellement obnubilée par le fait d'obtenir ces 30 % de marge supplémentaires qu'elle est devenue assez tête en l'air ces derniers temps.

Les portes de l'ascenseur se refermèrent, et ils descendirent vers le sous-sol de l'aérogare.

— Dis-moi, c'est un sacré effort que tu consens là, juste pour elle, nota Jack en le scrutant d'un regard appuyé.

Dick haussa les épaules et fixa le voyant de l'ascenseur.

— Bah, tu sais, elle le mérite. Elle a fait un travail étonnant Chez Monroe… Et puis, sur le long terme, son projet sera bénéfique pour le bar comme pour toute la communauté artistique locale.

La véritable raison, bien sûr, c'est qu'il se sentait terriblement redevable envers Kendra.

D'ailleurs, Jack semblait dubitatif, voire sceptique.

— C'est vrai, poursuivit Dick alors qu'ils traversaient le parking en direction de sa voiture, Kendra a vraiment mis tout son cœur dans ce projet d'espace informatique et artistique. Tu la connais, elle est pleine d'idées plus ingénieuses les unes que les autres.

Soudain, Jack s'arrêta de marcher et balaya le parking du regard, comme pour y chercher quelque chose.

— Qu'y a-t-il ? demanda Dick.

— Je me demande s'il n'y aurait pas un poulailler dans le coin pour que je vérifie un truc.

— Un poulailler ? répéta-t-il, incrédule.

— Ben oui, tu n'as tout de même pas oublié ce que l'on disait toujours : « Le jour où Dick Monroe tombera amoureux, les poules auront des dents » ?

Dick ne put réprimer un sourire. Il donna une frappe virile sur l'épaule de son ami.

— Tu plaisantes ? Tu sais bien que Dick Monroe est et restera toujours un électron libre !

Leur complicité n'avait pas pris une ride…

Ils arrivèrent en s'esclaffant devant la Mercedes, dont Dick ouvrit le coffre. Il laissa son vieux compère le chambrer sur le prix d'une telle voiture, puis ils parlèrent de publicité, et surtout du bon vieux temps.

En tout cas, il avait réussi à éluder pour un temps la question de Jack…

Kendra avait vaguement vu Dick préparer une sorte de réunion d'anciens élèves du lycée. Ce type d'événement générerait à coup sûr une hausse des profits du bar, mais ne l'aiderait nullement à atteindre les 30 % qui lui manquaient sur la caisse du cybercafé…

Il l'avait prévenue qu'il serait absent toute la journée pour aller chercher quelqu'un à l'aéroport de Logan et lui avait demandé de se charger de promener Newman. Elle profita donc d'une heure creuse en début d'après-midi pour quitter le cybercafé et aller s'occuper du chien.

Le cocker lui réserva un accueil plus que chaleureux mais, de retour chez Diana après leur petite balade sur la plage, il déroba le trousseau de clés qu'elle avait laissé sur un fauteuil et s'enfuit avec à l'étage.

Kendra le poursuivit en vain dans l'escalier.

— Newman ! Rends-moi ces clés tout de suite !

Il dévala le couloir, et elle s'arrêta net en passant devant la chambre d'amis dont le lit n'était pas fait.

Poussée par la curiosité, elle entra dans la pièce, reconnaissant aussitôt le parfum corsé et viril de Dick. Elle frissonna en découvrant le caleçon et le T-shirt de pyjama gisant négligemment au pied du lit, ainsi que le pli laissé par son visage contre l'oreiller.

C'était la chambre de Dick. C'était son lit.

Newman se mit à aboyer devant la porte, lâchant enfin le trousseau de clés, avant de redescendre l'escalier quatre à quatre, manifestement lassé de son petit jeu stupide.

Mais Kendra, elle, ne put s'empêcher de poursuivre son jeu stupide à elle… Elle ne résista pas à l'envie de s'asseoir un instant sur le bord du lit de Dick et de promener ses mains sur les draps, humant furtivement son oreiller.

N'était-ce pas pathétique d'en être rendue à de telles

extrémités ? Il ne lui restait plus qu'à reprendre son cahier à spirale pour y inscrire de nouveaux « Madame Dick Monroe » dans les marges…

Au rez-de-chaussée, Newman se mit à aboyer de façon quasi hystérique et, alors qu'elle ouvrait la bouche pour le réprimander, elle entendit deux rires d'homme. Elle s'immobilisa pour mieux écouter, et… contre toute attente, reconnut la voix de son frère !

Elle ferma les yeux et se concentra pour mieux entendre Dick répondre à Jack, exactement comme à l'époque où elle collait l'oreille contre le tuyau du chauffage. Un instant, elle avait pensé que son imagination lui jouait des tours. Pourtant, il n'y avait aucun doute, elle aurait reconnu ces deux voix entre mille.

Dick était donc en bas, avec son frère !

Elle avait l'impression de faire un voyage dans le temps.

— Je me demande bien pourquoi tu m'as reparlé de cette histoire de poules avec des dents ! bougonna Dick.

A quoi faisait-il allusion ?

A pas de velours, elle se rapprocha pour mieux entendre.

— C'est écrit sur ton visage, mon pote…, répondit Jack, avec cette intonation qui était typiquement la sienne.

Mais que faisait-il donc ici ?

Soudain, elle se souvint de la réunion des anciens élèves. Sans doute Jack avait-il voulu lui faire la surprise de sa présence. Or c'est lui qui allait être surpris lorsqu'elle arriverait dans la cuisine pour lui annoncer…

— Ne me prends pas pour un idiot, poursuivait Jack. Tu es mordu d'elle. Je n'en reviens pas : Dick Monroe est amoureux !

Le cœur de Kendra se mit à battre la chamade. Elle ferma les yeux et s'agrippa à l'encadrement de la porte.

Dick était *amoureux* ?

— Ne t'en fais pas, Jackson, répondit Dick à son ami. C'est peut-être ta petite sœur, mais elle est adulte à présent.

Sa… *petite sœur* ?!

Un mélange d'euphorie totale et de scepticisme envahit Kendra.

Etait-elle victime d'hallucinations auditives ? A moins qu'elle ne soit en train de rêver… Voici qu'elle entendait par le plus grand des hasards l'aveu qu'elle avait attendu des années durant à travers le tuyau de la chaudière. Etait-ce vraiment possible ?

Elle ne put discerner la réponse de Jack, car Newman se remit à aboyer. Jack et Dick se mirent à rire, et elle tendit l'oreille plus que jamais, espérant entendre la confirmation de ce qu'elle avait cru entendre… Que Dick Monroe était bel et bien amoureux d'elle.

— Que comptes-tu faire ? demanda Jack.

Kendra se félicita d'entendre son frère se faire son porte-parole sans le savoir. La gorge sèche, elle s'appuya sur le montant de la porte et attendit.

« Je vais l'aimer et la chérir… l'épouser… lui faire neuf enfants… »

— Tu ne comprends pas, Jack, répondit Dick à voix basse. La situation est plus compliquée que tu ne le crois.

— A cause de Chez Monroe ?

— A cause…

Au bord de la syncope, Kendra retint son souffle.

— A cause du fait que j'ai semble-t-il développé une fâcheuse tendance à compromettre le bonheur de ta sœur.

Oh, Dick… Pourtant, c'était lui, son bonheur !

La porte de la penderie claqua et Newman recommença à aboyer, couvrant la réponse de Jack.

— Oui, c'est vrai, disait à présent Dick.

Comment ? Qu'est-ce qui était vrai ?

— Mais il y a autre chose, n'est-ce pas ? demanda Jack.

Même depuis l'étage, elle entendit le long soupir de Dick. Elle l'imagina se passant une main dans sa tignasse châtaine et se frottant le menton, comme chaque fois qu'il était gêné…

— Disons que je lui rappelle quelque chose qu'elle préférerait oublier.

A ces mots, l'estomac de Kendra se noua violemment. Dick ne lui avait-il pas promis de ne rien révéler à Jack ?

— Peu importe ce que tu lui rappelles, Dick. Kendra a connu des moments bien pires, crois-moi.

Jack ne se doutait nullement que Dick et lui parlaient en fait de la même chose. Du bébé. De sa mort.

— Elle mérite de réaliser son rêve, Jack. Elle veut à toute force créer ce centre informatique et artistique Chez Monroe, et moi, avec mes idées passéistes de Bar des Sports, je ne suis qu'un obstacle pour elle dans l'histoire.

Pensait-il vraiment ce qu'il venait de dire ?

— Et puis, je suis resté trop longtemps loin de Rockingham, reprit Dick. Au fond, c'était une erreur de revenir.

Kendra eut envie de hurler : « Non, Dick ! Oh, non, comme tu te trompes ! »

— Moi, je crois plutôt que le vieux Dick indépendant et rebelle a surtout peur de se faire dompter ! commenta Jack d'un ton léger.

— Si quelqu'un a les facultés pour me dompter, c'est bien Kendra Locke, répondit Dick en riant.

Kendra crut que la terre s'arrêtait de tourner et appuya son visage contre l'encadrement de la porte.

Cette fois, elle avait bien entendu !

Combien de milliers d'heures d'espionnage à travers la tuyauterie avait-elle endurées depuis ses dix ans, dans l'espoir d'entendre exactement ces mots-là ?

— Le problème, c'est que je n'en peux plus d'être si près d'elle sans pouvoir la toucher. Je n'arrête pas de penser à elle… Elle est si désirable.

Seigneur, était-ce vraiment en train d'arriver ?

— C'est pour ça que je dois partir. Mon agent est

en contact avec plusieurs clubs de divisions d'honneur qui recherchent un entraîneur.

Kendra les entendit ouvrir la baie vitrée. Elle s'approcha de la fenêtre de la chambre et vit Jack et Dick marcher en direction de la plage, escortés de près par Newman qui jappait joyeusement.

— Je t'ai laissé m'échapper une fois, Dick Monroe, murmura-t-elle contre la vitre. Mais je ne te laisserai pas m'échapper une deuxième fois…

Puis elle ramassa ses clés abandonnées à terre par le chien, descendit l'escalier et quitta la maison en douce.

Elle décida de ne pas retourner travailler.

Après tout, elle avait une réunion d'anciens élèves ce soir, et elle comptait bien tout mettre en œuvre pour y faire forte impression.

Si, comme certains théoriciens l'affirmaient, l'information c'était le pouvoir, elle en savait suffisamment pour modifier les projets de Dick.

Et il était temps pour elle de rentrer dans l'arène, de la même façon que Dick était entré sur les stades durant les longues années de sa carrière…

De façon rebelle et indomptable !

- 11 -

Perché sur son tabouret de bar, Dick contemplait avec satisfaction la foule des anciens élèves qui riaient de bon cœur, un verre à la main, tout en participant à des forums et des chats en direct avec ceux qui n'avaient pu se déplacer.

Ce soir plus que jamais, chaque ordinateur du cybercafé était connecté aux quatre coins du monde. Si seulement une quarantaine de personnes avaient fait le déplacement pour assister à la réunion d'anciens élèves du lycée de Rockingham, le succès de son idée était indéniable : il avait voulu mettre en valeur les équipements du cybercafé en instiguant une gigantesque cyber-réunion, et il y était admirablement parvenu.

Il ne doutait pas une seule seconde que cette seule soirée suffirait à amasser les 30 % d'augmentation de chiffre d'affaires dont Kendra avait besoin. Ainsi, en lui ayant offert ce modeste coup de pouce, il pourrait quitter Rockingham la conscience un peu apaisée...

— Tu entends ça, Dick ? ! Monsieur Hatchet savait que c'était moi qui avais peint cette fresque sur le mur du vestiaire des filles ! s'exclama Jack, le ramenant brutalement à la réalité.

Les yeux gris de Martin pétillèrent tandis qu'il portait une chope de bière à ses lèvres.

— J'ai l'impression que Dick ne nous écoute pas…

— Si, si, assura Dick. Je pensais justement à mes propres péchés passés.

Jack sourit au vieil homme.

— C'était une très belle fresque, mais je n'aurais jamais pensé que, vous, vous auriez apprécié mes talents de plasticien, monsieur.

— Appelle-le Martin ! conseilla Dick, s'efforçant de rester dans la conversation. Sinon, il va te consigner.

Mais, alors que Martin expliquait à Jack qu'il avait décidé de passer l'éponge sur la fresque parce que l'équipe de base-ball du lycée s'était retrouvée en finale du championnat inter-Etats, Dick ne put s'empêcher de guetter de nouveau la porte d'entrée.

Deux hommes entrèrent, et il s'en voulut de se sentir aussi déçu de ne pas voir apparaître Kendra.

Pourquoi espérait-il encore qu'elle vienne ce soir ? Elle n'avait répondu ni à son coup de sonnette à la porte du cottage, ni au téléphone. Manifestement, elle ne se doutait nullement que le but de cette réunion était de renflouer les caisses du cybercafé afin de rendre son rêve possible… Mais pourquoi se prenait-il encore à rêver qu'elle lui en soit reconnaissante ?

— Je n'arrive pas à le croire, dit Jack. Et toi, Dick, qu'en penses-tu ?

— Euh, pardon ? Que disais-tu ?

Son ami lui adressa un sourire entendu.

— Il est temps de revenir sur terre, mon pote !

— Mais je *suis* sur terre ! se défendit-il.

— Dans ce cas, écoute donc ce que vient de dire Martin !

Il se tourna alors vers Martin Hatchet, interrogateur.

— George Ellis quitte le lycée, annonça l'ex-principal d'un air triomphal.

L'espace d'un instant, Dick ne comprit pas à quoi il faisait allusion. Qui était George Ellis, et de quel lycée s'agissait-il ? Mais soudain, l'expression expectative de Martin lui éclaira l'esprit. George Ellis… l'entraîneur de l'équipe de base-ball du lycée de Rockingham.

— Ne va-t-il pas tout de même finir l'année scolaire ? demanda-t-il.

— Sa femme vient de tomber enceinte et a souhaité retourner près de sa famille, expliqua Martin. George a promis de rester tant qu'il n'aura pas été remplacé, mais il est clair qu'il ne restera pas éloigné de sa femme trop longtemps.

A ces mots, Dick se prit à rêver. Une foule d'images plus tentantes les unes que les autres lui envahirent l'esprit.

Lui en train d'entraîner les gamins du lycée… Tenant le bar chaque soir… Marié à Kendra et élevant leurs nombreux enfants…

Soudain, il vit ses deux compagnons le dévisager curieusement. Avait-il rêvé à voix haute ?

— Mon agent est en contact avec de grandes équipes pour me trouver un poste d'entraîneur, s'empressa-t-il d'ajouter. Désolé, mais je ne serai pas disponible.

Martin haussa les épaules.

— C'était juste une idée comme ça… Je me disais que ça te ferait peut-être une raison de rester ici ?

— Pourtant Dick a déjà une *très bonne raison* de rester ici, intervint Jack en regardant Dick avec insistance.

— Jack, je t'ai déjà expliqué que c'était…

La porte du bar s'ouvrit, et il eut brutalement du mal à laisser passer l'air dans ses poumons.

— … compliqué, finit-il par articuler péniblement.

— Bon sang ! s'exclama Jack qui remit sa gorgée de bière à plus tard, les yeux rivés sur la nouvelle venue. Ne me dites pas que c'est ma sœur ?

— Sans elle, la réunion d'anciens élèves aurait eu un goût d'inachevé, commenta Martin d'une voix presque neutre.

Dick fut alors victime d'émotions contradictoires. D'un côté il s'efforçait de garder un comportement rationnel, de l'autre il ne pouvait s'empêcher de reluquer de la tête aux pieds Kendra qui faisait une entrée remarquée Chez Monroe.

Un pantalon de cuir noir moulant ses courbes délicieusement féminines, un décolleté pigeonnant, le tout perché sur des chaussures noires à talons hauts…

Kendra secoua sa chevelure blonde et scruta d'abord la foule, puis les ordinateurs, puis le bar. Enfin, son regard bleu étincelant se posa sur lui.

Le visage impassible, elle s'avança.

Soudain, les sens de Dick furent en émoi, ses veines se mirent à pulser violemment et, malgré la musique qui emplissait la salle, il imagina le claquement de ses talons contre le parquet.

Jack se précipita pour donner une franche accolade à sa petite sœur.

— Je pensais te faire une surprise, dit-il en riant tout en la détaillant de la tête aux pieds. Mais je dois avouer que c'est toi qui me surprend !

Kendra lui caressa les deux joues puis l'embrassa.

— C'est merveilleux de te voir ici, Jack ! s'exclama-t-elle avant de se tourner vers Dick, l'air interrogateur. Il me semble que je me suis un peu trop habillée pour cette réunion d'anciens…

Dick hocha la tête sans même prendre la peine de dissimuler le fait qu'il la dévorait du regard.

— Pas du tout, affirma-t-il avec un léger sourire. Tu es tout simplement… parfaite !

Elle se mit à rougir et passa une main nerveuse sur le cuir de son pantalon.

— Il te plaît ? demanda-t-elle d'une voix presque ingénue.

Et comment qu'il lui plaisait…

— Pas mal, se contenta-t-il de répondre.

— Pourquoi ne m'as-tu pas dit qu'il s'agissait d'une cyber-réunion ? s'étonna-t-elle d'un ton accusateur.

— Je voulais te surprendre…

Elle eut un rire léger qui lui emplit le cœur d'une onde de bonheur.

— On dirait que je vais finir par les récupérer, ces 30 %, murmura-t-elle tandis que ses lèvres s'éclairaient d'un sourire tout aussi sensuel que sincère.

— On dirait, en effet, dit-il, sous le charme de ses yeux qui étincelaient à présent de joie.

Kendra s'éloigna alors de son frère pour se rapprocher de lui, entraînant avec elle une fragrance plus musquée que d'habitude. Puis elle se mit sur la pointe des pieds et lui murmura à l'oreille :

— Fais-moi penser à te remercier comme il se doit, un peu plus tard.

A ces mots, Dick frissonna de tout son corps. Une brutale onde de désir le transperçait de part en part.

— Tu vas avoir du mal à marcher dans le sable avec ces chaussures-là, petite, susurra-t-il en lui effleurant la tempe de ses lèvres.

Kendra s'appuya alors discrètement contre lui.

— Pas grave, je les enlèverai…

Il ferma les yeux et fit un effort surhumain pour ne pas l'empoigner et l'embrasser là, sur-le-champ, devant son frère, son ex-principal, tout le monde.

De nouveau, les obsédantes images lui revinrent à l'esprit : il était l'entraîneur du lycée de Rockingham, tenait le bar de Chez Monroe le soir et était marié à Kendra, à qui il faisait passionnément l'amour chaque nuit…

Pourtant, se rappela-t-il, il avait une bonne raison de

presser son agent de lui trouver rapidement un travail d'entraîneur loin d'ici. Il avait une bonne raison de se retenir depuis une semaine de poser les mains sur Kendra. La même raison qui l'avait conduit à arranger cette soirée, qui devrait générer assez de fonds pour séduire les investisseurs dont elle avait besoin pour son projet : il devait la laisser réaliser ce rêve pour lequel, par sa seule présence, il représentait un obstacle.

Il savait bien tout cela, mais toute lucidité lui échappait soudain, remplacée par une furieuse envie de goûter à la peau de Kendra, à son corps soyeux, et de lui faire l'amour à en perdre le souffle.

Et s'il se fiait à la lueur qui brillait au fond du regard de Kendra, elle en avait autant envie que lui.

Kendra accepta la bière que lui tendait Dean Clifford et se dirigea vers l'arrière-boutique pour y prendre l'air, la bouteille à la main. Une fois dans l'allée de briques rouges qui longeait le parking de Chez Monroe, elle inspira une grande bouffée d'air.

Après avoir dansé à en perdre haleine, ri à en avoir des crampes et même échangé quelques mots via le chat avec une certaine... Anne Kepler — laquelle était désormais mariée et vivait à Buffalo —, elle avait besoin de recouvrer ses esprits.

Dick ne l'avait pas quittée des yeux de la soirée. Il semblait tour à tour agacé et amusé, voire excité de sa présence. Que pouvait-elle augurer de cette attitude ?

Soudain, elle entendit la porte claquer derrière elle, et Dick lui-même apparut, éclairé par un rayon de lune.

— Salut, belle dame en cuir, murmura-t-il en la rejoignant près du muret de brique sur lequel elle était assise. Que fais-tu seule ici ?

— Je prends l'air… Et j'enfreins les règles en sortant de l'alcool hors de l'établissement, répondit-elle en levant sa bière en direction de Dick.

Il s'approcha d'elle et colla son ventre à ses genoux.

— Ah oui ? chuchota-t-il en posant ses mains à plat sur ses cuisses. Moi aussi, j'aime enfreindre les règles…

Au contact de ses mains à travers le cuir, elle sentit une vibrante onde de chaleur l'envahir.

— Je sais. Tu n'as pas usurpé ta réputation de chien fou sur les terrains, articula-t-elle, le souffle court.

D'un geste aisé et assuré, Dick s'immisça entre ses cuisses de façon à appuyer son torse musclé contre sa poitrine.

— Toi aussi, tu as un tempérament de feu, petite.

Elle but une gorgée de bière, puis lui tendit la bouteille.

— Tu en veux ?

Les mains toujours sur ses cuisses, Dick porta ses lèvres au goulot et avala une gorgée sans la quitter du regard.

Jamais elle n'avait trouvé un geste aussi érotique,

et, sans réfléchir, elle enroula d'instinct ses jambes autour de la taille de Dick.

— Pourquoi fais-tu ça, Dick ? dit-elle à voix basse.

Il leva un sourcil interrogateur.

— Pourquoi avoir organisé cette réunion d'anciens élèves et risqué ainsi de me permettre d'arriver à ces fameux 30 % manquants ? Tu sais bien que si je parviens à relever le défi des investisseurs, ton père aura d'autant plus de mal à accepter que tu retransformes Chez Monroe en Bar des Sports.

— Je sais bien, dit-il en haussant une épaule. En fait, je laisse tomber. Je m'écarte de cette affaire.

— Comment ? ! Ce n'est pourtant pas ton genre d'abandonner une chose en laquelle tu crois ! s'étonna-t-elle en posant sa bouteille à côté d'elle sur le muret. Tu es pressé de devenir entraîneur au point de renoncer à ton rêve d'enfant ?

Dick plissa le front, l'air dubitatif.

— Comment sais-tu que je cherche un poste d'entraîneur ?

— Grâce à une version moderne du tuyau de chauffage.

— Tu es sérieuse ? demanda-t-il d'une voix intriguée.

— Et toi, es-tu sérieux ?

— J'ignore ce que tu as pu entendre, mais oui, je suis sérieux, dit-il, le regard plus sombre que jamais. Chez Monroe est à toi désormais, je me retire de la compétition.

Il y avait quelque temps, une telle annonce l'aurait comblée de bonheur. Mais ce soir, elle lui faisait cruellement mal.

— Tu sais, le rêve de ma vie, ce n'est pas diriger ce cybercafé.

— Dans ce cas, quel est ton rêve ?

Le rêve de sa vie ? Il était là, enlacé entre ses jambes.

— Dis-moi d'abord quel est le tien.

Un léger sourire se dessina au coin des lèvres de Dick.

— Eh bien, il y a peu de temps, mon rêve était de jouer en première division. A présent, ce rêve m'a échappé, donc je dois m'en trouver un autre.

— Ce n'est jamais facile.

Elle vit la mâchoire de Dick se crisper.

— Certes. Mais c'est ton tour, à présent. Si ouvrir le plus grand centre informatique et culturel de la région n'est pas ton rêve le plus cher, alors quel est-il ?

— Toi, Dick…

Waouh… Comment ces mots s'étaient-ils échappés de ses lèvres ?

— Pardon ?

— Tu m'as bien entendue, répondit-elle, se sentant soudain plus légère. Ce que j'ai le plus souhaité durant toute ma vie, c'est d'être avec toi, Dick.

— Avec moi ? répéta-t-il, incrédule.

Elle passa ses bras autour de son cou.

— On voit que tu n'as pas lu tout mon journal…

— Le peu que j'en ai lu m'a suffisamment boule-versé, balbutia-t-il en hochant la tête.

— Chut, murmura-t-elle en posant un doigt sur sa bouche. On ne peut pas changer le passé. Mais on peut encore changer l'avenir.

Puis, poussée par une force irrépressible, elle se pencha vers le visage de Dick et posa délicatement ses lèvres sur les siennes.

Il laissa leurs bouches se rencontrer et se lova un peu plus contre elle. Après un long et langoureux baiser, il se dégagea légèrement pour l'interroger du regard, l'œil empreint d'espoir et de complicité.

— Dans ce cas, si on commençait dès mainte-nant ?

Elle promena une main sur sa joue, se délectant de la douceur virile de sa barbe naissante.

— J'ai envie de te faire l'amour, Dick Monroe. Et cette fois, rien, non, rien ne m'en empêchera !

C'est alors qu'ils entendirent la porte arrière du bar s'ouvrir derrière eux.

Kendra poussa un soupir de frustration.

— Hé Dick ! s'écria Jack. Il y a un certain Coulter au téléphone pour toi. Il dit avoir essayé de te joindre toute la journée.

Dick ferma les yeux un instant, puis se tourna vers Jack.

— C'est mon agent. Il peut attendre jusqu'à demain, dit-il en sortant des clés de la poche de son jean. Jackson, est-ce que tu peux me rendre un service ?

A ces mots, il lança les clés en direction de son ami, qui les rattrapa au vol.

— Veux-tu t'occuper de fermer le bar quand la soirée touchera à sa fin ? J'ai quelque chose d'important à faire.

Jack essaya de distinguer leurs deux silhouettes dans la pénombre.

— Kendra est avec toi ?

— Ne t'inquiète pas, elle est entre de bonnes mains, promit-il. Je peux te confier ma voiture et le bar ?

— Aucun souci, mon pote ! répondit Jack d'un ton amusé.

Kendra se pencha vers Dick.

— C'est un cybercafé, pas un bar, Dick, corrigea-t-elle.

Pour toute réponse, il fit glisser ses deux mains le long de ses cuisses, jusqu'à son entrejambe, déclenchant une violente décharge de désir dans tout son être. Puis il la souleva du muret et la posa à terre.

— Ne me dis surtout pas que tu as besoin d'aller récupérer quelque chose à l'intérieur, lui susurra-t-il au creux de l'oreille. Je ne voudrais pas que tu changes d'avis en chemin.

Elle posa une main sur la poche arrière de son pantalon.

— Mes clés de voiture et mon portefeuille sont là, le rassura-t-elle.

Dick l'entraîna vers la rue avant de s'arrêter net.

— Tu es bien sûre de toi, petite ? Je veux dire… As-tu vraiment envie de… répéter le passé ?

« Si quelqu'un a les facultés de me dompter, c'est bien Kendra Locke. »

La sincérité de cet aveu résonnait encore à l'esprit de Kendra.

Elle passa ses bras autour des épaules de Dick et l'enlaça tendrement.

— Je n'ai jamais été aussi sûre de moi de toute ma vie !

Avant de démarrer la voiture, Dick attira Kendra contre lui et lui donna un baiser à couper le souffle. Il avait tellement envie d'elle qu'il se demandait comment il allait pouvoir conduire.

Il l'embrassa fiévreusement à chaque feu rouge, et lorsqu'ils arrivèrent devant la maison de Diana, il y voyait à peine, les yeux embués de désir sous la pression de la main que Kendra avait posée sur le haut de sa cuisse.

Ils s'extirpèrent péniblement du véhicule et entrèrent.

Newman les accueillit avec quelques aboiements, mais Kendra acheta son silence contre quelques biscuits canins dissimulés dans un placard de la cuisine.

Dick la prit alors par la main et l'attira en haut de l'escalier, s'arrêtant toutes les deux marches pour l'embrasser goulûment et promener ses mains le long de son corps si désirable. Ils parvinrent tant bien que mal à atteindre l'étage, à bout de souffle. Il la poussa dans la première chambre — celle où il logeait — et referma la porte derrière eux. Alors qu'elle ôtait à toute vitesse son petit haut décolleté, il l'entraîna vers le lit en dévorant des yeux son soutien-gorge de dentelle noire.

Enfin, ils s'allongèrent sur le lit, et il put de nouveau poser ses lèvres sur les siennes.

D'un geste avide, il dégrafa son soutien-gorge et referma sa bouche autour de la pointe d'un de ses seins, se délectant de voir son corps tout entier frémir sous sa caresse. Sans lâcher son téton, il murmura son prénom, et Kendra laissa échapper un long soupir de volupté tout en se tortillant sous lui.

Ivre de désir, il lui ôta l'une après l'autre ses chaussures à talons, avant de déposer une pluie de baisers enflammés tout le long de son ventre. Reprenant son souffle, il défit la fermeture Eclair de son pantalon de cuir incroyablement sexy, pour découvrir un mini-string en satin noir…

— Oh, Kendra, ma belle, tu me rends fou !

Avec un petit rire triomphant, elle lui ôta alors son polo.

Une fois torse nu, il s'empressa de s'allonger contre elle, peau contre peau, et l'embrassa de nouveau tandis que, d'un geste rapide et assuré, elle glissait sa main le long de son entrejambe à travers son jean. Aussitôt, une violente décharge électrique se répandit dans chaque cellule du corps de Dick. Il gémit. Elle s'efforça de lui ôter au plus vite son pantalon, et ils rirent tous les deux de leur empressement.

Emu comme jamais, il se retrouva nu comme un

ver, et Kendra referma ses mains autour de son sexe dur comme le roc.

— J'aime voir l'effet que je te fais, Dick, confia-t-elle, à la fois provocante et mutine.

— Oh, Kendra… Tu es si belle, si désirable.

Poussé par une irrésistible envie d'être absorbé tout entier par elle, par la chaleur de son corps, il se mit à califourchon sur elle et promena ses mains sur son ventre, sur ses seins, puis sur sa gorge et ses joues, se forçant à garder un rythme lent pour mieux apprécier ces instants magiques.

Il connaissait cette femme depuis l'enfance et avait déjà aimé ce corps. Une fois, une seule. Mais ce soir, tout était différent.

Kendra ferma les yeux alors qu'il insinuait ses doigts sous le satin du string, jusqu'au centre de son désir. A son contact, elle se tortilla en poussant un petit gémissement de volupté, le souffle saccadé, le visage rosi de plaisir.

— Tu aimes ça ? demanda-t-il à voix basse.

Elle acquiesça d'un imperceptible signe de tête, visiblement noyée dans un océan de plaisir.

Il s'interrompit pour descendre le string, révélant sa fine toison blonde.

— Et moi, j'adore voir l'effet que je te fais, murmura-t-il.

Kendra était à présent en transe, superbement cambrée et prête à recevoir toutes les caresses qu'il voudrait lui prodiguer. Il se pencha alors sur le centre de son désir et y plongea sa langue. Aussitôt, elle se cambra encore plus.

Devant sa réaction, Dick sentit son sang bouillonner au creux de ses veines tandis que les pulsations de son cœur lui faisaient violemment bourdonner les oreilles. Il la désirait tellement que tout son corps était à présent douloureux et tendu tel un arc. Il se délecta de la douceur infinie des jambes soyeuses de Kendra qui lui effleurèrent le visage alors qu'il lui ôtait définitivement son string.

Puis, le souffle court, il ouvrit le tiroir de la table de chevet et en sortit un préservatif qu'il enfila à la hâte sous le regard brûlant de Kendra.

Elle se cambra de nouveau, prête à l'accueillir en elle.

— Dick…, murmura-t-elle alors qu'il la pénétrait doucement. Je t'aime.

Ses paroles lui firent l'effet d'un délicieux électro-choc. Enfin, ils ne faisaient plus qu'un.

— Oh, oui, je t'aime, répéta-t-elle en lui couvrant tour à tour la bouche, le cou et les épaules de baisers passionnés.

Incapable de prononcer le moindre mot, il continua de s'enfoncer au plus profond d'elle, en proie à un bonheur et à un plaisir inouïs.

Tout était si intense, la chair humide et brûlante qui l'enveloppait, les courbes voluptueuses de sa poitrine, ses baisers affamés, son aveu…

Avec une incroyable sensualité, Kendra se mit à

onduler des hanches pour accompagner son mouvement de va-et-vient.

Dick sentit une perle de sueur lui dévaler le front puis le visage, et, encouragé par la réponse impudique de Kendra, il continua d'aller et venir en elle à une cadence devenue frénétique.

Oh, comme il avait envie d'elle, de son plaisir, alors que son corps à lui était déjà au bord de l'extase ! Jamais ses sens n'avaient été aussi transportés, comblés, béats. A chaque nouveau coup de reins, il était encore plus amoureux de Kendra… Oh, Seigneur, comme il aimait cette femme !

Et, alors qu'elle était secouée par les spasmes du plaisir ultime, il la rejoignit dans les hautes sphères de l'extase.

Après ces quelques secondes suspendues dans le temps, il se laissa tomber sur Kendra et embrassa sa peau ruisselante de sueur, reprenant péniblement son souffle.

— Je t'aime, souffla alors Kendra d'une voix à peine audible, alors qu'il entendait son petit cœur tambouriner contre sa poitrine. Je t'ai toujours aimé et je t'aimerai toujours.

Il ferma un instant les paupières, le cœur serré. Jamais aucun moment de sa vie — pas même les grandes victoires qu'il avait connues avec son équipe de base-ball — n'avait été aussi fort, aussi émouvant que celui-ci.

C'est alors qu'une évidence lui vint à l'esprit : il n'était pas rentré à Rockingham pour s'y faire aduler en tant que héros des stades. Il était revenu pour y trouver amour, paix et sécurité.

Et tout cela était là, entre ses bras, maintenant.

— Je t'aime aussi, Kendra… Je t'aime.

A ces mots, elle poussa un long soupir de soulagement, et sa tête roula doucement sur le côté.

Lui aussi se sentait soudain détendu, soulagé. Apaisé.

Kendra rouvrit les yeux.

Dick s'agrippait à elle comme s'il avait craint qu'elle ne saute du lit pour prendre ses jambes à son cou. Au lieu de cela, elle entremêla ses jambes aux siennes et le laissa l'attirer tout contre son torse velu, musclé, à l'odeur si délicieusement musquée.

— Tu sais ce dont je viens de me rendre compte ? dit-il.

— Que tu m'aimes ?

Il lui sourit et la serra fort contre lui.

— En plus de cela, je comprends à présent que je ne suis pas vraiment rentré à Rockingham pour reprendre le bar. En fait, c'est comme si j'avais eu besoin de découvrir qui j'étais. Je veux dire en dehors du terrain, des matchs, etc.

— Et alors, est-ce que tu y es arrivé ?

Dick la serra plus fort encore.

— Je suis en train, chuchota-t-il au creux de son oreille.

Le souffle court, Kendra lui souriait quand une

sonnerie de téléphone retentit dans la pièce, reproduisant un chant bien connu de supporters de base-ball.

Dick plongea son visage dans l'oreiller.

— C'est la sonnerie de mon agent, dit-il sans bouger.

— Eh bien, pourquoi ne réponds-tu pas ?

— Parce qu'il va m'annoncer qu'il m'a trouvé un poste d'entraîneur dans une ville où je n'ai plus envie d'aller.

— Dans ce cas, dis-lui que tu souhaites rester ici.

Il se redressa sur le lit et chercha son téléphone par terre.

— Tu as raison, déclara-t-il d'un air décidé.

A ces mots, Kendra se laissa submerger par une onde de bonheur. Elle remonta le drap sur elle tandis que Dick extirpait son téléphone de la poche arrière de son jean.

— Coulter, tu oublies qu'il est minuit passé sur la côte Est… Tu as intérêt à avoir une bonne raison de m'appeler !

Soudain, il se raidit et parut manquer d'air.

— Quoi ?… Tu es sûr ? bafouilla-t-il l'air incrédule. Tu veux dire qu'ils sont prêts à renégocier mon contrat ?

Kendra se mordit la lèvre.

— … Pour la prochaine saison ? demanda-t-il à son interlocuteur. O.K., je peux être là pour le mois de mai.

Soudain en proie à la sensation familière d'être

seule au monde, Kendra déglutit péniblement et serra le drap contre sa poitrine.

Une nouvelle fois, tout son monde s'écroulait autour d'elle.

- 12 -

Dick s'efforçait de se concentrer sur les instructions que lui prodiguait Coulter au bout du fil, mais il ne put s'empêcher de s'inquiéter en voyant Kendra rassembler ses affaires et disparaître dans la salle de bains attenante à la chambre.

Seigneur, elle n'allait pas partir… Pas maintenant qu'il avait compris qu'il était amoureux d'elle. Il devait absolument lui dire — et lui prouver — de nouveau son amour.

— Coulter, écoute, est-ce qu'on peut reparler de tout ça demain ? C'est que je suis occupé, là.

Occupé à changer radicalement de vie…

— Alors appelle-moi demain matin à la première heure, ordonna Coulter. Il faut vraiment arriver à négocier des conditions intéressantes pour ce contrat. Tu dois comprendre que tu n'es pas en position de force comme l'année dernière.

— Oui, je comprends bien, répondit-il en balayant la pièce du regard, la gorge soudain nouée.

Lorsqu'il eut raccroché, il se rua dans la salle de bains.

— Tout va bien, ma belle ?

La porte s'ouvrit, et Kendra apparut, de nouveau vêtue de son pantalon de cuir noir. Quelque chose dans son regard avait changé. Il eut l'impression d'être une nouvelle fois face à une concurrente profession-nelle.

— Je dois me lever très tôt demain, affirma-t-elle en passant devant lui, prenant soin d'éviter son regard.

Il parvint de justesse à la retenir par le bras.

— Qu'y a-t-il, Kendra ?

— Je ne peux pas dormir ici, dit-elle, les pupilles dilatées.

— Tu ne *peux* pas, ou tu ne *veux* pas ? demanda-t-il avec un curieux pressentiment en ramassant son boxer-short sur le sol. Tu ne sais même pas de quoi mon agent et moi parlions.

— Je n'ai pas besoin de connaître les détails de ton contrat, dit-elle en atteignant la porte de la chambre. Tu sais, je finis par connaître la chanson, depuis le temps.

— Ecoute, Kendra, je sais que j'ai commis des erreurs par le passé, mais tu ne dois pas…

Newman se mit à aboyer dans la cuisine, et Kendra tendit l'oreille.

— Ce n'est que Jack qui rentre, expliqua Dick. Ecoute, tu peux bien rester passer la nuit. Ton frère ne…

— Alors, mon petit Newman d'amour, est-ce que je t'ai manqué ?

C'était la voix de Diana qui résonnait au rez-de-chaussée.

Aïe, le nouvel arrivant n'était pas Jack !

— Bonsoir, bonsoir… Il y a quelqu'un ?

Dick reconnut aussitôt la voix joviale de son père. Kendra posa un doigt sur sa poitrine.

— Habille-toi vite, je m'occupe d'eux, chuchota-t-elle.

Puis, elle se rua vers l'escalier sans même se retourner.

— Diana ! Seamus ! Vous êtes déjà de retour ? l'entendit-il s'exclamer.

Trente secondes plus tard, il avait remis ses vêtements et dévala à son tour l'escalier, pour retrouver son père, sa future belle-mère et Kendra en pleines embrassades.

— Dick ! s'écria son père en se tournant vers lui pour l'étreindre à son tour.

— Vous avez écourté vos vacances ? demanda Dick en donnant l'accolade à son père avant de saluer Diana. Je vous croyais encore à Hawaii.

Diana et Seamus échangèrent un regard complice.

— Euh, en fait… On n'y est pas allés, avouèrent-ils à l'unisson.

— Ah bon ? s'étonna Kendra. Pourtant, quand je vous ai parlé au téléphone, vous m'avez dit être en route ?

— Nous avons préféré aller à Las Vegas, expliqua

Seamus avec un sourire enfantin. Allez, Diana, montre-leur !

Diana leva sa main gauche, exhibant son annulaire orné d'un énorme diamant.

— Il ne voulait pas partir en voyage de noces avant d'être marié, précisa Diana, un sourire radieux aux lèvres. Qui aurait cru, mon cher Dick, que ton père était aussi vieux jeu ?

Incapable de prononcer la moindre parole — comme des félicitations par exemple —, Dick chercha Kendra du regard.

Il s'attendait à la voir ravie d'une telle nouvelle, mais son visage exprimait plutôt un mélange de torture et de surprise. Finalement, elle s'avança vers Diana et lui prit la main.

— Toute mes félicitations ! dit-elle avant de prendre de nouveau Seamus dans ses bras. Je suis quand même un peu déçue, moi qui me faisais une joie de danser à votre mariage !

— Nous organiserons de toute façon une grande réception Chez Monroe pour fêter l'événement, promit Diana en adressant un sourire à Dick.

— Eh bien, nous aurons aussi autre chose à célébrer, renchérit Dick en regardant en direction de Kendra.

— Vraiment ? s'exclama Diana d'une voix surexcitée. Et qu'est-ce donc ?

— Je ne vois qu'une seule chose qui pourrait me rendre plus heureux encore, déclara Seamus en scrutant soudain son fils avec insistance. Allons, fiston, ne nous fais pas languir !

Que pouvait bien s'imaginer son père ?

— Kendra a atteint ses 30 % fatidiques !

— Dick va faire son retour en première division !

Sa voix et celle de Kendra s'étaient entremêlées, provoquant des regards interrogateurs de la part de Seamus et Diana.

— Pardon ? demanda Diana.

— Ai-je bien entendu ? dit Seamus.

— Il vient juste de recevoir un appel lui annonçant que son club était prêt à renégocier son contrat, expliqua Kendra, les yeux soudain rougis.

— Oh, Dick, c'est merveilleux ! s'exclama Diana.

— Je ne sais pas… Vous croyez ? répondit-il sans pouvoir quitter du regard Kendra, qui semblait déglutir péniblement.

— Je vais vous laisser en famille, dit celle-ci un peu trop à la hâte. Et sachez que c'est à Dick que je dois d'avoir atteint ces fameux 30 %. Vous le connaissez, il est si…

Elle se tut et le scruta de ses grands yeux bleus empreints d'une lueur qu'il ne leur connaissait pas encore. Une lueur plus vive que celle qu'il avait pu leur voir durant les années où Kendra le vénérait comme un héros. Une lueur qui lui donnait l'impression d'être unique à ses yeux, tout comme lorsqu'ils avaient fait l'amour tout à l'heure.

Oh, Seigneur, que ne donnerait-il pas pour ce regard…

— Si incroyable… Et unique en son genre, conclut Kendra d'une voix étrangement éraillée.

— Ça, je l'ai toujours su ! répondit Seamus.

Dick se tourna alors vers son père, mais au lieu de découvrir son habituelle expression de fierté à l'égard de son prodige de fils, il décela une certaine tristesse, voire de la déception.

Ça alors ! Pourquoi diable son père ne se réjouissait-il pas plus que quiconque de son retour au plus haut niveau ?

Seamus s'accroupit, son vieux casque de base-ball dissimulant à peine la moue qu'il affichait depuis qu'ils étaient arrivés sur la pelouse du stade du lycée.

— Pourquoi armes-tu ton coup si tard ? demanda-t-il à Dick en lui renvoyant la balle.

Dick se concentra sur la balle et la renvoya parfaitement.

Son père dut courir comme un dératé pour tenter de la rattraper de l'autre côté du terrain.

— Pourquoi te déséquilibres-tu sur la gauche ?

Dick poussa un long soupir agacé et lança violemment sa batte à terre, avant d'adresser un regard meurtrier à l'homme qui avait passé plus d'heures à l'entraîner que n'importe quel autre coach de n'importe quelle équipe.

— Et toi, pourquoi passes-tu ton temps à me houspiller ?

Du haut de ses soixante et onze ans, Seamus lui envoya une balle qu'il ne parvint pas à rattraper. Puis son père se redressa et le regarda durement.

— Je ne te houspille pas !

Dick ôta sa casquette et se rapprocha de lui en s'épongeant le front.

— Depuis ton retour hier soir, tu sembles m'en vouloir, insista-t-il. Tu es désormais marié, les investisseurs vont accepter de vous suivre Kendra et toi pour votre projet d'espace culturel, et moi je vais retrouver ma place en première division… Tout n'est-il pas pour le mieux ? Franchement, papa, si tu me disais tout simplement ce qui te tracasse ?

— La même chose que toujours, fiston, répondit le vieil homme avec un sourire énigmatique. Je ne veux que ton bonheur… C'est très noble à toi d'avoir organisé cette cyber-réunion d'anciens élèves pour booster le chiffre d'affaires de Kennie. Mais dis-moi, je suppose que si tu as fait cela, c'est que tu ne désirais pas véritablement reprendre les commandes du bar ?

Voilà donc ce qui tracassait son père… Le bar.

— Je voulais juste lui donner un coup de pouce, assura-t-il. Cela n'a rien à voir avec mon envie de diriger Chez Monroe. Tu sais, je me serais amplement contenté de…

De quoi au juste ? D'épouser Kendra et de lui faire l'amour tous les jours comme ils l'avaient fait hier soir ? Sans oublier ces neuf enfants dont il rêvait…

— Je me serais amplement contenté de tenir le bar, déclara-t-il en prenant son père par l'épaule. Et je suis navré si je t'ai déçu, papa.

— Ce n'est pas seulement moi qui suis déçu, mais aussi Diana.

— Diana ? s'étonna Dick. Mais que veux-tu dire ?

— Elle s'était imaginée entremetteuse, expliqua son père alors qu'ils se dirigeaient vers le banc de touche sur le côté du terrain. C'était son idée de vous faire travailler tous les deux. Elle voulait forcer le destin, tandis que moi j'étais plutôt favorable à laisser faire le cours naturel des choses.

— Eh bien, sache que le cours naturel a bien fait son effet, déclara Dick d'une voix des plus calmes.

— Vraiment ? s'exclama Seamus en s'arrêtant tout net.

— Si le cours naturel des choses était de me faire tomber stupidement amoureux de Kendra, oui, ça a fonctionné.

Curieusement, alors qu'il entraînait Seamus vers l'ombre du banc de touche, il éprouva une sensation de soulagement à parler de cela avec son père.

— Mais tu retournes à Las Vegas ce soir ! s'exclama Seamus d'une voix incrédule. Et vos adieux ne ressemblaient guère à des adieux d'amoureux…

Dick hocha la tête avec amertume. Il ne se souvenait que trop du visage de Kendra lorsqu'elle lui avait dit au revoir la veille au soir en quittant la maison de Diana, l'air léger et détaché. L'espace d'un instant, il avait même cru qu'elle se réjouissait de son départ.

Pourtant, il se souvenait aussi de son visage empreint d'extase lorsqu'ils avaient fait l'amour. Et il se souvenait de sa si belle déclaration d'amour… Il savait au fond de lui que Kendra avait été sincère. Il savait qu'il pouvait lui faire confiance.

— Tu sais, papa, ça n'aurait pas pu marcher entre elle et moi, tenta-t-il de se convaincre. Kendra et moi avons un… un passé commun. Des choses que tu ignores.

Seamus dévissa le couvercle de leur Thermos et hocha la tête.

— Je suis au courant pour le bébé, Dick.

— Vraiment ? murmura Dick en le dévisageant, incrédule.

— J'ai des yeux et des oreilles, fiston. Je voyais bien l'expression de Kendra chaque fois qu'elle passait devant ton maillot dédicacé. C'est d'ailleurs pour ça que j'ai fini par l'enlever.

— C'est *toi* qui l'a enlevé ? Je pensais que c'était Diana…

Son père but une longue gorgée d'eau fraîche.

— Il va te falloir cesser de tenir Diana pour responsable de tout ce qui te déplaît, Dick. Elle est ma femme à présent !

Dick poussa un long soupir.

— Je ne savais pas, pour le bébé… Kendra ne m'avait rien dit. Je n'avais aucun moyen de l'apprendre à l'époque.

— Tu aurais pu l'appeler et prendre de ses nouvelles.

— *Toi*, tu aurais pu m'appeler et m'en donner ! contre-attaqua Dick d'une voix amère.

Seamus leva les yeux au ciel.

— De toute façon, tu as toujours fait l'inverse de ce que je t'ai conseillé, marmonna-t-il.

— C'est faux ! Enfin, ce n'est pas toujours vrai…

— Quoi qu'il en soit, ce n'était pas à moi à me mêler de cette histoire.

A ces mots, Dick se laissa tomber sur le banc derrière eux et leva les yeux vers son père.

Le moment était venu de lui poser une question qu'il n'aurait jamais imaginé avoir envie de lui poser un jour.

— Je suis censé prendre l'avion ce soir pour Las Vegas, papa.

Cette seule idée lui serrait le cœur. Combien de temps devrait-il attendre pour revoir Kendra ?

Et *elle*, combien de temps devrait-elle attendre ? Après tout, elle était en droit d'imaginer qu'elle ne le reverrait pas avant dix ans. Même si lui savait que, à son âge, ses plus beaux jours de base-ball étaient derrière lui. Cette fois, il ne mettrait donc pas dix ans à rentrer à Rockingham…

Il rentrerait et briserait la vie de Kendra une troisième fois ?

— Que dois-je faire, papa ?

Il attendait un avis, un conseil de la part de l'homme qui l'avait toujours guidé. En fait, il avait besoin que quelqu'un l'enjoigne à suivre ce que lui soufflait son cœur, et non sa tête…

« Tu ne joues que pour gagner… Mets de l'effet dans ta balle. Ne quitte jamais ton adversaire des yeux… »

Son père devait bien avoir sous le coude une de ses analogies avec le base-ball, quelque chose qui l'aiderait à y voir clair : devait-il renoncer à une dernière saison de gloire avec son équipe, ou bien au bonheur que lui promettait Kendra ?

— Allez, papa, dis quelque chose !

Mais Seamus se contenta de passer une main dans ses cheveux blancs.

— Tu es le seul à savoir où sont tes priorités dans la vie, mon fils. Tu es seul à connaître la réponse.

— Si tu ne me laisses pas entrer tout de suite, je te préviens, je vais enfoncer la porte !

La menace s'accompagnait de trois nouveaux coups sur la porte.

Kendra poussa un soupir las, consciente qu'il ne servait à rien d'ignorer Jack plus longtemps. Elle rangea son carnet bleu sous un coussin du canapé et se dirigea pieds nus vers sa porte d'entrée.

— Qu'est-ce que tu veux, Jack ? souffla-t-elle en ouvrant.

Son frère sourit et lui posa une main sur l'épaule.

— Pourquoi est-ce que tu m'ignores ?

— Et toi, pourquoi est-ce que tu ne fais pas la grasse matinée ? Tu as dû rester Chez Monroe jusqu'à 2 ou 3 heures du matin, hier ?

— Le dernier courriel a été envoyé à 2 h 30, et je n'ai pas pu dormir ce matin. Dick et son père sont allés jouer au base-ball, et Diana est sortie peu après pour aller faire des courses, expliqua-t-il. Je me suis donc retrouvé en tête à tête avec un chien qui ne sait pas préparer le café. Pitié, Ken, ajouta-t-il en jetant un œil vers la minuscule cuisine, permets-moi de venir en boire une tasse ici !

Elle sourit et inclina la tête en direction de la cuisine.

— Entre donc, je vais te préparer une cafetière. A quelle heure dois-tu être à l'aéroport ?

— Mon vol décolle de Boston à 13 heures, je ne dois donc pas traîner. Tu veux bien m'y emmener ?

— Dick ne s'était-il pas proposé pour t'accompagner ? l'interrogea-t-elle en ouvrant le placard.

Le regard de Jack se fit soudain sombre et pénétrant.

— Disons que ça ne l'arrange pas vraiment de faire le trajet deux fois dans la même journée.

Deux fois ? Dans la même journée ?

— Tu veux dire qu'il part aussi aujourd'hui ? demanda-t-elle en parvenant à ne pas avoir la voix trop tremblante.

— Oui, son vol est à 18 h 20. Son agent veut le voir à Las Vegas demain à la première heure.

— Je vois, répondit Kendra en manquant de verser le café à côté du filtre. Bon, je t'emmènerai !

Si elle se débrouillait bien, elle arriverait peut-être à ne pas croiser Dick. Elle prendrait son temps pour rentrer de Boston, et avec un peu de chance, le temps qu'elle arrive à Rockingham, il serait déjà parti.

— Il est amoureux de toi.

L'affirmation de Jack la fit tressauter.

— Il est surtout amoureux de l'idée que je sois amoureuse de lui, rectifia-t-elle. Dick Monroe a un peu trop l'habitude d'être adulé par les fans de base-ball, par les femmes, par tout le monde...

C'est en tout cas ce qu'elle venait d'écrire dans son tout nouveau journal intime.

— Ce n'est pas faux...

— Au moins, je sais qui je suis et je connais bien mes faiblesses, dit-elle, autant pour se convaincre elle-même que pour convaincre son frère. Tu sais, lorsqu'il a réapparu à Rockingham il y a quelques semaines, j'ai tout de suite compris qu'il avait le pouvoir de ruiner tous mes projets.

— Du coup, tu as paradé en pantalon en cuir et tu as chamboulé les siens, répondit Jack en riant. Eh bien, sache qu'il était déjà bien épris avant que tu ne cherches à le séduire.

— Je ne crois pas, mais merci de tenter de me remonter le moral, frérot !

Jack s'accouda au comptoir et la fixa droit dans les yeux.

— Je ne cherche pas à te remonter le moral, Ken. Je crois juste que ce type est fou de t'abandonner de nouveau.

— De nouveau ?

Cette fois, Kendra ne put dissimuler l'émotion de sa voix.

— Il m'a tout dit, pour le bébé.

Elle crut que le sol se dérobait sous ses pieds.

— Enfin, pour être précis, c'est moi qui ai commencé à lui parler de ton passé. Et c'est alors qu'il m'a avoué qu'il était le père.

Elle ferma les yeux pour tenter de conserver son calme.

— Je suis navrée, Jack. J'aurais préféré que tu ne saches jamais.

— La seule raison pour laquelle je ne lui ai pas cassé la figure, c'est qu'il avait l'air vraiment traumatisé par toute cette histoire, expliqua Jack en haussant les épaules.

Elle s'approcha du bar et posa sa main sur la sienne.

— Et toi, demanda-t-elle avec hésitation. Que penses-tu de cette histoire ?

— Je trouve ça dommage, car je pense vraiment que toi et Dick auriez pu faire de très beaux bébés ensemble.

A ces mots, elle sentit ses joues s'enflammer.

— Et tu sais quoi, Ken ? ajouta-t-il. Je crois que si je trouvais un jour une femme qui m'aime de façon aussi inconditionnelle que toi tu aimes Dick, je lui mettrais le grappin dessus et que je ne la laisserais jamais, jamais me quitter...

Et il serra fort sa main dans la sienne.

— Je te le souhaite, Jack.

— Ah, et tant que j'y suis, à faire mon malin de grand frère, il y a une autre chose que tu dois savoir.

— Je t'écoute, dit-elle, intriguée.

— Tout ce qu'on racontait à la cave, on l'inventait. Parce qu'on savait que tu écoutais aux tuyaux.

Pour la première fois depuis des heures, elle réussit à sourire.

— Je m'en doutais un peu, dit-elle.

En revanche, la conversation qu'elle avait entendue hier était bien réelle. Dick l'aimait. Il l'avait dit lui-même.

— Ça, ça m'étonnerait ! s'exclama Jack en reprenant son ton de grand frère. En tout cas, ça me fait plaisir de te voir sourire.

Kendra hocha la tête, touchée.

Même si elle ne pourrait jamais avoir Dick Monroe, elle avait encore de quoi sourire : une affaire florissante au développement prometteur, des amis, un frère... Et son intégrité.

Kendra regarda sa montre. 17 h 23.

Elle s'était donné beaucoup de mal pour éviter Dick toute la journée, mais maintenant sa décision de patienter à l'aéroport de Logan n'avait plus beaucoup de sens.

Avant que Dick ne retourne chez Diana, elle y était allée chercher Jack, avait chargé ses bagages dans la voiture, et ils étaient partis pour Boston. Le vol de Jack avait été retardé, et elle avait attendu plusieurs heures qu'il décolle, flânant dans une librairie du terminal, puis grignotant une pizza.

Lorsqu'elle consulta de nouveau sa montre, il était 17 h 30.

Elle s'était presque convaincue qu'elle avait attendu aussi longtemps pour éviter les embouteillages de fin d'après-midi sur la route de Cape Cod, mais qui croyait-elle duper ?

En vérité, elle était restée suffisamment longtemps pour avoir une dernière chance de croiser Dick et de lui dire au revoir.

Il fallait qu'elle l'embrasse encore une fois et lui murmure son amour au creux de l'oreille…

Le cœur battant la chamade, elle se dirigea vers la zone d'embarquement du vol de 18 h 20 pour Las Vegas.

Elle comprenait l'hésitation de Dick à accepter ce contrat, car Jack lui avait expliqué qu'il ne serait probablement que remplaçant dans son équipe et qu'il s'agirait sans doute de sa dernière saison en tant que pro.

Mais peu importait.

Pour la première fois de sa vie, elle se sentait libérée. Non pas de son amour pour Dick — quoi qu'il advienne, elle l'aimerait toujours —, mais de ce sentiment que sans lui sa vie ne serait jamais épanouie. Car c'était faux : elle avait la chance d'avoir une belle vie et se sentait à présent suffisamment forte pour dire adieu à Dick et lui souhaiter de son côté tout le bonheur du monde.

Elle parcourut la file d'attente du regard à la recherche

d'un homme à la silhouette d'athlète et au regard de braise, mais elle ne le vit pas.

Le cœur battant à tout rompre, elle longea toute la file.

Pas de trace de Dick !

Elle jeta alors un œil vers le comptoir d'enregistrement.

Toujours pas de trace de Dick.

Au bord de la crise de nerfs, Kendra parcourut ainsi au pas de course tous les recoins du terminal où elle pouvait accéder sans billet. Elle vit des dizaines de passagers franchir les contrôles de sécurité, observa des dizaines d'hommes — musclés ou gringalets, joyeux ou ténébreux —, mais pas de Dick en vue.

Pourtant, l'écran de contrôle indiquait que le vol était à l'heure.

Elle avait dû rater Dick. Il était probablement arrivé en avance, trop pressé de retourner à sa vie de champion !

Car le base-ball était son seul véritable amour. Pour Dick, le choix entre la vie ennuyeuse de Rockingham et les vivats de stades en délire était évident. Même si elle-même entrait dans la balance.

Elle attendit encore dix minutes, la gorge sèche. Lorsque les enregistrements pour le vol de 18 h 20 furent terminés, elle poussa un soupir et regagna sa voiture sur le parking.

Sur le chemin du retour, elle se félicita néanmoins d'avoir su cette fois retenir ses larmes.

Il était temps à présent qu'elle se concentre sur la belle vie qu'elle allait se construire.

Depuis le sommet de la dune de la plage de West Rock, Dick ajusta sa vue à la pénombre.

A l'autre extrémité de la vaste étendue sablonneuse, il distingua la lueur d'une lampe torche et une silhouette assise sur une couverture.

Kendra ! Enfin, il l'avait trouvée !

Comment n'avait-il pas pensé en premier lieu à venir ici ? Au lieu de cela, il l'avait cherchée dans toutes les rues de Rockingham entre Chez Monroe et son petit cottage. En vain.

Apprenant que le vol de Jack avait décollé avec beaucoup de retard, il avait essayé de la joindre, mais elle avait mis son portable sur messagerie. Il l'avait alors cherchée frénétiquement, pressé de lui annoncer en personne la décision qu'il venait de prendre…

Il descendit la dune au pas de course et s'avança vers la jeune femme.

— Dick ? ! s'exclama celle-ci avec un petit sursaut de surprise. Est-ce bien toi ?

— Décidément, tu es une adepte des plages sombres, répondit-il d'une voix légère en s'approchant d'elle.

Elle éteignit sa lampe torche, mais il pouvait toujours distinguer sa silhouette dans le clair de lune.

— Je… Mais que fais-tu ici ? Tu as raté ton avion ?

— Pas exactement…

Arrivé près d'elle, il aperçut un petit carnet bleuté et un stylo posés sur la couverture. Elle était en train d'écrire ?

Il s'agenouilla face à elle et chercha son regard dans la quasi-obscurité.

— Tu viens souvent ici ? demanda-t-il à voix basse.

Elle secoua la tête sans le quitter des yeux.

— Hormis notre pique-nique de l'autre jour, je n'avais jamais remis les pieds sur cette plage.

Il s'assit à côté d'elle sur la couverture.

— Que faisais-tu avant que je n'arrive ?

— Je me réjouissais.

Elle se *réjouissait* ? Ça alors, ce n'était pas du tout la réponse à laquelle il s'attendait…

— Tu fêtais l'ouverture prochaine de ton centre culturel ?

— Non.

— Le mariage de Diana et mon père ?

— Non plus.

— Mon retour chez les Nevada Snake Eyes ?

« Pitié, faites qu'elle réponde non… »

— D'une certaine façon, oui.

— Et tu fêtes ça avec un carnet et un stylo, et non avec une flûte de champagne ? s'étonna-t-il avec un demi-sourire.

— J'étais en train d'écrire, avoua-t-elle en saisissant de nouveau sa lampe torche. Tu veux que je te fasse la lecture ?

Elle ralluma la lampe et dirigea le faisceau vers le carnet.

En avait-il vraiment envie ?

— Vas-y, répondit-il dans un souffle. Je t'écoute.

D'un geste lent, elle ouvrit le carnet à la première page puis inspira profondément.

> « *L'année où j'ai appris à lire, à compter, et à nouer moi-même les lacets de mes chaussures, je suis tombée amoureuse de Dick Monroe.* »

A ces mots, Dick sentit sa gorge se nouer.

> « *L'année où j'ai compris à quel point la vie était précieuse, j'ai perdu son bébé.* »

Soudain, il ne pouvait plus avaler sa salive.

> « *Et cette année, l'année où je peux enfin réaliser mon rêve professionnel, je suis enfin capable de laisser Dick sortir de ma vie. Pour de bon. Cette fois, je ne me bercerai pas d'illusions en attendant son retour. Car même s'il revient… »*

Elle s'interrompit et leva les yeux vers lui.

> « *… j'ai décidé de ne plus l'attendre. Et j'en suis très fière.* »

Dick cligna plusieurs fois des cils, incapable de retenir ses larmes.

Les yeux écarquillés, Kendra se pencha vers lui et essuya du bout des doigts une larme qui roulait sur sa joue.

— Pourquoi n'es-tu pas à bord de ton avion pour Las Vegas à l'heure qu'il est ?

Il lui saisit la main et la serra très fort.

— Parce que je ne pars plus, Kendra. Je n'accepte plus ce contrat. Je refuse de te perdre une seconde fois.

— Quoi ? s'exclama-t-elle en le dévisageant, incrédule.

— Si je pars, je ne peux pas t'imposer d'attendre mon retour. Et de toute façon je ne peux plus vivre sans toi, affirma-t-il en refermant le carnet.

Digérant ses paroles, Kendra semblait peiner à respirer.

— Dick, tu ne peux pas vivre sans le base-ball !

— Je n'aurai pas à m'en passer. J'accepte le poste d'entraîneur de l'équipe du lycée de Rockingham, annonça-t-il d'une voix tremblotante.

— Vraiment ?

— En plus, tu auras sans doute besoin que je t'épaule Chez Monroe, affirma-t-il.

— Ah bon ? Et pourquoi cela ?

— Parce que je veux neuf enfants, et qu'ils vont certainement te prendre un peu de temps !

Kendra éclata de rire mais, à la lueur de la lune, il discerna quelques larmes au coin de ses yeux.

— Ça te convient, j'espère ? demanda-t-il, anxieux.

— Tu es fou ! dit-elle en riant et en hochant la tête. Complètement fou !

— Je suis fou de toi, acquiesça-t-il en passant une

main autour de sa nuque pour l'attirer vers lui. Je t'aime, Kendra. J'aime ton intelligence, ta force de caractère et ta façon de t'opposer à moi. Je suis si honoré que tu m'aies aimé pendant si longtemps… Si un jour tu ne m'aimais plus, je crois que j'en mourrais.

— Je ne cesserai jamais de t'aimer, Dick. Mais je suis prête à te laisser partir s'il le faut. Je suis prête à garder mon indépendance et à rester seule même si je t'aime.

— Tu peux garder ton indépendance, mais surtout pas rester seule, murmura-t-il. Oh, Kendra, veux-tu devenir ma femme ?

Elle ramassa son stylo sur la couverture.

— Tu sais, je me suis entraînée à signer sous le nom de Mme Dick Monroe depuis mon plus jeune âge, avoua-t-elle. Il est grand temps que je mette tout cela en pratique.

Cette fois, il la prit dans ses bras et l'enlaça.

— Est-ce un oui ? demanda-t-il, tremblant de tous ses membres en attendant la réponse fatidique.

— Eh bien, dit-elle avec un sourire malicieux, puisque Chez Monroe n'a jamais été tenu que par des Monroe…

— Dis-moi oui, Kendra, murmura-t-il en lui embrassant les yeux.

— … Et puisque Martin Hatchet tient à ce que tu deviennes le nouvel entraîneur du lycée…

— Dis-moi oui, Kendra, murmura-t-il en déposant un tendre baiser sur ses joues puis sur sa bouche.

— Oui, Dick !

Submergé par un bonheur inouï, le cœur battant à tout rompre, il serra très fort Kendra contre lui.

— Au fait, quant à ces neuf enfants, lui susurra-t-il au creux de l'oreille. Nous pourrions nous y mettre dès maintenant, qu'en penses-tu ?

A ces mots, il se pencha vers elle, et l'embrassa longuement, langoureusement, prenant tout son temps pour se délecter de sa saveur suave.

— Cette plage s'est avérée très prolifique par le passé, dit-elle en souriant, tout en entremêlant ses jambes aux siennes. Mais je te préviens, Dick, je ne veux pas neuf enfants.

— Et que veux-tu exactement, ma petite Kendra ?

— Toi…

Ivre de bonheur et de désir, il l'étreignit plus fort encore, ayant peine à croire que cette femme généreuse, brillante et si belle accepte d'être sa partenaire de vie.

— Eh bien, tu m'as, assura-t-il. Tu m'as pour la vie !

— Et si nous n'avons que des filles, tu les aimeras quand même ?

Il colla ses lèvres contre son oreille et chuchota :

— Du moment qu'elles sauront tenir une batte de base-ball, cela va de soi !

Leurs rires se perdirent dans l'immensité de West Rock, la plage éternelle qui accueillait une nouvelle fois leurs ébats d'amants heureux.

Passions

— Le 1er février —

HARLEQUIN

L'héritage des Hanson   *Passions n°8*

Le testament secret - Susan Mallery

Tandis qu'elle attend pour un entretien d'embauche, Samantha s'inquiète. Pourvu que Jack Hanson, avec qui elle a rendez-vous, ait oublié la nuit d'amour qu'ils ont partagée des années auparavant ! Mais en croisant le regard de Jack, Samantha comprend que ses espoirs sont vains.

L'héritage caché - Wendy Warren

Depuis qu'elle vit seule avec ses deux enfants, Nina travaille dans le groupe Hanson. Aussi est-elle atterrée le jour où elle lui apprend que son emploi est menacé. Prête à tout, elle décide d'aller plaider sa cause auprès de David Hanson, en dépit de sa réputation d'homme intraitable.

                             Passions n°9

Le prince du désert - Penny Jordan

Après une nuit passée entre les bras du prince Tariq, Gwynneth est effondrée en découvrant que cet homme avec lequel elle vient de vivre des instants inoubliables l'a prise pour une intrigante. Pourtant, elle ne peut se résoudre à fuir loin de cet homme qu'elle devrait haïr...

La rose des sables - Susan Mallery

Lorsque le prince Khalil, son patron, la demande en mariage, Dina croit vivre un rêve et le suit sans hésiter dans son royaume. Mais, une fois au palais, Dina surprend une étrange rumeur : Khalil l'aurait épousée pour échapper aux fiançailles que la raison d'Etat lui imposait. Leur union ne serait-elle qu'un mariage de raison ?

                             Passions n°10

L'éveil de la passion - Julianne MacLean

Afin de protéger son client, le célèbre chirurgien Donovan Knight, Joyce doit jouer nuit et jour les gardes du corps. Une mission qu'elle n'est pas sûre de mener à bien, tant cet homme aussi arrogant que séduisant lui fait perdre son sang-froid, et réveille en elle des envies de faiblesse que son métier lui interdit d'éprouver.

Entre amour et raison - Christine Rimmer

Sur le point d'épouser Danny, Cléo pense avoir rencontré le grand amour. Mais en croisant le regard de Fletcher Bravo, l'homme qui vient de l'engager pour travailler à ses côtés, Cléo, déchirée, comprend qu'elle va devoir choisir entre son attachement pour Danny et la pulsion incontrôlable qui la pousse vers Fletcher.

HARLEQUIN

Le 1er janvier

Noires visions - Heather Graham • N°274

Enquêtrice dans une agence privée, Darcy Tremayne possède le don de
« voir » des images du passé. Un don effrayant, qu'elle a toujours su maîtriser – jusqu'à son arrivée à Melody House, un vieux manoir en Virginie,
où ses visions la font assister à une série de crimes dont le coupable n'a
pas été retrouvé...

Expiation - Sharon Sala • N°275

Un homme décapité. Un cadavre déterré. Douze personnes portées
disparues.
Pour January DeLena, journaliste à Washington, il ne peut s'agir d'une
coïncidence. Surtout quand un prêcheur inquiétant hante les rues de la
ville, animé par un désir fanatique de rédemption...

A l'heure où la mort rôde - Laurie Breton • N°276

Ecrivain réputé, Faith Pelletier pensait ne jamais retourner à Serenity, la ville
du Maine où elle a grandi. Mais lorsqu'elle apprend que sa cousine Chelsea,
une journaliste, y a été retrouvée morte et que l'enquête a conclu à un suicide,
elle n'hésite pas un instant. Même si les années les ont éloignées, Faith sait que
jamais Chelsea n'aurait laissé seule sa fille de quinze ans. Et ses soupçons
se confirment lorsqu'elle découvre que sa cousine enquêtait sur une affaire
criminelle de nature à ébranler toute la ville...

Dans l'ombre du tueur - Stella Cameron • N°277

Lorsqu'elle découvre au bord d'une route le cadavre de Denise Steen, une
amie journaliste, Emma Lachance accuse le choc : comme elle, la victime
faisait partie d'un club d'émancipation féminine mal accepté par la société
conservatrice de Pointe Judah, en Louisiane. Et lorsqu'une autre femme du
club est retrouvée assassinée, la peur grandit en elle...

La promesse d'un été - Susan Wiggs • N°278

Venue passer l'été dans le cottage que possède sa famille au bord d'un lac idyllique, dans l'Etat de Washington, Kate entend bien se consacrer pleinement à son jeune fils, tout en réfléchissant à sa vocation de journaliste. Mais sa rencontre avec une adolescente en fuite et un nouveau voisin au passé tourmenté va bouleverser sa vie à jamais...

La princesse celte - Helen Kirkman • N°279

Angleterre, an de grâce 716.
Athelbrand le Saxon s'avança, superbe dans sa cape noire. Son regard capta celui de la femme qui lui faisait face. Alina était aussi belle que dans son souvenir... Dès leur première rencontre, la princesse celte l'avait fasciné. Son visage semblait celui d'un ange, mais sa chevelure et ses yeux noirs évoquaient le mystère de la nuit, la violence de la passion. Pour elle, il avait tout sacrifié – en vain, car Alina l'avait trahi, le condamnant au déshonneur et à l'exil. Mais à présent, rétabli dans ses droits, il était venu chercher son dû. L'heure de la vengeance avait sonné...

Miami Confidential - Christiane Heggan • N°175 *(réédition)*

Journaliste d'investigation, Kelly Robolo a su gagner le respect de tous, dans son journal comme dans la police. Mais tous lui tournent le dos lorsqu'un policier trouve la mort dans une affaire où elle s'était impliquée. C'est pourtant au meilleur ami du policier disparu, l'inspecteur Nick McBride, qu'elle fait appel, quelque temps plus tard, pour l'aider à retrouver le mari de sa meilleure amie mystérieusement disparu lors d'un voyage d'affaires à Miami. Celui-ci se trouvait dans un motel miteux quand une bombe a explosé. Règlement de comptes ou mise en scène macabre ?

Titres non disponibles au Québec.

ABONNEMENT...ABONNEMENT...ABONNEMENT...

ABONNEZ-VOUS!
2 romans gratuits*
+ 1 bijou
+ 1 cadeau surprise

Choisissez parmi les collections suivantes

AZUR : La force d'une rencontre, l'intensité de la passion.
6 romans de 160 pages par mois. 22,48 € le colis, frais de port inclus.

BLANCHE : Passions et ambitions dans l'univers médical.
3 volumes doubles de 320 pages par mois. 18,76 € le colis, frais de port inclus.

LES HISTORIQUES : Le tourbillon de l'Histoire, le souffle de la passion.
3 romans de 352 pages par mois. 18,76 € le colis, frais de port inclus.

AUDACE : Sexy, impertinent, osé.
2 romans de 224 pages par mois. 11,24 € le colis, frais de port inclus.

HORIZON : La magie du rêve et de l'amour.
4 romans en gros caractères de 224 pages par mois. 16,18 € le colis, frais de port inclus.

BEST-SELLERS : Des romans à grand succès, riches en action, émotion et suspense.
3 romans de plus de 350 pages par mois. 21,31 € le colis, frais de port inclus.

MIRA : Une sélection des meilleurs titres du suspense en grand format.
2 romans grand format de plus de 400 pages par mois. 23,30 € le colis, frais de port inclus.

JADE : Une collection féminine et élégante en grand format.
2 romans grand format de plus de 400 pages par mois. 23,30 € le colis, frais de port inclus.

Attention: certains titres Mira et Jade sont déjà parus dans la collection Best-Sellers.

NOUVELLES COLLECTIONS

PRELUD' : Tout le romanesque des grandes histoires d'amour.
4 romans de 352 pages par mois. 21,30 € le colis, frais de port inclus.

PASSIONS : Jeux d'amour et de séduction.
3 volumes doubles de 480 pages par mois. 19,45 € le colis, frais de port inclus.

BLACK ROSE : Des histoires palpitantes où énigme, mystère et amour s'entremêlent.
2 romans de 384 et 512 pages par mois. 18,50 € le colis, frais de port inclus.

VOS AVANTAGES EXCLUSIFS

1.Une totale liberté
Vous n'avez aucune obligation d'achat. Vous avez 10 jours pour consulter les livres et décider ensuite de les garder ou de nous les retourner.

2.Une économie de 5%
Vous bénéficiez d'une remise de 5% sur le prix de vente public.

3.Les livres en avant-première
Les romans que nous vous envoyons, dès le premier colis, sont des inédits de la collection choisie. Nous vous les expédions avant même leur sortie dans le commerce.

✗ **Oui,** je désire profiter de votre offre exceptionnelle. J'ai bien noté que je recevrai d'abord gratuitement un colis de 2 romans* ainsi que 2 cadeaux. Ensuite, je recevrai un colis payant de romans inédits régulièrement.

Je choisis la collection que je souhaite recevoir :

(✓ cochez la case de votre choix)

❑ **AZUR** : Z7ZF56

❑ **BLANCHE** : B7ZF53

❑ **LES HISTORIQUES** : H7ZF53

❑ **AUDACE** : U7ZF52

❑ **HORIZON** : O7ZF54

❑ **BEST-SELLERS** : E7ZF53

❑ **MIRA** : M7ZF52

❑ **JADE** : J7ZF52

❑ **PRELUD'** : A7ZF54

❑ **PASSIONS** : R7ZF53

❑ **BLACK ROSE** : I7ZF53

*sauf pour les collections Jade et Mira = 1 livre gratuit.

Renvoyez ce bon à : Service Lectrices HARLEQUIN
BP 20008 - 59718 LILLE CEDEX 9.

N° d'abonnée Harlequin (si vous en avez un) | | | | | | | | | | | |

Mme ❑   Mlle ❑   NOM _____

Prénom _____

Adresse _____

Code Postal | | | | | | Ville _____

Le Service Lectrices est à votre écoute au 01.45.82.44.26
du lundi au jeudi de 9h à 17h et le vendredi de 9h à 15h.

Conformément à la loi Informatique et Libertés du 6 janvier 1978, vous disposez d'un droit d'accès et de rectification aux données personnelles vous concernant. Vos réponses sont indispensables pour mieux vous servir. Par notre intermédiaire, vous pouvez être amené à recevoir des propositions d'autres entreprises. Si vous ne le souhaitez pas, il vous suffit de nous écrire en nous indiquant vos nom, prénom, adresse et si possible votre référence client. Vous recevrez votre commande environ 20 jours après réception de ce bon. Date limite : 31 décembre 2007.

Offre réservée à la France métropolitaine, soumise à acceptation et limitée à 2 collections par foyer.

Composé et édité par les
éditions Harlequin
Achevé d'imprimer en décembre 2006

par

LIBERDÚPLEX

Dépôt légal : janvier 2007
N° d'éditeur : 12567

Imprimé en Espagne